# COMME L'OMBRE
# D'UN DOUTE

# COMME L'OMBRE
# D'UN DOUTE

TONI ANDERSON

Traduit par Diane Garo
pour Valentin Translation.

# AUTRES LIVRES DE TONI ANDERSON EN FRANÇAIS

**Le sommeil des justes**

*Dans l'ombre de la loi*

*Par une nuit si froide*

*Entre chien et loup*

*L'eau qui dort*

*En clair-obscur*

*Comme l'ombre d'un doute*

*Des agents au secret* (Bientôt disponible)

*Obscurantisme* (Bientôt disponible)

*Une ombre au tableau* (Bientôt disponible)

Consultez le site web de Toni Anderson pour connaître toutes ses nouvelles parutions en français :

www.toniandersonauthor.com/french-translations

À John Wilson Anderson.

*L'histoire de sa vie ferait un livre formidable.*

# CHAPITRE UN

Il l'aperçut de l'autre côté de la rue, ses cheveux blonds brillant comme de l'or poli à la lumière du soleil, son corps svelte tourmentant chaque chromosome Y dans un rayon de cent mètres. Il sortit son téléphone et prit une photo pour immortaliser le moment. Il avait cru comprendre qu'elle reviendrait plus tard dans la semaine. De toute évidence, il s'était trompé. Il composa son numéro et la regarda sortir son téléphone. Il attendit que le sourire se forme sur ses lèvres, que ses yeux s'illuminent. Au lieu de cela, elle regarda qui l'appelait, grimaça et le laissa atterrir sur la messagerie vocale.

Il fut saisi d'horreur lorsqu'elle remit le téléphone dans sa poche et se retourna vers la personne à ses côtés. *Sérieusement ?* Il raccrocha et s'effondra sur un banc voisin, caché par une masse de buissons enchevêtrés.

Il pensait qu'elle l'aimait. Qu'elle voulait être avec lui…

Bon sang ! Il lui avait donné tout ce dont elle avait besoin, comme un cochon de lait avec une putain de pomme dans la bouche lors d'un festin. *Elle s'est jouée de toi, abruti.*

Il sentit la fureur le gagner. Une rage si intense que le sang qui coulait dans son corps lui brûlait les os. Elle pensait pouvoir l'ignorer ? Comme s'il n'était rien ? Comme s'il n'avait pas tout risqué pour elle ? Il étrangla son téléphone en s'imaginant serrer son cou d'albâtre.

Un bruit le ramena à lui, et il inspira longuement.

Un rire.

Un gloussement.

Il leva la tête. Des étudiants traînaient dans le coin. Ils étaient détendus et heureux après les vacances d'hiver. Le monstre avait été attrapé. Ils étaient en sécurité. La vie pouvait reprendre son cours.

Des moutons.

Comment pouvait-on se croire *en sécurité* alors que la personne avec laquelle on prenait un café pouvait être un prédateur rêvant de vous éventrer ? Pourquoi étaient-ils si disposés à avaler des conneries tant qu'elles étaient étiquetées comme « vraies » ?

Le système était merdique. Des criminels étaient libérés chaque jour. De braves types croupissaient en prison. Des innocents mouraient.

*Les imbéciles.*

Une jolie étudiante de première année lui adressa un sourire timide depuis le banc d'en face. Il étira sa bouche en un sourire qui ne laissait rien paraître du choc et de la déception qui l'habitaient encore. Il plaisait aux femmes. Alors pourquoi pensait-elle pouvoir l'ignorer ?

Un plan se forma dans son cerveau, électrisant immédiatement ses nerfs.

Devait-il le mettre à exécution ?

Ça risquait de créer une sacrée pagaille, et il ne voulait pas aller en prison, mais ça attirerait certainement son attention. Son cerveau passa en revue toutes les possibilités. Il savait comment faire. Il savait comment ne pas se faire prendre. Et ça permettrait de pimenter un peu les choses. Sa vie avait été plutôt ennuyeuse ces derniers temps et, comme il l'avait découvert l'année précédente, il n'y avait rien de plus satisfaisant que la vengeance.

L'étudiante passa son sac sur son épaule et se leva pour partir. Il regarda la jupe à carreaux qu'elle portait par-dessus des collants noirs opaques et de hautes bottes noires, puis courut pour la rattraper. Il lui fit une blague qui la fit rougir.

C'était presque trop facile.

Il rit et réalisa qu'il prenait à nouveau du bon temps. L'excitation ressuscita quelque chose d'à la fois capiteux et familier en lui. Une chose qui l'effrayait suffisamment pour qu'il la tienne en laisse, la gardant sous contrôle. Une chose qu'il s'était refusée pendant dix longs mois.

Il réprima le frisson qui montait en lui. Il devait être prudent. Le souvenir de l'ancien quarterback disgracié lui rappela qu'il ne pouvait pas se permettre d'être arrogant. Il n'avait pas l'intention de partager la honte et la déchéance de ce connard. Mais il connaissait le système. Ses failles. Elle allait regretter pour le restant de ses jours de ne pas avoir répondu à ce foutu coup de fil.

———

CASSIE BRESSINGER LISSA la feuille de papier et relut l'écriture minuscule de Drew pour la septième fois de la journée.

*Cass,*

*J'essayais de trouver quelque chose d'intéressant à te dire, mais au bout d'un mois seulement, je suis déjà à court d'idées. Il n'y a que peu d'adjectifs pour décrire les trois nuances de gris qui composent le décor ici : morve, Minnesota et lapin mort l'emportent ces derniers temps.*

*Je ne gagnerais probablement pas de prix en cours d'anglais, mais comme je me suis fait virer, je suppose que ça n'a pas d'importance.*

*Trois nuances de gris... Hum... Ça me fait penser à un livre, ça...*

*Cet endroit n'a rien à voir avec Cinquante Nuances de Grey. Ça ne veut pas dire que je n'entends pas des tas de grognements et de gémissements la nuit. Il y a des gens qui passent clairement du bon temps ensemble.*

*Je pense que c'est consenti...*

*Ironique comme préoccupation pour un violeur condamné, mais qui voudrait être prévisible ?*

*Honnêtement, chérie, j'en suis à un stade où protéger mes fesses est devenu ma priorité n° 1. Heureusement, je suis un gros enfoiré et j'ai passé des années sur le terrain à faire face à des gens prêts à tout pour m'enfoncer dans le sol. Ma ligne offensive me serait bien utile quand même...*

*Et merde.*

*Je ne voulais pas en parler, mais je n'ai plus de papier ; je ne veux pas recommencer. En plus, mes doigts ont des crampes à force de tenir un stylo. Ouais, moi, ancien athlète vedette aux mains censément en or. J'ai des crampes en écrivant une foutue lettre ! Toujours plus ironique. ☺*

*Assez parlé de moi. Comment vas-tu ? Comment se passent les cours ce semestre ? Tu as dit que tu allais essayer d'entrer en école de droit. **S'il te plaît, ne fais pas ça à cause de moi !!!** La dernière chose que je souhaite, c'est que tu sois coincée dans une salle* *d'audience étouffante à écouter des témoignages horribles et à regarder la vie des gens se désintégrer sous leurs yeux. Fuis et rejoins le cirque. Prends une année sabbatique et fais le tour du monde.*

*Sérieusement.*

*Et n'oublie pas de m'écrire et de me raconter toutes tes aventures, d'accord ? Je vis par procuration. Et si tu veux coucher avec d'autres filles, ça me va. N'hésite pas à m'écrire pour me raconter tous les détails ! Je plaisante ! Enfin… Je plaisantais à moitié et maintenant j'ai la gaule, et ça craint. Apparemment, le procureur avait raison de me classer comme un dangereux obsédé sexuel.*

*L'enfoiré.*

*Bon, je dois y aller. Il est temps pour moi de faire la queue pour avoir de la purée de pommes de terre et des saucisses qui ressemblent à des doigts coupés… Arg, super, je viens de me dégoûter moi-même*

*Ne t'inquiète pas pour moi, tout va bien.*

*Je t'aime. Tu me manques.*
*Drew. X*


Quelqu'un frappa à la porte et Cassie sursauta. Tanya Whitehouse entra avant qu'elle n'ait eu le temps de cacher la lettre.

— Elle vient de Drew ?

Tanya portait un jean moulant, son haut noir à bretelles préféré et des boucles d'oreilles scintillantes. Ses lèvres brillaient d'un magenta étincelant. Elle s'apprêtait à sortir. À faire des choses normales comme une personne normale.

Cassie haussa une épaule et acquiesça.

— Il va bien ? demanda Tanya.

— Il est incarcéré avec des violeurs et des meurtriers pour des crimes qu'il n'a pas commis, lâcha-t-elle. Alors à ton avis ?

Tanya posa sa main parfaitement manucurée sur l'avant-bras de Cassie.

— Tu sais bien ce que je voulais dire.

Toujours patiente. Toujours raisonnable.

Cassie ravala sa colère. *Elle* n'était ni patiente ni raisonnable. Mais Tanya essayait seulement de l'aider. Tous ses amis l'avaient soutenue pendant tout ce cauchemar.

Cassie ravala le chagrin qui avait élu résidence dans sa gorge et essaya de redevenir rationnelle.

— Il dit qu'il va bien. Je pense qu'il dit ça juste pour que je me sente mieux.

— Tu vas aller lui rendre visite ? demanda gentiment Tanya.

Cassie hocha la tête.

— J'y vais avec son père à la fin du mois. Drew ne veut pas que je vienne, mais je…

— Il a peut-être raison.

Cassie s'assit sur le lit défait. Elle savait où cette conversation la mènerait.

— S'il te plaît, ne me dis pas que je gâche ma vie. Drew *est* ma vie.

Tanya attrapa la main de Cassie et la serra assez fort pour lui faire mal.

— Je ne veux pas que tu sois triste pendant les trente prochaines années.

Sa vision se troubla, mais elles firent toutes les deux comme si Cassie ne pleurait pas. Même elle en avait assez de ces larmes incessantes.

— Je ne serai pas triste, mentit-elle. De toute façon, il peut toujours faire appel.

Tanya ne répondit pas et un silence gênant s'installa. Cassie regarda l'image sur la couverture d'un magazine. Il était plus facile de regarder une star de cinéma se plaindre de son enfance gâchée que d'affronter le genre de vérité qui creusait des trous dans votre âme.

— Hé, dit Tanya avec enthousiasme, il y a une fête à Riddell Hall. Tu veux venir ?

Cassie secoua la tête.

— Allez. Ce sera amusant, insista son amie.

Aller à une fête lui rappellerait toutes les fois où elle et Drew avaient traîné ensemble. Elle ne voulait pas affronter le vide douloureux de son absence, surtout pas en public.

— J'ai un devoir à rendre demain. Je dois rester le finir.

Elle rampa jusqu'à sa table de chevet à la recherche d'un mouchoir.

Tanya effleura le magazine d'un air moqueur.

— Eh bien, tu ferais mieux de t'y mettre alors.

Cassie s'effondra sur le lit, honteuse d'être devenue si pitoyable.

— Je ne peux pas affronter les gens, admit-elle. C'est trop tôt. Peut-être que revenir à l'école était une erreur.

— Tu t'en es très bien sortie. Vas-y petit à petit. Tu y arriveras, et on t'attendra tous de l'autre côté.

Cassie hocha la tête. Le problème, c'était qu'il n'y avait pas d'« autre côté ». Perdre Drew était comme une déchirure dans sa poitrine qui grandissait chaque jour.

— Le monde entier pense que c'est un monstre.

Tanya entoura Cassie de ses bras dans une étreinte rapide.

— On l'aime. On sait que c'est un bon gars et qu'il n'aurait jamais touché ces salopes de menteuses.

— Je ne sais pas comment ça a pu arriver.

— Tu ne peux pas t'enfermer pour toujours, Cass.

Mais elle le voulait.

Elle ne savait pas pourquoi elle était revenue ce trimestre, mais traîner dans la maison de ses parents sans rien faire était pire. Noël avait été catastrophique. Elle devait à présent trouver un moyen d'aller de l'avant sans renoncer à l'homme qu'elle aimait.

Elle agrippa son amie.

— Je t'aime, Tan. Je suis désolée d'être une telle garce.

— Je t'aime aussi, ma belle.

Elle se força à reculer et s'essuya les yeux.

— Je dois vraiment finir mon devoir.

— Alors, vas-y, fainéante, dit Tanya en lui administrant une pichenette sur le bras.

Cassie se força à sourire. Elle avait séché l'entraînement des pom-pom girls plus tôt dans la journée, et si cela se reproduisait, l'entraîneur la renverrait de l'équipe. Elle s'en fichait, sauf que cela pouvait compromettre sa bourse d'études, et ses parents n'étaient pas riches. Elle ne pouvait pas se permettre d'être renvoyée du programme, et elle avait besoin d'une bonne moyenne pour avoir un espoir d'entrer en école de droit. Mais chaque fois que les joueurs de football entraient sur le terrain dans leurs maillots noir et or, c'était comme si quelqu'un versait de l'acide dans ses yeux. Savoir qu'ils continuaient à vivre leur vie pendant que Drew était enfermé dans une cellule… Sa gorge se serra. Certains jours, elle avait l'impression que la douleur allait la consumer tout entière.

Elle se leva et poussa son amie vers la porte.

— Vas-y. Amuse-toi. Embrasse des mecs sexy pour moi.

— Si j'arrive à trouver un gars convenable, j'ai l'intention de faire bien plus que l'embrasser. Alors, ne t'inquiète pas si je ne rentre pas à la maison ce soir. Je t'écrirai, dit Tanya en souriant. Mandy étudie dans sa chambre. Alicia est toujours à la bibliothèque, mais a dit qu'elle serait de retour après 22 heures, comme d'habitude. Elle passera peut-être à la fête, donc si tu changes d'avis…

— Peut-être, mentit Cassie. Sois prudente. Ne quitte pas ton verre des yeux, la mit-elle en garde.

Parce que si ces femmes avaient été violées, il y avait toujours un dangereux criminel en liberté, et personne ne le savait.

— Promis, ma belle. Jillian va arriver d'une minute à l'autre me chercher.

— Vas-y. Amuse-toi bien.

Tanya se retourna et lui sourit tristement, en lui touchant le bras. Cassie sentit comme un coup de poing près de son cœur.

— Tu vas t'en sortir, Cass. Tu n'as pas à oublier Drew, mais tu dois continuer à vivre ta vie. C'est ce qu'il voudrait.

La lèvre de Cassie tremblota en se rappelant ce qu'il avait dit dans sa lettre. Elle croisa les bras sur sa poitrine en regardant son amie descendre les escaliers quatre à quatre, prendre son manteau et sortir en courant par la porte d'entrée. Elle voulait croire qu'un miracle allait se produire et que Drew serait libéré, mais cela semblait illusoire. La procédure judiciaire était si lente qu'il fallait des mois ne serait-ce que pour programmer une audience. Pendant ce temps, Drew devait vivre parmi des tueurs et des voleurs. Personne ne devrait avoir à s'inquiéter de se faire violer dans les douches. Qui pouvait vivre comme ça ?

Cette salope de Donovan avait des comptes à lui rendre. L'inspectrice blonde pensait probablement que c'était fini.

Ce n'était pas fini. Ce ne serait jamais fini.

Sa colère lui permettait de garder les pieds sur terre. Sans elle, elle aurait été totalement perdue.

De l'autre côté du couloir, Mandy mit la musique à fond. Cassie enfila son casque antibruit et fixa son ordinateur, essayant de se concentrer sur le devoir qu'elle devait terminer. Au lieu de cela, elle sortit un stylo et un bloc-notes et commença à répondre à l'homme qu'elle aimait, ne s'arrêtant qu'une seule fois pour essuyer les larmes qui coulaient.

# CHAPITRE DEUX

L'INSPECTRICE ERIN DONOVAN monta dans son pick-up Ford F-150, claqua la portière et mit le contact. Le moteur V8 de 5 litres rugit. C'était son premier jour après des vacances à Hawaï, et elle était sous le choc de la chute brutale de la température combinée au décalage horaire qui malmenait ses sens.

Elle mit le chauffage à fond, le temps de dégeler la fine couche de glace qui recouvrait le pare-brise. Elle envisageait sérieusement de se pencher sur les offres d'emploi dans les îles. Ils avaient besoin de flics à Hawaï aussi, pas vrai ? Habiter dans le nord de l'État de New York était comme vivre dans un putain de réfrigérateur.

La ville de Forbes Pines, dans le comté de St Lawrence, se trouvait à moins de 80 km de la frontière. Ils étaient si près du Canada qu'ils pouvaient pratiquement sentir les ours polaires. Elle rit à sa propre blague. Forbes Pines était une ville universitaire d'environ 15 000 habitants et, jusqu'à sept mois plus tôt environ, les gens du coin s'étaient montrés amicaux. La périphérie sud de la ville bordait les monts Adirondacks, et la région était magnifique, surtout en automne lorsque les arbres changeaient de couleur.

Malgré cela, elle ne se sentait toujours pas chez elle. Après le procès sensationnel qui avait déchiré la ville au mois de décembre, elle doutait que cela arrive un jour.

Elle remonta la fermeture de sa parka et frotta ses mains gercées. En tant que policière, elle privilégiait l'accès à son arme de poing au confort, mais la frontière entre sécurité et stupidité était mince. Ce soir-là, elle se demandait sérieusement ce qui était le plus susceptible de la tuer en premier : le froid ou un agresseur. Le mercure affichait des températures négatives, et les trottoirs étaient couverts de glace sale et de neige fondue. Il n'avait pas neigé depuis le réveillon de Noël, près de deux semaines plus tôt. Non pas que cela l'ait dérangée – elle était trop occupée à profiter du soleil sur une plage de sable blanc.

Elle s'était offert ses premières vacances depuis des années, et elle était rentrée à contrecœur. Elle fronça les sourcils, essayant de se souvenir de ses vacances précédentes. Son estomac s'agita comme un ivrogne dans le métro quand elle y parvint. Sa lune de miel. Bon sang. Ce rappel lui fit l'effet d'un coup de poing qui lui coupa le souffle et lui fit saigner les entrailles. Elle ferma les yeux et fut immédiatement assaillie par l'image de Graham pointant son SIG Sauer P239 sur sa propre tête. Ses membres se contractaient dans une bataille sans fin, déchirés entre l'envie de courir vers lui et de fuir.

Elle ouvrit les yeux d'un coup, le cœur battant la chamade, la sueur perlant sur sa peau. Son souffle formait un nuage de vapeur. *Et merde.* Elle pensait en avoir fini avec les flashbacks. Un coup sur la vitre fit exploser son cœur dans sa poitrine. Elle pivota sur son siège.

Ully Mason, patrouilleur du commissariat de Forbes Pines, attendait sur l'asphalte, piétinant le sol inflexible de ses bottes de taille 46,5. Essayant de contrôler sa respiration, elle éloigna sa main de son arme de poing et abaissa la vitre.

Il la regardait fixement sous d'épais sourcils noirs.

— On a reçu un appel – possible intrusion chez Cassie Bressinger.

— Encore ? Je pensais que ça se serait calmé ?

La tête d'Erin la lançait. Le central recevait des appels presque tous les soirs depuis des mois. Elle pensait que ces petits jeux auraient pris fin avec le procès. Visiblement pas.

Un petit sourire triste s'afficha sur le visage d'Ully. C'était un homme séduisant, et il le savait.

— Je suppose qu'ils ont entendu que tu étais de retour.

— Jésus Marie Joseph.

Les étudiants avaient un meilleur réseau qu'Échec au crime. Officiellement, elle n'était pas en service, mais si ces appels bidon ne cessaient pas, le chef allait faire un infarctus.

— Je te retrouve sur place. Si on ne trouve aucune preuve d'intrusion cette fois, on arrêtera l'appelant pour gaspillage des ressources de la police.

Elle consulta sa montre. 22 heures.

— Voyons si on peut trouver un moyen de mettre fin à ces conneries.

Ully agrippa le haut de sa vitre.

— Je dois faire le plein en chemin. N'entre pas sans moi. Je vois déjà la pom-pom girl jurer sous serment qu'elle t'a tiré dessus par légitime défense.

— Elle ne s'en priverait pas, acquiesça Erin.

Ully s'éloigna vers sa voiture de patrouille noire et blanche. Erin remonta sa vitre. Aux yeux de Cassie Bressinger, Erin était le diable incarné. Elle allait lui donner matière à la critiquer.

Le givre se dissipa enfin et la chaleur envahit l'habitacle. Le commissariat de Forbes Pines partageait l'imposante monstruosité en briques rouges de l'hôtel de ville avec le palais de justice, le bureau du procureur et les bureaux municipaux. Les politiciens et les avocats aimaient se retrouver sur les marches en marbre. Les flics et les criminels préféraient l'entrée arrière.

Erin sortit du commissariat et prit Roosevelt Road, puis tourna à droite le long de Main Street en passant devant le magnifique parc qui conférait à la ville une élégance naturelle. De grands ormes et des bancs en fer forgé bordaient l'allée centrale. De l'autre côté du parc, l'ancien édifice en grès de Blackcombe College donnait à Forbes Pines un air digne et aisé. L'université dominait tous les aspects de la ville, la moitié de la population étant composée d'étudiants ou d'anciens étudiants qui ne pouvaient se résoudre à partir. Les professeurs et le personnel constituaient une grande partie du reste de la ville, et la plupart des entreprises locales dépendaient de l'université pour leur survie.

Erin plaisantait souvent avec ses collègues, disant qu'ils étaient plus des policiers de campus que de vrais policiers. C'était avant que le procès ne fasse la une des journaux internationaux et ne consolide sa position de femme la plus détestée du comté. Erin continua à rouler, avec l'intention de décrire une large boucle autour du périmètre sud de l'université jusqu'aux sororités et aux fraternités, situées tout à l'est. Elle voulait se faire une idée de l'ambiance suite à la condamnation de Drew Hawke. Il faudrait au moins dix minutes à Ully pour faire le plein, elle avait donc le temps. Le trimestre avait commencé le jour même et, malgré l'heure, de nombreux groupes d'étudiants traînaient dans les parages. Elle avança lentement et ils regardèrent son pick-up avec suspicion. À l'extérieur d'une des grandes fraternités, elle croisa le regard de Jason Brady, le receveur des Blackcombe Ravens.

Vêtu d'un pantalon de survêtement et d'un T-shirt à manches longues des Ravens, il se tenait sur le trottoir à côté de sa jeep, les mains sur les hanches. Il cracha par terre et murmura le mot « connasse » pendant qu'elle passait.

En souvenir du bon vieux temps.

Elle continua, passant devant le complexe sportif, la faculté des sciences. Encore 800 mètres, et elle se retrouva à arpenter les rues de chaque côté de la maison de Cassie Bressinger. Aucun signe de rôdeur. Elle arrêta le pick-up à quelques maisons du petit bâtiment en briques. De nombreuses maisons de ce quartier étaient louées à des étudiants. Quelques-unes appartenaient à des familles à faible revenu : assistants de recherche, chargés de cours. Le voisin de Cassie Bressinger avait installé une petite balançoire en plastique sur une pelouse de la taille d'un timbre-poste.

La dernière fois qu'Erin s'était rendue à cette adresse, elle avait arrêté le petit ami de Cassie. Pas étonnant que la fille soit aussi amicale avec elle qu'un sanglier blessé. Il y avait une lumière allumée à l'intérieur de la maison, mais rien à l'extérieur ou en bas. Elle essaya d'appeler Ully, mais ne parvint pas à le joindre sur son portable. Il y avait plusieurs zones sans réseau, et la station-service se trouvait dans l'une d'elles. Elle n'avait pas de radio de police dans son pick-up ce soir-là.

Elle resta assise un moment avec le moteur en marche, puis se sentit ridicule. Elle totalisait cinq ans en tant que flic et un an en tant qu'inspectrice de la police de New York. Ce n'était pas une débutante qui avait besoin qu'on lui tienne la main. Contrairement à ce qu'on pouvait voir dans la plupart des séries télévisées, les inspecteurs ne travaillaient généralement pas en binôme. Surtout pas dans les petits départements ruraux. Ils travaillaient seuls, et s'en sortaient très bien sans avoir besoin d'un fidèle acolyte.

Cassie et ses amies étaient probablement assises dans le noir à la regarder et à rire aux éclats, prévoyant de renouveler cette routine *à l'infini*. Erin coupa le moteur et éteignit les phares. Elle prit sa lampe de poche sous son siège et sortit du pick-up.

L'année passée avait été la plus éreintante de sa carrière professionnelle, mais elle s'était terminée par la condamnation du violeur en série qui avait terrifié le campus. Elle aurait dû se sentir plus en sécurité, comme tous les autres, mais c'était une ville mordue de football, et les joueurs étaient élevés au même rang que la Sainte Trinité. En arrêtant le quarterback vedette, elle ne s'était attiré que des ennuis, et pour l'heure, elle était aussi populaire que Ponce-Pilate après la crucifixion.

Une sirène retentit au loin, le son se répercutant à des kilomètres à la ronde dans le paysage hivernal. Un chien aboya quelques maisons plus bas, mais la rue elle-même était déserte. Tout le monde était bien au chaud chez soi, comme il se devait.

Bon sang.

Elle traversa la route, puis grimpa les trois marches du porche qui s'effritait. Il y avait un canapé mité à droite. Se plaçant à gauche de la porte, elle frappa et attendit. Un silence inquiétant l'accueillit.

— Police de Forbes Pines.

Elle frappa plus fort.

— Cassie Bressinger, vous avez signalé un intrus. Ouvrez, s'il vous plaît.

Personne n'aimait voir des flics traîner dans son quartier. Elle comptait bien s'assurer que les voisins sachent précisément qui était responsable de cette visite nocturne. Elle frappa à nouveau.

Bon sang, mais où était Ully ?

Si elle avait vraiment pensé qu'il y avait un intrus à l'intérieur de la maison, elle aurait défoncé la porte, mais elle doutait que le chef de la police apprécie ce genre d'intervention musclée. Il voulait que les incidents se calment naturellement sans faire de drame.

Un plan qui ne fonctionnait actuellement pas.

Il y avait un chemin étroit entre les jardins clôturés de la propriété et de la maison voisine. Elle emprunta le chemin, les bords de son manteau effleurant le bois de chaque côté. À l'arrière de la propriété, elle se hissa sur la pointe des pieds et passa sa lampe de poche par-dessus la planche supérieure. Elle braqua son faisceau dans les recoins sombres, révélant des poubelles débordant d'ordures et plusieurs cartons de bouteilles vides empilés devant la porte arrière. Aucun signe d'effraction.

Quelque chose s'élança contre la barrière à côté d'elle, qui se mit à trembler violemment. Son cœur ricocha entre ses côtes et sa colonne vertébrale. Une frénésie d'aboiements lui indiqua que ce n'était qu'un chien… *Bon sang*. Cette foutue chose avait de la chance qu'elle ne lui ait pas tiré dessus.

La poussée d'adrénaline avait fait monter sa tension. Elle était à présent énervée. Elle regagna l'avant de la maison, avec l'intention de marteler la porte, mais elle vit l'une des colocataires de Cassie marcher vers elle sur le trottoir.

— Qu'est-ce que vous faites là ? demanda Alicia Drummond d'une voix forte.

Elle portait une pile de livres, et arborait une attitude hostile. Le sentiment était réciproque.

— La police a reçu un appel concernant un intrus à cette adresse, lui dit Erin avec un sourire qui aurait pu lui arracher la chair des os.

— Vous êtes sûre qu'ils ne parlaient pas de vous ? se moqua Alicia.

C'était une étudiante en droit morveuse en passe de devenir une avocate de la défense tout aussi morveuse.

Erin garda ça pour elle. Sa mère disait toujours :

— Si tu ne peux pas dire quelque chose de gentil, ne dis rien du tout.

Bien sûr, sa mère était l'un des rares membres de la famille à ne pas être flic. La réponse de son père était toujours :

— Tu as le droit de garder le silence. Utilise-le.

Erin vivait selon sa maxime.

Alicia cala ses lourds livres sous un bras pendant qu'elle cherchait ses clés.

— On ne veut pas de vous ici. Vous devriez partir avant que je porte plainte.

— Bien essayé, Alicia.

Erin s'appuya contre le bardage. Après seulement quelques heures de sommeil et un décalage horaire de cinq heures, elle avait un degré zéro de tolérance pour les conneries. Elle voulait juste rentrer chez elle se coucher.

— Je dois parler à Cassie ; c'est elle qui a signalé l'intrus. Je vais avoir besoin qu'elle vienne au poste de police et fasse un rapport complet. Toute autre personne présente dans la maison au moment de l'appel doit également l'accompagner.

Plus elle rendrait les conséquences de cette farce gênantes, plus vite elles comprendraient que ce n'était pas acceptable. Les flics avaient mieux à faire de leur temps.

Alicia lui adressa un regard de dégoût total. Puis elle entra et alluma la lumière du hall d'entrée. Elle voulut claquer la porte au nez d'Erin, mais cette dernière glissa sa botte dans l'interstice.

— Alicia, lui dit-elle avec suffisamment d'insistance pour que la jeune fille croise son regard. Cassie doit arrêter de faire de faux signalements avant de s'attirer de sérieux problèmes.

Alicia plissa les yeux.

— Très bien. Je lui dirai d'arrêter d'être si rancunière juste parce que les flics ont enfermé son petit ami pour trente ans. Après tout, qu'est-ce que c'est, trente ans ?

— Dis-le au juge et aux jurés. Ce n'est pas moi qui l'ai condamné.

Erin retira son pied, et Alicia lui claqua la porte au nez. L'inspectrice passa une main dans ses cheveux. Il y avait quelque chose d'admirable dans l'indignation de ces jeunes femmes. Dommage que le gars en qui elles croyaient soit une ordure violente.

Elle retourna à son pick-up, se demandant où pouvait bien être Ully et si elle devait attendre qu'il arrive ou l'appeler sur le chemin du retour. Un cri déchira l'air et fit se dresser tous les poils de son corps. Elle fit volte-face et courut vers la maison. Elle heurta Alicia dans l'allée du jardin. La jeune femme qui la détestait se jeta dans les bras d'Erin en sanglotant bruyamment.

— Oh, mon Dieu. Oh, mon Dieu !

— Qu'y a-t-il ? demanda Erin.

— Elles sont mortes !

Le cœur d'Erin s'emballa alors qu'elle se préparait à une blague stupide.

— Qui ? Qui est mort ?

Elle s'éloigna d'un pas de la fille hystérique et fit asseoir

Alicia sur la margelle.

— Qui est mort ? répéta-t-elle vivement, essayant de percer le brouillard d'hystérie qui enveloppait l'étudiante en droit habituellement imperturbable.

— C-Cassie et M-Mandy.

La peau d'Alicia était grise, son expression en état de choc.

Si c'était une blague, Erin allait les faire passer devant le juge. Une voiture de police noire et blanche s'arrêta dans la rue derrière eux. Ully. Enfin.

Il la rejoignit.

— Désolé, quelqu'un a grillé un feu rouge, et je l'ai arrêté.

— On nous signale deux mortes à l'intérieur de la maison, lui dit-elle.

Les yeux d'Ully s'écarquillèrent et il demanda des renforts par radio. Ils avaient tous les deux supposé que c'était une nouvelle fausse alerte. Le pouls d'Erin battait fort dans ses veines. Avait-elle fait une erreur ? Était-elle dehors à s'apitoyer sur son sort pendant que quelqu'un massacrait deux filles à l'intérieur ?

Elle sortit son Glock de son étui et monta les marches. Ully fit de même, et ils entrèrent rapidement par la porte d'entrée, inspectant le rez-de-chaussée pièce par pièce ; le salon et la cuisine, la salle de bain du rez-de-chaussée. Une porte donnant sur la cuisine avait probablement occupé le rôle de salle à manger à une époque, mais avait été convertie en une autre chambre. Les livres et le sac d'Alicia étaient éparpillés négligemment sur le lit.

Tout était silencieux à l'intérieur. Un sentiment lugubre imprégnait l'air maussade.

Erin désigna les escaliers du menton et ils gravirent les marches. La porte de la première pièce à gauche était grande ouverte. Une fille était allongée sur le lit, fixant le plafond sans le voir. Erin l'avait vue au procès l'année précédente, mais elle ne connaissait pas son nom. Elle avait des contusions sur le cou, et le blanc de ses yeux était taché de rouge.

Erin ignora son cœur qui tambourinait dans sa poitrine et avança vers le centre de la pièce tandis qu'elle et Ully finissaient leur fouille. Une fois qu'ils furent certains que personne ne se cachait dans le placard ou sous le lit, elle pressa ses doigts sur la carotide de la jeune fille.

La peau était chaude, mais il n'y avait pas de pouls.

Erin croisa le regard d'Ully et secoua la tête. Ils passèrent alors à la pièce suivante, vérifiant sous le lit, derrière la porte et dans la baignoire attenante. Vide.

L'horreur monta d'un cran lorsqu'ils entrèrent dans la dernière chambre. Les signes d'une bagarre étaient évidents. Papiers et literie jonchaient le sol. Les morceaux d'un mug cassé étaient éparpillés sur le tapis. Cassandra Bressinger gisait nue, en étoile, les poignets et les chevilles liés aux quatre coins du lit. Le même mode opératoire que Drew Hawke aurait utilisé pour violer ses victimes, sauf qu'elle était sur le dos et qu'on l'avait battue jusqu'à la rendre quasi méconnaissable.

Erin et Ully échangèrent un regard. Avaient-ils eu tort ? À propos de Drew ? À propos du coup de fil de Cassie ? Le choc, l'horreur et un terrible sentiment de culpabilité traversèrent Erin. Si elle avait enfoncé la porte plus tôt, aurait-elle sauvé la vie de ces deux jeunes femmes ?

Pour se ressaisir, Erin se concentra sur son rituel de travail. Sécuriser la scène. Évaluer la victime. Ully et elle inspectèrent la pièce, s'assurèrent que leur vie n'était pas menacée avant qu'Erin n'appuie ses doigts sur le côté de la gorge de la fille. Pas de pouls. Elle n'était pas morte depuis longtemps, mais assez pour que ses lèvres deviennent bleues et que ses yeux se voilent.

Faisant attention à là où ils mettaient les pieds et à ce qu'ils touchaient, Ully et elle inspectèrent le reste de la maison. Un hurlement de sirènes retentit. D'autres policiers commençaient à arriver.

— Sécurise le périmètre, dit-elle au patrouilleur en chef.

Elle ne voulait pas que tous les flics de la ville passent par la scène de crime ou voient les corps.

— Je vais passer des coups de fil.

À la police scientifique, au médecin légiste, à leur patron.

— Et demande à quelqu'un d'emmener Alicia Drummond au poste pour prendre sa déposition avant qu'elle ne parle à quelqu'un d'autre.

Ully acquiesça. Il parlait déjà dans sa radio.

Le premier appel d'Erin fut pour Harry Compton.

— Qu'est-ce que tu me veux ? répondit-il sur un ton endormi.

Il n'y avait que deux inspecteurs dans la petite police de Forbes Pines, et un seul d'entre eux avait récemment pris des vacances à Hawaï.

— Double homicide sur Fairfax Road.

— Putain, dit Harry avant de raccrocher.

C'était un homme peu loquace.

Elle appela ensuite le chef Strassen pour lui dire que l'affaire qu'ils pensaient avoir bouclée le mois précédent était loin d'être terminée. Et la ville qui la détestait était sur le point de la crucifier.

———

UN APRE VENT du nord soufflait dans la rue, présageant de l'hostilité que Darsh Singh allait rencontrer dans les prochaines minutes. Il faisait encore sombre. La neige gisait en plaques sales sur le sol nu. Il avait enfilé les vêtements qu'il portait plus tôt dans la journée, avait pris ses affaires et filé à l'aéroport. À présent, un mince coupe-vent bleu marine avec « FBI » inscrit au dos en jaune acide était tout ce qui se trouvait entre lui et un vortex polaire déterminé à aspirer la Nouvelle-Angleterre dans les profondeurs froides de l'enfer.

Il était en mission à Boston lorsqu'il avait reçu un appel urgent de l'agent spécial superviseur Jed Brennan. En congé maladie depuis Noël, suite à une blessure par balle lors d'une tentative d'assassinat du président, l'agent avait temporairement pris la tête du DSC-4 après que l'ASAC Lincoln Frazer s'était brisé le tendon d'Achille lors de l'arrestation d'un criminel sur les Outer Banks deux jours auparavant. Sachant que Frazer avait réussi à mettre la main sur un tueur en série actif depuis près de vingt ans, Darsh se disait que ce n'était pas cher payer.

Son propre bureau débordait de dossiers en cours. Une série de viols à Portland. Une série d'homicides à Washington, sans parler du réseau d'esclaves blancs sur lequel il travaillait à Boston. Mais moins de douze heures après son retour au travail, Jed Brennan avait reçu un appel téléphonique angoissé du ministère de la Justice au sujet d'un double homicide particulièrement sensible au Blackcombe College, à Forbes Pines, dans le nord de l'État de New York.

Blackcombe était réputé à la fois comme un établissement d'enseignement supérieur et un centre de recherche de classe mondiale, mais ce n'était pas la raison pour laquelle il s'était récemment trouvé sous les feux des projecteurs. Les médias avaient concentré leur attention sur la ville après le procès très médiatisé et la condamnation du quarterback vedette pour une série de viols l'année précédente. Le procès avait déchiré la ville : les camps opposés s'étaient affrontés sur les marches du palais de justice et une émeute avait failli éclater à la lecture du verdict.

Brennan avait retiré Darsh de ses autres affaires et lui avait dit d'en faire sa priorité.

C'était une situation délicate. Darsh avait été chargé non seulement d'examiner les derniers meurtres, mais aussi d'établir le profil des autres crimes. Pour savoir si ces nouveaux meurtres étaient une coïncidence, l'œuvre d'un imitateur, d'une personne essayant délibérément de semer le doute sur la condamnation de Hawke, ou si la police locale avait fait une erreur et avait condamné un innocent. Et il devait faire tout cela sans énerver les locaux qui savaient qu'ils allaient être passés au microscope.

Darsh traversa la foule de badauds qui s'attardait malgré l'heure tardive et les températures négatives. Il espérait que quelqu'un aurait eu l'intelligence de photographier les curieux en plus de la scène du crime. Les tueurs revenaient souvent pour observer le chaos qu'ils semaient. Cela faisait partie du frisson. Contrairement à la plupart des tueurs et violeurs fictifs, dans la vraie vie, ces criminels étaient généralement aussi intelligents qu'une punaise. Il montra ses accréditations à la policière qui surveillait le périmètre extérieur et passa sous la bande.

— Agent Singh. FBI. Je dois parler au responsable.

— *Vous* êtes du FBI ?

Il ignora le scepticisme dans sa voix.

— C'est ce qu'ils m'ont dit quand j'ai été diplômé de

l'académie.

Il rempocha son insigne doré tandis que la femme criait quelque chose à l'un de ses collègues avant de le conduire vers la maison en briques à étage entourée de ruban jaune délimitant la scène de crime.

— Désolée, fit la jeune recrue, décontenancée, et ses joues prirent une teinte écarlate assortie à la couleur de son nez gelé. Je ne m'attendais pas à ce qu'un fédéral se présente.

Darsh inscrivit son nom sur le registre, passa des protections en papier sur ses bottes, des gants en latex sur ses mains, et pénétra dans la maison. Il faisait tout aussi froid à l'intérieur – les portes avant et arrière étaient grandes ouvertes. Au moins, cela ralentirait la décomposition.

La jeune recrue pivota et s'approcha d'une blonde qui portait un pantalon gris sous une parka noire avec une capuche doublée de fourrrure. La blonde avait la tête baissée, mais lui semblait vaguement familière.

Elle leva les yeux, et une paire d'yeux bleus charbonneux vint croiser les siens. Tous les neurones de son corps se mirent en branle lorsqu'il la reconnut. Les pupilles de la femme se dilatèrent, mais à part cela, elle ne trahit aucune réaction.

*Et merde.*

Aucun sourire. Pas de « Salut, comment ça va ? » Mais leur dernière rencontre s'était déroulée dans des circonstances très différentes. À l'horizontale. Nus. Haletants.

Elle l'avait retourné comme personne d'autre ne l'avait fait, et c'était *avant qu'il ne* découvre qu'elle était mariée.

Il jeta un coup d'œil à sa main gauche. Pas d'alliance.

Son pouls s'accéléra, comme s'il n'avait pas retenu la leçon la première fois. Elle rentra ses doigts dans sa manche, sentant peut-être son regard.

La jeune recrue dit quelque chose à l'oreille de la blonde, qui plissa les yeux, évaluant clairement les implications professionnelles de sa présence plutôt que personnelles. Darsh lui rendit son regard. Sous sa veste, il portait un pantalon tactique noir, un T-shirt noir, des bottes tactiques – à peu près la même tenue que lorsqu'il l'avait croisée dans un bar après avoir passé une journée intense et moite à s'entraîner avec le groupe d'intervention du FBI. Elle était à Quantico pour une formation destinée aux forces de l'ordre. Il était sur le point de partir pour une mission d'infiltration et était censé faire profil bas. Il ne lui avait pas dit qu'il faisait partie du DSC du FBI, mais son omission n'était pas comparable à la sienne. Il n'en revenait toujours pas d'avoir couché avec une femme mariée.

La femme fit la moue, et il essaya d'oublier le fait qu'il avait passé des heures à embrasser ces lèvres – et d'autres parties de son corps. Comme si elle avait lu dans ses pensées, elle lui lança un regard furieux et se tourna vers le technicien de la Scientifique à qui elle avait parlé, ignorant Darsh.

Il réprima un sourire. S'ils ne s'étaient pas trouvés sur le lieu d'un double homicide, il aurait éclaté de rire. Il avait l'habitude de travailler avec des femmes qui broyaient des couilles au petit-déjeuner. En fait, il appréciait le défi qu'elles représentaient. Il attendit patiemment qu'elle daigne lui parler. Quarante-six secondes plus tard, elle traversait la pièce et le rejoignait à côté de la porte.

— Vous êtes du FBI ?

Elle tendit la main pour vérifier ses accréditations. Elle les prit et les examina attentivement.

— Pas un Marine alors ? murmura-t-elle sous cape, prouvant qu'elle se souvenait bien de leur nuit ensemble trois ans plus tôt.

— Marine un jour, Marine toujours, lui dit-il sincèrement.

— *Semper Fi*, marmonna-t-elle d'un ton sarcastique. *Toujours fidèle.*

— Eh bien, c'est *ma* devise.

Il récupéra brusquement ses accréditations, et elle tressaillit.

De près, ses yeux inhabituels se détachaient sur sa peau crémeuse et ses cils épais et foncés, comme une touche de couleur sur un teint par ailleurs pâle. Il y avait des ombres sous ses yeux, des cernes témoignant d'heures supplémentaires passées à faire face à la réalité brutale. Il se dit que cela n'avait pas d'importance. Tout ce qui comptait, c'était d'aider à attraper ce tueur et de s'assurer que les flics locaux n'étaient pas des ploucs incompétents.

— Ce n'est pas une enquête fédérale, dit-elle d'un ton glacial et irrité.

Bon sang, les bonshommes de neige étaient plus chauds que cette femme en apparence – sauf qu'il savait que sous cette façade glacée se cachait un noyau de feu en fusion.

— Non, madame.

— Inspectrice, corrigea-t-elle, ses yeux aiguisés semblant suivre ses pensées. Inspectrice Erin Donovan.

— Inspectrice.

Il inclina la tête, inexplicablement soulagé qu'elle n'ait pas menti sur son prénom. Il lui avait suffi d'un coup d'œil à la blonde sexy pour tomber sous le charme. Au début, ils n'avaient pas échangé leurs noms de famille ou leurs histoires, tous deux cherchant un coup d'un soir sans attaches. Mais à la fin de la nuit, il voulait tout savoir d'elle – sauf la seule chose qu'il avait découverte. Il s'éclaircit la gorge.

— Votre chef a demandé l'assistance du DSC. C'est moi.

Son patron, à la demande du gouverneur, avait en effet appelé le FBI pour obtenir de l'aide. Aucun des flics locaux n'avait besoin de savoir que le ministère de la Justice était aussi impliqué.

— Le DSC ? Vous êtes du DSC ?

Son expression était moins antagoniste à présent qu'elle savait qu'il n'était pas un agent de terrain susceptible de lui piquer l'affaire. Mais la question demeurait dans ses yeux : pourquoi avoir menti sur le fait d'avoir été un Marine toutes ces années auparavant ? Une étincelle de compréhension sembla illuminer son regard, mais il ne pouvait deviner ce qu'elle pensait.

— Je suppose que nous avons tous les deux menti pour obtenir ce que nous voulions, dit-elle dans un murmure à peine audible.

Une nuit de sexe torride. Ce souvenir imprégnait l'air entre eux, et cela le contrariait. En tant que tireur d'élite entraîné, il ne commettait jamais deux fois la même erreur ; il en allait de même pour sa vie privée. Il garda la même voix basse et chuchota :

— Seulement, je n'avais pas d'épouse à la maison qui m'attendait.

— Une médaille d'or pour l'agent Singh.

Elle le regarda droit dans les yeux, releva son menton têtu et repassa en mode professionnel.

— Les crimes en série impliquent généralement plus de deux corps, et une période de réflexion entre les crimes. Que vient faire le DSC ici ?

— Après le procès pour viol de l'année dernière, cette ville n'a pas besoin d'un tueur en liberté.

Une part de vérité ne pouvait pas faire de mal.

— Plus vite vous résoudrez ce problème, mieux ce sera.

Ils se regardèrent longuement, mais il ne cilla pas. Elle non plus.

— Vous avez quelqu'un qui photographie la foule dehors ?

Détourner son attention. Lui donner une raison d'apprécier sa contribution.

Elle écarquilla les yeux, puis étouffa un juron.

— Geoff, lança-t-elle à un homme qui rangeait son matériel de photographie. Prends d'autres photos de l'extérieur et de la foule, au cas où le suspect serait dans le coin.

— Très bien, cheffe.

Le photographe sortit son appareil avec l'air résigné d'un homme qui ne dormirait pas de la nuit.

— Nous l'avons déjà fait un peu plus tôt, mais j'aurais dû penser à le refaire au bout de quelques heures. La curiosité du suspect aurait pu se manifester par la suite. Merci.

Elle lui adressa un bref signe de tête.

— Les corps sont toujours là, n'est-ce pas ?

Il se faisait généralement une bien meilleure idée de l'état d'esprit du tueur en voyant les victimes *in situ*. Et c'était une situation explosive et une affaire sensible. Plus vite ils trouveraient qui avait tué ces filles, mieux ce serait pour tout le monde. Il fit un pas vers les escaliers, mais elle décrivit un mouvement latéral, le bloqua et ils se heurtèrent violemment. Il lui attrapa les bras pour qu'elle ne tombe pas sur les fesses et essaya d'ignorer le fait que ses seins étaient pressés contre son torse. La dilatation de ses pupilles et de ses narines en disait long, même si sa mâchoire était contractée et ses yeux plissés. Ils se regardèrent fixement, comme des amants en colère – ou deux chiens méfiants qui s'affronteraient pour un territoire.

# CHAPITRE TROIS

DARSH ETAIT AMUSE. L'inspectrice allait-elle vraiment essayer de l'empêcher de faire son travail ? Étant donné que le sommet de sa tête blonde arrivait au niveau de son menton, et qu'il faisait bien 30 kg de plus qu'elle, ce n'était pas forcément ce qu'il y avait de mieux à faire. Même si elle avait une arme.

Les techniciens de la Scientifique et les autres flics les observaient avec un vif intérêt, et Darsh ne comptait pas se donner en spectacle. Il la lâcha et s'éloigna d'elle d'un pas. Le contact de sa peau faisait bouillonner son sang, et il ne pouvait pas se permettre d'être distrait.

— Vous avez un problème avec ma présence ici, inspectrice ?

Quelque chose vacilla dans son regard. Elle colmata les brèches de son sang-froid avec un sourire qui disait que non seulement elle ne lui faisait pas confiance, mais qu'elle ne l'aimait pas beaucoup non plus. C'était différent en Virginie.

— Je dois parler à mon chef avant d'autoriser quiconque à s'approcher de ces corps. Vérifier que vous n'êtes pas un journaliste ou un cinglé avec des accréditations falsifiées. Je dois aux victimes et à leurs familles de ne pas prendre les choses pour argent comptant.

Il la regarda d'un air perplexe. Techniquement, il n'avait

pas besoin de sa permission, mais il appréciait la rigueur avec laquelle elle comptait vérifier son identité auprès de son patron, et le fait qu'elle semblait se soucier des victimes – bien que le jugement d'un enquêteur puisse être obscurci si l'affaire le touchait de trop près.

— Je vais attendre, dit-il patiemment.

Elle s'éloigna, sortant son téléphone sans perdre un instant. Il entra dans la cuisine et regarda autour de lui. Une pile de vaisselle lavée s'égouttait à côté de l'évier. L'endroit était propre, bien qu'un peu vieillot et usé. Un logement étudiant féminin typique, à l'exception de la photo d'Erin Donovan collée à une cible criblée de trous, deux fléchettes perçant soigneusement chaque globe oculaire, la troisième sortant de sa bouche.

La femme en question le suivit dans la petite pièce avec sa table branlante recouverte de factures. Elle le vit hausser les sourcils devant le jeu de fléchettes, et grogna. Elle plaça sa main sur le micro.

— Cassie Bressinger n'était pas exactement une de mes fans. Je suppose que vous savez qu'elle était la petite amie de Drew Hawke ?

Il n'en savait rien. Cela apportait un tout nouvel éclairage à l'affaire.

Conflit d'intérêts ?

Le problème était que le poste de police était si petit que tous les effectifs avaient dû être mobilisés sur l'affaire de viols en série de l'année précédente.

Il se dirigea vers la porte arrière et inspecta le jardin. Un chemin bétonné menait à un portillon dans la clôture arrière. La pelouse se résumait à deux bandes d'herbe marron et à quelques pots de fleurs vides empilés sur le côté. On aurait dit que quelqu'un pouvait faire l'effort de cultiver un jardin en été. Des bouteilles de vin vides reposaient dans des conteneurs de recyclage en plastique. Une clôture en bois de 1,5 mètre de haut fermait la propriété.

Un chien commença à aboyer à côté.

Donovan se rapprocha de l'agent du FBI.

— Très bien. Le chef Strassen s'est porté garant pour vous. Venez.

— Aucun signe d'effraction ?

Il se pencha pour examiner la serrure de près, mais ne constata aucune trace d'éraflure, aucune trace de pied-de-biche sur le bois, aucune rayure sur le métal. Il se redressa.

Elle secoua la tête, et une mèche de cheveux blond clair s'accrocha à la manche de l'agent. Cette vision le paralysa l'espace d'un instant, tandis que la sensation de ses cheveux sur sa peau nue lui revenait, dans tout son érotisme.

Elle attrapa sa mèche de cheveux d'un geste impatient et la ramena dans une queue de cheval pour dégager son visage.

— Nous n'en avons pas constaté.

Il n'avait aucune idée de ce dont elle parlait.

— Les portes avant et arrière étaient toutes deux fermées à clé quand nous sommes arrivés.

La façon dont le tueur était entré. Les verrous. *C'est vrai.*

Pas de cheveux soyeux, de peau douce, ni de bouches torrides. Pas de murs, de sols, ni de tables.

Darsh garda une expression grave et hocha la tête. *Putain de merde.*

— Allons-y.

Sa voix était bourrue ; il cherchait à masquer sa réaction. Il n'était pas là pour ça. Il n'était pas là pour elle.

Il la suivit dans la maison, loin du murmure des autres

personnes travaillant sur la scène de crime. Et alors qu'il la suivait dans les escaliers, il prit conscience d'une autre vérité indéniable qui n'était ni professionnelle ni appropriée. C'était un fait établi que certaines choses avaient le pouvoir de distraire un homme, quelles que soient les circonstances – les fesses de l'inspectrice Donovan s'avéraient en faire partie.

Il secoua la tête. Il était au travail. Même si ça n'avait pas été le cas, il ne couchait pas avec des femmes mariées. Et s'il rencontrait son mari pendant cette affaire ? Cette idée lui donna des sueurs froides. Qu'Erin Donovan aille se faire voir pour l'avoir mis dans cette position et avoir rendu l'expérience si inoubliable.

Il arriva en haut des escaliers et fut replongé dans le présent. Dans la chambre de gauche, une victime était allongée sur le lit. La vue de sa forme inerte ramena son attention sur son travail.

C'était une jeune femme, entre 18 et 20 ans. Des cheveux noirs lâchés autour de son visage. Entièrement vêtue d'un pull rouge rubis et d'un jean bleu. Ses chaussettes arboraient des bonnets de père Noël. Darsh tressaillit. Il savait sans aucun doute qu'elle les avait eues pour Noël, tout comme il avait toujours reçu des chaussettes de Noël d'une de ses sœurs, d'aussi loin qu'il s'en souvienne. Cette pensée attisait sa colère, et c'était quelque chose qu'il ne pouvait pas se permettre. Il se plaça dans une zone où sa famille et ses sentiments n'existaient pas. Un endroit où il n'avait jamais partagé une partie de jambes en l'air torride avec Erin Donovan.

Pendant l'opération Liberté irakienne, le fait d'être dans cette zone lui avait permis de regarder dans la lunette de son fusil de précision M40A1 et de neutraliser les menaces qui pesaient sur ses camarades Marines sans l'ombre d'un remords. Il avait appuyé sur la gâchette et éliminé les cibles, les unes après les autres, sans hésitation. Les fantômes pouvaient lui rendre visite de temps à autre, révélant leur humanité et la sienne, mais il ne regrettait pas ses actions. Les leçons de dissociation lui avaient bien servi dans le passé, et il s'en servait à présent, essayant de devenir une machine et de laisser la faiblesse et la distraction des sentiments derrière lui.

— Mandy Wochikowski. Vingt ans, étudiante de troisième année à Blackcombe, en criminologie, l'informa Donovan.

— Qu'en est-il des délinquants sexuels enregistrés dans la région ?

— J'ai un officier qui suit leurs mouvements. Beaucoup d'entre eux ont déménagé l'année dernière, quand leurs adresses ont été publiées sur un blog d'étudiant.

Elle paraissait mal à l'aise.

— Des justiciers ? demanda-t-il.

— Il n'y a pas eu de plaintes officielles, mais vous connaissez quelqu'un qui voudrait vivre à côté d'un pédophile ?

— Vous marquez un point.

Il reporta son attention sur Mandy Wochikowski. La jeune femme semblait avoir été étranglée, mais il n'y avait pas de signes évidents d'agression sexuelle. Il serait impossible d'en être sûr tant que le médecin légiste n'aurait pas pratiqué une autopsie, mais cette dernière ne serait pas nécessairement concluante. La jeune fille fixait le plafond de ses yeux vides parsemés de pétéchies – signe de suffocation – et ses ongles présentaient des signes évidents de cyanose. Ses membres avaient été soigneusement alignés, les bras le long du corps, les jambes droites et parallèles. Les pieds joints. Propre. Nette. Prête pour son cercueil.

Il se détourna et regarda les photos sur les murs peints en

jaune. Il y avait des posters de groupes : Nirvana. Cold Play. Fall Out Boy. Un tableau de liège sur lequel était fixé son emploi du temps, entouré de ce qu'il supposait être des photos de famille et de quelques photos d'amis. Il reconnut Drew Hawke sur l'une d'entre elles. Le quarterback était un beau jeune homme. Une carrière en NFL l'attendait à la fin de l'université.

Une carrière qui était partie en fumée.

Des manuels scolaires étaient ouverts sur le bureau. Il en reconnut certains qu'il avait lui-même étudiés. Un ordinateur portable était posé là, sa batterie ronronnant bruyamment. Un modèle ancien. Il appuya sur le pavé tactile du bout de son gant en latex. Donovan émit un bruit de protestation, puis s'interrompit. Peut-être avait-elle décidé qu'ils étaient tous les deux du même côté. Ou peut-être choisissait-elle ses combats.

L'écran de l'ordinateur s'ouvrit sur une rédaction inachevée. La jeune fille s'était arrêtée au milieu d'une phrase sur les brimades et le harcèlement en série.

— Sa musique est en pause, fit remarquer Donovan. Appuyez sur le bouton, dit-elle par-dessus son épaule.

— Est-ce qu'on a cherché des empreintes dessus ?

Il indiquait l'ordinateur. Les empreintes digitales utilisables étaient beaucoup plus difficiles à trouver que la plupart des gens ne le pensaient.

Elle acquiesça.

— Ils l'ont examiné, mais n'ont rien trouvé. Ils n'ont pas utilisé de poudre pour ne pas endommager l'ordinateur. On va le mettre sous scellés et vérifier la présence d'ADN de contact avant que les informaticiens ne mettent la main dessus.

L'inspectrice posa ses mains sur ses hanches et il s'efforça de ne pas regarder la façon dont le coton de sa chemise épousait les courbes de son corps. Oubliée la fameuse zone. Il appuya sur Lecture, et ils sursautèrent tous les deux devant le volume sonore. Il reconnut le groupe et la chanson : *In your room* d'Halestorm. Un peu trop proche de la situation présente.

Il l'éteignit, et Donovan et lui se dévisagèrent dans le silence soudain.

— Cette musique était-elle allumée ou éteinte quand les premiers intervenants sont arrivés ?

— Éteinte.

— Vous êtes sûre ? demanda-t-il.

— J'étais la première sur les lieux, avec l'officier Mason. Nous avons été appelés pour une alerte à l'intrusion. Il n'y avait pas de musique à ce moment-là. Vous pensez que le suspect l'a éteint ?

— Quelqu'un a déclenché une alerte à l'intrusion ?

C'était une information importante. Il avait reçu le minimum de détails avant de sauter dans un petit avion à turbopropulseur qui l'avait déposé à l'aérodrome le plus proche.

Erin remua, mal à l'aise.

— Depuis l'arrestation de Drew Hawke, nous avons eu une série de faux signalements provenant de cette adresse. Nous avons répondu, comme toujours, mais sans le prendre trop au sérieux. Une troisième colocataire est arrivée alors que j'étais sur le pas de la porte. Elle est entrée. Elle a trouvé les corps.

Et Donovan s'en voulait de ne pas avoir enfoncé la porte dès son arrivée.

— Vous pensiez que c'était une blague ?

— Pas une blague.

Son expression n'était pas de l'amertume, mais c'était un cousin proche : le regret.

— Elles provoquaient délibérément la police, mais mon chef voulait qu'on y aille doucement avec elles.

— Parce que leurs parents sont riches ?

Un éclat brilla dans ses yeux bleus.

— Parce que j'avais arrêté un de leurs amis, et qu'elles semblaient sincèrement bouleversées par les événements. Elles traversaient une mauvaise passe.

Elle poussa un profond soupir.

— Et leurs parents sont blindés.

Il regarda le corps sur le lit. Elle avait clairement passé un mauvais moment ce soir-là. Le fait qu'elles aient pris l'habitude de crier au loup avait-il conduit à leur mort ? Ou le tueur les avait-il choisies pour une autre raison, comme le fait d'être la petite amie de Drew Hawke ?

— Vous pensez que la condamnation de Hawke est solide ? demanda-t-il, tâtant le terrain.

Erin n'aurait pas pu serrer davantage les dents sans se briser la mâchoire.

— Ce n'est pas à moi de décider. Je ne fais que fournir des preuves…

— Arrêtez les conneries, Erin. Vous pensez qu'Hawke l'a fait ou non ?

Ses yeux brillèrent d'un bleu mercure.

— Oui. Oui, je pense qu'il était coupable du viol de ces deux femmes, et probablement de deux autres cas qui n'ont pas été instruits l'année dernière. Mais pas parce que j'ai une sorte de vendetta contre les joueurs de football, comme le prétendent les journaux. C'est ce que disent les victimes et les preuves.

L'ADN sous la forme d'un cheveu, les témoignages, même les polygraphes. Le dossier semblait solide, mais il devait examiner chaque détail. Darsh se détourna et remit la musique. Il s'assit dans la chaise branlante de Mandy, ignorant la façon dont elle grinçait sous son poids. Puis il se retourna pour faire face au moniteur, ses doigts au-dessus du clavier. Mandy aurait-elle entendu quelqu'un passer la porte de sa chambre avec la musique aussi forte ? Aurait-elle vu son reflet dans son écran ?

Ou bien le suspect avait-il fait irruption et l'avait rapidement maîtrisée, puis avait monté le volume de la musique pour couvrir ses cris ? Cela n'avait pas de sens étant donné qu'il y avait une autre fille dans la maison, à moins que l'autre fille n'ait déjà été morte.

Il appuya à nouveau sur « pause ».

— Mettez-vous derrière moi, ordonna-t-il à Donovan.

Elle s'exécuta, mais il ne vit pas vraiment de reflets sur le fond blanc du fichier Word de Mandy.

Il jeta un coup d'œil à la chambre de la jeune fille, essayant de l'imaginer assise là à peine quelques heures plus tôt, plus préoccupée par une rédaction que par le prédateur qui l'avait dans sa ligne de mire. Il n'y avait aucun signe de lutte. La pièce était impeccable. Les vêtements pliés. Darsh se leva pour vérifier le panier à linge. Presque vide après les vacances de Noël. La façon dont le suspect avait disposé le corps suggérait le remords, mais il n'avait pas couvert son visage, ce qui suggérait que le tueur connaissait la victime.

— Il l'a prise par surprise, n'est-ce pas ? Elle écoutait de la musique et travaillait sur un devoir, et il s'est glissé derrière elle.

Pendant un instant, l'angoisse déferla sur les traits d'Erin.

Elle se dit qu'elle avait mal évalué la situation, et maintenant elle avait deux mortes sur la conscience.

— Elle n'avait aucune chance.

Darsh s'efforça de l'ignorer.

— Je voudrais des copies de l'emploi du temps de Mandy, de tous ses comptes sur les réseaux sociaux et de ses e-mails. Vous avez son téléphone portable ?

— Il était sur le bureau. Harry Compton, l'autre inspecteur de Forbes Pines – waouh, deux *vrais inspecteurs* – l'a pris pour chercher les coordonnées des parents.

Darsh n'enviait en rien cette tâche à Harry. Travailler avec des morts présentait certains avantages.

Erin pinça les lèvres comme pour garder ses émotions sous contrôle.

*Ne lui arrivait-il plus de sourire ? Comme elle lui avait souri dans ce bar ?* Le souvenir de cette soirée envahit son cerveau jusqu'à ce qu'il le chasse. Le fait qu'elle soit attirante et bonne au lit n'était pas le sujet. La question était de savoir si elle était un bon flic. Il demanderait à Brennan de creuser un peu dans son passé et ses évaluations de performance. Histoire de voir si elle était coutumière des erreurs.

— Je m'assurerai que vous receviez des copies de tout ce que nous trouverons, lui dit-elle comme s'il s'apprêtait à partir.

Il ignora cette supposition. Il n'avait aucune idée du temps qu'il allait rester coincé là, mais il aurait bien aimé qu'une urgence requière son attention immédiate ailleurs que dans le nord de l'État de New York.

— Parlez-moi de l'autre victime.

— Cassie était étudiante en troisième année de psychologie du sport. Pom pom girl. Vingt ans. Elle pensait que j'étais le diable incarné, grimaça-t-elle.

— Mais vous pensez quand même qu'il est approprié de travailler sur son meurtre ? demanda-t-il calmement.

La rectitude de la colonne vertébrale de l'inspectrice n'avait d'égal que la sévérité de son expression.

— À moins que je ne sois devenue suspecte, Agent Singh, je suis le meilleur espoir qu'elle ait d'obtenir justice, rétorqua-t-elle avec un regard de défiance. Elle m'agaçait parce qu'elle faisait perdre du temps à la police, et que nous étions déjà bien assez occupés sans ces conneries. Mais je comprenais sa position. Je n'ai jamais ressenti d'animosité envers elle.

— La probabilité qu'il s'agisse d'un meurtre fortuit est assez faible, ce qui signifie que quelqu'un a ciblé Cassandra Bressinger à cause du lien avec Hawke. Il y a forcément un conflit d'intérêts, fit-il valoir.

— C'est faux, rétorqua-t-elle avec véhémence.

— Vous ne pensez pas que vous êtes trop impliquée ? suggéra-t-il.

— Trop impliquée ?

S'il n'avait pas observé ses lèvres si attentivement, il n'aurait pas remarqué la façon subtile dont elles s'étaient serrées.

— Nous parlons de faits et de déclarations de témoins. L'affaire Hawke n'a jamais rien eu de personnel pour moi. Je la connais mieux que quiconque.

— Vous avez dû devenir assez proche des victimes.

La douleur brilla dans le regard de l'inspectrice. Elle posa ses mains sur ses hanches, révélant sa taille fine et un Glock-22 attaché à son côté, et il ne détourna pas le regard. *Seigneur.* Il avait un faible pour les femmes portant une arme de poing.

L'avait-elle fait exprès ? Avait-elle cherché à le distraire dans un moment de vulnérabilité ?

— Il n'y a jamais eu aucun doute que les femmes avaient été violées, Agent Singh, alors naturellement j'ai éprouvé de la compassion pour elles. C'est l'identité de l'agresseur qui était en question. Nous avons trouvé des cheveux qui nous ont menés à Hawke, et les femmes ont déclaré que c'était Drew Hawke qui les avait violées. Elles sont toutes passées au détecteur de mensonges quand la défense l'a demandé. Pour moi, c'est béton.

Ils se regardèrent fixement pendant quelques secondes. Il ne pouvait pas se permettre d'être distrait par la passion de Donovan pour sa cause. Il savait exactement comment cette passion se traduisait dans d'autres domaines de sa vie, et ce n'était pas bon pour son objectivité. Il tourna son regard vers le lit, puis étira sa nuque raide. Peut-être n'aurait-il pas dû s'interroger sur la capacité de Donovan à faire son travail. Mais se concentrer sur la sienne.

Ils traversèrent le couloir pour se rendre dans une autre chambre aux murs peints en bleu et aux rideaux fleuris fermés pour protéger la pièce des regards indiscrets. La maison entière était silencieuse à présent. Pas même le murmure des fantômes ne venait troubler ce calme.

Les membres de la victime étaient écartés de manière à exposer ses organes génitaux. Le suspect avait-il imaginé la réaction des flics en la trouvant de la sorte ? Avait-il pensé choquer l'inspectrice Donovan lorsqu'elle aurait franchi le seuil de la porte et découvert la scène ? Darsh ignora la partie de son cerveau qui éprouvait de la compassion pour la victime et se concentra sur la raison de sa présence. Entrer dans l'esprit d'un tueur.

La mort de Mandy Wochikowski avait été propre, alors que celle-ci était violente, dégradante et explicite. Elle avait été battue. Il y avait une composante sexuelle évidente dans cette agression. L'absence de vêtements, l'étalage sexuel manifeste. Le matelas était nu. Il regarda de plus près son jean bleu sur le tas de literie au milieu du sol. Le denim était déchiré là où il avait été coupé avec ce qui ressemblait à des ciseaux. Le fait que ses vêtements aient été découpés suggérait que le tueur avait dû la maîtriser et la retenir avant de la déshabiller – d'où les coups portés au visage ? Mandy aurait-elle entendu la lutte avec les portes fermées et la musique à fond ?

Probablement pas.

Il regarda autour de lui.

— Vous avez trouvé des ciseaux ?

Donovan secoua la tête. Son silence en disait long.

Le meurtre de Mandy ressemblait presque à des excuses. Celui-là… Le suspect avait clairement puni Cassandra Bressinger, et avait pris du plaisir à le faire. Darsh observa les nœuds et la corde d'escalade bleue qui attachaient ses membres à chaque coin du lit double. Cela faisait longtemps qu'il n'était plus scout, mais certains nœuds lui semblaient familiers.

— La corde vient-elle de la maison ?

— Je n'en ai vu nulle part, mais je n'ai pas encore parlé aux autres colocataires.

Il avait le sentiment que le tueur avait soigneusement planifié ce meurtre. Il avait probablement apporté la corde et les ciseaux avec lui. La corde était peut-être le meilleur lien physique qu'ils avaient avec ce type. Cassandra était-elle la cible initiale et Mandy un dommage collatéral ? Ou avait-il prévu d'attacher les deux filles, peut-être même les quatre, mais avait été interrompu par les flics avant de pouvoir faire subir ses sévices à Mandy ?

Avait-il perdu son sang-froid ? Son excitation ? Peut-être que tuer ne lui avait pas fait l'effet auquel il s'attendait. Trop salissant. Trop laid ? Peut-être n'avait-il pas l'intention de tuer la femme. Peut-être avait-il poussé la strangulation trop loin et fendu l'os hyoïde. L'attaque de Cassie était intentionnelle, mais sa mort avait peut-être été accidentelle.

— Qui a passé l'appel pour signaler l'intrus ? demanda-t-il.

— Je n'ai pas encore écouté l'enregistrement. C'est la première chose à faire sur ma liste dès que je rentre au poste.

Donovan montrait des signes clairs d'épuisement, mais il était hors de question qu'elle parte avant lui.

— Assurez-vous que ces nœuds soient préservés lorsque les cordes seront retirées, dit-il, car les nœuds pouvaient être très spécifiques aux délinquants. Vous avez des photos de tout ?

Elle acquiesça.

— Je veux que la corde et les nœuds soient envoyés à Quantico pour analyse.

Les poignets de Cassandra étaient ensanglantés et à vif là où elle s'était débattue contre ses liens. Elle était restée en vie assez longtemps pour se battre. Mais pourquoi l'attacher s'il ne voulait pas qu'elle soit vivante pour l'événement principal ? Darsh regarda de près les ongles non vernis de la victime. Puis il se pencha plus près, attiré par un soupçon de parfum qui ne lui correspondait pas.

— Sentez ses mains, dit-il à Donovan.

L'inspectrice se pencha plus près et renifla. Elle plissa le front.

— De l'eau de Javel ? jura-t-elle.

La javel détruisait l'ADN. Cassandra avait probablement égratigné le type.

— Je vais demander à la Scientifique de chercher des empreintes sur la bouteille de Clorox.

Quand elle revint, il demanda :

— Quelles sont les similitudes avec le mode opératoire supposé de Drew Hawke ?

Donovan s'éclaircit la gorge.

— Nous n'avons jamais trouvé d'eau de Javel utilisée pour nettoyer les corps. Il utilisait une corde en nylon jaune pour attacher ses victimes, mais nous n'avons jamais vu les nœuds ; les victimes étaient soit détachées, soit elles avaient réussi à se libérer après son départ.

C'était une différence probablement liée à l'escalade de la violence, mais les crimes étaient tout de même remarquablement similaires.

— Les victimes ont déclaré avoir été attachées aux pieds du lit, c'est bien ça ?

— En étoile, oui, dit calmement Donovan. Il se glissait dans leur chambre au milieu de la nuit. Il leur injectait de la kétamine, les bâillonnait, puis les attachait aux quatre coins du lit où il les violait à plusieurs reprises. Je n'ai pas vu de traces d'injection sur ces victimes, mais nous attendons le médecin légiste.

— Kétamine *et* corde ?

Elle acquiesça.

— N'est-ce pas un peu excessif pour un athlète masculin qui devait faire 50 kg de plus qu'elles ?

Elle pinça les lèvres.

— J'énonce juste les faits. Je ne suis pas entrée dans sa tête.

Ça, c'était son travail à lui, comme elle tenait à le lui rappeler. Il consulta sa montre. Il était presque cinq heures du matin.

— D'habitude, le médecin légiste met-il autant de temps à arriver ?

— Le chef a demandé à ce que le médecin légiste de l'État soit impliqué dans cette enquête dès le début, et il est basé à Massena, à environ une heure de route. Il y a eu un accident de motoneige la nuit dernière et trois personnes sont mortes – deux enfants et leur père. Le légiste a été retenu par cette affaire, sinon vous ne seriez pas arrivé à temps pour voir les corps sur place.

— Au moins, la température ici est la même que celle de la morgue. (S'il ne faisait pas plus froid.) D'autres similitudes avec les autres affaires ?

Si elle savait qu'il la testait, elle n'en montra rien.

— Le schéma des contusions autour de la gorge de Cassie est similaire, bien que les autres filles aient évidemment survécu. Le fait qu'il semble qu'elle ait été violée de façon violente ? Même chose, fit-elle d'un regard vif et pénétrant. Et il manque le drap-housse.

Il regarda la pile de draps de lit jetés sur le sol.

— Vous êtes sûre ?

Elle acquiesça.

— Cette information a été révélée lors du procès de Drew Hawke. Personne ne sait ce qu'il est advenu des draps, mais il semble probable que Hawke ait pris le linge de lit pour tenter de réduire les preuves matérielles le reliant au crime.

Plutôt que comme un trophée. Le fait que ce tueur ait fait la même chose…

— Donc le suspect est arrivé avec un kit de meurtre et a pris encore plus de choses en partant. Préparé. Expérimenté. Discipliné.

— Alors, pourquoi ne pas prendre la corde, surtout si les

filles étaient mortes ?

Donovan venait d'exprimer l'une des incohérences qu'il avait constatées.

— Vous avez des gars qui fouillent les bennes à ordures voisines pour trouver des preuves matérielles ?

— Ouaip, fit-elle, l'air peu optimiste. Toutes les bennes à ordures de la ville. J'ai appelé la société de ramassage d'ordures et leur ai demandé d'arrêter les collectes jusqu'à ce qu'on ait fini. Mais je ne pense pas qu'il va jeter le drap dans un endroit trop exposé. Il l'a probablement déjà brûlé.

Elle fourra ses mains dans les poches de son manteau pour trouver un peu de chaleur. Darsh regrettait de ne pas avoir mis quelque chose de plus chaud qu'un T-shirt et un coupe-vent avant de partir. Il n'y avait pas de neige à Boston.

— Savait-il qu'il n'y avait que deux filles ici ? demanda-t-elle soudain. Et si oui, comment ? Est-ce qu'il les harcelait ? Est-ce qu'il connaît leur routine ? C'est un ami ? Est-ce qu'il surveillait la maison, peut-être depuis un véhicule ? Ou bien vit-il à proximité ?

Darsh aimait la façon dont son cerveau fonctionnait. Ses pensées allaient dans la même direction.

Elle poursuivit.

— Peut-être qu'il se fichait que les autres aient pu rentrer à tout moment. Peut-être qu'il attendait qu'elles arrivent jusqu'à ce qu'il me voie débarquer ? Avait-il une arme ou un couteau pour les contrôler ? Est-ce ainsi qu'il a maîtrisé deux femmes intelligentes, puis les a tuées toutes les deux ?

Elle s'apprêtait à dire autre chose, mais ferma la bouche.

— Quoi ?

Il voulait savoir comment elle pensait, et comment elle agissait en fonction de ces pensées.

— Ce n'est pas un novice. Il a déjà fait ça avant.

Darsh acquiesça. La question à un million de dollars était de savoir s'il avait acquis son expérience sur les femmes que Drew Hawke avait été condamné pour avoir violé, ou s'il utilisait cette affaire pour faire monter les enchères et accroître sa propre notoriété. Ou alors Hawke avait-il un partenaire ? Personne n'avait jamais mentionné cette possibilité, mais la kétamine était réputée pour laisser les victimes confuses et désorientées. Si la victime était consciente, la drogue pouvait produire des hallucinations, mais n'effaçait pas réellement la mémoire à court terme comme le faisaient certaines drogues du viol.

Darsh jeta un coup d'œil aux murs de la chambre. Pas de posters. Juste un sanctuaire au fils Hawke.

La lampe de Cassandra était allumée. L'ordinateur éteint. Une tasse renversée et cassée gisait sur le tapis, une tache de café marron sur la moquette. Des papiers froissés étaient éparpillés sur le tapis. Il feuilleta quelques boîtes posées sur une étagère : des reçus, des documents administratifs de l'université. Puis il étudia le contenu du bureau. Ordinateur portable. Casque audio. Imprimante. Manuels scolaires. Papier à lettres. Enveloppes. Et timbres. Il ouvrit un tiroir. Pas de lettres.

— Est-ce qu'elle correspondait avec Hawke ?

Donovan le regardait se déplacer dans la pièce. Elle semblait réticente à le quitter des yeux, et il doutait que ce soit à cause de son physique irrésistible.

— Je ne sais pas. Nous n'avons pas trouvé de lettres, mais après ses déclarations d'amour éternel ? Je serais choquée qu'ils ne se soient pas écrit.

— Nous devons le découvrir.

Si le tueur avait pris les lettres, cela leur apprendrait quelque chose sur son état d'esprit.

Elle contourna avec précaution le désordre qui régnait par terre.

— Donc vous pensez qu'il aurait pris les lettres, mais pas les ordinateurs ou les téléphones portables. Ce n'est pas un vol qui aurait mal tourné.

— Non, acquiesça-t-il.

— Va-t-il s'arrêter de tuer si on ne l'attrape pas ?

Les dents blanches de l'inspectrice mordillèrent sa lèvre inférieure.

Darsh les sentit sur sa peau et tenta de se prémunir contre ce souvenir tactile.

— L'idée que les tueurs en série ne s'arrêtent pas tant qu'ils ne sont pas arrêtés est un mythe. Dennis Rader a tué dix personnes entre 1974 et 1991. Il n'a tué personne d'autre avant d'être arrêté en 2005. Parfois, ils trouvent un substitut au frisson qu'ils ressentent en tuant. Parfois, ils ont peur et ne veulent pas se faire prendre. Les psychopathes font souvent moins de victimes lorsqu'ils atteignent la quarantaine ; personne ne sait pourquoi. Les violeurs en série, par contre ? ajouta-t-il en ajoutant la fille morte. Je doute que ce type en ait fini.

Cassandra Bressinger s'était battue avec acharnement, mais cela n'avait fait aucune différence en définitive. En fait, plus elle se débattait, plus le tueur avait dû prendre son pied. Le viol était un crime de haine et de domination, pas de désir incontrôlable. Cet individu avait violemment attaqué Cassandra Bressinger, utilisant plus de force que nécessaire pour la maîtriser et passer à l'acte. Cela ressemblait au travail d'un violeur en colère classique qui utilisait le sexe comme une arme. Le suspect avait voulu humilier et souiller Cassie. Peut-être que l'identité de la victime n'avait pas d'importance. Peut-être que le gars détestait les femmes en général. Mais Darsh avait le sentiment que l'agresseur avait choisi Cassie délibérément, et qu'elle était un message. Il devait découvrir quel était ce message et à qui il était destiné. Cela ressemblait plus à un violeur à la recherche de pouvoir, utilisant le sexe comme un outil pour compenser son sentiment d'insuffisance.

La nature de l'agression sexuelle donnait à Darsh des informations sur la psyché tordue de ce type, mais dans le cas présent, les messages étaient contradictoires.

— S'il est animé par un désir de notoriété, cela pourrait suffire à le rassasier pour le moment. Mais s'il devient dépendant des projecteurs…

— Il est sur le point de prendre le pied de sa vie, dit Donovan en hochant la tête. Les médias sont sur le point de débarquer dans cette ville et de faire de ce type une célébrité mondiale.

Et elle un paria.

— Et s'il essaie de faire passer Hawke pour innocent, ou les forces de l'ordre pour des incompétents, dit-il en lui lançant un regard perçant, ce n'est peut-être que le début.

Elle poussa un juron.

— En fin de compte, je doute qu'il s'arrête de lui-même, dit-il en serrant le poing. Je dois comprendre son mobile…

— *Nous*, le corrigea Donovan. *Nous* devons comprendre son mobile…

Son expression le mettait au défi de lui refuser le droit de faire son travail.

— Nous, finit-il par céder.

Il écarta le rideau pour observer la rue. Ce qu'il faisait en réalité, c'était éviter la femme qu'il ne s'attendait pas à revoir. Celle qui lui avait menti et l'avait mis à genoux. S'il découvrait qu'elle avait fait foirer l'enquête sur Hawke et qu'elle avait laissé ces deux femmes se faire tuer par négligence, Erin serait écartée de l'affaire et du métier. L'inspectrice Donovan n'aimerait pas ça. Non. Elle n'apprécierait pas du tout.

# CHAPITRE QUATRE

ERIN LAISSA LE moteur de son pick-up tourner pendant une minute, essayant d'ignorer le fait que son passé venait d'entrer en collision avec son présent. De tous les hommes qui auraient pu mettre les pieds sur une scène de crime… Elle poussa un gémissement audible. Elle aurait voulu pouvoir rentrer discrètement chez elle et se cacher dans sa chambre pendant une semaine. Assez longtemps pour que l'*agent du FBI* Darsh Singh reprenne la route.

*Bon sang.* Elle aurait voulu crier sa frustration.

Il fallait des années avant de pouvoir *postuler* pour le DSC. Il était donc très certainement déjà un agent quand ils s'étaient rencontrés. Il savait qu'elle suivait un cours à l'académie, et c'était probablement pour cela qu'il avait choisi l'histoire du Corps des Marines. Peut-être s'était-il dit qu'elle refuserait de sortir avec quelqu'un qu'elle aurait pu croiser pendant son stage au FBI. Mais elle avait oublié, jusqu'à ce qu'il soit trop tard, que l'adultère était une infraction pénale dans l'armée. Elle avait nourri des années de culpabilité pour l'avoir mis en danger et avait compris pourquoi il avait paniqué lorsqu'il avait découvert qu'elle était mariée. À ce stade, lui révéler la vérité sur sa situation n'aurait rien changé, et elle n'avait même pas essayé.

Mais il lui avait menti en disant qu'il était dans les Marines.

Le fait qu'il soit encore furieux d'avoir couché avec une femme mariée témoignait d'une moralité supérieure à la sienne. Il pensait probablement qu'elle était une salope qui s'ennuyait et qui se tapait des queues pour passer du bon temps. Il avait tort, mais elle cherchait *bien* du sexe quand elle avait mis les pieds dans ce bar, et elle était mariée. Il n'avait donc peut-être pas complètement tort. C'était peut-être un péché aux yeux de l'église et de la loi militaire, mais la part d'elle qui voulait avoir honte avait rapidement été enterrée sous une montagne de résilience et d'indépendance durement gagnée.

Ce n'étaient pas ses affaires.

*Hypocrite.*

Personne n'avait le droit de lui dire comment agir ou ce qu'elle devait ressentir. Surtout pas un homme qui avait fait sa part de tromperie dans sa quête pour la mettre à poil. Il ne lui avait jamais *demandé* si elle était mariée. Elle n'avait pas menti.

Lorsque le chauffage commença enfin à fournir de l'air chaud, elle démarra et roula lentement devant la foule de badauds qui s'était attardée malgré l'heure et la température glaciale. Elle vérifia ses freins juste pour s'assurer qu'ils fonctionnaient toujours. Non pas qu'elle soit paranoïaque ou quoi que ce soit.

Des phares apparurent dans la rue derrière elle, et ses épaules s'affaissèrent. L'agent Singh la suivait au poste de police.

Pourquoi son patron avait-il demandé l'aide du FBI ? Bien sûr qu'elle le savait. Elle essayait juste d'ignorer l'éléphant dans la pièce jusqu'à ce qu'il la piétine et la réduise en bouillie. Son patron craignait que Hawke soit innocent et qu'elle ait arrêté le mauvais type.

Le fait qu'elle soit un petit rouage du système de justice criminelle n'aurait pas d'importance s'ils avaient besoin d'un bouc émissaire. Elle avait été le visage de l'enquête. C'était sa tête sur le billot. Bien que sa carrière ne soit rien comparée à la vie de ces deux femmes, c'était tout ce qu'elle avait.

Le procès très médiatisé avait-il attiré un violeur en série dans leur petite ville cossue ? Ou bien *s'était-elle* trompée sur Hawke, et le véritable violeur était-il en liberté depuis tout ce temps ? Avait-il fini par passer du viol au meurtre ? Mais les preuves contre Hawke étaient solides. Elle ne l'avait pas sorti de son chapeau, et les viols avaient cessé après son arrestation. Cela n'avait aucun sens.

Ses doigts se crispèrent sur le volant alors qu'elle pensait à ce qui était arrivé à Cassie et Mandy. Elle savait que les monstres existaient et qu'elle avait plus de chance de les croiser que le citoyen moyen. Elle savait qu'ils se cachaient parmi les citoyens honnêtes et polis, beaux et sérieux. Un mal insidieux se cachait sous des apparences normales. Elle ne le savait que trop bien.

Son téléphone sonna, et elle utilisa son kit mains libres pour répondre.

— Donovan.

— Tout va bien, ma chérie ? demanda sa mère.

Erin regarda l'heure. Sa mère avait dû apprendre la nouvelle et devait s'inquiéter.

— Oui, maman, bien sûr que je vais bien. Tu as déjà défait des bagages ?

Elle avait emmené ses parents avec elle à Hawaï pour leur quarantième anniversaire de mariage. Cela semblait être un geste généreux, mais sa famille n'était pas dupe. Elle cherchait toujours à éviter de rentrer à New York.

— On va bien. Je viens de voir les informations et je voulais m'assurer que tu étais en sécurité.

Une vague de culpabilité la frappa. Brigit Donovan avait probablement les nerfs à vif à force de s'inquiéter pour toute sa progéniture, sans parler de son mari. Peut-être était-ce l'une des raisons pour lesquelles Erin était devenue flic. C'était plus facile de ne pas s'inquiéter de ce côté de la ligne bleue.

— Je suis restée debout toute la nuit, maman, à travailler sur l'affaire. Je ne peux pas parler pour l'instant.

Erin entendit le roulement d'yeux dans la voix de sa mère.

— Bien entendu, tu ne peux pas. Prends soin de toi, Erin. Repose-toi et verrouille les portes. L'idée que tu sois toute seule dans cette maison de ferme…

— Merci de me faire peur, maman. Je te rappelle dès que j'ai une minute.

Ce qui signifiait : pas avant la résolution de l'affaire.

— Je t'aime, Erin.

Sa mère terminait chaque conversation sur ces mots. Ça, une rapide prière à Saint Michel et un baiser sur son rosaire.

— Je t'aime aussi, maman. Retourne te coucher.

Son téléphone sonna à nouveau dès qu'elle eut raccroché.

— Erin.

Elle reconnut la voix. Le professeur Roman Huxley.

— Je viens d'apprendre pour les meurtres. Si je peux vous aider de quelque manière que ce soit, n'hésitez pas à m'appeler.

Huxley était un grand spécialiste de la criminologie. Il était basé à l'université locale et était un atout inestimable. Elle avait assisté à quelques-uns de ses cours et avait même donné une conférence en tant qu'invitée avant l'affaire Hawke l'année précédente.

— Merci…

— Je ne sais pas si vous le savez, mais l'une des victimes était dans ma classe, en deuxième année. Mandy Wochikowski. C'était une enfant intelligente. Elle avait travaillé pour moi pendant l'été. C'est terrible.

— Qu'est-ce que vous pouvez me dire sur elle ? s'empressa de demander Erin.

Elle ne savait pas grand-chose sur Mandy. Toute information serait utile.

— C'était une excellente élève, qui assistait toujours aux cours et rendait ses projets à temps. Ces étudiants sont plus rares qu'on ne le pense.

— Un petit ami ? Une petite amie ?

— Pas que je sache.

Donc probablement pas. Le professeur était un séducteur, et l'avait draguée lors de leur première rencontre, et plusieurs fois depuis. Erin se faisait beaucoup draguer. Pas parce qu'elle était d'une beauté à couper le souffle. Mais parce que plus elle disait « non », plus elle représentait un défi. Apparemment, être inaccessible était attirant pour beaucoup d'hommes. Certains mecs devaient se casser la figure plusieurs fois avant de comprendre qu'elle ne sortait avec personne. Jamais.

Les images de l'agent sexy essayèrent de s'immiscer dans son esprit. Il était un rappel indésirable de la dernière fois qu'elle avait dit « oui ».

— Elle ne vous a jamais parlé de l'affaire Hawke ? demanda-t-elle.

— Vous pensez que les deux crimes sont liés ?

Sa surprise semblait sincère.

— Pas nécessairement, dit-elle prudemment.

Elle ne voulait pas être à l'origine de rumeurs qui pourraient compromettre sa carrière, mais il ne faudrait pas longtemps à la presse pour commencer à poser les mêmes questions.

— L'autre victime était Cassandra Bressinger. Je ne peux pas ignorer la possibilité qu'il y ait un lien.

— Grand Dieu je ne savais pas que l'autre fille était Cassie. J'avais oublié qu'elles vivaient ensemble.

Erin perçut le changement dans son ton.

— Vous la connaissiez aussi ?

— Elle est venue me voir pendant le procès. Elle voulait des recommandations de lecture sur les violeurs en série et m'a demandé si j'avais des recherches récentes à lui conseiller concernant leur psychologie.

Erin n'était pas surprise. Cassie voulait disculper son petit ami.

— Je suis vraiment désolé d'apprendre ce qui lui est arrivé, dit doucement le professeur. Elle semblait sincèrement convaincue que Hawke était innocent malgré les preuves irréfutables du contraire.

Il y eut une longue pause.

— Quant à votre autre question, Mandy et moi avons discuté de l'affaire Hawke à plusieurs reprises en classe. C'était une opportunité d'enseignement incroyable, comme vous pouvez l'imaginer.

Elle leva les yeux au ciel, car que c'était bien plus que ça.

— Je l'ai utilisé comme une démonstration du comportement criminel et de la façon dont les criminels sont souvent considérés comme une conséquence de leur statut social. Inutile de dire que la discussion a dégénéré en une dispute : les uns assuraient que le quarterback des Blackcombe Ravens pouvait avoir toutes les filles qu'il voulait et n'avait pas besoin de les violer pour avoir des relations sexuelles, *les autres* affirmaient que les joueurs de football étaient des têtes de nœuds trop stupides pour comprendre un mot d'une syllabe et de trois lettres. Mon cours sur les viols en série commence la semaine prochaine. J'espère que ces informations ouvriront les yeux de certains élèves sur des aspects du crime qu'ils pensent comprendre. Dans le cas contraire, ils seront recalés.

Elle avait d'autres chats à fouetter que des esprits étriqués ou de mauvaises notes.

— Merci pour votre aide, professeur.

— Comme je vous le dis toujours, appelez-moi Roman.

Cette familiarité semblait déplacée, un peu comme appeler le prêtre de la famille par son prénom.

— C'est vrai. Eh bien, si vous pensez à autre chose, n'hésitez pas à m'appeler.

— Ça pourrait être utile que je puisse consulter les notes de l'affaire…

Erin regarda dans son rétroviseur.

— Je vais parler au FBI pour voir si nous pouvons faire appel à vous en tant que consultant sur cette affaire.

— Le FBI est impliqué ? Déjà ?

Le professeur avait l'air intrigué.

— Ouaip.

— C'est ce qui arrive quand il a beaucoup de parents riches et des étudiantes assassinées.

Et une université d'élite qui risquait de voir ses inscriptions chuter drastiquement. Elle comprenait que les enjeux pouvaient se mesurer en dollars et en vies humaines – seules les vies la préoccupaient pour l'heure.

— Je reviendrai vers vous.

Erin lui dit au revoir et raccrocha.

Elle tourna vers le poste de police, l'agent Singh la suivant de près dans son SUV noir de location. Elle avait le sentiment qu'il allait être son ombre personnelle jusqu'à ce que les pouvoirs en place décident ou non de faire d'elle un bouc émissaire. Erin grogna de frustration en se garant sur une place de parking et en éteignant le moteur. Elle sortit et s'appuya contre le capot chaud de son pick-up en attendant que l'agent la rejoigne. Il s'approcha d'elle, tout en muscles et en calme professionnel. Sa bouche devint sèche.

*Ressaisis-toi, Erin. Il pense que tu es une salope infidèle et va probablement te faire virer.*

Il croisa son regard et leva un sourcil interrogateur. Elle essaya de conserver un visage neutre. Le type était magnifique et ressemblait plus à un acteur jouant un rôle qu'à un agent des forces de l'ordre doté de pouvoirs d'arrestation, mais elle savait qu'il ne fallait pas se fier aux apparences. Les gens la dénigraient souvent parce qu'elle était jeune et blonde. Ce qui augmentait sa satisfaction lorsqu'elle passait les menottes autour de ces poignets épais.

Elle ouvrit la voie, reconnaissante qu'il n'y ait pas encore de journalistes. Ils arriveraient bien assez tôt, telle une invasion de mouches.

— C'est un long trajet depuis la Virginie, fit-elle remarquer en montant les escaliers menant vers le bâtiment en briques rouges.

— J'ai pris l'avion depuis Boston.

— Une affaire de meurtre ?

Il la regarda en coin.

— Des suspicions de réseau d'esclaves blancs.

— Vous y avez mis un terme ?

— C'est en cours.

Il évita soigneusement son regard.

Donc on l'avait retiré de cette affaire pour l'envoyer ici. *Et merde.* Son humeur se dégrada encore tandis qu'elle lui tenait la porte.

— Eh bien, nous apprécions que vous ayez tout laissé tomber et que vous vous soyez précipité ici pour nous aider.

Elle ne prit pas la peine de cacher le sarcasme dans sa voix.

Il la regarda à nouveau en lui tenant cette fois la porte intérieure. Elle avait marqué un point. Elle était coincée avec lui pour quelques jours, et allait en faire bon usage. Le FBI avait accès à des ressources inimaginables pour leur petit poste de police. Et si ce profileur du DSC pouvait les aider à attraper leur tueur, elle supporterait toute la politique et les conneries associées de la part du reste de son département et de la mairie. Elle était même prête à supporter les allusions sarcastiques de l'agent Singh concernant ses mœurs légères – comme si elle avait été la seule à être nue dans ce lit.

Protéger les habitants de cette ville était sa priorité, même s'ils la détestaient pour ça.

Elle le conduisit dans le quartier général de la police, qui occupait les niveaux inférieurs de la partie nord du bâtiment. La salle d'audience se trouvait au-dessus. Ce couloir était bordé de panneaux de chêne noircis par l'âge et dégageait une atmosphère lugubre. L'agent Singh semblait cataloguer chaque détail, et Erin n'avait jamais aimé être jugée sur autre chose que son travail. Le type l'avait peut-être vue nue, mais il ne l'avait jamais vue travailler. Ils pénétrèrent dans la salle de conférence, qui bourdonnait d'activité. Tous les agents étaient au téléphone ou à la recherche d'informations et de pistes.

— Voulez-vous un café ? lui demanda-t-elle. Il s'accompagne d'une mise en garde sanitaire.

Les forces de l'ordre n'étaient pas connues pour avoir des baristas dans la salle de repos.

— Je veux bien, fit-il en hochant la tête.

— Je vais vous en chercher un. Attendez-moi ici.

Elle le laissa là et se rendit dans la salle de repos où se trouvaient quelques chaises rembourrées, un réfrigérateur, un évier, une cafetière et une bouilloire à thé. Tout espoir de trouver une tasse propre étant vain, elle sortit le tampon à récurer et fit de son mieux pour rendre une tasse moins dangereuse.

Ully Mason entra dans la pièce derrière elle. Le flic avec dix ans de carrière se tenait près de son épaule.

— Qu'est-ce qu'il fait là, le fédéral ? chuchota-t-il avec empressement. Il ressemble à un putain de terroriste.

Elle rinça la tasse et prit une serviette en papier.

— Crache encore ton venin, Ully, et je te dénonce moi-même.

Ses joues rougirent sous l'effet de la réprimande.

— C'est un profileur du DSC. Il est là pour nous aider à trouver qui a fait ça avant que la ville n'implose.

Même si elle ne faisait pas confiance à l'agent du FBI, elle n'était pas prête à dire du mal de lui à ses collègues. Son père lui avait appris à respecter ses pairs, quel que soit le badge qu'ils portaient.

— Hé, ne te mets pas dans tous tes états.

Elle leva les yeux au ciel. Ully se racla la gorge et se pencha suffisamment près pour que son souffle effleure son oreille.

— J'aurais besoin d'un service. Est-ce que tu pourrais taire le fait que je me suis arrêté pour mettre une contravention en chemin ?

Elle fronça les sourcils.

— Tu ne faisais que ton travail. Personne ne te le reprochera.

Il se trémoussa, sa ceinture d'équipement grinçant comme une vieille selle.

— Ouais, mais j'ai arrêté ce qui s'est avéré être une blonde très sexy dans une voiture de sport très brillante et je l'ai laissée partir avec un avertissement verbal après qu'elle a grillé un feu rouge. J'étais pressé de te rejoindre, mais ça ne va pas faire bon effet dans un rapport.

Il s'efforçait de ne pas croiser son regard.

— Surtout quand tu as son numéro.

*Bon sang.* Mis à part quelques accès inattendus d'inconscience, Ully était un bon officier. Mais il aimait les dames, et son uniforme et sa bonne mine faisaient qu'elles l'aimaient aussi.

— Tu n'as pas fait l'amour avec elle, n'est-ce pas ? demanda-t-elle à voix basse.

— Non, fit-il en reculant d'un demi-pas, l'air contrarié. Putain. J'étais en service. Je ne suis pas ce genre de flic.

Elle versa deux tasses de café et prit du lait dans le réfrigérateur. C'était déprimant qu'elle se souvienne que Darsh Singh prenait le sien avec un soupçon de lait.

— Très bien. Mais je ne te couvrirai pas.

— Je ne t'ai jamais demandé de mentir, juste de ne pas m'enfoncer.

— T'enfoncer ?

*Bon sang.* Elle se figea et se força à prendre une lente et profonde inspiration avant de répondre :

— Je ne suis pas ce genre de flic, non plus.

— Ouais, eh bien, on fait tous des erreurs.

Coup bas. Elle sentit la nausée la gagner. Sa poigne se crispa sur l'anse du pot à lait, mais elle s'efforça de ne laisser paraître aucune réaction.

Par la vitre, elle vit Darsh traverser la pièce et se diriger vers eux. Alors qu'Ully Mason était d'une beauté puissante et brute, façon joueur de hockey, Darsh était du genre beau brun classique. Pas étonnant qu'elle ait été attirée par lui toutes ces années plus tôt. Il avait des sourcils noirs bien dessinés, des pommettes nettes, une lèvre inférieure pleine. Son beau visage ne diminuait en rien sa masculinité. Sa grande taille, ses larges épaules et ses longues jambes remplissaient ses vêtements tactiques d'une manière qui faisait baver les femmes. Toutes celles du bureau lui lançaient des regards furtifs qui remerciaient le monde d'abriter des types sexy.

C'était peut-être *ça* le problème d'Ully. Il n'aimait pas avoir de la concurrence.

Pour sa part, elle n'était intéressée ni par l'un ni par l'autre. Même pas pour une rencontre sans lendemain. Il y avait toujours des attaches, et elles étaient généralement enroulées autour de son cœur ou de sa fierté. Dans tous les cas, elles étranglaient l'estime de soi.

Les cheveux de Darsh brillaient d'un bleu noir à la lumière artificielle. Sa veste bruissa lorsqu'il s'arrêta dans l'embrasure de la porte.

Elle le présenta à Ully et lui tendit une tasse.

— Il y a du sucre quelque part si vous en prenez.

Elle pointa du doigt le comptoir.

Il secoua la tête.

— C'est parfait. Merci.

Il souffla sur la tasse et but une gorgée. Il avait une peau légèrement basanée qui lui conférait un teint rayonnant, surtout dans une région où les gens avaient une peau d'une blancheur hivernale choquante. Même son bronzage à elle semblait déjà blafard moins de vingt-quatre heures après avoir retrouvé le pays de la neige et de la glace.

Le regard d'Ully était plein de ressentiment.

— D'où venez-vous ?

Darsh le regarda avec un calme froid. L'expression dans les yeux noirs de l'agent fédéral était si glaciale qu'elle sentit ses cheveux se dresser sur sa nuque.

— De Quantico, répondit-il calmement.

Ully prit un air buté.

Elle cacha un sourire. Ully avait raison sur un point. Ils faisaient tous des erreurs. La sienne était d'avoir clairement sous-estimé l'agent fédéral. Aussi plaisant que soit le spectacle de mâles alpha se tenant tête, Erin était résolue à faire avancer l'enquête.

— Vous avez réussi à retrouver l'autre colocataire ?

— Je l'ai trouvée.

Dissipant la tension, Ully se retourna et se servit un café, puis s'adossa à l'évier.

— Tanya Whitehouse. Elle était à une fête qui battait son plein dans une fraternité du campus. Elle avait la langue dans la gorge de Jason Brady quand je suis arrivé vers 23 h 30.

Jason Brady était le meilleur ami de Drew Hawke.

Elle grogna.

— J'ai vu Brady dans la rue devant sa maison quand je suis allé chez Cassie hier soir. Vers 22 h 04. Il portait un pantalon de survêtement sombre et un sweat à capuche zippé. Des baskets.

Étant donné qu'il faisait partie de l'équipe de football, il portait rarement autre chose que son uniforme des Ravens les jours de match.

Ully poursuivit :

— Ils n'avaient pas entendu parler des meurtres quand je suis passé prendre Tanya. Sinon les choses auraient pu s'envenimer.

Il aurait pu y avoir une émeute.

— Elle est toujours là ? demanda Erin.

La boisson chaude lui dégelait les entrailles. C'était la première fois qu'elle se sentait vaguement humaine depuis des heures.

— Je l'ai déposée à la sororité il y a quelques heures. Romano a pris sa déposition. Elle était assez secouée. Je lui ai dit que vous prendriez contact avec elle aujourd'hui et qu'elle devait rester disponible.

Ully regarda l'agent Singh avec insistance.

— Vous allez rouvrir l'enquête sur Hawke ?

Erin conserva un visage impassible en observant la réaction de Darsh. Les gens du coin n'étaient pas très portés sur la subtilité. C'était à la fois une bénédiction et une malédiction.

— Je suis là pour vous aider à trouver ce tueur.

Darsh se redressa, et elle réalisa qu'il était plus grand qu'Ully.

— Le plus tôt sera le mieux, dit Ully d'un ton sinistre.

— Tant qu'on coince le bon gars.

L'agent fédéral prit une autre gorgée de café.

Ully et elle échangèrent un regard.

— Quel est le plan ? demanda Singh à sa collègue d'un air entendu.

Elle termina son café et nettoya rapidement sa tasse. Elle ne voulait pas qu'il soit suspendu au-dessus de son épaule, mais elle devait garder un œil sur lui. Le fait qu'ils aient couché ensemble et qu'il se soit manifestement fait une opinion d'elle sur la base de cette rencontre la mettait mal à l'aise, mais c'était le prix à payer pour reprendre le contrôle de sa vie. Elle n'avait pas l'intention de gâcher cette opportunité ou de laisser le souvenir de cet événement faire dérailler sa carrière.

— Priorité numéro un, écouter l'appel passé aux secours. Ensuite, parler à la colocataire. Mais je dois d'abord tenir au courant mon chef et voir quelle équipe a été désignée pour travailler sur l'affaire et m'assurer que chacun sait ce qu'il est censé faire.

Serait-elle chargée de l'enquête ? Elle n'en savait rien.

Comme s'il l'avait entendu parler de lui, son chef leur fit signe de se rendre dans son bureau.

— Agent Singh, merci d'être venu.

Le chef Strassen tendit sa grosse patte charnue à l'agent fédéral. Puis il les conduisit dans son bureau et ferma la porte.

— Je vous suis reconnaissant d'être venu au plus vite. Nous avons besoin de garantir aux habitants que nous pouvons assurer leur sécurité.

— Deux filles mortes parlent d'elles-mêmes, Chef, dit Singh. Vous le savez pertinemment.

Son patron acquiesça, sans s'énerver comme il l'aurait fait si elle avait exprimé la même opinion.

— Nous devons attraper cette personne avant qu'elle ne blesse quelqu'un d'autre. Toutes nos ressources sont à votre disposition, Agent Singh.

C'était une plaisanterie, car les deux choses que les fédéraux apportaient étaient des jouets et des fonds.

— Je vous remercie, dit l'agent Singh en inclinant la tête, mais tout ce dont j'ai vraiment besoin, c'est de l'entière coopération de l'inspectrice Donovan.

Son chef la dévisagea et elle ouvrit la bouche sous l'effet de la surprise.

— Coopération qu'elle m'offre déjà, ajouta l'agent fédéral un peu tardivement.

Elle grinça des dents, arborant un sourire sinistre.

Son patron se détendit.

— Erin est douée. La condamnation de Hawke était solide…

Un grand « mais » flottait dans l'air.

*Et merde !*

— J'aurai besoin d'une pièce à moi pour travailler, dit Singh.

Erin laissa échapper un petit rire. L'espace était chose rare dans ce bâtiment des années 1920.

Le regard de son chef la fit taire.

— Nous avons arrangé quelque chose. Ce n'est pas parfait, mais…

Erin haussa les sourcils. Même Harry et elle n'avaient pas leur propre bureau, et elle ne voyait pas le chef prêt à céder son espace ou à faire enrager les secrétaires juste parce qu'un agent fédéral était en ville pour un jour ou deux. Ils avaient besoin de leur seule et unique salle de conférence pour les briefings et les réunions.

— Barry a débarrassé sa pièce et y a mis un bureau.

Le chef passa un doigt dans son col.

Barry ? Le concierge.

— Il n'y a pas de lumière naturelle dans cette pièce.

Elle se pencha en avant, légèrement horrifiée qu'ils traitent un visiteur de cette façon. Elle ne voulait pas que Darsh soit trop à l'aise, mais…

— Je suis sûr que ce sera parfait, dit Singh. Tant que la porte a un verrou.

Cette fois, ce fut le chef qui haussa les sourcils.

— Barry a les clés de toutes les pièces. Tout comme Linda, l'assistante administrative, précisa Erin, qui appréciait de voir son patron mal à l'aise pour une fois. Venez, je vais vous montrer où ça se trouve.

— Réunion dans la salle de conférence à 9 heures précises, lui cria son patron.

Ils passèrent devant les vestiaires et se dirigèrent vers le bout du couloir. Le linoléum était sale et recroquevillé dans un coin. Les détenus ne voyaient jamais cette partie du bâtiment. On les enfermait de l'autre côté du poste, loin de l'endroit où les flics travaillaient sur leurs affaires et s'occupaient de la paperasse. Les cellules de détention se trouvaient en bas, au sous-sol.

Elle s'arrêta devant la dernière porte sur la droite. Il y avait un carré de bois décoloré là où Barry avait enlevé le panneau « Gardien ».

— C'est ici.

Elle ouvrit la porte et alluma l'unique ampoule qui pendait du plafond. La pièce avait été nettoyée et sentait fortement le désinfectant au pin. Les étagères où se trouvaient habituellement les produits de nettoyage étaient vides. Elle dut se faufiler dans l'interstice lorsque la porte refusa de s'ouvrir complètement. Un tapis industriel noir recouvrait l'écoulement au sol. Un bureau abîmé occupait la majeure partie de la pièce. Dieu seul savait comment ils l'avaient descendu là. Une chaise de bureau confortable qui ressemblait étrangement à la sienne ajoutait un peu de classe à ces quartiers exigus.

Darsh arriva derrière elle.

— Au moins, c'est cozy.

Un côté de sa bouche se retroussa et, pour la première fois, ses yeux affichèrent une lueur d'humour.

Le moment où elle l'avait vu entrer dans ce bar lui traversa l'esprit. Il était avec un groupe de gars tous habillés de la même façon, un brin en sueur et chiffonnés, comme s'ils avaient passé la journée à jouer à la guerre. Ils étaient tous bien bâtis et séduisants, mais elle n'avait pas pu détacher son regard de cet homme, et ils savaient tous les deux comment cela s'était terminé. Son cœur se mit à battre la chamade et son visage s'embrasa, des picotements inhabituels d'excitation bouillonnant dans son sang pour la première fois depuis des années.

Le regard de l'agent se posa sur ses lèvres, mais il conservait un air circonspect. Ils prétendaient tous les deux qu'aucune attirance sexuelle n'imprégnait l'air entre eux. Ce chemin ne menait nulle part, et elle refusait de le suivre.

— Je vais vous laisser vous installer.

Elle voulut passer devant lui, mais il la retint par les épaules, ses mains bouillantes même à travers sa veste.

— Dites-moi… fit-il d'une voix profonde et douce comme du whisky après minuit. Votre mari est-il au courant de ce qui s'est passé ?

Elle se dégagea de son emprise comme si elle avait été ébouillantée, et se cogna la tête contre l'étagère derrière elle. *Bon sang.* Elle frotta ce qui deviendrait sans doute une bosse.

— Ça n'a aucune importance. Je ne suis plus mariée.

— Vous êtes divorcée ?

Il leva à nouveau la main pour l'arrêter à nouveau alors qu'elle aurait voulu s'enfuir.

Se faire malmener n'était pas son idée de l'amusement, alors elle se dégagea et se retint de lui briser les doigts.

— Non.

Elle ignora son regard confus, puis la façon dont ses yeux passèrent de la suspicion à l'intérêt en sachant que son mari était décédé et qu'elle était célibataire. Elle ne lui devait aucune explication. Et cela ne changeait rien entre eux.

— Vous pouvez vous procurer des fournitures auprès du secrétariat dans le bureau à côté de celui du chef Strassen. Quand vous serez prêt à écouter l'appel aux secours, venez me trouver.

— Erin…

— Non, dit-elle d'un ton cinglant. C'est terminé. N'en parlons plus. Ça ne voulait rien dire, et nous ne remettrons plus jamais ça.

La mâchoire de l'agent se contracta, mais il ne broncha pas. Lorsqu'il prit la parole, la colère dans sa voix était à peine contenue.

— Je ne demandais pas à remettre ça. J'essayais de donner un sens à ce qui se passe.

Elle haussa les sourcils. Son expression ne laissait rien transparaître, mais elle savait qu'il mentait. Elle tapota l'insigne doré qu'il portait à sa ceinture, et il sursauta. Peut-être pensait-il qu'elle allait s'en prendre à quelque chose de plus bas.

— La seule chose qui se passe, c'est une enquête pour meurtre.

Puis elle se faufila dans l'embrasure de la porte et s'enfuit.

Son problème, décida-t-elle en regagnant son bureau, c'était le décalage horaire combiné au manque de sommeil, plus un double homicide horrible et l'absence de vie sexuelle normale. De l'eau froide sur son visage et un peu de caféine pourraient l'aider à faire face aux deux premiers problèmes et lui permettre de tenir les prochaines heures. Son absence de vie sexuelle était une chose avec laquelle elle devrait composer, car elle ne comptait pas s'exposer à un nouveau chagrin d'amour. Elle s'arrêta brusquement en regardant la chaise en plastique dur sous son bureau.

*Ne te formalise pas.* Dans un jour ou deux au plus, Darsh Singh serait parti. Elle avait juste besoin d'oublier leur passé et de lui soutirer le plus d'informations possible pour pouvoir arrêter ce tueur. C'était la seule chose qui comptait.

# CHAPITRE CINQ

Darsh s'assit à une petite table en face d'Erin et de l'officier Bickham, celle-là même qui l'avait laissé passer le cordon de police la nuit précédente. Il était heureux du filet de sécurité que constituait la présence d'une autre personne. À la minute où Erin et lui avaient été seuls et qu'il avait découvert qu'elle n'était pas mariée, son attirance avait été multipliée par un million, ce qui n'était ni pratique ni professionnel. Et si elle n'était pas mariée et n'avait pas divorcé, alors le type était mort, ce qui soulevait une multitude de questions en soi. Erin Donovan était un conflit d'intérêts ambulant.

Donovan était aux commandes – pour l'heure –, mais le chef insistait pour obtenir des résultats, comme le faisaient toujours les gradés. Darsh était curieux de voir comment cela allait influencer les actions de l'inspectrice au cours des prochaines vingt-quatre heures. Prendrait-elle des raccourcis ou le chemin le plus facile ? C'était assez courant de faire les deux en étant sous pression.

— Très bien. Nous sommes prêts, Cathy, dit Erin à la policière.

La réunion d'équipe était dans moins de trente minutes, et ils voulaient écouter l'appel aux secours dès que possible.

Tout bon flic l'aurait fait.

Bickham cliqua sur un bouton de l'ordinateur portable. La voix du répartiteur demanda à la femme au téléphone de préciser la nature de son urgence. Une respiration lourde remplit l'air.

— *À l'aide.*

Un sanglot. Une déglutition. De nouveau cette respiration laborieuse. L'air de la salle d'interrogatoire exiguë devint électrique.

— *Il y a quelqu'un chez moi. Il est…*

Un coup violent coupa la parole à la femme. Les cheveux de Darsh se dressèrent sur sa nuque comme si un fantôme venait de l'embrasser.

Donovan et lui échangèrent un regard.

— Est-ce que c'est Cassie Bressinger ? demanda-t-il.

Donovan hocha la tête.

— Ça lui ressemble, mais on peut comparer la voix aux autres appels aux urgences et aux interviews qu'elle a faites dans les médias ces derniers mois pour le confirmer.

Elle serrait les poings sur la table.

— D'où provenait l'appel ? demanda-t-il.

Erin consulta le numéro.

— Du portable de Cassie.

Qu'on avait retrouvé dans la maison.

— L'appel a été passé à 21 h 55. L'agent Ully Mason m'a vue sur le parking alors que je rentrais chez moi à 22 heures, et j'ai décidé de me rendre sur place.

Ully Mason était un connard intolérant. Y avait-il quelque chose entre lui et Donovan ? Darsh appuya fortement la plume de son stylo sur son bloc-notes. Ce n'étaient pas ses affaires.

— Ully avait besoin de faire le plein. J'ai décidé de faire le tour par le sud, ce qui représente un trajet plus long et m'a pris environ dix minutes.

Sa peau pâlit sous la lumière du néon.

— Si j'avais conduit plus vite, ou enfoncé la porte dès mon arrivée…

— À quelle heure Mason est-il arrivé ? demanda-t-il.

— À la demie environ.

Il haussa les sourcils. Cela faisait un peu long pour aller d'un point A à un point B, même si comme elle l'avait expliqué, il avait dû faire le plein.

— Repassez l'enregistrement, dit-il.

— *À l'aide. Il y a quelqu'un chez moi. Il est…*

Une note dans la voix de la femme lui serra le cœur. Savait-elle que l'agresseur allait la tuer, ou pensait-elle qu'il la laisserait en vie comme les autres victimes de l'année passée ?

Donovan pencha la tête pour écouter.

— Augmentez le volume. Je crois que j'entends quelque chose en bruit de fond.

L'agent Bickham mit le volume au maximum, et la voix de Cassandra Bressinger remplit la petite salle d'interrogatoire d'une résonance métallique.

La peau de Darsh se hérissa. Ce degré de peur ne pouvait être simulé.

— Il est là avec elle. Il la force à passer l'appel, n'est-ce pas ? demanda soudain Erin.

Elle avait un bon instinct.

— Oui. Je crois.

La façon dont il avait coupé l'appel avant qu'elle ne leur donne des informations pertinentes. La terreur absolue dans la voix et le niveau de contrôle qu'elle devait exercer pour ne pas crier. Cassie avait été forcée de délivrer son message, sachant probablement qu'elle était sur le point de mourir.

Mais il remarqua ce qu'Erin avait manifestement déjà remarqué. *In Your Room* d'Halestorm était à peine perceptible en arrière-plan. Sa capacité auditive avait été affectée par le nombre de tirs qu'il avait effectués dans les Marines. Il avait porté des protections auditives 99 % du temps, mais il était difficile de courir dans une zone de guerre avec des bouchons d'oreille.

— Bien vu, lui dit-il.

Elle cligna des yeux, surprise, et il se retrouva à fixer leurs profondeurs. Ils n'étaient ni tout à fait bleus, ni tout à fait gris. Leur couleur était unique et difficile à définir, un peu comme leur propriétaire. Il détourna le regard, passant ses doigts dans ses cheveux courts. Il voulait impressionner ses patrons, pas les embarrasser en courant après une inspectrice dont il devait évaluer le travail.

— C'est la chanson en pause sur l'ordinateur de Mandy, dit-il. On peut donc supposer que le suspect a forcé Cassie à appeler les secours, et qu'il a ensuite arrêté la musique.

*Pourquoi ?*

Darsh bloqua toutes les pensées parasites. Il se réfugia dans la zone.

— Nous savons que l'une des colocataires, Tanya, est partie à une fête vers 20 heures et que l'autre, Alicia, ne devait pas rentrer avant 22 heures.

Le suspect avait-il étudié l'emploi du temps des filles ? Avait-il surveillé la maison ?

— Pendant ce laps de temps de deux heures, le suspect entre dans la maison, monte les escaliers. Il attaque Cassie, l'attache au lit…

Il secoua la tête.

— Je ne peux pas croire qu'il ait pris le risque de violer

Cassie avant d'avoir éliminé la menace que pouvait représenter Mandy.

— Il n'a pas eu le temps de les violer et de les tuer toutes les deux dans les quinze minutes qu'il m'a fallu pour arriver après l'appel aux secours, dit Erin.

Elle avait raison.

Il vérifia la durée de la chanson : 2 minutes et 47 secondes.

— Et j'ai du mal à croire qu'il aurait appelé les flics avant d'avoir fini et d'être prêt à partir. Donc Mandy a probablement été la première victime, et la musique a masqué son agression, tout comme elle a masqué l'agression préliminaire sur Cassie.

Le moment où le tueur l'avait suffisamment neutralisée et menacée pour la forcer à passer l'appel.

— Il l'a forcée à enregistrer le message, vraisemblablement avec son téléphone portable.

Darsh aurait parié son fusil préféré qu'il avait enregistré plus que cela.

— Puis il a appelé le central avec le téléphone de Cassie et leur a fait écouter le message juste avant de quitter la scène du crime.

Erin étala ses doigts sur la surface de la table.

— Donc elles étaient déjà mortes quand on a reçu l'appel ?

Darsh soutint son regard sombre.

— Je pense que oui. Le médecin légiste devrait pouvoir nous en dire plus.

Une partie de la tension accumulée quitta ses épaules, mais ses doigts se crispèrent brièvement. Même si elle avait conduit plus vite ou si elle avait défoncé la porte à son arrivée, elle n'aurait eu aucune chance de sauver ces jeunes femmes.

Darsh n'aimait pas la compassion qu'il commençait à ressentir pour Erin à ce sujet. Il enquêtait sur ses compétences en tant qu'officier, pas sur son bien-être émotionnel. Il ne pouvait pas laisser ses sentiments compromettre son efficacité.

— Peut-être que le médecin légiste saura nous dire quelle fille est morte en premier ? dit-elle.

— Ça pourrait nous aider à déterminer le mode opératoire du tueur. Mais ça ne nous rapprochera pas du mobile, à part la gratification personnelle.

Elle prit une gorgée de café noir, et il se retrouva à faire de même. *Et merde.* Il reposa la tasse. Elle aussi.

La jeune recrue jugea bon de donner son avis pour rompre le silence gênant.

— Il me semble que…

Il attendit pendant que Cathy Bickham déglutissait bruyamment.

— Eh bien, d'habitude, quand quelqu'un signale un crime, il passe pour un témoin ou un suspect possible. En faisant en sorte que Cassie rapporte le crime elle-même, il a enlevé ça de l'équation.

— Bon point, dit-il.

— Mais pourquoi se donner la peine d'appeler ? Quelques minutes plus tard, Alicia serait rentrée de la bibliothèque et aurait découvert les corps, fit remarquer Erin. Ça ressemble à une raillerie délibérée envers les forces de l'ordre.

— Ou il punissait les filles en les obligeant à téléphoner, soutint Darsh. On sait tous ce qui est censé arriver quand on crie au loup.

— Tout le monde en ville était au courant de ces appels, dit Erin. On en a parlé dans le journal local.

Elle se débarrassa de son blazer, révélant une chemise blanche moulante et ajustée. Le fait que son regard veuille s'attarder sur le faible contour de bretelles en dentelle au milieu d'une enquête sur un meurtre agaçait Darsh.

Il s'était toujours enorgueilli de son contrôle. Il n'était pas guidé par des pulsions ou des désirs. Il était méticuleux, dévoué et travailleur. Mais plus que cela, il savait à quel point il pouvait être dommageable que les gens poursuivent égoïstement leurs désirs sans se soucier des autres. Ce n'était pas la personne qu'il voulait être. Il força son cerveau à revenir à ce qui était important : le travail, l'affaire.

— Le fait que j'appartienne à la police n'a jamais freiné Cassie, dit Erin, baissant la voix. Elle était intelligente et forte, une battante. Je pense qu'elle a dû se débattre avant qu'il ne la maîtrise, c'est peut-être pour ça qu'il l'a autant blessée.

Parfois, les gens ne se débattaient pas. Ils se fermaient et attendaient que ça se termine. C'était probablement l'instinct de survie qui se manifestait face à quelqu'un de plus fort, et de plus violent. La survie impliquait de nombreuses choses : le combat, la fuite, l'endurance et la chance. De nombreuses victimes de viols se figeaient et se reprochaient de l'avoir fait. Beaucoup agissaient d'une manière qui n'avait aucun sens pour les observateurs disséquant les événements après coup. Souvent, les victimes ne se souvenaient pas des détails de l'agression, car leur cerveau se mettait en veille pour leur permettre de survivre à ce traumatisme. Perdre la bataille pour gagner la guerre ? Peut-être. Peu importe ce que c'était, les avocats de la défense adoraient cela.

Erin consulta sa montre.

— C'est l'heure de la réunion d'équipe.

Darsh devait établir une chronologie détaillée du crime, mais en attendant, il prenait des notes pour lui-même. La nouvelle recrue récupéra l'ordinateur portable avec l'enregistrement.

Il le montra de son stylo.

— Cathy, j'aimerais qu'on m'envoie une copie de cet appel, s'il vous plaît.

Il sortit une carte de son portefeuille.

— Je vais l'envoyer à notre laboratoire pour analyse. En fait, j'aimerais que toutes les preuves soient envoyées à Quantico dès que possible. On m'a assuré qu'elles seraient traitées avec une priorité maximale.

— Combien de temps avant qu'on ait des résultats ? demanda Erin.

— Peut-être d'ici la fin de la semaine.

Brennan avait promis à Darsh qu'il mettrait la pression aux techniciens de laboratoire pour passer en priorité.

— Eh bien, heureusement que le FBI est là. Je pourrais bien créer un club de soutien.

Erin lui adressa un sourire rapide, oubliant momentanément qu'elle ne l'appréciait guère.

— Nous sommes là pour vous satisfaire.

Les pupilles d'Erin se dilatèrent. Et soudain, il y eut cette prise de conscience entre eux, comme un éclair dans une tempête.

Bickham s'éclaircit la gorge, sans voir les sous-entendus sexuels entre Singh et Donovan.

— Ce sera parfait, Agent Singh, merci.

— Appelez-moi Darsh.

Il adressa son plus beau sourire à la policière.

— Oui, monsieur.

Bickham hocha la tête et s'empressa de quitter la pièce.

— Pourquoi est-elle si nerveuse ? demanda-t-il à Erin après le départ de la recrue, reconnaissant d'avoir un autre sujet de conversation qu'eux ou l'affaire.

Erin martelait la table de son stylo en lisant quelques notes qu'elle avait prises.

— Je pense qu'elle est un peu impressionnée par le fait que vous soyez du FBI, dit-elle distraitement. Elle m'a dit une fois que c'était son rêve ultime de devenir agent fédéral.

— Je peux lui donner des conseils sur le processus de candidature quand elle sera prête. Si elle le souhaite.

Erin sourit et Darsh resta la regarder comme un idiot. Il oubliait qu'elle était incroyablement jolie quand elle n'était pas en colère contre lui.

— Je suis sûre qu'elle appréciera.

Elle se leva, s'appuya sur la table et croisa les bras, révélant son décolleté, son badge et son arme de poing. Il sentit sa peau le picoter. Son cou devint chaud.

— Elle a aussi tendance à se laisser impressionner par les beaux visages.

Il se figea. Puis leva le menton.

— Vous pensez que j'ai un beau visage ?

— Non, dit Erin avec un sourire en coin qui lui indiqua qu'elle savait exactement ce qu'il pensait avant de rassembler ses notes. Mais elle, oui.

Sur ces mots, elle quitta la pièce en se déhanchant avec arrogance.

Il se surprit à sourire. Puis il cessa de sourire et se redressa lentement. Le danger était bien là : il risquait de recommencer à l'apprécier. *Et tu es là pour déterminer si oui ou non elle a fait une erreur suffisamment grave pour envoyer un enfant innocent en prison, sans parler de la mort de deux filles.*

Sérieusement. Rien que ça.

———————

LE POIDS ECRASANT qui s'était installé sur la poitrine d'Erin lorsqu'elle avait vu pour la première fois les deux filles assassinées s'était quelque peu allégé en sachant qu'elles étaient probablement déjà mortes au moment de l'appel aux secours. Mais dix heures plus tard, elle sortit de la réunion d'équipe pas plus près de trouver ce tueur que lorsqu'elle s'était présentée devant la porte des filles.

En arrière-plan, la télévision rediffusait les images des housses mortuaires noires chargées dans le fourgon des pompes funèbres. Les journalistes étaient revenus en masse en ville comme des vautours fondant sur une proie. On misait sur elle pour être la carcasse numéro un.

Vive les vacances.

Harry Compton, son collègue inspecteur, planchait sur les réseaux sociaux et contactait les compagnies de téléphonie mobile pour obtenir les enregistrements des appels et des messages vocaux. Les preuves physiques étaient en route pour Quantico, où elles seraient analysées en priorité. Cela suffisait à comprendre que quelqu'un de plus haut placé que l'agent Singh tirait les ficelles.

Toutes les personnes figurant sur la liste des délinquants sexuels avaient un alibi pour le lundi soir. Il n'y avait pas de suspect facile.

Aucun drap n'avait été retrouvé dans une benne à ordures en ville. Les policiers continuaient à frapper aux portes dans le quartier, parlant aux personnes qui étaient absentes lors de leur premier passage. C'était la pierre angulaire d'un bon travail de police : prospecter et poser la même question encore et encore. L'agent Singh et elle étaient en route pour aller interroger Tanya Whitehouse et Alicia Drummond, toutes deux hébergées au sein de la sororité. Puis elle avait un rendez-vous à la morgue, suivi d'une autre réunion d'équipe à 15 heures.

Elle était un peu surprise d'avoir l'initiative de cette affaire, mais elle se dit que ce serait plus facile de la virer si elle ne parvenait à aucune arrestation. Combien de temps lui donneraient-ils pour obtenir des résultats ? Un jour ? Une semaine ?

— On va prendre votre voiture, dit-elle à Darsh en le rejoignant devant le bureau du chef. Ils connaissent la mienne sur le campus, et ça ne m'étonnerait pas que quelqu'un me crève les pneus.

Il fit une grimace.

— Vous êtes si populaire que ça ?

Il sortit ses clés et ils descendirent les marches vers la voiture de location.

— Comme des côtes de porc à un barbecue végan, répondit-elle.

Les journalistes, qui s'étaient rassemblés d'un côté du parking, fondirent sur elle en la voyant, réclamant du sang. Elle les ignora, ainsi que le froid mordant qui voulait s'incruster dans sa chair. Darsh appuya sur la télécommande de la voiture, et l'inspectrice monta dans son véhicule, appréciant le confort des sièges en cuir souple.

— Vous avez un sacré fan-club par ici. Comment faites-vous pour supporter cette adulation ?

Apparemment, elle n'avait pas le monopole du sarcasme.

— C'est facile. J'ai un badge et une arme, et je sais comment m'en servir.

Elle fit la grimace, ressentant le besoin de faire preuve d'un peu d'honnêteté.

— Je fais mon travail, même si personne n'apprécie mes

résultats.

Elle mit sa ceinture de sécurité, consciente de la proximité du corps robuste qu'elle avait autrefois exploré nu. À sa grande consternation, elle réalisa que son derrière et ses cuisses se réchauffaient. Des sièges chauffants. Dieu merci.

— C'est beaucoup plus chic que mon pick-up.

— Vous n'êtes pas du genre à conduire un pick-up.

Il démarra le moteur et enclencha la marche arrière pour sortir de la place.

— Comment ça ?

— Plutôt du genre SUV hybride.

Elle renifla avec dérision.

La presse aurait relevé sa plaque avant qu'ils n'aient fait le tour du quartier. Que penseraient-ils du fait qu'un profileur du FBI travaillait sur l'affaire ? Le chef le leur dirait probablement bientôt de toute façon. N'importe quoi pour nourrir la bête.

Elle haussa les épaules.

— J'avais besoin d'un véhicule adapté à la neige et que je puisse utiliser pour transporter des meubles lorsque j'ai déménagé du Queens.

— Quand avez-vous quitté la police de New York ?

Cette question innocente fit remonter toutes sortes de souvenirs douloureux.

— Prenez à gauche en sortant d'ici et à droite sur Main Street.

Elle espérait qu'il oublierait la question.

Pas de chance.

— Donc votre date de début ici est une information confidentielle ?

— Si j'avais le choix, ma vie entière serait tenue confidentielle.

Son ton défensif en disait long. Il le découvrirait s'il le voulait, et maintenant elle en faisait toute une histoire. *Et merde.*

— Il y a trois ans.

— Peu de temps après notre soirée ensemble ?

Une chaleur ardente lui empourpra les joues et elle répondit :

— Trois mois après mon stage de formation au sein du FBI, oui. Tournez à droite dans 800 mètres environ.

Elle observa ses doigts manipuler le volant. Longs et effilés. Des ongles courts et propres. Elle se souvint de leur sensation sur sa peau.

Elle sursauta lorsqu'il prit la parole.

— Je suppose que votre mari n'est pas venu avec vous ?

Elle lutta contre l'envie de vomir.

— Non.

— Comment ça se fait ?

Elle le dévisagea en silence.

— Vous savez que je peux le découvrir.

Il haussa ses impressionnantes épaules, et Erin se dit qu'elle aurait aimé être une meilleure menteuse.

— Amusez-vous bien.

Mais tout ce qu'il avait à faire, c'était de lire les articles de journaux concernant le procès. Les journalistes s'étaient amusés à fouiller dans son passé « tragique ».

— Je n'essaie pas d'être un connard, mais…

— Mais vous avez un problème avec le fait d'avoir couché avec une femme mariée. Croyez-moi, j'ai compris que vous êtes sorti en claquant la porte de l'hôtel ce matin-là.

— Ce n'est pas ce que j'allais dire…

— Vous pensez que toute personne qui trompe l'autre est

intrinsèquement indigne de confiance.

Il inspira profondément.

— Vous avez rompu vos *vœux*, Erin. N'est-ce pas là la définition d'être indigne de confiance ?

Elle fourra ses mains dans ses poches pour cacher le fait qu'elles tremblaient.

— Alors vous savez tout ce que vous devez savoir sur moi. Restons-en là.

Il poussa un profond soupir laissant entendre qu'il essayait de garder son calme.

— Vous me prêtez des propos. C'est généralement une tactique de déviation.

— Déviation de quoi ? Vous m'avez demandé pourquoi l'homme que j'ai épousé n'est pas venu avec moi quand j'ai déménagé ici ? Il est mort. D'accord ? dit-elle en sentant la honte monter. Et vous voulez savoir s'il a su que nous étions sortis ensemble ? ajouta-t-elle, s'efforçant de s'exprimer avec désinvolture, comme si pour elle, les aventures d'un soir étaient monnaie courante. Il n'en savait rien.

— Bien.

Il goba son explication, ce qui, inexplicablement, la rendit encore plus furieuse.

— Je suppose que j'aurais dû choisir un de vos potes plutôt dans ce bar, hein ? Quelqu'un avec moins de conscience.

Elle eut un rire sec. Bon sang, il allait la prendre pour une folle.

Il plissa les yeux et ses doigts se crispèrent sur le volant.

— Je suppose que vous auriez dû.

Mais l'expression de son visage racontait une tout autre histoire. La colère déformait ses traits. Une veine pulsait dans son cou.

Une personne saine d'esprit lui aurait dit la vérité, mais cela n'avait rien de glorieux. Et elle ne voulait ni pardon ni compréhension, surtout de la part de cet homme. Moins il l'aimait, moins cette attirance entre eux serait un problème.

— Peut-être devrions-nous nous en tenir à l'affaire ? dit-il finalement.

Exactement ce qu'elle voulait, sauf qu'elle avait désormais l'impression d'avoir été écorchée vive.

— Ce serait probablement mieux.

— Parlez-moi des preuves que vous avez recueillies sur les autres scènes de crime.

Elle pinça les lèvres. Demander à revoir les preuves de l'autre affaire ne signifiait pas qu'elle avait fait le mauvais choix.

— Nous avons trouvé des cheveux sur la scène d'un des viols de l'année dernière qui appartenaient à Drew Hawke.

— Mais pas de sperme, c'est bien ça ?

— Pas de sperme, admit-elle. Il portait un préservatif.

L'image du corps nu de Cassie lui traversa l'esprit, et elle se blottit plus profondément dans sa veste. L'idée d'être aussi exposée et vulnérable la détruisait.

— Nous aurons peut-être plus de chance cette fois.

— Peut-être. Le fait de prendre le drap est un bon moyen d'éliminer les preuves et montre une certaine connaissance de la médecine légale. Sans parler de l'eau de javel. Hawke n'a jamais admis avoir pris les draps ?

Elle secoua la tête.

— Et nous ne les avons jamais trouvés.

— C'est un mode opératoire inhabituel, déclara-t-il.

— Hawke n'a même pas admis avoir vu les autres femmes, et encore moins les avoir violées. Il n'a pas utilisé la défense du

« je pensais que c'était consensuel », souvent privilégiée.

Et qui conduisait à tant de situations où l'on blâmait la victime et de verdicts « non-coupable » au tribunal. L'affaire avait été une victoire historique, l'université et l'*establishment* ayant pris fermement position en faveur des victimes de viol dans cette affaire hautement médiatisée. Elle ne voulait pas penser à ce que cela signifierait si elle avait arrêté le mauvais gars.

— On dirait que vous avez des doutes, fit-il remarquer en lui lançant un regard en coin.

— Je n'aime pas avoir deux femmes mortes dans ma juridiction, et je ne vais pas faire l'autruche si je constate des similitudes évidentes entre les crimes. Ça ne veut pas dire que je ne pense pas qu'il l'ait fait. Prenez à gauche ici.

Elle était inspectrice, et les inspecteurs examinaient les preuves.

Ils poursuivirent la route en silence, chacun plongé dans ses pensées. Cinq minutes plus tard, ils s'arrêtèrent devant l'immense maison vert clair de la sororité.

— Les filles se sont rencontrées ici en première année et ont déménagé ensemble en deuxième année, lui expliqua-t-elle.

Darsh fixa le bâtiment pendant un moment, sans faire le moindre geste pour sortir de la voiture.

— Je n'ai jamais compris l'attrait des fraternités.

— Moi non plus, admit-elle. J'ai vécu chez moi pendant toute l'université et j'ai partagé une chambre avec ma petite sœur. Elle est plus désordonnée que des étudiants.

Sa famille lui manquait, même quand ils l'agaçaient au plus haut point.

— J'ai logé en résidence, dit-il.

— Tout le long ?

Elle défit sa ceinture de sécurité et posa sa main sur la poignée de la porte, s'arrêtant au moment de sortir.

— J'ai abandonné l'université au bout de deux ans. J'ai rejoint le corps des Marines.

— Alors vous *étiez* vraiment un Marine.

Cela l'amusa jusqu'à ce qu'elle réalise qu'il s'était probablement engagé après le 11 septembre. Cela avait été un moment terrible pour les habitants de New York, avec une liste interminable de victimes. Sa famille et elle en connaissaient beaucoup. Des pompiers avec qui elle était allée à l'école. Et beaucoup de gens qui étaient tombés malades après. C'était un miracle que sa famille n'ait perdu personne.

Beaucoup de gens avaient répondu à l'appel pour servir leur pays après cette journée cauchemardesque. Elle avait changé le cours de l'histoire des États-Unis.

— Je suppose que les Marines sont une sorte de fraternité.

— Ooh Rah.

— Raté, on ne le prononce pas comme ça.

Elle détecta l'affection dans sa voix, la fierté pour son appartenance.

— J'ai passé du bon temps chez les Marines. À la guerre, pas tant que ça.

Son expression se ferma, et elle jugea préférable de ne pas insister.

— Eh bien, vous n'avez pas déménagé très loin.

Quantico n'était pas seulement le siège du FBI, c'était aussi une base des Marines.

Il lui adressa un sourire de travers.

— J'étais basé en Californie. Twentynine Palms. Mais, oui, j'ai passé du temps à Quantico pour la formation.

Elle regarda ses yeux ridiculement sombres et son magnifique sourire, et se surprit à reprendre son souffle alors que son cœur faisait de la gymnastique dans sa poitrine. Puis l'air se bloqua dans ses poumons et elle sortit de la voiture avant que quelque chose de stupide ne sorte de sa bouche. Elle pouvait vraiment se comporter comme une blonde parfois.

Certes, il était séduisant. Et alors ? Elle leva les yeux au ciel devant ses propres pensées. Elle avait un travail à faire. Une justice à servir. Elle ouvrit le chemin, se dirigeant vers le porche d'entrée. Darsh la rejoignit alors qu'elle sonnait la cloche.

La porte s'ouvrit sur une femme séduisante d'une cinquantaine d'années.

— Mme Conway, dit Erin.

Elles s'étaient rencontrées pendant son enquête l'année précédente.

— Voici l'agent Singh du FBI. Nous sommes là pour voir Tanya et Alicia.

— Nous vous attendions.

Mme Conway veillait sur la sororité, s'assurait que les règles étaient suivies, que les filles étaient nourries et que le couvre-feu était respecté.

— Elles sont dans la salle à manger. Entrez.

Même si cela allait à l'encontre de tout ce qu'on lui avait appris en grandissant, Erin n'enleva pas ses bottes à la porte, et Darsh non plus. Si la situation se dégradait, la dernière chose qu'elle voulait, c'était être pieds nus. Elle essuya soigneusement la semelle de ses bottes et grimaça en traversant le sol immaculé dans le sillage de la silhouette élancée de Mme Conway.

— Nous aimerions les interroger séparément si possible,

dit Erin à la femme qui se retirait.

— Pas sans avocat, j'en ai peur. Si vous voulez attendre, nous pouvons en appeler un.

Erin regarda Darsh, mais il secoua la tête. Les filles avaient toutes deux fait des dépositions écrites et avaient eu suffisamment de temps pour échanger leurs histoires de toute façon. Cela n'avait probablement pas d'importance.

Ils entrèrent dans la salle à manger avec son énorme table et sa vingtaine de chaises. Tanya et Alicia étaient assises à un bout de la table, tenant des tasses de café fumantes.

— Voulez-vous du café ? Du thé ? demanda Mme Conway. J'en ai préparé dans la cuisine.

— Avec plaisir, répondit Erin, l'objectif étant de faire sortir la femme de la pièce.

Tanya portait un pyjama et était emmitouflée dans une couverture polaire. Alicia portait toujours les vêtements de la nuit précédente, quand Erin l'avait rencontrée dans la rue. Les deux filles la regardaient avec méfiance.

— Voici l'agent Singh du FBI. Il nous aide dans notre enquête.

Le regard d'Alicia se fit perçant. Les deux filles regardèrent Darsh avec un mélange de nervosité et de curiosité féminine. Il était séduisant. Seul un mort ne l'aurait pas remarqué.

Elle ne voulait pas que ses pensées aillent dans l'une de ces directions.

Erin s'assit et sortit son carnet de notes de sa poche. Puis elle brandit son enregistreur vocal numérique.

— Ça vous dérange si j'enregistre ?

Tanya secoua la tête.

— Mais ce n'est pas admissible comme preuve, insista Alicia.

— Comme preuve ? J'essaie juste de reconstituer la chronologie de la nuit dernière. Il sera plus facile de se référer à l'enregistrement que de vous retrouver chaque fois que j'aurai une question. Ça vous va ?

Alicia détourna le regard et hocha la tête. Elle regrettait visiblement de s'être jetée dans les bras d'Erin la veille au soir. L'inspectrice ne lui en tiendrait pas rigueur.

— À quelle heure es-tu sortie hier soir, Tanya ?

— Je suis partie un peu après 20 heures. Probablement à 20 h 05. Mon amie Jillian est venue me chercher, et on est allées à une fête de l'autre côté de la rue.

— Mandy et Cassie étaient toutes deux dans la maison quand tu es partie ?

Tanya renifla et les larmes se remirent à couler.

— Mandy était dans sa chambre en train de rédiger un devoir. Cassie était allongée sur son lit, à lire un magazine. Elle a dit qu'elle ne voulait pas venir à la fête parce qu'elle avait un devoir à rendre, mais en fait elle ne voulait voir personne qui lui ferait penser à Drew.

Erin n'avait pas vu de magazine dans sa chambre. Elle vit le regard de Darsh devenir perçant. Il pensait probablement la même chose.

— Dans quel état d'esprit étaient-elles toutes les deux ?

— Mandy voulait absolument avoir un A pour sa moyenne. Elle espérait entrer pouvoir suivre les cours avancés du professeur Huxley.

— C'est un professeur de criminologie ici à Blackcombe, expliqua Erin à Darsh.

— Cassie était au fond du trou à cause de Drew.

Le regard furieux qu'elle lui adressa fut dûment noté et ignoré.

— Tu as fermé la porte d'entrée en partant ?

Tanya resta bouche bée.

— Vous essayez de me faire porter le chapeau ?

Elle regarda le plafond et marmonna :

— Putain de salope.

— Tanya ! la réprimanda vivement Mme Conway en entrant dans la pièce avec un plateau de café frais et un regard furieux pour ses protégées. Ce n'est pas une façon de parler à l'inspectrice.

Tanya s'enfonça dans son siège.

— L'inspectrice Donovan essaie de comprendre comment le suspect est entré dans la maison, dit Darsh d'une voix douce comme du velours. Il n'y a pas de signe d'effraction, donc la porte était soit déverrouillée, soit elle a été crochetée, soit le suspect avait une clé.

Les deux filles écarquillèrent les yeux, et la même expression d'horreur déforma leurs traits.

— J'ai fermé à clé, mais je n'ai pas tourné le verrou de sûreté, admit Tanya. C'est ce qu'on fait toujours.

— La porte arrière était aussi verrouillée ? demanda Erin.

— Oui. Le verrou de sûreté est toujours mis. On ne passe pas souvent par là en hiver, sauf pour sortir les poubelles.

— La fête à laquelle tu as assisté hier soir était de notoriété publique ? demanda Erin.

Tanya haussa les épaules et regarda son amie.

— Je ne sais pas. J'en entends toujours parler parce que Jillian sort avec un type qui vit là-bas. Ce ne sont pas des fêtes secrètes, mais tout le monde n'est pas autorisé à y assister.

Erin regarda Alicia.

— Tu étudiais à la bibliothèque ?

La jeune femme hocha la tête.

— Nous avons des examens à la fin du mois de janvier.

— As-tu dit à qui que ce soit que tu sortirais ? insista Erin.

Alicia la regarda comme si elle était folle.

— Mon groupe d'étude le sait, et mes colocataires aussi. À qui d'autre pourrais-je le dire ? Les gens me voient sur place, bien sûr, mais je ne mets pas ma localisation sur les réseaux sociaux. Je ne suis pas stupide.

Comment le suspect avait-il su qu'il ne devrait maîtriser que deux femmes ? Ou bien était-il parti pour les tuer toutes les quatre ? Maîtriser deux femmes témoignait d'un haut degré de confiance. L'idée qu'il ait été prêt à s'occuper de quatre personnes effrayait Erin.

— Tu restes souvent à la bibliothèque jusqu'à la fermeture ? insista-t-elle.

Alicia hocha la tête.

— Jusqu'à 22 heures tous les soirs de la semaine. Pas les vendredis, samedis ou dimanches. C'est à environ 15 minutes de marche.

— Tu marches seule ?

— Seulement depuis le bas de notre rue. Une de mes partenaires d'étude vit une rue plus loin.

Darsh l'interrompit :

— As-tu vu quelqu'un dans la rue, ou une voiture inconnue ?

Tanya secoua la tête.

— Je ne faisais pas attention. J'étais heureuse de retrouver Jillian après les vacances de Noël, et je parlais de Cassie, et à quel point c'était triste qu'elle gâche sa vie avec un type coincé en prison.

Un gros sanglot s'échappa de sa gorge, et elle se couvrit la bouche comme si elle essayait de le faire rentrer.

— Est-ce que Cassie et Drew Hawke entretenaient une correspondance ? demanda Darsh.

Erin lui adressa un regard reconnaissant. Si elle évoquait le nom de Drew, elle risquait de se faire cracher dessus. La présence de l'agent fédéral pourrait être utile.

Tanya s'éclaircit la gorge.

— Oui, elle lui écrivait tous les jours.

— Et lui ? demanda Darsh.

Alicia ricana en regardant Erin.

— Il n'a pas grand-chose d'autre à faire, pas vrai ? Elle avait reçu une lettre de sa part ce jour-là, dit Tanya en fronçant les sourcils comme si elle se souvenait. Elle la lisait sur le lit.

Alors, où étaient passées les lettres ? Darsh et elle échangèrent un regard. Le suspect les avait-il prises ? Faisait-il une fixation sur Drew Hawke ? Ou avaient-ils été partenaires ?

— Y a-t-il quelqu'un de nouveau dans vos vies ? Amis, petits amis, voisins ?

Alicia croisa les bras.

— Non.

Tanya secoua la tête.

— Nous avons été assez discrètes ces derniers mois. Nous ne sommes pas beaucoup sorties.

Erin fit défiler des photos sur son téléphone et trouva celle de la corde. Elle zooma pour que le corps de Cassie ne soit pas visible.

— Reconnaissez-vous cette corde ?

Elle la montra d'abord à Tanya, qui secoua la tête.

Alicia pâlit en reconnaissant la scène de crime de la nuit précédente.

— Non. Elle ne vient pas de la maison à ce que je sache.

Erin hocha la tête et remit son téléphone dans sa poche.

Elle éteignit son dictaphone et referma son carnet de notes.

— C'est tout ce dont nous avons besoin pour le moment.

— Dans combien de temps les filles pourront-elles rentrer chez elles ? demanda Mme Conway. Toujours la plus pratique de la bande.

Tanya se blottit dans sa couverture.

— Je ne vivrai plus jamais là-bas.

— Il faudra au moins une semaine avant que la scène de crime ne soit libérée, dit Erin à la femme. Mais je peux demander à un agent d'escorter les filles pour qu'elles récupèrent certaines de leurs affaires aujourd'hui si elles le souhaitent. J'aimerais vraiment que vous essayiez de vous rappeler si vous avez vu quelqu'un traîner dans la rue ou dans le coin la nuit dernière…

Tanya tourna vers elle des yeux bruns accusateurs.

— C'est le même gars qui a violé ces filles l'année dernière, n'est-ce pas ? Drew est innocent, n'est-ce pas ? Cassie avait raison, et ce bâtard l'a tuée pour le prouver.

Alicia se couvrit la bouche et sanglota.

— Pauvre Mandy. Elle voulait aider à attraper ces connards. Mais nous savons bien qu'elle n'était pas la cible principale. J'ai vu les corps. C'était un dommage collatéral de la même façon que Tanya et moi l'aurions été si nous avions là.

— Ne dis pas ça ! s'étrangla Tanya.

— C'est vrai.

Le bruit de la porte d'entrée s'ouvrant avec fracas se répercuta dans toute la maison. Erin se prépara quand elle entendit des cris dans le couloir.

— Où est-elle ? Où est cette salope ?

*C'est parti.* Elle entra dans le couloir principal, consciente de la présence de Darsh à ses côtés. La soutiendrait-il ou regarderait-il la situation se dérouler ? Jason Brady et une bande de joueurs de football des Blackcombe Ravens se tenaient dans l'embrasure de la porte. Brady la repéra, s'approcha immédiatement d'elle et se pencha jusqu'à ce qu'ils soient nez à nez. La bière éventée saturait son haleine.

— Je viens d'apprendre que deux filles ont été violées et assassinées la nuit dernière de la même façon que Drew est censé l'avoir fait.

Il lui planta deux doigts dans la poitrine. Elle s'y était attendue.

— Ce n'est pas une preuve suffisante qu'il ne l'a pas fait ?

Elle repoussa sa main.

— Tu dois te calmer, Brady. L'enquête en cours, et vous n'avez pas été invité à cet interrogatoire.

— Recule, mon grand, dit Darsh en poussant l'épaule de Brady.

— Qui vous êtes, vous ? fit Brady en dégageant son bras.

— Agent Singh, FBI.

Au moins l'agent fédéral semblait savoir faire face à la pression.

— Laissez l'inspectrice faire son travail.

— Si elle savait faire son putain de boulot, Drew ne serait pas en train de pourrir dans une putain de cellule de prison.

— Recule, Brady. Dernier avertissement, lui dit-elle.

Jason Brady jouait au poste de *wide receiver* - ou receveur écarté - et était une montagne de muscles de plus de 1,90 m. Ses copains étaient encore plus larges et plus teigneux. Brady se pencha si près que son haleine de bière éventée atteignit le visage de l'inspectrice.

— Ou quoi, salope ?

Ce fut le crachat sur sa joue qui scella l'affaire. Deux secondes plus tard, Brady était à plat ventre sur le sol, le bras coincé dans le dos, tandis qu'elle sortait les menottes de sa poche.

— Jason Brady, je vous arrête pour comportement menaçant. Agression d'un officier.

Elle fit claquer les menottes autour de ses poignets épais. Bon sang, ce type était fort. Elle ne relâcha pas sa prise sur lui, même si cela devait être atroce. Cet abruti semblait ignorer la douleur. Elle jeta un coup d'œil par-dessus son épaule, s'attendant presque à avoir déclenché une émeute, mais Darsh se tenait devant elle, le regard déterminé, l'arme à la main et le regard plein de défi. Un énorme type qui jouait défenseur était allongé sur le sol, inconscient.

Mme Conway prit le contrôle de la situation et commença à faire sortir les élèves de son couloir. Elle était plus efficace que les flics ou le FBI pour rétablir l'ordre.

Erin demanda des renforts et une voiture pour transporter Brady au poste. Elle remit le jeune homme debout sans ménagement et le fit sortir par la porte dans l'air glacial de janvier. Une foule de plus en plus nombreuse se formait sur la pelouse extérieure. Les murmures se transformèrent en cris d'indignation lorsqu'ils aperçurent Brady menotté. L'atmosphère devint carrément inquiétante.

Pas le temps d'attendre les renforts. Darsh ouvrit la porte arrière de sa voiture de location, elle fit entrer Brady à l'intérieur, attacha sa ceinture de sécurité et fut surprise qu'il ne se débatte pas. Il la regardait avec une haine si intense dans les yeux qu'elle en avait l'estomac serré.

— Montez, lui ordonna Darsh.

Elle leva les yeux et vit certains des joueurs de football s'approcher d'eux. Elle claqua la porte, se dirigea calmement vers la portière passager et monta. L'agent fédéral s'éloigna immédiatement du trottoir, et elle se retourna sur son siège pour garder un œil sur leur prisonnier.

— Vous avez toujours été aussi misandre ou vous l'êtes devenue ? demanda Brady en ricanant depuis le siège arrière.

— En voilà des mots savants, dit-elle en le regardant pensivement. J'oublie toujours que tu es un gars intelligent sous tes airs de Neandertal. Le seul mot que j'entends habituellement sortir de ta bouche commence par un « C » et rime avec « nonne ».

— Vous allez le regretter. Je n'ai rien fait de mal. Mais Drew non plus, n'est-ce pas ?

Darsh la regarda dans le rétroviseur.

— Tu as franchi une ligne là-bas, mon gars. Tu as reçu plusieurs avertissements et tu as quand même posé les mains sur un officier de police. Tu ne peux t'en prendre qu'à toi-même.

— Vous devez la baiser pour chercher à la défendre, dit Brady avec amertume. Je me suis toujours demandé comment un mec pouvait bander devant une salope aussi froide. Malgré l'enveloppe chaude, je parie que c'est comme baiser un cadavre.

Erin lui jeta un regard furieux.

Heureusement, Darsh ne dit rien.

Mais Brady n'avait pas fini.

— Votre mari n'a pas pu le supporter, n'est-ce pas ?

Le sang d'Erin se glaça.

— Il s'est fait sauter la cervelle plutôt que d'affronter la vie avec vous.

Erin ignora le raidissement des mains de Darsh sur le volant et se força à soutenir le regard acerbe de l'étudiant. Ne jamais montrer sa peur. Elle releva le menton.

— Continue de parler, Brady. Ça fera de quoi alimenter le rapport de police.

Il ferma la bouche, mais la regarda avec insolence, comme s'il pouvait la voir nue. Il la détestait vraiment. Elle le regarda fixement tandis que son cerveau se désamorçait. Son portable sonna. Elle consulta son écran et gémit mentalement. C'était le doyen de l'université. Le type avait vraiment soutenu les victimes de viol l'année précédente, mais avec deux nouvelles étudiantes assassinées et le fait qu'elle venait d'arrêter un autre de ses joueurs de football, il ne risquait pas d'être content.

Elle le laissa tomber sur la messagerie vocale.

Il lui traversa l'esprit que Jason Brady s'était trouvé dans la salle d'audience presque tous les jours l'automne précédent. Il connaissait tous les détails des crimes, et il aurait fait n'importe quoi pour faire sortir son pote de prison. Y compris tuer la petite amie de Hawke ? L'idée égrenait le tic-tac d'une bombe dans son cerveau. Si elle explosait, la ville entière allait y passer.

# CHAPITRE SIX

I L CONDUISIT JUSQU'A la vieille ferme, en prenant soin de rouler dans les ornières existantes. La neige était compacte. On aurait presque dit de la glace solide. Les pneus de son véhicule, même s'ils laissaient des traces, étaient si communs qu'on ne risquait pas de remonter jusqu'à lui dans le cas improbable où Erin y prêterait attention et aurait des doutes.

L'enquête l'occuperait une bonne partie de la journée, mais il prenait tout de même un risque en venant. Un risque calculé.

S'occuper de Mandy avait été plus difficile que prévu. Bien qu'il ait voulu lui couvrir le visage après, il ne pouvait pas prendre ce risque. Dépersonnaliser la victime en révélait trop sur le tueur. Malgré cela, il n'avait pas pu la déshabiller ou la toucher comme il l'avait prévu. Heureusement, il avait pu faire ce qu'il avait à faire sans qu'elle voie son visage.

Tuer Cassie n'avait pas été difficile du tout – la *salope*. Sa taille le lançait encore là où elle l'avait griffé avec ses ongles longs de deux centimètres. La frapper avait été étonnamment excitant – un résultat inattendu de son changement de tactique. Il avait passé sa colère et sa frustration sur cette salope irritante, et avait apprécié chaque instant. Les choses avaient été plus compliquées que prévu. Et il le lui avait fait payer.

Son regard quand il l'avait attachée. L'éclair de compréhension dans ses yeux quand elle avait réalisé ce qu'il avait fait, et ce qu'il était sur le point de faire. C'était suffisant pour le faire bander à nouveau.

De la fumée sortait de la cheminée, lui indiquant que la chaudière s'était mise en marche. Il éteignit le moteur de la voiture et sortit du véhicule. Il leva la tête vers le bleu parfait du ciel tandis que le vent froid lui caressait les joues. C'était calme. Paisible. Il était déjà venu plusieurs fois. Il aimait cet endroit.

Il s'approcha de la porte de derrière, inséra la clé qu'il avait fait faire après avoir emprunté l'originale et se glissa à l'intérieur. Le plancher grinça sous ses pieds. La cuisine était grande, mais démodée, et Erin n'avait pas encore vraiment touché à cette pièce.

Il passa la main sur la vieille table de ferme et jeta un coup d'œil autour de lui. Le courrier était empilé sur le comptoir. Elle n'avait probablement pas encore eu le temps de le parcourir à son retour de vacances.

Il avait sa place ici. Il l'aiderait sur cette affaire, à présent qu'il lui avait pardonné de l'avoir ignorée la veille. Elle était probablement fatiguée après son long vol. Eh bien, elle serait encore plus fatiguée maintenant.

Il lui avait donné une leçon, se posant en tant que professeur.

Il arpenta la salle à manger. À Noël, elle avait enlevé le lattis et le plâtre, et remplacé le câblage et l'isolation, et ses frères étaient venus poser des cloisons sèches. Elle n'avait jamais reçu de petit ami ici, à sa connaissance. Cette pensée le rassura. Lui rappela que c'était juste une question de temps avant qu'elle ne réalise qu'ils étaient censés être ensemble.

Des échantillons de peinture de différentes couleurs ornaient le mur opposé. Sa préférée était un vert mousse foncé, mais il avait le sentiment qu'elle choisirait l'ambre. Dans le salon, elle avait commencé l'isolation. Des plaques de plâtre étaient empilées sur le sol, mais elle devait probablement attendre la visite de sa famille pour terminer les travaux. Le sol était en bois dur, et les parquets étaient bien éraflés, mais il ne doutait pas que lorsqu'elle aurait terminé de rénover la maison, ils seraient resplendissants.

Elle retapait cette maison pour eux. Elle ne l'avait simplement pas encore réalisé.

Il posa le pied sur la marche inférieure et sentit l'impatience le gagner. Les planches de bois nues grincèrent. Il les écouta et catalogua mentalement les marches à éviter s'il devait se déplacer silencieusement dans la maison d'Erin.

Il sourit en s'imaginant la surprendre dans sa chambre avec un gros bouquet de roses rouges. Ses yeux s'élargiraient et s'adouciraient. Elle l'inviterait dans son lit.

Il avait éprouvé de la colère contre elle la veille, mais cela lui avait fait réaliser qu'il devait en être ainsi. Bientôt, elle n'aurait plus personne vers qui se tourner. Personne ne la croirait, personne ne l'aimerait – sauf lui. Il serait là pour elle. Il l'aimerait. Et elle l'aimerait en retour.

Elle avait rénové quatre pièces à l'étage, la salle de bain, la chambre principale, une chambre d'amis et un bureau. Il entra dans sa chambre et inspira profondément. La pièce avait un parfum subtil et doux, comme le shampoing aux amandes qu'elle mettait. Son lit était défait. Sa chemise de nuit et ses sous-vêtements étaient éparpillés sur le sol. L'idée de les toucher l'excitait, mais il repoussa cette sensation, la laissant mûrir dans son esprit.

Sa valise était posée par terre, la partie supérieure ouverte contre le bout du lit, ses affaires encore à l'intérieur. Il y avait un fin résidu de sable à la base. Il effleura les vêtements, puis sortit sa crème solaire. Il la renifla et s'imagina allongé à côté d'elle sur la plage, étalant le produit sur sa peau douce et lisse.

Il prit son bikini et le regarda pendre au bout de son doigt. Il était vert gazon, et à peine assez grand pour cacher ce qu'il fallait. Il poussa un sifflement admiratif. Elle devait être canon là-dedans. Quelque chose de rouge et brillant attira son attention. Son érection faillit sortir de son jean lorsqu'il porta une culotte en satin à son nez et respira le parfum musqué de la femme la plus incroyable de la planète.

Elle n'était pas parfaite. Elle était dévouée et motivée, belle et compatissante. Le seul fait de penser à la forme de ses lèvres quand elle fronçait les sourcils l'excitait.

Il savait qu'il n'aurait pas dû prendre ce risque, mais il s'allongea sur le lit, défit son jean et enroula la culotte autour de sa queue douloureuse.

Allongé dans le lit d'Erin, entouré de son parfum, il ne mit pas longtemps à jouir. Ensuite, il resta allongé à fixer le plafond qu'Erin contemplait chaque nuit, la tête enfoncée dans son oreiller. Son rythme cardiaque ralentit lorsqu'il pensa aux critiques qu'elle allait essuyer. Sa joie devint amère.

C'était nécessaire.

Elle allait souffrir.

Mais il serait là pour aider à ramasser les morceaux.

Il se nettoya et mit la culotte dans sa poche. Il aurait dû la brûler, mais il avait une autre idée en tête. Il la laverait et la ramènerait un autre jour, et ce serait un plaisir de savoir qu'ils partageaient ce lien secret.

Un moteur de voiture rugit au loin, et il se figea. Puis le

bruit s'éloigna de la ferme, et il se détendit. Il retourna rapidement en bas. Il devait être prudent. Non seulement le FBI était impliqué, mais la presse fouinait également dans les parages. Il ne pouvait pas se permettre d'être fainéant ou de baisser la garde. Si ce plan fonctionnait, il passerait pour un héros *et* remporterait la fille. C'était le moment de briller.

---

JASON BRADY NE connaissait rien aux femmes s'il pensait qu'Erin Donovan était frigide, bien que l'inspectrice têtue ait essayé de convaincre tout le monde qu'elle était une salope sans cœur. Darsh, lui, savait ce qu'il en était. Il la regarda du coin de l'œil, mais elle regardait droit devant elle. Son mari s'était-il *vraiment* fait sauter la cervelle ? Ou Brady racontait-il des conneries ?

Darsh avait beaucoup de questions. Il avait parlé à Jed Brennan un peu plus tôt et confirmé à son patron la situation instable de la ville, véritable poudrière ne demandant qu'à exploser. Il avait aussi demandé à obtenir toutes les informations possibles sur Erin Donovan.

Le médecin légiste s'éclaircit la gorge et ramena Darsh dans la salle blanche et froide, avec ses bancs en acier et son éclairage incandescent. Le Vic's Vapor Rub sous ses narines ne parvenait pas à masquer l'odeur de la mort. Les cadavres exposés des deux jeunes femmes l'amenèrent à se demander s'il n'avait pas fait une erreur en rejoignant le DSC-4 pour enquêter sur les crimes contre les adultes. Il avait déjà vu assez de morts pour toute une vie.

Pire, chaque fois qu'il s'approchait d'une salle d'autopsie, cela lui rappelait sa mère. Elle s'était retrouvée sur une table similaire dans une pièce froide, entourée d'étrangers, avec un type qui lui ouvrait la poitrine et pesait son cœur – en supposant qu'elle en ait eu un.

L'unité antiterroriste, le DSC-1, convenait davantage à Darsh. Trois ans plus tôt, juste avant qu'il ne rencontre Erin, le bureau régional de Washington avait appris l'existence d'une cellule terroriste active à Washington. Darsh était alors en rotation avec le DSC-1 et s'était porté volontaire pour une mission sous couverture.

L'avantage majeur de son teint était que s'il se laissait pousser une barbe de djihadiste et glissait un tapis de prière sous son bras, il pouvait passer pour quelqu'un originaire du Moyen-Orient. Avec son physique, ses compétences linguistiques et son expérience militaire, il s'était retrouvé dans son élément. Il avait juste fait semblant d'être de l'autre côté des tanks Abrams pendant la chute de Bagdad. Il avait aidé le FBI et la Sécurité intérieure à déjouer un complot visant à faire sauter le métro de Washington. Ils avaient balayé ces bâtards lors d'une opération qui avait pris les extrémistes par surprise. Il avait éprouvé une profonde satisfaction à arrêter le leader qui l'avait « recruté ».

Ce week-end-là, Darsh s'était joyeusement saoulé avec le reste de ses camarades, sachant qu'ils avaient eu de la chance d'avoir évité une catastrophe majeure. À présent, il fixait le corps de deux jeunes femmes, et le monde lui semblait à nouveau déréglé. Il se frotta les yeux. Il aurait peut-être dû rejoindre le groupe d'intervention destiné à la libération d'otages, comme on le lui avait proposé, mais l'idée de regarder à nouveau dans sa lunette et de prendre d'autres vies le rendait malade. Ce n'était pas une chose dont il se vantait auprès de ses patrons ou de ses collègues. Il faisait son travail, mais cela ne l'excitait pas de prononcer une sentence de mort chaque fois qu'il tirait.

Il détourna les yeux de la poitrine de Mandy Wochikowski pendant que l'assistant du légiste recousait l'incision en Y.

C'était une chose de mourir en tant que soldat. Vous aviez pris les armes et fait votre choix. Mais le meurtre était une violation. Un crime intrinsèquement mauvais. C'était aussi son travail –faire la différence en éradiquant les criminels des rues. Des criminels qui se plaisaient à violer et tuer des hommes et des femmes comme eux. Il n'aimait peut-être pas être confronté aux victimes, mais il adorait coincer les tueurs.

Erin se tenait sagement à côté de lui, attendant que le médecin légiste termine. Indépendante. Professionnelle.

Au-delà des considérations personnelles, elle avait l'air d'une bonne policière – intelligente, dévouée, n'ayant pas peur de nager à contre-courant si les faits l'y conduisaient. Mais avait-elle mal interprété les preuves ? Commis une erreur ? Peut-être qu'elle n'était pas aussi intelligente qu'il le pensait. Il devait être objectif à son sujet et ne pas craquer pour l'inspectrice géniale dans un corps d'ange.

Cette scène sur le campus ce matin-là avait éclaté de nulle part. Pas étonnant que le ministère de la Justice s'inquiète de voir la situation dégénérer. Erin avait géré Jason Brady avec une facilité surprenante, même si Darsh était content d'avoir été là pour la soutenir. La situation était trop instable pour qu'elle l'affronte seule. Brady était prêt à allumer la mèche que les meurtres des filles avaient fournie et avait failli provoquer une émeute. Ce trou du cul était désormais en train de se calmer en détention. Ils le relâcheraient probablement avec un avertissement.

La voix du médecin légiste ramena une fois de plus Darsh

à la pièce stérile impersonnelle. La table en acier.

— Donc, en résumé, nous n'avons pas trouvé de sperme. Pas de kétamine dans le système des deux filles. Les prélèvements sur les ongles et les écouvillons pour l'ADN de contact vont être envoyés au laboratoire de Quantico. Le bout des doigts de Cassie a été plongé dans de l'eau de Javel, puis rincé à l'eau. On pourrait trouver quelque chose, mais le tueur a certainement mis toutes les chances de son côté.

Les autres preuves matérielles n'avaient rien donné, à l'exception du cheveu trouvé sur le pull de Mandy, qui aurait pu provenir du tueur ou d'une fille à côté d'elle dans la queue du Starbucks.

— Il portait probablement des gants en latex *et* un préservatif, marmonna Darsh.

— À moins qu'il n'ait porté une combinaison en latex, il y a encore des endroits où nous pourrions trouver des cellules de peau. N'abandonnez pas tout espoir, agent Singh, dit le Dr Grice.

Mais même s'ils trouvaient de l'ADN, cela ne voulait pas dire qu'ils auraient un nom. Les profils ADN devaient correspondre à un délinquant connu du CODIS, et il avait le sentiment que ce suspect était trop méticuleux pour cela. Ou peut-être était-ce son premier rodéo. Il avait bien étudié et savait comment laisser le moins d'indices possible…

— Cause de la mort : asphyxie. Notez l'hémorragie pétéchiale dans le blanc des yeux. Elles ont toutes les deux été étranglées, mais de manière différente. Mandy par derrière, probablement dans une clé de bras.

Le Dr Grice fit la démonstration du mouvement en décrivant un angle avec son bras.

— Cassie a été étranglée par devant. L'agresseur a enroulé

ses mains autour de sa gorge et serré fort par le haut. Son os hyoïde s'est fissuré. La trachée écrasée. Cassie semble avoir été violée, mais Mandy ne présente aucun signe d'agression sexuelle.

*Juste étranglée.*

L'estomac de Darsh se retourna. Peut-être que son père avait raison, et que ce travail était une façon de se punir pour tous les gens qu'il avait tués.

— Cause de la mort : homicide, déclara le médecin légiste.

Comme s'il y avait eu le moindre doute à ce sujet.

— Et l'heure du décès ? demanda Erin.

— Il y a toujours une marge d'erreur, mais à une température moyenne de 22 °C le corps reste à peu près à la même température dans l'heure qui suit la mort, puis la température corporelle diminue d'environ 1 degré par heure. J'ai ajusté en fonction de l'arrivée de la police et de la baisse de température ambiante lorsque vous avez laissé les portes ouvertes vers 3 heures. J'ai fait mes propres relevés et je les ai comparés à ceux de la station météo locale.

Les maths et la mort. Drôles de compagnons. Cela rappela à Darsh tous les calculs de trajectoire et de déport des balles qu'il faisait dans sa tête sur les toits de Bagdad.

— La température du foie suggère qu'elles sont mortes toutes les deux entre 20 heures et 21 heures la nuit dernière. C'est une supposition, mais éclairée, termina le médecin légiste.

Donc le tueur avait passé du temps dans la maison après avoir tué les filles. Pour nettoyer ? Éliminer l'ADN ? Disposer les corps ? Chercher les lettres ? S'amuser.

— Vous avez une idée de la fille qui est morte en premier ? demanda Erin.

Le Dr Grice afficha un air pensif.

— Elles ont à peu près la même morphologie. La température de Mandy était presque identique à celle de Cassie, mais Mandy était habillée alors que Cassie était nue.

Le légiste fronça les sourcils comme si penser lui faisait mal au cerveau.

— Théoriquement, le corps de Mandy aurait dû refroidir plus lentement que celui de Cassie. Si je devais me prononcer sur qui est morte en premier, je dirais Mandy pour les raisons que j'ai citées, mais il n'y a qu'une heure environ de décalage.

— Il est donc probable que le suspect soit entré dans la maison, ait tué Mandy, puis attaqué Cassie…

— La musique me dérange dans cette chronologie. Il a enregistré le message de Cassie, puis il est entré et a éteint la musique ?

Erin fronça les sourcils, les mains sur les hanches.

— Alors, dès que Tanya part pour la fête, il entre, tue Mandy en utilisant sa musique pour cacher le bruit aux oreilles de Cassie. Puis, toujours en utilisant la musique pour masquer ses actions, il attaque Cassie, l'attache, lui fait enregistrer le message pour les secours, puis va éteindre la musique ? Pourquoi se donner la peine de l'éteindre ?

Darsh se mit à la place du tueur. Il avait déjà tué une fille et avait maîtrisé l'autre, mais il voulait jouer avec elle…

— Pour s'assurer que personne ne le surprendrait. Comme ça il pouvait se concentrer sur ce qu'il voulait faire à Cassie, sans se faire prendre.

Erin pinça les lèvres.

— Qu'est-ce qui aurait empêché Cassie de crier à l'aide ?

— J'ai trouvé des traces de caoutchouc dans ses dents, ajouta le Dr Grice.

— Un bâillon-boule ? demanda Darsh.

— Probablement, acquiesça le médecin légiste.

Erin fronça les sourcils.

— Qu'il a récupéré après l'avoir violée et tuée. Alors, pourquoi ne pas prendre la corde ? demanda Darsh.

— Il a mis en scène les corps exactement comme il voulait qu'on les trouve. Il a pris ce qu'il voulait dans la chambre de Cassie, fit Erin.

Les lettres de Drew Hawke. Le magazine. Le drap.

— Il est donc prudent, méticuleux et impitoyable, dit Erin. Ce qui suggère que la corde n'était pas un accident. C'était un message. Un indice ? Une raillerie ?

Darsh ne lui rappela pas que la corde avait été abandonnée après les viols de l'année précédente. Il n'en avait pas besoin.

— Autre chose, Dr Grice ?

— Non. J'ai pris plusieurs échantillons de tissus et j'ai tout envoyé là où il fallait. Ces dames peuvent être enterrées, sauf si quelqu'un demande une seconde autopsie.

Ils remercièrent le médecin légiste, prirent congé et s'arrêtèrent brusquement dans la zone de réception à l'extérieur de la salle d'autopsie. Cinq personnes étaient assises sur des chaises de salle d'attente. Trois hommes et deux femmes.

— Les parents ? murmura Darsh.

Erin lui fit un signe de tête brusque et s'approcha du groupe. Elle fit les présentations.

— Le médecin légiste vient de terminer les autopsies…

— Quand pourrons-nous voir nos enfants ?

— Je ne sais pas…

Un homme aux cheveux gris acier s'approcha d'Erin.

— Qui a fait ça à ma fille ? La même personne qui a violé

ces filles l'année dernière ?

La lèvre supérieure de l'homme était retroussée, et Darsh comprit qu'il souffrait, mais l'agent fédéral voulait qu'il sorte de l'espace personnel d'Erin. Pourquoi tout le monde la traitait comme une cible acceptable ?

— Les gens disaient que vous vous en preniez à Drew Hawke parce que vous détestiez les footballeurs. Après le procès, j'étais enclin à croire que vous aviez raison à son sujet, mais plus maintenant, pas après ça.

Erin se redressa comme si elle se préparait à recevoir d'autres coups verbaux.

Darsh intervint.

— Nous vous présentons toutes nos condoléances, monsieur. Mais nous ne pouvons pas discuter d'une enquête en cours.

Il sentit Erin s'éloigner de lui, mais qu'était-il censé faire ? La laisser se faire déchiqueter par quiconque voulait tenter sa chance ? Il avait été envoyé pour évaluer son travail et si elle avait merdé, il allait la dénoncer à ses patrons. Mais cela ne voulait pas dire qu'il laisserait quelqu'un la traiter comme de la merde en attendant.

L'homme inspira profondément, prêt à vider son sac, mais une femme lui toucha le bras.

— Laisse tomber, George. Je veux faire le deuil de mon bébé, pas me battre avec la police qui essaie seulement de faire son travail. Pas aujourd'hui.

Le type s'assit et passa son bras autour des épaules de sa femme, mais son regard ne perdit rien de son hostilité. Darsh comprenait le processus de deuil, mais cela ne les aiderait pas à résoudre les crimes.

Erin donna sa carte à chaque personne, et il fut forcé

d'admirer sa ténacité.

— Je vous présente mes plus sincères condoléances. Appelez-moi si vous pensez à quelque chose ou à quelqu'un qui aurait pu vouloir faire du mal à vos filles. Un intervenant en faveur des victimes vous contactera rapidement, ainsi que le FPPD si nous avons des informations à communiquer. Le médecin légiste viendra bientôt vous parler.

Elle franchit la porte d'entrée du bâtiment municipal de la petite ville de Massena et se dirigea directement vers son pick-up. Elle avait insisté pour conduire, car ils devaient être de retour moins d'une heure plus tard pour une nouvelle réunion d'équipe et on annonçait de la neige.

Elle semblait distraite. Il pensait qu'elle ruminait les accusations du père, mais lorsqu'elle prit la parole, il comprit qu'elle réfléchissait à l'affaire.

— Le fait que le suspect ait pris les lettres de Drew à Cassie. Qu'est-ce que ça veut dire ?

Elle mit le contact, et le moteur rugit.

— Ça suggère une fascination ou un vif intérêt pour Drew Hawke. Je ne pense pas que Cassie ait été choisie au hasard.

— Et si j'avais *bien* arrêté le mauvais gars ? dit-elle soudain. Et si c'était *de ma faute* si ces filles sont mortes ?

— Le responsable de leur mort, c'est le connard qui les a tuées.

Elle lui lança un regard qui signifiait « foutaises ».

— Joli discours, mais on sait tous les deux que ça ne fonctionne pas comme ça.

— Avez-vous fait quelque chose de mal ? Avez-vous effacé des preuves ou ignoré une piste ?

Elle secoua la tête.

— Alors vous n'avez pas à vous inquiéter.

Ce qui n'était pas entièrement vrai, et ils le savaient tous les deux.

Elle laissa échapper un rire peu convaincu en sortant du parking.

— Et si Jason Brady avait tué la petite amie de son meilleur ami dans le but de faire sortir Hawke de prison ? demanda-t-elle avant d'étouffer un juron. Si je m'en prends à Brady, on va croire que j'ai une dent contre l'équipe de football.

La possibilité que Brady soit suspect avait également traversé l'esprit de Darsh. C'était une option viable. Ils devaient vérifier son alibi pour la nuit précédente.

— Tant que vous avez des raisons d'enquêter sur lui, personne ne peut vous reprocher le fait qu'il soit un joueur des Ravens.

Elle ricana.

— Vous vous foutez de moi ? J'ai le droit à des reproches chaque fois que l'équipe entre sur le terrain.

— Alors, pourquoi rester dans une ville qui vous déteste ?

Le soleil était bas dans le ciel et commençait à descendre à l'horizon. Ils n'avaient pas dormi la nuit précédente, et ils étaient tous deux épuisés. Peut-être allait-elle lui répondre franchement cette fois.

— Pourquoi rester là où on n'a pas sa place ?

Il avait grandi avec ce sentiment de ne jamais avoir sa place nulle part. Si quelqu'un comprenait ce sentiment, c'était bien lui.

Ses doigts se crispèrent sur le volant.

— Je n'aime pas m'enfuir.

— Ce n'est pas ce que j'ai entendu.

C'était une manœuvre, mais qui fit mouche. De la lumière éclaira sa joue au moment où sa mâchoire se contracta. Elle garda les yeux fixés droit devant elle.

— Pourquoi avoir quitté le NYPD ? insista-t-il, voulant connaître la vérité.

— Ce ne sont pas vos affaires.

— C'est quoi le problème, Erin ? Vous avez quelque chose à cacher ?

La peau autour de sa bouche blanchit.

— Je suppose que votre question est : est-ce que Jason Brady dit la vérité ? Est-ce que mon mari s'est vraiment fait sauter la cervelle à cause de moi ?

Il vit la dureté dans ses yeux en la regardant.

— Ouaip. En effet. Et, oui, c'est pour ça que j'ai quitté le NYPD. Satisfait ?

Il n'aurait pas davantage souffert face à un coup de pied au visage.

— Redites-moi que ça n'a rien à voir avec le fait que nous avons couché ensemble.

— Qu'avez-vous besoin d'entendre, Darsh ? Que ce n'est pas votre faute ? Croyez-moi, ce n'était pas votre faute. Vous êtes absous de toute culpabilité.

Ce n'était pas de la culpabilité qu'il ressentait. C'était quelque chose de beaucoup plus compliqué – et elle n'avait pas dit « non », bon sang. Il devait découvrir exactement ce qui s'était passé dans le passé d'Erin et espérait que le fait qu'ils aient eu des rapports sexuels n'avait pas contribué à la mort de son mari. Il avait assez de fantômes à gérer.

— C'est vous qui êtes censé être l'analyste, fit-elle, ses mots comme des éclats de verre venant lui trancher la peau. Et si vous essayiez de faire avancer cette enquête plutôt que de fouiller une histoire ancienne qui n'a rien à voir avec l'affaire ?

*Aoutch.*

Elle avait raison. Il devait examiner les anciennes affaires à présent, pour voir s'il y avait un lien entre les crimes. Mais il avait vu assez de la ville pour savoir qu'indépendamment du fait qu'elle ait trouvé le bon gars ou qu'elle ait tout fait dans les règles, l'opinion publique la crucifierait. Et c'était lui qui était censé fournir le bois et les clous pour la croix.

# CHAPITRE SEPT

ERIN JETA UN coup d'œil à la foule de plus en plus nombreuse de journalistes tout en se dirigeant vers le poste de police. Les médias se rassemblaient pour la déclaration que le chef prévoyait de faire après leur réunion d'équipe. Elle aurait voulu leur dire d'aller se faire voir et de la laisser faire son travail. C'était probablement pour ça qu'elle n'était pas en charge des relations publiques. Les têtes se figèrent puis se dressèrent comme des rapaces sentant l'odeur du sang portée par le vent. Ils se bousculèrent pour avoir la meilleure place.

Une volée de corbeaux. Le terme « masse » n'avait jamais semblé aussi approprié.

Quelques flashs crépitèrent, et elle serra les dents. Elle poussa la porte d'entrée sans prendre la peine de la retenir pour l'agent Singh. Il pouvait se débrouiller seul. Il ne faisait pas partie des services de renseignement, mais vu la façon dont il l'avait interrogée sur son passé, elle en avait eu l'impression.

« *Saviez-vous que votre mari allait sortir son arme ?* »

« *Saviez-vous qu'il était dangereux ?* »

« *A-t-il essayé de vous tuer avant de retourner l'arme contre lui ?* »

La colère l'envahit, comme toujours, alors que le barrage de questions qu'ils lui avaient posées trois ans plus tôt lui revenait en mémoire. La colère, la honte et le chagrin – pour toutes les choses qu'elle ne pouvait pas changer. Elle chassa ces pensées. Pas de temps pour des souvenirs inutiles. Ce tueur était en train de leur échapper, et Darsh faisait plus attention à son histoire à elle qu'à l'arrestation du type.

Elle consulta sa montre, se dirigea vers l'accueil et s'y appuya.

— Rodriguez, cria-t-elle à l'officier de permanence qui parlait à deux agents sur le côté. Brady est toujours là ?

Arnie Rodriguez s'approcha du comptoir. Il avait déjà fait vingt ans dans les forces de l'ordre et attendait la retraite. Il appuya son bras sur la surface en bois poli et lui sourit.

— Il est là, Inspectrice Donovan. Son avocat est venu deux fois, et l'entraîneur de l'équipe est passé nous dire que le gamin devait aller s'entraîner. J'ai expliqué – très patiemment si tu veux mon avis – que je devais attendre de voir si l'agent qui avait procédé à l'arrestation allait porter plainte pour agression. Tu t'es décidée ?

Le football valait beaucoup d'argent dans cette ville universitaire, et elle avait déjà coûté à l'université son quarterback vedette. Mais ce n'était pas parce qu'ils se sentaient tout puissants qu'ils pouvaient menacer des policiers. Elle ne voulait pas faire monter la tension en ville ni donner à Brady des munitions pour l'accuser de harcèlement. Toutefois, elle voulait l'interroger sur ses déplacements de la nuit précédente.

— Je suis encore en train d'y réfléchir. Mets-le dans une salle d'interrogatoire pour moi, tu veux bien ?

— Bien sûr, Erin.

— Merci, Arnie.

Elle se dirigea vers le fond du poste où elle partageait un bureau double avec Harry Compton. Ils avaient un coin cloisonné. Cela signifiait qu'ils pouvaient afficher des photos de suspects, des chronologies et des théories à l'abri du public.

L'inspecteur chevronné était penché sur un ordinateur portable et imprimait des messages sur Facebook. Ça devait être une souffrance. Elle s'extirpa de sa parka et l'accrocha au dossier de la chaise en plastique dur sous son bureau. Darsh Singh serait bientôt parti, et elle retrouverait son fauteuil de bureau confortable. Le plus tôt serait le mieux.

— Tu as quelque chose ? demanda-t-il.

Harry n'était pas du genre à s'attendrir. Mais c'était un bon flic.

— À part la haine quasi obsessionnelle de Bressinger à ton égard ?

Ses traits se déformèrent, et il étira sa colonne vertébrale comme pour relâcher la pression. Il n'était plus qu'à quelques années de la retraite, mais l'année précédente avait été la plus chargée de sa carrière.

— Pas grand-chose. Si quelqu'un mettait en doute la culpabilité de Drew, Cassie le bloquait et supprimait le commentaire. Problème résolu.

— J'aimerais pouvoir bloquer les gens de ma vie aussi facilement, marmonna Erin.

Il sortit d'autres feuilles de l'imprimante.

— Moi aussi. Il y a quelques noms que je vais suivre, mais je ne vois rien au-delà de l'amertume contre la police pour avoir arrêté son Jules.

Harry sourit, ce qui était rare.

— Mandy Wochikowski était beaucoup moins active sur Facebook, mais elle avait pas mal d'interactions sur Twitter. Et j'ai trouvé quelques échanges ressemblant à un flirt avec un utilisateur anonyme répondant au pseudonyme @DarkMatter qui prétend être un étudiant de Blackcombe. Je vais essayer de l'identifier, mais ne te fais pas d'illusions.

Seul Harry pouvait dire des choses comme « flirt » et « Darkmatter » et les rendre aussi excitantes que du pain rassis.

— Et les appels téléphoniques ?

— J'attends toujours le mandat pour la compagnie de téléphone.

*Sérieusement ?*

— On a besoin de ce mandat.

Harry ne parut pas impressionné.

— Ouaip. Dis-le au procureur.

Le bureau du procureur essayait probablement de couvrir ses arrières au cas où la condamnation de Hawke s'avérerait infondée.

Elle aurait probablement pu peindre une cible sur son front et rester immobile pour qu'ils puissent tous lui tirer dessus, mais le tueur ne restait pas immobile, et elle comptait bien l'imiter. Erin ravala sa frustration.

— Je vais parler à Strassen, voir s'il peut leur mettre la pression. Je vais interroger Jason Brady. Voir quel est son alibi pour la nuit dernière avant de le libérer.

— Tu ne vas pas porter plainte ? J'ai entendu dire qu'il s'en est pris à toi.

Elle haussa les épaules.

— Je m'en suis occupée. Ça dépend de ce qu'il dira pendant l'interrogatoire.

En d'autres circonstances, il aurait été inculpé.

Harry s'éloigna de son bureau.

— Besoin d'aide ?

Elle grogna doucement.

— Je te remercie, mais le FBI voulait être dans le coup.

Elle avait laissé Darsh voir sa faiblesse un peu plus tôt en parlant du suicide de son mari. À présent, elle devait faire comme si cela n'avait pas d'importance.

Harry n'avait pas l'air impressionné.

— Tu me diras si tu veux la présence d'un vrai flic là-dedans. Je peux me libérer.

— Promis.

Elle se dirigea vers le placard des produits de nettoyage et frappa à la porte.

Une voix étouffée dit :

— Entrez.

Elle trouva l'agent fédéral complètement entouré de cartons.

— S'il y a un feu dans le coin, vous êtes foutu.

Elle se força à sourire. Il avait insisté pour obtenir des informations qu'elle n'avait pas l'intention de partager, mais elle aurait été curieuse à sa place, elle aussi.

Darsh éclata d'un rire sexy.

— Je ne pense pas pouvoir sortir d'ici sans un pied-de-biche, admit-il.

Le volume d'informations entassées dans une si petite pièce était écrasant. Elle connaissait les moindres détails, mais cela n'avait pas d'importance. Il voulait consulter les informations par lui-même.

*Elle* devait enquêter sur un meurtre. S'il décidait que les affaires étaient liées, cela deviendrait son problème à elle.

— Vous avez dit que vous vouliez assister à l'interrogatoire de Jason Brady ? Ou bien vous êtes trop occupé ?

Ses yeux sombres se posèrent sur elle.

— En fait, j'aimerais l'interroger seul.

— Euh, non.

*Merde.* Formidable comme rameau d'olivier. Le type l'avait frappée à la tête avec. Elle fit volte-face pour sortir de la pièce.

— Erin. Attendez !

Elle l'ignora, mais il la rattrapa.

— Il ne va rien vous dire. Il ne vous apportera rien que des ennuis.

Darsh se plaça devant elle, et elle dut freiner pour ne pas le percuter. Une centaine d'oreilles se dressèrent dans leur direction.

— Qu'est-ce qui est le plus important ? demanda-t-il à voix basse. Le remettre à sa place ou savoir s'il a quelque chose à voir avec les meurtres de la nuit dernière ?

Elle inspira furieusement, fit un demi-pas en arrière et croisa les bras sur sa poitrine.

— Vous connaissez la réponse à cette question.

— C'est pourquoi il est plus logique que j'y aille seul, fit-il avant de se pencher plus près de son oreille. Écoutez, malgré ce que vous pouvez penser de moi, nous sommes dans la même équipe. Nous voulons la même chose : attraper le tueur de Cassie et Mandy.

Elle avait mal aux dents à force de crisper la mâchoire. Il avait raison, mais ce n'était pas très agréable quant aux implications sur sa capacité à faire son travail.

Elle consulta sa montre.

— Très bien, mais ne faites pas tout foirer. Vous avez vingt minutes avant notre réunion d'équipe. J'assisterai à l'interrogatoire derrière la vitre.

Erin le contourna et se dirigea vers la salle d'observation. Elle ne comptait pas laisser son ego l'empêcher de découvrir la vérité – même si son ego avait déjà bien souffert. Tout ce qu'elle avait, c'était la détermination de faire son travail et les souvenirs de jours meilleurs.

———

DARSH DEVAIT Y aller, mais à la place, il se surprit à regarder Erin Donovan entrer dans la salle d'observation, le menton levé. Comment ne pas admirer une policière qui, non seulement, avait terrassé à elle seule un gorille de 100 kg, mais avait également su quel était le bon moment pour s'effacer – et l'avait fait ?

À présent, ils devaient soit inculper le gamin, soit le relâcher, et l'inculper pour autre chose qu'un meurtre au premier degré était une perte de temps. Le fait qu'il ait menacé et agressé physiquement une femme flic n'avait aucune importance. Le public ne s'intéressait qu'à l'arrestation de ce tueur et n'avait pas la patience pour des distractions. Erin Donovan semblait être une proie facile dans cette ville. Il n'aimait pas ça, pas plus qu'il n'aimait les connards qui posaient leurs mains sur les femmes.

La sonnerie d'un téléphone l'extirpa de sa transe. L'odeur persistante de la mort s'accrochait à lui comme de la fumée, mais il n'avait pas eu le temps de se doucher ou de se changer après la morgue. Il prit un bloc-notes vierge et un stylo sur un bureau voisin, puis entra dans la salle. Brady était affalé sur la table, mais se redressa quand Darsh entra. Ses yeux étaient injectés de sang, son visage hagard. L'odeur de l'alcool métabolisé suintait de ses pores.

Aucun d'eux n'avait beaucoup dormi la nuit précédente, mais au moins Darsh n'avait pas la gueule de bois. Il tira la chaise et s'assit.

— M. Brady, je suis l'agent Singh du FBI. Nous nous sommes rencontrés ce matin.

— Je me souviens.

Le roulement d'yeux accompagnant ses propos était digne d'un ado de quatorze ans.

— Ça te dérange si je t'appelle Jason ?

Le type haussa ses énormes épaules. Darsh ne savait pas comment Erin faisait pour ne pas être intimidée par la taille de ces types. Après son passage dans les Marines, il pouvait se débrouiller tout seul, mais Erin faisait presque 30 cm de moins et pesait 30 kg de moins que lui.

— Tu sembles avoir un problème avec l'inspectrice Donovan. Est-ce exact ? demanda-t-il.

— Oui, j'ai un problème avec elle, dit Brady en se redressant. Elle a mis Drew en prison pour quelque chose qu'il n'a pas fait.

— Ce sont les témoignages des femmes violées, les preuves matérielles et le jury qui ont mis Drew en prison.

Brady croisa ses bras musclés sur sa poitrine.

— Cette salope l'avait dans le collimateur depuis le début. Drew n'aurait jamais touché à l'une de ces pétasses.

— Pourquoi pas ?

Darsh se força à ne pas réagir à ces paroles haineuses. Donner l'impression de ne pas juger, mais plutôt de faire preuve d'empathie. Personne ne prétendait que c'était facile.

Brady renifla bruyamment.

— Vous les avez vues ? Elles étaient vraiment moches. Drew n'en aurait jamais eu après elles. Cassie faisait ce qu'il voulait au pieu de toute façon.

Aucun remords pour la mort de Cassie. Savait-il au moins qui étaient les dernières victimes ? Darsh n'était pas certain du moment où les noms avaient été divulgués, mais les colocataires, Tanya et Alicia, avaient dû en parler à leurs amis.

— La seule façon dont Drew aurait pu toucher ces thons, c'est en étant lui-même attaché et violé, poursuivit Brady.

Darsh réprima sa réaction instinctive, qui était de mettre son poing dans la face du type. Brady était soit un paumé, soit un sociopathe froid comme la pierre.

— Tu aimerais que Drew soit disculpé, déclara Darsh lentement.

— C'est le meilleur quarterback du football universitaire. Il a une putain de carrière en NFL qui l'attend quand il sortira. Pourquoi il mettrait tout ça en danger pour des mochetés ? Elles ont menti.

*Quand il sortira* ? Lapsus ou vœu pieux ?

Le pouvoir, la colère, le sadisme étaient les principales raisons qui poussaient les violeurs à passer à l'acte. L'attirance sexuelle n'entrait généralement pas en compte. La proximité et l'opportunité étaient plus importantes. Mais dans le cas de Cassie, Darsh pensait que la victime avait été choisie pour *qui* elle était.

— Tu sous-entends que les femmes qui l'ont accusé de viol étaient jalouses de son succès et rancunières de son manque d'attention ? demanda-t-il.

Brady hocha la tête et se pencha sur la table. Darsh reçut son souffle enragé en plein visage.

— Elles ne pouvaient pas l'avoir, alors elles ont décidé de le faire tomber.

— Et les polygraphes ?

Darsh était curieux de voir comment le type allait expliquer l'affaire Hawke.

— Tout le monde sait qu'on peut tromper un détecteur de

mensonges, il suffit de comprendre le truc.

Contrôler son rythme cardiaque et la température de sa peau était un sacré exercice de maîtrise de soi. Bien entendu, certaines personnes y parvenaient, mais deux jeunes femmes qui n'avaient apparemment rien à gagner et tout à perdre en disant au monde qu'elles avaient été violées ? Il n'y croyait pas.

— Et les preuves matérielles concernant l'affaire ? insista Darsh.

— Quelles preuves matérielles ? Un cheveu ? Un putain de cheveu ? Elles auraient pu le récupérer dans les vestiaires ou dans un putain de bar. Putain, je ne sais pas comment ces cheveux ont atterri là, mais je connais Drew. C'est un type bien – mieux que moi. *Bien* mieux que moi. Il ne mérite pas cette merde.

Brady idolâtrait clairement son ami.

— C'était ton colocataire, c'est ça ? Tu tiens le coup sans lui ?

Brady déglutit bruyamment, paraissant vulnérable pour la première fois.

— Il y a un nouveau gars à sa place, tout comme on a un nouveau quarterback dans l'équipe. Ce n'est pas la même chose, dit Brady en lui lançant un regard noir. C'est nul.

— C'est parce que tu avais bu un peu trop de bières hier soir que tu as dépassé les bornes avec l'inspectrice Donovan ce matin ?

Brady haussa les épaules. Il ne semblait pas capable de retenir quoi que ce soit.

— Je la déteste. Quand je la vois, j'ai l'impression que je vais exploser. Elle se fout d'avoir ruiné la vie de quelqu'un parce que les mecs ne comptent pas. Elle déteste les hommes.

D'après ce que Darsh savait, Erin ne détestait pas les

hommes. Elle avait de nombreux collègues masculins qui semblaient l'apprécier et la respecter. Mais elle cachait quelque chose. Une blessure, un défaut ou une erreur de son passé.

— C'est un crime… ce que tu as fait tout à l'heure. C'est une agression sur un officier de police. Tu pourrais être condamné et perdre ta place en NFL à cause de ça.

— Je l'ai à peine touchée.

— Crois-moi, l'agression d'un officier de police est un sport de contact que tu ne gagneras pas.

Darsh lança un regard dur au jeune homme.

Brady haussa les épaules, et ses yeux brillèrent d'un air maussade.

— C'est une policière de merde.

— Même si elle t'a mis à terre ?

Certes, Darsh ne faisait pas vraiment dans le tact, mais ce type ne montrait *aucun* remords pour ses actes. Il se sentit mal pour Erin. Elle s'était occupée de Brady un peu plus tôt, se rappela-t-il. Elle n'avait pas besoin de sa protection, et la protéger n'était pas la raison de sa présence dans cette salle.

— À quelle heure as-tu commencé à boire la nuit dernière ?

Brady grimaça, comme si se souvenir lui faisait mal.

— Je ne sais pas. J'ai probablement bu une bière vers 19 heures, mais on n'a ouvert le fût qu'après le début de la fête.

Et s'il avait des témoins pour confirmer sa présence entre 20 heures et 22 heures, il ne pouvait pas avoir commis les meurtres.

— Est-ce que Drew Hawke t'a contacté depuis la prison ? demanda Darsh.

— Comment ça ?

— Je veux dire, est-ce qu'il t'a écrit ?

Le jeune homme essayait de gagner du temps. Darsh savait déjà que le gamin était plus malin qu'il ne le prétendait. *Misandre* : quelqu'un qui détestait les hommes. Quel joueur de football de 20 ans utilisait ce genre de mot ?

Un type intelligent, forcément.

Mais intelligent à quel point ? se demanda Darsh.

Brady fourra ses mains dans les poches de son sweat-shirt et se redressa sur sa chaise. Il s'éclaircit la gorge.

— Il m'a écrit quelques fois.

— Tu lui as répondu ? demanda Darsh.

Brady refusait de croiser son regard. Il secoua la tête.

— Pourquoi ? C'est ton meilleur ami.

Le gamin cligna des yeux plusieurs fois. Ses yeux avaient l'air suspicieusement humides.

— Qu'est-ce que je peux lui dire ? L'équipe travaille dur et gagne encore ? Le coach Raymond est sur mon dos pour avoir été en retard à l'entraînement ?

Il regarda l'horloge, et ses narines se dilatèrent.

— Et voilà que je suis encore en retard.

Il le regarda à nouveau.

— Je ne peux pas dire à Drew que le monde continue de tourner comme si de rien n'était alors qu'il est coincé dans un trou à rats jusqu'à ses 50 ans. Joyeux Noël, mon pote, et « va te faire foutre » au passage.

— Est-ce qu'il a écrit à Cassandra ?

Les épaules de Brady bougèrent, mais son expression se ferma.

— Je suppose.

— Vous ne vous parlez pas ?

Les lèvres de Brady se tordirent.

— On n'est pas vraiment amis.

Au présent. Soit c'était un génie, soit il ne savait pas que Cassie était morte.

— Donc tu as assisté à cette fête la nuit dernière. Est-ce que tu t'es absenté à un moment donné ? Pour faire un tour peut-être ?

La porte s'ouvrit avec fracas, et un homme grand et mince portant un costume coûteux fit irruption dans la pièce. Le visage du chef Strassen apparut par-dessus son épaule.

— Que faites-vous à interroger mon client sans la présence de son avocat ?

— Nous ne faisions que parler, répondit Darsh, imperturbable.

— Tout ce qu'il a dit n'est pas recevable au tribunal.

— Au tribunal ? fit Brady en fronçant les sourcils. Elle va vraiment porter plainte ? La sal…

— Assez ! cria son avocat.

Quand Brad ferma la bouche, l'avocat fixa Darsh dans les yeux.

— Ils ne s'inquiètent pas des accusations forgées de toutes pièces concernant l'inspectrice Donovan, M. Brady. Ils en ont après vous concernant le meurtre de Cassandra Bressinger

Tout le sang quitta le visage de Brady. Le gamin bondit soudain.

— Cassie est morte ? Putain !

Ses réflexes rapides évitèrent à Darsh un coup de poing à la mâchoire. Il attrapa le point du jeune homme et le serra.

— Tout doux, mon grand. On ne faisait que parler. Tu es libre de partir. À moins que… - Darsh sourit avec tout l'agacement qu'il ressentait. - tu ne veuilles réessayer ce coup de poing ?

L'avocat tira sur le bras de son client, essayant de le faire sortir avant qu'il ne succombe à un mouvement d'humeur. Le jeune homme se leva, mais Darsh bloquait la sortie.

— Et un conseil, M. Brady. Restez à l'écart de l'inspectrice Donovan. La prochaine fois, elle portera plainte, et ce sera la fin d'une carrière de footballeur très prometteuse. Vous comprenez ?

Les yeux du jeune homme étaient brûlants de dégoût. Il hocha lentement la tête et jeta un coup d'œil au miroir sans tain.

— Oh, je comprends. Je comprends parfaitement.

# CHAPITRE HUIT

LES CIMES DES arbres de part et d'autre de la route s'agitaient violemment sous l'effet des fortes rafales de vent. La réunion de 15 heures s'était éternisée, et ils n'avaient toujours pas avancé dans l'enquête. Le chef l'avait renvoyée chez elle, ainsi que la plupart des autres officiers, pour qu'ils puissent dormir quelques heures. Elle vivait au sud de la ville, à la lisière des Adirondacks, et était si fatiguée que ses yeux n'arrêtaient pas de se fermer sur le chemin du retour dans l'obscurité. Formidable. Il ne manquait plus qu'elle démolisse sa voiture. Encore un kilomètre et demi, et elle serait chez elle. Le décalage horaire et une nuit blanche l'empêchaient physiquement de rester éveillée plus longtemps. Elle écarquilla les yeux et fit la grimace. L'autoroute était calme. Il n'y avait pas beaucoup de maisons dans le coin. Elle baissa la vitre. C'était comme entrer dans un congélateur.

Regarder Darsh interroger Brady avait été intéressant. Il avait tiré bien plus de ce type qu'elle ne l'aurait fait. Et la réaction de Brady quand il avait appris la mort de Cassie avait été très convaincante. Soit le footballeur ne savait pas qu'elle faisait partie des victimes, soit c'était un sacré acteur. Cela ne le retirait pas pour autant de la liste des suspects. À présent, ils devaient interroger les invités de la fête à la fraternité, et s'assurer qu'il était là où il le prétendait. Elle l'avait vu peu après 22 heures la nuit précédente. Aurait-il pu courir de chez Cassie à la fraternité entre l'appel aux secours et le moment où elle l'avait vu ?

Son téléphone sonna et elle sursauta. Bon sang. Ça n'avait pas arrêté de la journée. Sa mère, son père, les relations publiques, le maire. C'était le dernier appel de la journée, et il valait mieux qu'il n'implique pas qu'elle fasse demi-tour. Elle appuya sur le bouton du kit mains libres.

— Bonsoir, Erin, c'est Linus. J'ai appris pour les meurtres. C'est terrible.

Linus Hall était l'un des étudiants diplômés du professeur Huxley.

— Bonsoir Linus. Comment ça va ? Qu'est-ce que je peux faire pour vous ?

— Roman voulait que je vous appelle pour savoir si vous vouliez des copies des essais de Mandy Wochikowski.

Elle n'était pas sûre de ce qu'elle pourrait en tirer, mais elle n'avait toujours aucune idée de la personne qu'avait été Mandy, et elle détestait le fait que son meurtre semblait presque sans importance à côté de celui de Cassie.

— Oui, je veux bien. Vous pouvez me les envoyer par mail ?

— En fait, je n'ai pas de copies numériques. Je n'ai que des impressions. Vous y avez probablement accès sur son ordinateur, dit-il d'un ton hésitant.

Mais l'ordinateur de Mandy avait été envoyé au laboratoire du FBI à Quantico.

— Je peux les déposer au poste ce soir si vous voulez ?

— Ce serait génial, merci. Je ne serai pas là, mais vous pouvez les laisser à l'officier de permanence.

— Oh, fit-il, l'air déçu. Pas de problème. Mandy ne méritait pas ça.

Erin tendit l'oreille. Mandy avait travaillé pour Huxley pendant l'été, ce qui signifiait que Linus pouvait connaître Mandy assez bien. Et il y avait quelque chose dans sa voix…

— Vous étiez amis ?

— Avec tous ceux du labo, on a traîné pendant l'été. On est allé prendre des cafés et tout ça.

Étaient-ils sortis ensemble ? Ce n'était probablement pas correct qu'un étudiant diplômé sorte avec une étudiante de premier cycle de sa classe.

— Vous pouvez me dire quelque chose sur elle ? demanda-t-elle prudemment.

Il y eut une longue pause.

— Eh bien, elle me faisait un peu penser à vous.

Cette déclaration lui fit l'effet d'une onde de choc. Le fait que Mandy soit morte et que personne ne semble s'en soucier la rendait infiniment triste. Elle devait garder la fille au centre de l'enquête.

— Dévouée. Toujours à travailler, jamais vraiment satisfaite, peu importe le nombre de bonnes notes qu'elle ramenait. Elle n'a jamais vraiment cru en elle.

Le jeune homme avait manifestement détecté en elle plus de choses qu'elle ne l'aurait voulu. Elle tenta de masquer sa gêne à l'idée d'être analysée.

— On dirait qu'elle était bien plus intelligente que moi. Mandy croyait que Drew Hawke était innocent.

Il s'éclaircit la gorge.

— En effet. Elle m'a fait réfléchir à la façon dont Hawke aurait *pu* être piégé.

Un sentiment inattendu de trahison la frappa. Linus avait défendu avec véhémence l'idée que le quarterback était le violeur. L'allée de sa maison se trouvait à sa gauche. Elle était presque arrivée.

— Il devait être sacrément élaboré pour piéger le gars.

— Difficile, mais pas impossible.

Son absence de réponse le fit bégayer.

— Mais hautement improbable. C'est probablement un imitateur. Quelqu'un qui veut faire passer Hawke pour un innocent et vous ridiculiser.

Une vague de lassitude l'envahit alors qu'elle garait son pick-up devant sa ferme.

— Eh bien, il a réussi. Je dois y aller, Linus. Merci beaucoup de m'avoir proposé de lire les essais de Mandy, et je suis désolée que vous ayez perdu une amie.

— Merci. À demain.

Il raccrocha.

Elle posa sa tête sur le volant, se forçant à bouger avant de s'endormir dans le pick-up. Elle sauta du véhicule et courut vers la porte de derrière. Son portable sonna, mais elle laissa sa messagerie prendre le relais. Elle n'avait pas l'énergie de parler à quelqu'un d'autre. À l'intérieur, elle se dirigea vers le thermostat et appuya sur la touche « boost », car peu importait le nombre de couches qu'elle portait, ou de tasses de café qu'elle buvait, elle n'arrivait toujours pas à se réchauffer.

Sauf quand elle était avec Darsh Singh et qu'elle essayait d'oublier tous les péchés qu'ils avaient commis.

Bon sang. Elle ne voulait pas y penser.

Jetant ses clés et son sac sur la table, elle enleva son manteau et l'accrocha au dossier d'une chaise dans la cuisine. Puis elle s'assit et arracha ses bottes, les laissant tomber sur le parquet avec un bruit sourd.

Elle avait faim, mais était trop fatiguée pour manger. Ses

pas sonnaient creux sur les marches en bois nu alors qu'elle montait à l'étage. Un jour, elle trouverait le temps d'acheter de la moquette. Elle se rendit à la salle de bain, Glock à la main, déboutonnant son pantalon et le baissant en chemin. Elle se lava les mains et le visage, se brossa les dents et évita le miroir. Elle jeta ses vêtements dans le panier à linge et tituba jusqu'à sa chambre. Elle ne prit pas la peine d'allumer. C'était inutile, car la lune brillait à travers les fins rideaux.

Elle attrapa sa chemise de nuit par terre et l'enfila, frissonnant lorsque le coton froid se pressa contre sa peau. Sa valise était toujours posée sur le sol, prête à être défaite. Le lendemain, avant de partir au travail, elle devrait mettre du linge dans la machine. Pour l'heure, elle ne se souciait guère s'il rampait tout seul. Elle éteignit son portable, posa son arme de poing sur la table de chevet et sombra dans l'oubli.

———

DARSH MORDAIT DANS un roulé au jambon en composant le numéro de téléphone de Mallory Rooney.

Elle répondit à la troisième sonnerie.

— Salut Darsh, comment ça va ?

Il aimait bien Mallory. Elle ne travaillait au DSC-4 que depuis quelques mois, mais elle était intelligente, motivée, et n'avait pas seulement fait face au mal, elle l'avait écrasé.

— Mal. Tu n'es pas au bureau, n'est-ce pas ?

Il était présent quand elle avait eu un problème avec sa grossesse, peu de temps auparavant. Elle était officiellement en repos, mais elle avait déclaré que si elle devait passer une heure de plus à regarder la télévision en journée, elle allait devenir littéralement folle. D'où son appel téléphonique.

— Non. J'ai les pieds sur le canapé en cuir d'Alex, et il plane au-dessus de moi comme une maman ourse.

— Il s'inquiète pour toi. Comme nous tous.

Son fiancé, Alex Parker, était un expert en cybersécurité, désormais consultant pour le DSC-4. Le type était sympa. Darsh, Mal et Parker avaient passé du bon temps ensemble avant le Nouvel An. Mallory était une bonne tireuse – les femmes l'étaient souvent –, mais à bout portant, Parker était un putain de virtuose, capable de mettre pratiquement deux balles dans le même trou, même en mouvement. Darsh n'avait jamais vu quelqu'un tirer comme lui, et il avait rencontré d'excellents tireurs dans l'armée. Le talent de Darsh était la distance. Même Parker avait dû s'incliner face à son fusil longue distance.

Les compétences de Darsh avec un fusil lui avaient valu une place convoitée à l'école de tireurs d'élite des Marines. Il toucha le collier avec une balle qu'il portait sous sa chemise. Son porte-bonheur. Il regarda Rosie, qu'il avait installée dans un coin de son bureau de la taille d'une boîte d'allumettes. Il ne voyageait jamais sans le fusil à lunettes Remington et n'avait pas voulu le laisser à l'arrière de sa voiture de location. Aller au stand de tir était sa façon de se détendre quand il avait du temps libre. Ironiquement, il n'avait pas touché à une arme avant d'arriver à Parris Island pour le camp d'entraînement. Sa famille était arrivée d'Angleterre en 1982, et son père avait embrassé tous les domaines de la culture américaine, sauf celui des armes à feu. Il avait toujours refusé d'en avoir à la maison. Mais il s'était avéré qu'il était facile de tirer si l'on se souvenait du mantra du tireur d'élite : lenteur, fluidité exactitude, stabilité et pression. Cela marchait avec les femmes, aussi. Le visage d'Erin lui traversa l'esprit. Sa bouche devint sèche, et il se força à déglutir.

— Malgré le fait qu'il se soit passé des choses intéressantes au sein de notre bande de joyeux compagnons, j'ai creusé dans le passé d'Erin Donovan comme tu me l'as demandé, lui dit Mal.

— Des choses intéressantes ? demanda-t-il.

— Mais rien qui ne te concerne, sauf si tu as envie d'un voyage aux Caraïbes.

— Est-ce que quelqu'un a déjà dit non à un voyage aux Caraïbes ?

Mallory grogna.

— Redemande-le-moi dans quelques jours – ou mieux encore, ne m'en parle plus jamais.

Cette femme le déconcertait, mais les femmes lui faisaient généralement cet effet.

— Le dossier de Donovan au sein de la police de New York était exemplaire. Elle a été flic de terrain pendant cinq ans avant de passer son examen d'inspectrice. Elle a été l'un des plus jeunes officiers du poste à obtenir le grade d'inspecteur, surtout pour une femme.

Il ressentit un étrange sentiment de fierté.

— Naturellement, il y a eu des rumeurs de népotisme. Son père et ses oncles sont lieutenants, trois de ses frères sont inspecteurs, et elle a un autre frère qui est capitaine de son propre commissariat.

— Donc le NYPD, c'est l'entreprise familiale. Pourquoi est-elle partie ?

— Comme je l'ai dit, son parcours professionnel était exemplaire, mais sa vie privée était un désastre. Elle s'est mariée en 2009, à 26 ans, avec un certain Graham Price.

— Elle n'a jamais pris son nom ?

— Non. Peut-être pour garder les liens familiaux ?

— Tu vas changer de nom ? demanda-t-il, sachant qu'il retardait la question sur le mari d'Erin.

Mal éclata de rire.

— Je n'y ai pas pensé, mais, oui, probablement.

— Tu peux toujours faire un nom composé.

— Mallory Rooney-Parker ? On dirait un cabinet d'avocats ou une société de production. Même si je suis en quelque sorte une société de production en ce moment.

Il pouvait l'entendre sourire. Il se prépara mentalement.

— Que s'est-il passé après leur mariage ?

— Ils se sont retrouvés à faire le même boulot. Donovan a changé de circonscription pour qu'ils travaillent dans des endroits différents. Tout était calme sur le front domestique jusqu'à ce qu'elle demande le divorce en septembre 2011.

Il poussa un soupir de soulagement. Ils avaient couché ensemble en octobre 2011, et bien qu'elle ait été techniquement mariée, ce n'était pas tout à fait la même chose.

— Pourquoi a-t-elle demandé le divorce ?

— Divergences insurmontables, c'est ce qu'elle a dit dans les journaux. En fait, elle a suivi une formation à Quantico en octobre.

Darsh resta silencieux, en espérant que Mal ne pouvait pas lire dans les pensées.

— Le véritable drame s'est produit en décembre, juste avant Noël cette année-là. Price est entré dans son commissariat pendant qu'elle s'occupait d'un suspect, a sorti son arme de service et s'est fait sauter la cervelle sur les dalles du plafond.

Il sentit la nausée le gagner. Et merde.

— Elle a postulé à Forbes Pines en janvier.

Pas étonnant qu'elle n'ait pas voulu en parler.

— Il y a autre chose. Alex l'a trouvé en fouinant. Un dossier d'hôpital au nom d'Erin Donovan. Un tas de photographies et de radiographies. On dirait que quelqu'un l'a battue en juin.

— Quelqu'un a été arrêté ?

— Il n'y a pas eu de rapport de police sur l'incident, juste le rapport de l'hôpital. Bon sang, il vient d'en trouver un autre dans un autre hôpital.

Darsh se leva, incapable de faire les cent pas dans l'exiguïté de son placard à balais, mais incapable de rester immobile.

— Ce connard la *frappait* ?

— Ou elle était incroyablement maladroite quand elle était mariée avec lui.

Il repensa à cette femme qui mettait à terre des athlètes de 100 kg sans sourciller. Celle qui lui avait offert l'une des meilleures nuits de sa vie. Son mari la frappait-il ? Était-ce pour cela qu'elle était si douée pour prendre soin d'elle à présent ? La rage qu'il sentait bouillir en lui lui fit manquer ce que Mallory dit ensuite.

— Pardon ? demanda-t-il.

— J'ai dit : comment se présente l'affaire ?

Il se massa le front.

— Compliqué.

— Où est-ce que tu loges ?

Il éclata de rire et regarda son bureau de 4 m2, actuellement rempli de cartons.

— Au poste. La presse est arrivée et on a oublié de me réserver une chambre d'hôtel, dit-il en se frottant la nuque. Peu importe. J'ai environ un milliard de déclarations et de preuves à examiner ce soir de toute façon.

— On peut faire quelque chose pour t'aider ?

— Je pourrais vous prendre au mot demain, après avoir examiné les preuves. En ce moment, je ne peux pas distinguer mon cul de mon coude. Il y a bien une chose. Vous pourriez vérifier si l'équipe de football et le personnel d'encadrement ont déjà fait l'objet d'allégations d'agression ou de viol ?

— Bien sûr, je mettrai l'agent Chen sur le coup demain.

Ashley Chen, un nouvel agent du DSC-4.

— Comment elle s'en sort ?

Mal éclata de rire.

— Elle est difficile à cerner. Une travailleuse acharnée qui n'aime pas qu'on lui dise ce qu'elle doit faire, mais je suis mal placée pour parler.

Darsh prit une gorgée de café chaud.

— Tu es un excellent agent, Mal. Une bonne coéquipière. Tu es bien plus douée que moi à ton âge. Peut-être même plus douée que lui maintenant.

Le besoin constant de prouver sa valeur devenait lassant.

— Oh, arrête. On a tous entendu parler de ton travail sous couverture.

Darsh sourit.

— Parfois, les préjugés jouent en faveur des gentils.

— Tu es un dur à cuire.

— Compris.

— Alex n'aime pas trop l'agent Chen. Il ne lui fait pas confiance. Il dit que son passé est suspect.

— Il n'aime pas les personnes dont il n'approuve pas tous les actes depuis leur naissance.

Au début, cela avait mis Darsh mal à l'aise de réaliser qu'Alex savait tout sur le meurtre de sa mère, mais Parker avait gardé ça pour lui. Darsh ne pensait pas l'avoir dit à Mal.

Mais si quelqu'un pouvait comprendre, c'était bien Mal.

— C'est ce que je lui ai dit.

— Qu'est-ce que tu penses d'elle ?

Darsh n'avait rencontré l'agent Chen que brièvement. Elle avait des traits asiatiques classiques et une attitude new-yorkaise. Il connaissait quelqu'un d'autre avec une attitude new-yorkaise, et il savait à quoi s'en tenir.

— Elle est intelligente et travailleuse…

— Mais ?

— Elle établit une vraie barrière autour de sa vie privée. Elle ne nous fait pas encore confiance.

Il pensa à Erin. Elle aussi avait érigé des barrières. Peut-être commençait-il à comprendre pourquoi.

— Je dois y aller. Alex tapote sa montre. Oh, Frazer sort bientôt de l'hôpital, mais il prend deux semaines de congé.

— Des congés ?

Ça, c'était une surprise. Darsh ne se souvenait pas que le type ait déjà pris des congés.

— Je pense qu'une femme pourrait être impliquée.

Sa voix était pleine de mystère.

Darsh sentit ses tripes se serrer.

— Enfoiré de veinard.

— Lincoln Frazer est beaucoup de choses, mais certainement pas un veinard.

Darsh grogna.

— C'est vrai, merci pour les informations. Appelle-moi s'il y a du nouveau, mais ne stresse *pas*.

La dernière chose qu'il voulait était de mettre le bébé en danger.

— Ça marche.

Il raccrocha et s'affala dans son fauteuil, la fatigue tiraillant ses muscles au point qu'il aurait juste voulu poser la tête et fermer les yeux. Puis il regarda les piles de rapports et rapprocha la première boîte. Plus vite il parviendrait à établir si les anciens viols et les nouveaux meurtres étaient liés, plus vite il pourrait quitter Forbes Pines et laisser derrière lui la tentation que représentait l'inspectrice Erin Donovan.

# CHAPITRE NEUF

ERIN PORTAIT UN pantalon en Lycra et un T-shirt à manches longues avec une mince veste polaire par-dessus, et des gants noirs et fins. Ses cheveux blonds étaient cachés sous un fin bonnet de laine, qu'elle tirait aussi bas que possible pour se couvrir les oreilles. Elle alluma sa lampe frontale et appuya sur le bouton de démarrage du chronomètre. Elle descendit en courant la ruelle à l'arrière de la maison de Cassie et tourna vers le sud. L'air froid lui transperça les poumons. Il faisait sombre et humide avec un brouillard dense tourbillonnant dans la brise vorace. Elle scruta le macadam à la recherche de plaques de glace, maintenant le rythme, sachant qu'une sportive plus jeune lui aurait fait mordre la poussière.

Elle prit une autre rue et se dirigea vers un petit parc. Il y avait quelques lampadaires solitaires relativement éloignés les uns des autres, leur halo planant au-dessus du sol, tout juste visibles dans la brume gelée. Elle traversa une petite zone boisée. Les branches craquaient, jouant avec ses nerfs. Son cœur battait plus vite, héritage d'une peur séculaire. Elle avait vérifié l'itinéraire sur son téléphone avant de partir, et c'était la distance la plus courte pour aller d'un point A à un point B.

Son cœur battait à tout rompre, sa fournaise interne s'allumant pour combattre le froid glacial. À part les sons des bois, le seul bruit était celui de ses pieds sur le trottoir et de sa respiration qui faisait des allers-retours dans sa poitrine. Elle pénétra dans l'enceinte de l'université, et le brouillard épais se dissipa légèrement lorsqu'elle se faufila entre les bâtiments de biologie et de chimie. Son pied dérapa, et elle jeta les bras en l'air, mais se rattrapa avant de toucher le sol. Elle continua à courir. Il était six heures du matin, mais il y avait déjà quelques personnes. Des cyclistes. Un autre joggeur intrépide. Un policier de la sécurité du campus qui faisait ses rondes. Elle leva les yeux en courant, à la recherche de caméras de surveillance. Elle n'en vit pas, mais elle se nota mentalement de demander à la sécurité du campus s'ils en avaient qui couvraient cette zone.

Elle passa en courant devant le complexe sportif et se dirigea vers les terrains de sport où la brume s'accumulait en plaques épaisses et maussades. L'herbe était craquante sous les semelles de ses Nike. Un groupe de types apparut de nulle part. L'équipe de football s'exerçait. Entraînement du matin. Elle s'éloigna d'eux. Quelqu'un la siffla, prouvant qu'ils ne pouvaient pas voir son visage. La dernière chose qu'elle voulait, c'était de tomber sur Jason Brady alors qu'elle essayait de déterminer si oui ou non il avait eu le temps de tuer Mandy et Cassie l'avant-veille.

Elle accéléra le rythme et atteignit l'extrémité des terrains, décrivit un crochet par la droite lorsqu'elle atteignit le talus, remonta en courant vers les fraternités, et s'arrêta exactement là où elle avait vu Brady cette nuit-là. Faisant du sur place, elle consulta son chronomètre. Six minutes quarante-huit secondes. Elle prit un autre chemin pour rentrer, évitant les terrains de sport en courant le long de la route jusqu'à l'endroit où elle avait garé son pick-up dans la rue de Cassie. Elle consulta à nouveau sa montre. Neuf minutes. Elle se pencha et reprit son souffle. Ils devaient vérifier l'alibi de Brady pour cette nuit-là, mais au moins elle savait maintenant qu'il était physiquement possible qu'il ait passé l'appel aux secours depuis la maison de Cassie à 21 h 54 et qu'il ait couru jusqu'à la fraternité pour être là lorsqu'elle était passée devant.

Son téléphone vibra à sa taille. Elle se baissa pour consulter le numéro et se souvint qu'elle avait manqué un autre appel la nuit précédente. Rachel Knight. Et merde.

Erin avait envie de se gifler. Comment avait-elle pu oublier de rappeler Rachel la veille ? Mais peu importait l'urgence, elle ne pouvait pas lui parler alors qu'on risquait de l'entendre. Elle la rappellerait depuis le poste de police.

Sa respiration et son rythme cardiaque commençaient à revenir à la normale, et elle étira ses muscles. Lentement, elle prit conscience de la sensation d'être observée. C'était particulièrement effrayant, surtout devant la maison où Mandy et Cassie avaient été brutalement tuées.

Erin n'avait jamais ignoré ses instincts – excepté lors de son mariage désastreux. Mais Graham n'avait jamais semblé autre chose que dévoué lorsqu'il l'avait courtisée – peut-être trop dévoué, à présent qu'elle y repensait. Elle regarda autour d'elle, mais ne vit rien qui sortait de l'ordinaire. *Et merde.* Elle étira ses jambes contre le pick-up, puis se redressa et monta à l'intérieur, lui laissant le temps de se réchauffer, utilisant ces précieuses minutes pour inspecter les voitures et les maisons voisines.

Le tueur était-il revenu ? Vivait-il dans le coin ? La regardait-il ?

Aucun mouvement. Pas une âme en vue. Après cinq minutes de silence, elle se dit qu'elle était stupide. Paranoïaque. Elle ne pouvait pas rester assise là toute la journée comme une idiote. Elle alluma le moteur et partit au travail.

———————

DARSH PRIT UNE douche rapide au poste et partit à la recherche d'Erin. Il la trouva dans le coin opposé du bâtiment, derrière deux cloisons, en train de parler au téléphone. Elle le regarda sans commentaire et coinça le combiné entre son épaule et son oreille, fouillant dans la pile de papiers sur son bureau avant d'en sortir un stylo et une feuille. Ils n'avaient pas parlé depuis qu'il s'était approprié l'interrogatoire de Brady la veille, mais après sa conversation avec Mallory la nuit précédente, il comprenait maintenant un million de fois mieux cette femme – même s'il ne comptait pas l'admettre. Si elle découvrait qu'il avait fouiné dans son passé, elle serait plus énervée que jamais.

Ses cheveux blonds étaient attachés en une tresse épaisse et humide qui laissait une trace humide dans le dos de sa chemise en coton bleu. L'odeur subtile de son savon et de son shampoing le prit au dépourvu. Elle venait manifestement de se doucher, et il ne voulait pas penser à elle nue où que ce soit en Amérique du Nord, et encore moins à quelques mètres de son bureau.

Les ombres sous ses yeux étaient camouflées par du maquillage, mais au moins elle avait l'air de s'être reposée.

— À quelle heure ? demanda-t-elle en écrivant quelque chose. Très bien. À plus tard.

Elle raccrocha et poussa un long soupir avant de lever les yeux et de croiser son regard.

— Vous avez trouvé quelque chose hier soir ? Des omissions aveuglantes ou un éclair de génie sur la façon d'attraper ce type ?

Il grogna. Le travail de la police était rarement facile ou rapide, et la nuit précédente n'avait pas fait figure d'exception. Il avait passé des heures à éplucher les déclarations des témoins et les transcriptions des procès. Il se frotta la nuque. Au moins, elle lui parlait à nouveau.

— Je planche toujours sur les preuves et les rapports.

Ses jolis yeux l'évaluaient en silence, et il avait envie de lui demander si son mari l'avait déjà frappée. Il voulait s'excuser d'avoir été un tel connard, si prompt à la juger après leur nuit ensemble. Mais ce n'était ni le lieu ni le moment.

— Vous avez bien dormi ?

Elle fronça les sourcils puis se détourna, cherchant quelque chose d'autre dans le désordre de son bureau.

Il avait l'impression que quelqu'un avait planté des clous dans son dos.

— Disons que c'est une bonne chose que la chaise de mon bureau soit meilleure que cette merde.

Il tapa sur le pied de la chaise pourrie qu'elle utilisait.

Il vit la surprise dans ses yeux.

— Vous avez dormi ici ?

— Tous les motels sont pleins, fit-il en grimaçant parce qu'ils allaient être pleins pendant un moment. Vous avez besoin d'une meilleure chaise de bureau.

Elle rit. C'était la première fois qu'il entendait ce son depuis trois longues années. Il pénétra dans sa peau comme les rayons du soleil.

— Sans rire.

— Je vais devoir trouver un canapé quelque part ou dormir dans ma voiture, admit-il en se tordant les épaules.

— La presse va adorer ça. Un profileur sans domicile fixe

du FBI travaillant sur une affaire dans une université d'élite.

— Le poste de « profileur » au FBI n'existe pas, vous le savez bien.

Elle ignora son commentaire. Ils savaient tous deux que la presse dirait ce qu'elle voudrait, quelle que soit la véracité de la déclaration. Elle poussa un cri de triomphe en sortant une barre chocolatée de sous des dossiers.

— Alléluia.

Elle déchira l'emballage du Twix et mordit dedans, grignotant joyeusement la barre.

— Il y a toujours la salle de conférence une fois le patron rentré chez lui, dit-elle entre deux bouchées.

Son propre estomac se mit à grogner. Il espéra qu'elle ne l'entendait pas.

— J'ai dormi dans des endroits pires que ça. Des véhicules blindés pendant une tempête de sable. Des toits plats sous le soleil brûlant d'Arabie.

— Je suis plutôt du genre à dormir dans un lit.

Des images d'elle nue sur des draps de coton blancs défilèrent dans son esprit. Son sang ne fit qu'un tour. Ignorant tout de l'effet qu'elle lui faisait, elle continua à grignoter la barre, ne remarquant pas qu'il avait changé de position.

Cette attirance allait être un casse-tête, car il enquêtait toujours sur son travail dans l'affaire Hawke, ce qui risquait de conduire à son renvoi. Pour la première fois, il envisagea de demander à Brennan d'envoyer quelqu'un pour le remplacer. Mais leur unité était à bout de souffle, et il n'avait pas l'intention d'être le maillon faible.

Certes, il aimait travailler avec Erin et la trouvait ridiculement séduisante, et alors ? Il n'allait pas compromettre son éthique parce qu'ils avaient couché ensemble. Si elle avait merdé, il le mettrait dans son rapport.

Elle passa sa langue sur ses lèvres.

*Formidable.*

Son estomac grogna à nouveau et il se pencha pour arracher la deuxième barre chocolatée de sa main et en prendre une bouchée avant de la lui rendre.

— Vous avez faim ?

L'étincelle dans ses yeux envoya des ondes de désir dans son système.

Elle n'avait aucune idée de l'ampleur de sa faim.

Elle lui tendit le reste de la barre chocolatée qu'il engloutit.

— Merci.

— J'ai chronométré la course entre la maison de Cassie et les fraternités ce matin, commença-t-elle en s'essuyant les lèvres.

— Quoi ? Quand ça ?

Il regarda par la fenêtre. Le soleil n'était même pas encore levé.

— Avant de venir. Vers six heures.

— Vous y êtes allée seule ?

Il essaya de ne pas se comporter en grand frère. Ses sentiments n'avaient rien de fraternel.

La colonne vertébrale de l'inspectrice se raidit.

— Ouaip. Pourquoi ?

Parce que la plupart des gens sur le campus voulaient la lyncher.

— La prochaine fois que vous faites quelque chose à l'université, prévenez-moi. Je vous accompagnerai.

Elle haussa les sourcils, l'air sceptique.

— Je peux m'occuper de moi-même. Et vous ne serez pas là bien longtemps.

— Bon sang, vous êtes têtue. Contentez-vous d'accepter ma proposition.

Elle sourit, mais ses yeux plissés renfermaient un avertissement.

— Sérieusement ? Qu'est-ce que vous comptez faire ? Venir à ma rescousse chaque fois qu'un connard essaiera de s'en prendre à moi ? Je ne suis pas fleuriste, Darsh. Je suis flic. Et je n'ai pas besoin d'un agent fédéral pour me sauver.

Il jeta l'emballage à la poubelle. Elle avait raison, mais ce n'était pas pour autant qu'il devait saluer sa répartie.

— Dites au moins à quelqu'un où vous allez.

— Je l'ai dit à Ully Mason avant de partir.

Il sentit quelque chose se tordre au fond de ses tripes.

— Vous vous fréquentez ?

Les traits d'Erin se durcirent tandis qu'elle se penchait en arrière sur sa chaise pour observer son langage corporel révélateur. Il n'y avait pas besoin d'être un analyste comportemental pour reconnaître la jalousie.

— Pourquoi ça vous intéresse ?

Il poussa un long soupir et se sentit idiot.

— Je n'en ai aucune idée. Mais il se trouve que je m'en soucie.

— J'ai *appelé* Ully chez lui depuis chez moi. Malgré ce que vous pouvez penser, agent spécial Singh, je ne couche pas avec mes collègues. *Jamais.*

Si *ça* n'était pas un nouvel avertissement, il était membre du Ku Klux Klan.

— Et votre ex ?

Bon sang, son cerveau avait clairement quitté le bâtiment.

— D'abord, j'ai changé de poste quand on a commencé à sortir ensemble. Ensuite, je n'ai pas couché avec un autre flic –

elle leva sa main gauche et remua ses doigts nus – jusqu'à ce qu'il m'ait passé la bague au doigt.

Il regarda ses yeux magnifiques et se demanda si elle savait à quel point elle venait de se livrer à lui. Elle avait été chaste, mais elle avait couché avec *lui*. Pas de rendez-vous. Pas d'alliance. Rapide et effréné, puis lent et sensuel, et tous les nuances entre les deux. Elle avait essayé de se débarrasser de sa vieille peau, et le salaud qu'elle s'apprêtait à quitter l'avait punie pour sa nouvelle indépendance en se faisant sauter la cervelle devant non seulement elle, mais tout le poste.

Et ils étaient les deux seules personnes au monde à être au courant de ce qu'il s'était passé cette nuit-là, réalisa-t-il. Il n'y avait aucune chance qu'Erin l'ait dit à quelqu'un d'autre.

Son expression se fit pensive, et elle détourna le regard. Peut-être pouvait-elle lire ce qu'il pensait dans ses yeux, ce qui faisait de lui le pire des idiots.

Elle tira de son bureau quelques photos des nœuds de la corde bleue et les mit dans un dossier jaune. Elle attrapa sa parka sur le dos de la chaise.

— Je vais voir Rachel Knight…

— La première victime ?

Il détourna son attention d'Erin pour revenir à l'affaire.

Elle acquiesça.

— Les trois autres victimes de viol vivent hors de l'État et ne sont pas retournées à Blackcombe cette année. Si je ne suis pas de retour dans deux heures, envoyez une équipe de recherche…

— Ce ne sera pas nécessaire. Je viens avec vous.

— Je n'ai pas besoin de votre protection, cracha-t-elle.

— Je veux lui parler.

Les premières et dernières victimes présentaient toujours

le plus d'indices.

Erin croisa les bras sur sa poitrine dans un mouvement défensif séculaire.

— Elle n'aime pas parler aux hommes étranges.

Grand Dieu, certains jours il était plus facile de faire face au canon d'un fusil qu'à ces flics têtus.

— Je suis formé pour ce genre de situation. Et vous serez là pour la rassurer.

Il tourna les talons pour aller chercher ses affaires. Il déverrouilla la porte de son bureau et prit son coupe-vent à l'intérieur.

Une voix truculente le suivit.

— Très bien. Nous devrions prendre des véhicules séparés. Je vais me rendre au magasin local d'articles de plein air pour me renseigner la corde. Je serai absente jusqu'au déjeuner. Vous allez manquer la réunion du matin.

— Ils vendent des vêtements d'extérieur ? demanda-t-il, tremblant sous la fine couche de Goretex qui était actuellement la seule chose qui le protégeait du froid insensé.

— Quoi ?

Elle le regarda comme s'il avait commencé à parler Punjabi.

— Ce magasin d'articles de plein air. Il vend des vestes comme la vôtre ? demanda-t-il.

Elle leva les mains en signe de reddition.

— Oui. Bien sûr que oui.

— Alors je viens avec vous. Allons-y.

# CHAPITRE DIX

ERIN NE SAVAIT pas ce qui avait changé, mais Darsh semblait moins en colère et moins désapprobateur que la veille. Elle aurait préféré qu'il redevienne amer et critique, car, peu importait la beauté de l'enveloppe extérieure, il était facile de résister à cette combinaison de traits.

L'homme en question leva les yeux vers les fenêtres à meneaux où le lierre anglais s'insinuait sur le côté de la cheminée.

— Plutôt chic pour un logement étudiant.

Vêtu d'un costume anthracite, d'une cravate bleue et d'une chemise blanche impeccable, l'insigne doré à la hanche et l'arme dans son étui d'épaule, il n'avait pas l'air d'un type qui avait dormi sur une chaise. Il avait l'air d'un agent fédéral professionnel et était aussi séduisant en costume qu'en tenue tactique.

*Bon sang.*

Erin frappa à la porte d'entrée rouge de l'élégante maison en briques. Ils se trouvaient à l'ouest de la ville, sur une petite colline où vivaient beaucoup de professeurs et de membres de l'université. La porte s'ouvrit sur une femme aux cheveux bruns courts, raides et teints. Son regard passa d'Erin à Darsh et revint sur Erin. Elle n'avait pas l'air ravie.

— Vous avez parlé à Rachel ? demanda-t-elle.

— Oui, Dr Knight. Il y a une heure environ. Elle m'a demandé si je pouvais venir la voir aujourd'hui.

La main de la femme se porta à la croix qu'elle portait autour du cou.

— Je pensais que vous alliez appeler hier. Pour la rassurer.

Darsh s'agita, mal à l'aise.

— Je suis désolée de ne pas l'avoir fait. J'étais débordée.

Elle espérait qu'ils parviendraient à arrêter le coupable le plus vite possible pour que la fille de cette femme puisse avoir l'esprit tranquille.

— Voici l'agent Singh du Département des sciences du comportement du FBI. Pouvons-nous entrer ?

La mère de Rachel fit un pas en arrière à contrecœur et ouvrit la porte. Erin pénétra dans le hall d'entrée avec son élégant carrelage noir et blanc. Elle s'essuya les pieds sur le paillasson, et Darsh fit de même, tous deux se comportant au mieux. Elle lui avait dit de la laisser parler, et pour l'instant il suivait ses instructions. Elle avait l'impression qu'il coopérerait aussi longtemps que cela servirait sa cause – en suivant la voie de la moindre résistance, ou en lui racontant une histoire pour obtenir ce qu'il voulait. Comme lui dire qu'il était un Marine plutôt qu'un agent du FBI quand elle avait participé à cette formation à l'académie. Elle aurait dû lui en vouloir pour cela, mais comme il le lui avait rappelé à plusieurs reprises, c'était insignifiant par rapport à sa tromperie.

— Vous pouvez attendre dans le bureau. La cheminée est allumée.

La mère leur indiqua de continuer. Erin était déjà venue plusieurs reprises et connaissait le chemin.

— Donald est parti au travail. Je suis restée à la maison pour Rachel… juste au cas où.

La femme s'interrompit comme si elle ne savait pas vraiment quoi faire.

— Je vais la chercher.

Elle tourna brusquement les talons et les laissa seuls dans le hall.

— Son père enseigne au département de physique. Sa mère est prof de langues anciennes, murmura Erin en les conduisant vers le bureau.

— Mais l'attaque n'a pas eu lieu ici, n'est-ce pas ?

— Non. Rachel a été agressée dans son dortoir sur le campus. Elle a déménagé chez elle après.

Erin ne savait pas s'il avait déjà lu le récit du viol de Rachel ou non. Elle supposa qu'il avait au moins lu le témoignage du tribunal.

Bon sang, elle détestait les procès pour viol.

Ils étaient à peine arrivés dans le bureau du père qu'elle entendit des pas derrière eux, et ils se retournèrent. Rachel Knight portait un pyjama rose, une robe de chambre violette et des pantoufles duveteuses – elle avait l'air d'avoir douze ans. Ses yeux étaient rougis et son nez recouvert de taches. Elle ralentit le pas en apercevant Darsh.

Sa mère lui toucha le bras.

— Il est du FBI. Si tu ne veux pas lui parler, je lui demanderai de partir.

Rachel soutint le regard d'Erin, demandant silencieusement si elle devait faire confiance à cet étranger. Erin acquiesça. Elle savait ce que c'était que de voir sa confiance brisée. Elle n'avait jamais été violée, mais elle avait été attaquée. On n'était plus jamais le même après ça. On ne pouvait plus faire aussi confiance.

Rachel tapota le bras de sa mère.

— Tout va bien, maman.

— Tu veux que je reste avec toi ? demanda sa mère, qui cherchait visiblement à savoir quelle était la meilleure chose à faire pour aider sa fille.

Rachel prit la main de sa mère et la serra. Erin fut soulagée de voir que leur relation était encore forte.

— Erin est là. Ça va aller.

Le cœur de l'inspectrice se serra.

Rachel contourna Erin et Darsh en entrant dans la pièce, et se dirigea vers un fauteuil à oreilles qui se trouvait devant la cheminée. La jeune fille recroquevilla ses pieds sous ses fesses et agrippa les accoudoirs comme si elle se préparait à faire un tour de montagnes russes.

Erin choisit l'autre fauteuil et s'assit sur le bord, se penchant en avant.

— Rachel, voici l'agent Darsh Singh. C'est un analyste comportemental du FBI.

Rachel l'examina comme si elle pouvait découvrir ses secrets en le sondant assez profondément. Erin savait pertinemment que les gens ne fonctionnaient pas comme ça.

— Je suis désolée d'avoir manqué ton appel hier soir, commença-t-elle. Quand je suis rentrée chez moi, je suis tombée comme une masse.

Les ongles de Rachel s'enfoncèrent dans le cuir usé du fauteuil.

— Je voulais vous demander comment ça avait pu arriver ? Je voulais savoir si c'était le même gars ? demanda-t-elle en fléchissant les doigts, marquant le cuir. Mais ce n'est pas possible. Drew Hawke est *toujours* en prison, n'est-ce pas ?

La peur brillait dans les yeux bleus de la jeune fille.

Erin acquiesça.

— Mais avez-vous *vérifié* ? Avez-vous *vraiment* vérifié ? Parce que les condamnés sont parfois libérés par erreur.

La voix de Rachel montait dans les aigus sous l'effet de l'agitation.

Erin ouvrit la bouche pour répondre, mais Darsh la devança.

— J'ai vérifié. Il est toujours à Riverview.

Riverview était un établissement de sécurité moyenne. Même si le procureur avait fait pression, apparemment deux viols n'étaient pas assez odieux pour justifier une place en sécurité maximale. Certains jours, Erin se demandait ce qu'il fallait pour y être admis.

Rachel poussa un long soupir, et sa prise sur le fauteuil se relâcha un peu.

— Très bien. Tant mieux.

Erin s'éclaircit la gorge. C'était plus difficile que ce qu'elle avait imaginé. Elle serra le dossier qu'elle portait sous le bras. Il avait été si facile de prendre les photos de la corde sur son bureau, mais les montrer à cette fille qui avait tant souffert aux mains, non seulement de son agresseur, mais aussi de la ville et du système judiciaire… Elle ne pouvait pas le faire. Pas encore. Elle ne pouvait pas perturber la paix fragile qui s'était installée sur les traits de Rachel.

Darsh se rapprocha de Rachel et se présenta à nouveau. Il s'arrêta en la voyant se crisper.

— J'assiste l'inspectrice Donovan dans l'enquête sur les meurtres, mais je voulais vous poser quelques questions sur votre viol.

— Alors c'est vrai ? demanda Rachel en écarquillant les yeux. Il a attaché les filles au lit comme Mary et moi ?

Mary Mitchell était l'autre fille que Hawke avait été reconnu coupable d'avoir violée l'année précédente. Erin savait que les jeunes femmes avaient été en contact après avoir dû s'exprimer à la barre des témoins. Erin s'éclaircit la gorge.

— Je ne peux pas commenter une enquête en cours, Rachel. Je suis désolée.

La fille se blottit plus profondément dans sa robe de chambre violette, l'air malheureux et en colère.

— Qu'est-ce que vous étudiez ? demanda Darsh.

— J'étais en kinésiologie, mais j'ai changé après…

Elle déglutit bruyamment, puis éclata de rire.

— Je pensais que je n'aurais plus à dire ce mot. Après avoir été violée. *Violée.* Voilà. Je l'ai dit. Deux fois.

Elle pinça ses lèvres exsangues. Ses doigts lâchèrent le fauteuil pour se serrer autour de ses genoux.

— J'ai changé pour la biologie parce qu'il y avait trop de sportifs dans ma formation et… dit-elle d'un ton vacillant. Ils n'étaient pas très sympas avec moi quand ils ont entendu ce que j'avais à dire sur le quarterback vedette de Blackcombe.

Darsh s'assit sur le sol devant elle et croisa les jambes. Erin savait ce qu'il faisait. Il essayait de paraître aussi peu menaçant que possible. Mais il était toujours un mâle solide de près de 1 m 90, et Rachel Knight était toujours une fragile victime de viol.

— J'ai lu votre déposition et votre témoignage au tribunal. Ils ont été assez durs avec vous là-dedans, dit-il. Vous avez été très courageuse.

La jeune fille remonta ses genoux jusqu'à son menton et enroula ses bras autour de ses tibias.

— Ils ont fait croire que j'étais si désespérée d'avoir un petit ami que j'étais prête à dire n'importe quoi pour attirer l'attention. Ils ont dit que j'avais « choisi » Drew Hawke comme violeur parce que c'était plus acceptable d'être violée par quelqu'un comme lui que par un loser.

Sa lèvre se retroussa sous l'effet du dégoût.

— Je suis navré que la procédure soit si déplorable, dit calmement Darsh.

Un sourire se dessina sur le visage de la jeune fille.

— Moi aussi.

— J'aimerais qu'on revoie ensemble certaines choses, mais seulement si vous êtes d'accord. Je ne veux pas vous forcer, mais évidemment notre priorité est de trouver la personne qui a tué ces deux jeunes femmes.

— J'ai entendu dire que l'une des victimes était Cassie Bressinger ? dit Rachel.

Darsh hocha la tête. Les noms avaient été communiqués aux médias.

— Cassie Bressinger et sa colocataire, Mandy Wochikowski. Vous les connaissiez ?

Rachel pinça les lèvres et secoua la tête.

— Je veux dire, je les ai vues au procès quand j'ai témoigné, mais je ne les connaissais pas. Je me disais que ça devait être horrible de savoir que votre petit ami avait fait ça à une autre femme. Surtout si vous l'aimiez. Pas étonnant qu'elle ait refusé d'y croire.

Darsh acquiesça.

— Vous n'aviez jamais rencontré Drew Hawke avant le viol ?

— Non, dit-elle en se blottissant dans son pyjama. Je l'ai vu sur le terrain de football comme tout le monde, évidemment. Et je l'ai vu à une fête une fois. Lui et ses copains du foot intimidaient ce pauvre gars. Un ami du petit ami de ma colocataire Jenny. Il était bourré, alors ils l'ont déshabillé et ont écrit « pédé » au marqueur noir sur son dos, avec une flèche pointant vers le bas, et « Prends-moi » sur ses fesses.

Elle frissonna.

— Ils étaient horribles. J'aurais dû appeler la police à ce moment-là. J'ai entendu dire qu'ils faisaient régulièrement ce genre de choses. Vous savez, ils font de drôles de trucs dans les vestiaires. Ils intimident les autres, essaient de faire boire les filles pendant les soirées pour coucher avec elles. Quelqu'un est intervenu et a emmené le pauvre gars. Jenny et moi, on est parties et on n'a plus jamais assisté à une autre fête dans une fraternité.

Elle pressa le revers de sa robe de chambre contre sa bouche.

— Pouvez-vous me parler de la nuit où vous avez été violée ? demanda Darsh.

Erin retint son souffle.

Les yeux de Rachel s'écarquillèrent.

— Ce que vous avez lu n'était pas suffisant ?

Il adressa un sourire triste à la jeune fille.

— Je sais que c'est difficile, mais cela pourrait me donner une meilleure idée de ce qui vous est arrivé exactement, au lieu de simplement lire ce que les avocats ont voulu faire passer dans la salle d'audience. Les avocats ne sont pas des gens normaux.

— Et les procès ne sont pas des endroits normaux, convint Rachel. Je vais vous parler, mais seulement si vous me dites quelque chose de personnel sur vous.

— Comme quoi ?

Un sourire curieux se dessina sur les lèvres de Darsh.

— La pire chose qui vous soit arrivée.

Il perdit son sourire.

Rachel avait demandé la même chose à Erin. C'était la seule raison pour laquelle Rachel lui faisait encore confiance. Elle avait révélé à la jeune fille son terrible secret, celui que peu de gens connaissaient. Elle aurait peut-être dû mentir, mais malgré la jeunesse de Rachel, il y avait en elle un sérieux auquel il était difficile de résister.

Darsh parut pensif pendant un moment, puis hocha la tête.

— Mais ce n'est pas nécessairement la pire chose qui me soit arrivée.

— Il faut que ça le soit, insista Rachel.

— Certaines personnes ont plus de choix que d'autres.

Erin se redressa. Elle avait oublié que ce type s'occupait de crimes horribles tous les jours.

— Je peux partir si vous le souhaitez…

Elle se leva de son siège.

Les yeux de Rachel s'écarquillèrent d'inquiétude.

Darsh secoua la tête, et elle savait qu'il ne ferait rien qui puisse risquer de compromettre la confiance ténue de Rachel.

— C'était juste avant la chute de Bagdad en 2003.

Erin ne s'attendait pas à ce qu'il commence par-là, mais à bien y réfléchir, cela n'avait rien d'étonnant. La guerre était sinistre et servir dans les Marines avait clairement beaucoup compté pour lui.

— J'étais en position de surveillance sur le toit d'un vieil entrepôt près du Tigre. Je venais de mettre hors d'état de nuire l'un des membres de la Garde républicaine de Saddam qui avait pointé une RPG – une grenade propulsée par fusée – sur un groupe de Marines au sol. Il était neutralisé, mais la RPG était toujours sur le toit, disponible pour tout combattant ennemi qui viendrait la chercher, alors je gardais un œil dessus tout en cherchant d'autres cibles.

Erin retint son souffle. Elle ne savait pas qu'il avait été tireur d'élite.

Le tic-tac de l'horloge sur la cheminée se fit plus présent. Darsh s'interrompit, clairement de retour sur ce toit, regardant dans sa lunette.

— Pendant quelques minutes, il ne s'est rien passé, et j'ai commencé à me détendre. Puis ce petit garçon est arrivé en courant sur le toit. Il avait environ cinq ou six ans, sans chaussures. Pull marron, short bleu, cheveux noir de jais. Un enfant magnifique. Ses vêtements et sa peau étaient couverts d'une fine poussière provenant de tous les décombres.

Les yeux de Darsh étaient perdus au loin.

— Ma lunette était si bonne que j'ai vu une égratignure sur la joue du gamin qui saignait encore. Je me suis assis sur le toit avec mon observateur et nous avons tous les deux murmuré « ne fais pas ça, gamin, ne touche pas cette putain d'arme ».

Rachel était hypnotisée, retenant son souffle. Erin n'était pas loin derrière.

— J'ai donc mon viseur centré sur sa petite poitrine, et il commence à tirer la RPG des bras du soldat mort. Mon observateur se tait. Il sait que j'ai tous les calculs nécessaires pour réussir ce tir. Nous savons tous les deux que si j'appuie sur la gâchette, ce gamin mourra, et il est hors de question que je le laisse tuer des Marines sur le terrain.

Il déglutit bruyamment.

— La RPG est grosse, mais ce petit garçon est sacrément déterminé. Sa bouche bouge, mais je suis trop loin pour entendre ce qu'il dit, et je ne peux pas lire sur ses lèvres. Je prie pour une sorte d'intervention divine. Il n'essaie pas de la soulever, mais commence à la traîner jusqu'à la porte, et mon observateur contacte notre commandant par radio pour savoir si nous avons la permission de l'abattre.

Il laissa échapper un rire terrible.

— Bien sûr, on nous répond que oui, parce que cette RPG est une arme mortelle, et qu'on a des troupes dans la zone. J'expire, je commence à appuyer lentement sur la gâchette. Un millimètre. Deux. Et ce gamin est à une fraction de seconde de rencontrer son créateur quand mon observateur me fait remarquer qu'il y a un type caché derrière la porte, qui crie des instructions.

Darsh croisa le regard d'Erin, et elle vit la colère dans ses abysses noirs.

— Vous imaginez utiliser un enfant de cette façon ? Bref, j'aperçois le bras du gars. Je sais que ma balle peut traverser les briques de terre de la maison, mais c'est un risque, et je pèse chaque aspect de ce scénario entre deux battements de cœur. Je tire, et le gars tombe raide mort en travers de la porte. Je retourne immédiatement vers le gamin, mon doigt prêt à prendre le relais dès que je l'ai en ligne de mire. Mais il laisse tomber la RPG et court vers le mort dans l'embrasure de la porte et l'enjambe avec précaution.

Le regard de Darsh était lointain, tressaillant de regrets intérieurs. Il secoua la tête.

— Je doute qu'il oublie un jour la vue du sang.

— Le garçon a survécu ? demanda Rachel.

Darsh hocha la tête.

— À ce moment-là, du moins. Qui sait ce qui lui est arrivé après.

Erin réalisa que son cœur battait si fort qu'elle pouvait entendre son pouls dans ses oreilles.

— Vous lui auriez tiré dessus ? demanda-t-elle, car elle

avait besoin de savoir.

Les yeux d'obsidienne de Darsh la regardèrent fixement.

— Oui. Ces soldats et Marines sur le terrain étaient mes amis. Beaucoup d'entre eux avaient des femmes et des enfants à la maison. Je n'allais pas les laisser perdre un père ou un mari parce que je ne pouvais pas faire mon travail.

Il fit un brusque signe de tête.

— Bien sûr que je l'aurais éliminé. Une fois qu'il a pris cette RPG, il est devenu l'ennemi. La guerre n'est pas jolie. Il n'y a pas de place pour les sentiments.

Il cligna des yeux plusieurs fois, revenant à l'instant présent.

— Mais je suis content de ne pas avoir eu à le faire.

Il baissa les yeux sur ses mains jointes.

Rachel poussa un soupir frémissant.

— Je pense que ça compte comme un mauvais souvenir. Je suis contente que vous n'ayez pas tiré sur le garçon.

Darsh hocha la tête. Il avait réussi son petit test.

— Moi aussi.

Ses lèvres s'étirèrent en un sourire, mais son regard restait hanté.

C'était un homme qui avait des couches et des couches d'histoires à raconter sur la mort s'il le voulait – ce qui n'était manifestement pas le cas. Pas étonnant qu'il ait fait semblant d'être quelqu'un d'autre lorsqu'ils s'étaient rencontrés dans ce bar – il devait probablement se débarrasser de cette peau régulièrement pour éviter des situations comme celle-ci. Peut-être que cela n'avait rien à voir avec la tromperie et tout à voir avec la préservation.

— Pourriez-vous me parler de la nuit où vous avez été violée, Rachel ? demanda-t-il.

Erin se prépara mentalement, même si elle avait déjà entendu cette histoire plusieurs fois.

Darsh resta assis tranquillement sur le tapis devant le feu, hyper conscient plutôt que détendu.

Rachel commença à parler.

— Je partageais une chambre avec Jenny – la fille dont j'ai parlé tout à l'heure – à Rathbone Hall. C'est l'un des dortoirs les plus anciens, les filles à un étage, les garçons à l'autre. On était habituées à voir des gens entrer et sortir à toute heure du jour et de la nuit. Les étudiants laissaient les portes ouvertes en permanence avec des cales pour ne pas être réveillés par des amis qui venaient sonner à la porte. La sécurité était inexistante.

Elle jeta un coup d'œil autour d'elle, comme si elle cherchait à savoir si elle était en sécurité ou non. La présence de deux représentants des forces de l'ordre ne semblait pas la rassurer suffisamment.

Elle se lécha les lèvres et cligna des yeux rapidement.

— Je me suis couchée vers 22 heures. Jenny était allée à une fête et avait prévu de passer la nuit dans la chambre de son petit ami, comme son colocataire était rentré chez lui pour le week-end. Ils allaient faire l'amour pour la première fois.

Tout cela avait été révélé au procès.

— Vous ne fréquentiez personne, vous ? demanda Darsh.

Rachel eut un sourire amer.

— Vous n'avez pas entendu ce qu'on a dit ? Je suis trop moche pour avoir un vrai petit ami.

Ces mots hérissèrent Erin.

— Tu sais bien que ce n'est pas vrai. C'est ce que les avocats de la défense ont choisi parce qu'ils n'avaient aucun angle d'attaque. Ça n'a rien à voir avec le fait de se faire violer.

Ses mots sortirent avec plus de force qu'elle ne l'avait prévu, et Darsh la regarda avec une expression étrange.

Il se détourna.

— Alors que faisiez-vous ce soir-là ? Vous jouiez à Candy Crush ? Vous étiez sur Facebook ? Vous regardiez la télé ?

— J'ai regardé quelques épisodes de *Friends* sur Netflix. Si Jenny avait été là, on aurait regardé un film d'horreur, mais j'avais trop peur toute seule. Ironique, hein ?

— J'ai trop peur de regarder *World War Z*, avoua Erin.

— Moi aussi, dit Darsh en simulant un frisson. Je n'aime pas les zombies.

Rachel rit malgré elle, et une partie de la tension se dissipa dans la pièce. Après quelques instants, elle déglutit.

— J'ai dû m'assoupir. Je me suis réveillée avec la sensation d'une aiguille plantée dans mon dos. Mais avant que je puisse me débattre ou crier à l'aide, il était sur moi, enfonçant mon visage dans l'oreiller pour que personne ne puisse m'entendre crier.

Son regard devint vague.

— Il est resté allongé pendant une éternité sans dire un mot, et ma tête a commencé à tourner. J'ai cru que j'allais m'étouffer. Je suis devenue toute molle, et il a lâché prise. Il m'a mis un bâillon dans la bouche. Je me souviens encore de son goût, ajouta-t-elle en tirant la langue avec dégoût.

— Quel genre de bâillon ?

— En caoutchouc. Une de ces balles que certaines personnes trouvent excitantes.

On aurait dit qu'elle avait envie de vomir.

Erin évita de regarder Darsh. Elle ne se souvenait pas si ce détail était sorti pendant le procès ou pas. Elle devrait regarder les transcriptions.

— Il faisait nuit ? demanda Darsh.

— Oui, mais il y avait un peu de lumière grâce à mon réveil et aux lampadaires devant la fenêtre près du lit de Jenny. Il m'a retournée et m'a déshabillée. Je ne pouvais pas bouger. Ensuite, il m'a attachée, mais j'étais tellement dans les vapes que je n'ai rien compris… Enfin, je *sais* ce qui s'est passé, dit-elle sur la défensive. J'ai eu des éclairs de clarté quand j'ai dû reprendre conscience.

La gêne la poussait à éviter le regard de Darsh, mais elle regarda Erin.

— Je sais tout ce qu'il a fait et m'a fait faire – bien qu'il ait pu faire d'autres choses dont je ne suis pas au courant. Mais c'était comme si j'étais une poupée de chiffon et totalement à sa merci.

Les larmes coulaient des yeux bleus de la jeune fille. Erin sentit son cœur se briser.

— Vous voulez bien vous lever ? demanda Darsh.

Rachel se leva avec précaution. Darsh se rapprocha un peu plus, et Erin vit les yeux de Rachel s'écarquiller et son souffle se bloquer lorsqu'il se leva. L'inspectrice vit la terreur vaciller dans ses yeux.

— Quelle taille semblait-il faire, comparé à moi ? Plus grand ? Plus petit ?

Rachel cligna des yeux rapidement et se rapprocha un peu plus jusqu'à ce qu'elle le touche presque. Elle fronça les sourcils, confuse.

— Plus petit que vous, je pense. Mais c'est tellement flou. Il avait l'air gigantesque parfois et petit à d'autres moments.

La kétamine pouvait donner cette impression. Tout comme la peur et la panique. Rachel s'éloigna rapidement et se recroquevilla sur son fauteuil.

— Et vous êtes sûre d'avoir vu Drew Hawke ?

— J'ai vu son visage très clairement. Il avait les yeux écarquillés, et son expression n'a jamais changé. Ces yeux horribles qui me regardaient fixement pendant qu'il… – elle déglutit – vous savez, pendant qu'il *me violait*. J'ai perdu connaissance, et quand je suis revenue à moi, il était parti.

— Les cordes étaient toujours attachées à vos membres ? demanda Darsh.

Rachel hocha la tête.

— Mais elles ont dû se desserrer, je suppose quand il a enlevé le drap de dessous moi.

Elle leva la tête.

— Je me suis souvenue de quelque chose l'autre soir, admit-elle, presque coupable. Quelque chose dont je ne m'étais pas souvenue avant.

— Quoi ? demanda doucement Erin, cherchant à masquer son excitation.

— Il m'a peignée.

Le regard d'Erin se dirigea vers la tête de Rachel, mais la jeune fille rougit.

— Pas là, dit-elle en passant une main sur sa tête. Mes poils pubiens. J'ai eu ce flash-back bizarre où il faisait ça.

Elle replia ses genoux contre sa poitrine.

— Mon Dieu, quel sale type.

Erin n'aimait pas ça. Elle n'aimait pas ça du tout. Cela témoignait d'un degré de contre-mesures médico-légales comparable à celui de tremper le bout des doigts dans de l'eau de Javel. Elle sortit ses photos des nœuds de la corde bleue.

— Tu te rappelles si les nœuds avec lesquels il t'a attachée ressemblaient à ça ?

Rachel regarda les photos, mais sa peau perdit toutes ses

couleurs quand elle réalisa que la corde était probablement attachée à un corps. Elle porta une main à sa bouche et se mit à sangloter.

— Oh, mon Dieu. Je ne sais pas. Je ne sais vraiment pas. Combien de monstres y a-t-il dans la nature ?

— Trop, dit Darsh à voix basse.

Elle écarquilla les yeux.

— Je pensais avoir eu ce bâtard. Je me suis vraiment sentie libre pendant un moment. Vous m'avez dit que c'était fini.

Les mots adressés à Erin contenaient une pointe d'accusation.

La porte s'ouvrit, et sa mère entra. Elle avait dû écouter à la porte.

— S'il vous plaît, partez maintenant.

Erin s'arrêta à côté du fauteuil de Rachel et posa une main sur son épaule.

— Je suis vraiment désolée, Rachel.

Darsh la remercia, et Erin le suivit dehors. Sa mère ouvrit la porte d'entrée.

— Je pensais que ma fille pourrait reprendre sa vie après le procès, mais ce n'est pas fini, n'est-ce pas ?

Erin aurait voulu lui dire que tout irait bien, mais elle était une piètre menteuse.

— Nous faisons tout ce que nous pouvons pour attraper ce tueur, madame, dit Darsh pour elle. Nous vous tiendrons au courant.

Erin lui dit au revoir et se dirigea vers son pick-up, avec l'impression que quelqu'un venait de la frapper. Elle démarra le moteur et essaya de retrouver son flic intérieur.

— On a fait chou blanc.

— Elle est forte, mais elle va avoir besoin d'un nouveau

suivi.

— Ce dont elle a besoin, commenta Erin avec colère, c'est que nous arrêtions ce nouvel agresseur.

Elle marqua une pause en le regardant s'attacher à côté d'elle.

— Je ne savais pas que vous étiez un tireur d'élite.

— Ça n'a jamais été évoqué dans la conversation.

Parce qu'ils avaient été trop occupés à essayer de voir à quelle vitesse ils pouvaient se déshabiller mutuellement. Elle n'apprécia guère le rappel, aussi subtil soit-il. Elle plissa les yeux.

— Et maintenant vous traquez les tueurs en série.

Les yeux sombres de l'agent fédéral étaient à nouveau indéchiffrables.

— J'ai pris goût à la chasse à l'homme, fit-il en haussant les épaules. C'est difficile de chasser autre chose après ça.

Un frisson lui remonta le long de la colonne vertébrale. Elle était presque certaine que les tueurs en série ressentaient la même chose.

# CHAPITRE ONZE

D ARSH N'AVAIT PAS mangé plus d'un sandwich et de la
moitié du Twix d'Erin en deux jours. Son estomac
grognait si fort qu'on aurait dit que quelqu'un à l'intérieur
essayait de sortir.

— Vous avez faim ?

Erin haussa les sourcils en passant devant un élan empaillé
qui gardait les portes du magasin.

— Si je ne mange pas de la vraie nourriture dans les dix
prochaines minutes, je vais probablement me ronger la main,
admit-il.

— Il est presque midi.

Elle consulta sa montre. Il s'agissait d'une montre de plongée coûteuse que Darsh se rappelait avoir vue à son poignet
cette nuit-là à Quantico. Ça, une paire de boucles d'oreilles en
argent, et un sourire qui l'avait mis à genoux. Ne réalisant pas
que ses pensées étaient à nouveau descendues plus bas que le
noyau de la Terre, elle lui adressa un sourire compatissant.

— On peut prendre un déjeuner rapide. La prochaine
réunion d'équipe n'est pas avant trois heures, et je mangerais
bien un bout.

Il grogna, cachant le fait qu'il avait de plus en plus de mal à
chasser questionnements et souvenirs… Ses lèvres avaient-
elles le même goût ? Et ce son qu'elle faisait en criant son nom

quand elle jouissait…

Ce n'était *pas* à ça qu'il devait penser en ce moment.

Au lieu de cela, il pensa à Brennan et Frazer, et aux autres membres du DSC et à quel point il ne voulait pas laisser tomber l'équipe. Ils faisaient tous leur part, même Mallory qui sortait à peine de sa première affectation. Elle avait mis la main sur un tueur en série, aidé à déjouer une tentative d'assassinat du président et joué un rôle majeur dans la disculpation d'un agent du FBI condamné à tort et la découverte d'un espion russe. Et ce n'était pas seulement une nouvelle recrue, c'était une nouvelle recrue enceinte, et si ce n'était pas un exploit, il ne savait pas ce que c'était. Il n'était pas tire-au-flanc, mais il devait admettre que ce serait bien de faire tomber un de ces connards pour changer – sauf que la personne qu'il risquait de faire tomber était à ses côtés dans son pick-up.

Cette idée lui laissait un goût amer dans la bouche.

Erin semblait être un flic solide. Il aurait été choqué qu'elle ait foiré l'enquête sur Hawke, mais ces crimes étaient si similaires par nature qu'ils suggéraient automatiquement un lien. Il devait être impartial. Il devait regarder les faits et pas seulement ce qu'il espérait être vrai.

Son père avait pris un malin plaisir à suggérer que Darsh représentait le pourcentage de minorité embauchée au sein du DSC, mais Darsh était doué dans son travail. Son seul vrai problème était le besoin constant de le prouver.

Ils montèrent dans l'énorme pick-up sans parler, chacun perdu dans ses pensées. Ils avaient parlé à un vendeur du magasin d'articles de plein air. La bonne nouvelle était que Darsh était désormais l'heureux propriétaire d'une doudoune, d'un bonnet, de gants et de bottes noires. Il avait une chance de passer les prochains jours sans perdre d'organe important.

La mauvaise nouvelle était que, bien que la corde soit une corde d'escalade de bonne qualité, elle était relativement courante et n'importe qui pouvait en commander sur Internet. Il allait demander à l'agent Chen d'enquêter sur cet aspect. Voir si quelqu'un du coin en avait commandé une, quelqu'un qui n'en avait peut-être pas besoin pour l'escalade.

Erin s'arrêta devant un bâtiment bas à la structure en A, fait d'ardoises gris foncé et de grosses poutres en bois. L'auberge Belmont. Le parking était presque plein. C'était un endroit chic – pas le genre de lieu où il s'attendait à aller déjeuner. Heureusement qu'il portait un costume.

— Elle appartient à un ami de mon père, lui expliqua-t-elle en détachant sa ceinture. C'est à peu près le seul endroit en ville où je suis raisonnablement optimiste quant au fait qu'ils ne cracheront pas dans ma nourriture.

C'était un problème rencontré par les forces de l'ordre en général, mais il imaginait que c'était particulièrement vrai pour Erin. Ils franchirent la porte d'entrée et furent accueillis par un homme chauve d'une soixantaine d'années portant un costume bleu.

— Erin ! dit-il en la serrant dans ses bras et l'embrassant sur la joue. Comment va la meilleure inspectrice de la ville ?

Elle eut un rire chaleureux lorsqu'elle salua l'homme.

— Je parie que tu dis la même chose à Harry quand il vient.

— Nan, je lui dis qu'il est le meilleur *inspecteur* – au masculin – de la ville. Je ne suis pas idiot.

— Belle distinction.

Elle sourit, la tension et l'inquiétude dans ses yeux temporairement remplacées par l'humour.

— Jerry, voici l'agent Singh du FBI.

Darsh serra la main du type et faillit se faire écraser les doigts.

— Flic ? devina-t-il.

— Retraité de la NYPD avec vingt-cinq ans de service. C'est comme si c'était hier. Le père d'Erin et moi étions partenaires au bon vieux temps.

— Ça vous manque ?

Darsh était curieux. Il se demandait souvent comment les gens se réadaptaient à la vie civile. C'était la même chose quand on quittait l'armée, c'est pourquoi il avait toujours eu en vue un poste dans les forces de l'ordre fédérales.

— Tous les jours, mais j'apprécie aussi de ne plus avoir affaire à des fous et des gens qui me tirent dessus.

— Sans parler du fait qu'il possède le meilleur restaurant familial de la ville. Son fils est le chef cuisinier. Sa fille gère l'établissement.

Jerry haussa les épaules.

— Je donne juste un coup de main. J'avais un peu d'argent de côté et j'ai décidé d'aider mes enfants dans la carrière qu'ils ont choisie. Ma femme et moi avons toujours aimé le coin.

— Il a pris sa retraite et une semaine plus tard, il s'est fait renverser par un type riche en Ferrari, dit Erin sans ambages.

— Le meilleur jour de ma vie, dit Jerry joyeusement.

— Heureusement que le conducteur ne roulait pas vite.

Jerry sourit.

— Si vous devez vous faire renverser, veillez à ce que ce soit par un cheikh arabe perdu dans Manhattan.

— Je garderai ça à l'esprit, dit Darsh.

— Je suppose que vous êtes là pour manger ? leur demanda Jerry.

Les odeurs qui sortaient de la cuisine faisaient baver

Darsh. Ils acquiescèrent et Jerry prit des menus.

— Venez. Je vais vous trouver un coin sympa.

Ils passèrent devant un couple âgé qui dînait. Le type se retourna pour les fixer ouvertement, Erin et lui.

Darsh écarta sa veste pour que l'insigne en or qu'il portait à la ceinture, ainsi que son arme soient bien visibles. Le regard de l'homme croisa le sien, et une rougeur embrasa ses pommettes. Les personnes qui ne croyaient pas à l'intolérance auraient vraiment dû se glisser une journée dans la peau d'un couple mixte.

Non pas qu'ils étaient en couple.

Jerry les conduisit vers un box dans un angle au fond du restaurant. Darsh prit le siège face à la porte avant qu'Erin n'y arrive. Elle lui lança un regard noir.

— Je vais prendre le plat du jour, dit Erin, sans même regarder le menu.

— Moi aussi. Avec une portion de frites et du café.

Jerry hocha la tête d'un air entendu. Les flics mangeaient à la sauvette. La vitesse était essentielle. Il tapa les menus contre sa paume.

— Je ne vous demanderai pas comment avance l'enquête, mais je peux vous dire que si ce connard s'introduit chez moi, il aura mon quarante-cinq dans le cul, balle la première. Vous serez servis rapidement. Je vais m'assurer que votre commande passe en priorité.

Il se dirigea vers le client suivant.

— Il est sympa.

Erin acquiesça.

— C'était un bon flic, aussi. C'est lui qui m'a suggéré de venir travailler ici.

— Après que votre mari s'est tiré dessus ?

Sa bouche s'entrouvrit et elle détourna le regard.

— Ouais, murmura-t-elle. Après qu'il s'est tiré dessus.

Il la fixait, souhaitant qu'elle en dise plus, qu'elle en parle, mais elle refusait de le regarder.

— Vous rentrez souvent chez vous ? demanda-t-il, tentant une autre approche.

Elle secoua la tête.

— J'ai été assez occupée ces derniers temps. Avec les affaires de viol de l'année dernière, et la ferme que je rénove. Ça prend beaucoup plus de temps que prévu, grimaça-t-elle. J'ai dû recevoir un coup sur la tête avant de l'acheter.

— Beaucoup de travaux ?

Elle ricana.

— Et même plus. Mais j'y arrive. Si ma famille vient passer un autre long week-end, le plus gros des travaux pourrait être réglé. J'aurais dû acheter un appartement, ajouta-t-elle en haussant les épaules, mais après avoir grandi en ville, j'aimais l'idée d'être à la campagne et de posséder un terrain.

— Vous n'avez pas peur de vivre seule dans le coin ?

En réalité, il ne savait pas si elle vivait seule, mais tant qu'à se lancer dans une expédition de pêche aux informations, autant essayer de sonder les profondeurs océaniques.

— Seulement quand je regarde des films d'horreur, admit-elle avec un frisson. Mais je suis armée et j'ai de bons verrous sur les portes et les fenêtres, ajouta-t-elle en haussant les épaules. Bien sûr, il m'arrive de flipper et de me mettre à imaginer quelqu'un qui se cache dans le placard, mais comme n'importe quelle femme sur Terre.

Et parfois les monstres partageaient le même lit que vous.

— C'est pour ça que vous maîtrisez si bien l'autodéfense ? Je veux dire, vous avez mis à terre un type qui faisait deux fois votre taille sans sourciller.

Elle soutint son regard d'un air morne, ne laissant rien transparaître.

— Oui, c'est pour ça.

Il aurait voulu dire quelque chose. Lui révéler qu'il savait pour les visites à l'hôpital enfouies dans le système. Mais ce n'étaient pas ses affaires. Son travail consistait à trouver ce tueur et à s'assurer qu'il n'était pas également responsable des viols de l'année précédente. L'impossibilité de discuter avec l'inspectrice de son passé le mettait en colère. En colère parce qu'il n'avait pas le droit d'avoir une opinion ou de faire un commentaire sur ce qu'elle avait vécu ou sur combien ça avait dû être dur. Et, comment, si elle était sienne, elle n'aurait plus jamais à s'inquiéter qu'un trou du cul abusif s'en prenne à elle. Mais elle n'était pas à lui, et il n'était pas censé savoir ce qu'elle avait traversé.

Il avait le sentiment qu'Erin se refermerait plus vite qu'une trappe si elle découvrait que c'était le cas.

Une serveuse leur apporta à chacun un verre d'eau, et il but une gorgée, reconnaissant de l'interruption. Il repensa à l'affaire et à une question qu'il s'était posée en écoutant Rachel.

— Pourquoi pensez-vous que personne ne l'a jamais vu aller et venir dans les chambres des victimes ?

— Je me suis demandé la même chose.

Elle se pencha vers lui, et il fit de même. Ils ne voulaient pas que quelqu'un entende leur conversation, mais cela le rapprochait dangereusement de sa bouche.

— Drew Hawke faisait partie de la communauté étudiante, mais il aurait été compliqué pour le quarterback vedette de passer inaperçu dans les couloirs.

— Quelle était la théorie ? demanda-t-il.

Elle haussa les épaules.

— Les agressions ont eu lieu au petit matin, quand c'était calme et qu'il n'y avait personne autour. Peut-être qu'il portait un bonnet et un sweat à capuche. Les filles qu'il a attaquées étaient toujours seules, la plupart étaient dans des dortoirs simples, sauf Rachel Knight.

Ses lèvres roses se tordirent.

— Certaines filles documentaient leur vie sur les réseaux sociaux comme si c'était un cours. Chaque fois qu'elles quittaient leur dortoir, qui elles rencontraient, qui allait à quelle fête, quand, et elles avaient leurs applications de localisation activées.

Son regard croisa brièvement le sien.

— Je ne dis pas que c'est de leur faute, mais ça facilite la tâche des prédateurs.

— Combien de filles en tout ?

Les yeux d'Erin s'assombrirent.

— Quatre se sont présentées. Le procureur a refusé de poursuivre deux des affaires parce que les filles avaient… une certaine réputation.

Il fronça les sourcils.

— Rappelez-moi à quel siècle nous sommes ?

— Ouais, je sais. Ça craint. Croyez-moi, ça craint.

Elle s'adossa contre le box.

— La position du procureur était qu'ils pensaient pouvoir obtenir une condamnation en utilisant uniquement les témoignages de Rachel et de Mary, alors que s'ils accusaient Drew des quatre viols, la défense aurait pu être en mesure de brouiller les pistes. Convaincre un jury est beaucoup plus facile si on peut prouver qu'on a affaire un criminel en série, évidemment, mais le procureur a estimé que deux victimes suffisaient. Les familles des autres filles étaient furieuses. Elle fronça les sourcils.

— Vous pensez que ça pourrait être un proche d'une victime qui prendrait sa revanche ?

Darsh grimaça.

— Je déteste cette éventualité, mais c'est possible. J'ai déjà un analyste qui analyse les antécédents de tous les footballeurs et du personnel. Je vais lui demander d'ajouter les proches masculins des victimes à la liste. Pouvez-vous m'envoyer leurs noms ?

Elle tritura la salière puis leva les yeux vers lui, les joues rouges.

— Je, euh, n'ai pas vraiment votre adresse e-mail, ou votre numéro de portable…

Et tout l'air fut immédiatement aspiré de la pièce. Le sous-entendu était clair et il avait l'impression d'être un crétin. Ils avaient fait l'amour comme des fous, mais elle ne savait rien de lui. Pourquoi lui ferait-elle confiance ? Il ne lui avait pas facilité les choses.

Il sortit sa carte et la glissa sur la table.

— Mon nom est Darsh Singh. Trente-cinq ans. J'ai servi dans le corps des Marines après le 11 septembre. Je suis parti, j'ai fini mon diplôme en psychologie criminelle, et j'ai postulé au FBI. Et vous connaissez la suite, comme on dit.

Erin sourit à contrecœur, faisant tourner la carte entre ses doigts avant de la glisser dans sa poche.

— Vous n'êtes manifestement pas marié. Une compagne ?

Ne sachant pas comment interpréter cette question et craignant toutes les raisons pour lesquelles il aurait voulu le faire, il soutint son regard en secouant la tête.

— Et le reste de votre famille ? Que font-ils ?

— Mon père est ingénieur pharmaceutique, et mes deux sœurs sont conceptrices de sites web.

— Et votre mère ?

— Elle est décédée.

Il prit une gorgée d'eau, soulagé de voir l'arrivée des plats interrompre cet interrogatoire.

Erin attendit que la serveuse parte avant de dire :

— Je suis désolée.

Il hocha la tête, espérant qu'elle en resterait là.

— C'était il y a longtemps.

— Comment est-elle morte ? demanda Erin, parce que les flics n'en restaient jamais là.

Darsh refoula la colère que lui inspirait cette question. Il ne voulait pas parler de sa mère, mais s'il voulait qu'Erin s'ouvre… Il devait jouer franc jeu.

— Elle a été assassinée.

Il mit une frite dans sa bouche.

— Ils n'ont jamais attrapé celui qui a fait ça ?

Il secoua la tête.

— Vous vous êtes penché dessus ?

Bien sûr qu'il s'était penché dessus.

— Il n'y avait aucune preuve.

— Donc, vous vous êtes bien penché dessus.

Il voulait qu'elle laisse tomber. Il haussa les épaules et ne dit rien.

— J'ai entendu dire que ce genre de traumatisme pousse beaucoup de gens à entrer dans les forces de l'ordre. Soit on naît dedans comme moi, soit on y est entraîné par le besoin impérieux de servir, ou de se battre pour la justice. Je ne sais pas ce que je ferais si je n'étais pas flic.

L'expression de l'inspectrice s'assombrit. Il voulait qu'elle arrête de parler.

— Je ne me souviens pas d'un moment où j'ai voulu faire autre chose.

*Bon sang.* Il ne pouvait répondre ou croiser son regard. Il se contentait de se gaver de lasagnes si chaudes qu'elles lui brûlaient le palais et il regretta de ne pas avoir commandé une bière. L'alcool aurait été bienvenu, mais la dernière fois qu'il avait bu un verre en compagnie de cette femme, les choses étaient devenues bien plus chaudes que ces lasagnes. Ils mangèrent en silence pendant quelques minutes, tous deux affamés et ayant besoin de reprendre des forces. Ils devaient éviter de parler de choses personnelles.

— Vous savez, dit-elle en s'essuyant la bouche avec sa serviette et en repoussant son assiette presque vide, je ne me suis jamais excusée de ne pas vous avoir dit que j'étais mariée quand on s'est rencontrés. C'était mal de ma part et ça vous a mis dans une position difficile. À l'époque, je n'ai pas tenu compte de vos sentiments. Je suis désolée.

Il fixa la table, une immense boule d'émotions coincée dans sa gorge. Il avait agi comme un con et maintenant il était coincé avec cette réalité. S'il lui disait qu'il savait qu'elle avait demandé le divorce avant qu'ils ne sortent ensemble, elle saurait qu'il avait fouillé dans son passé. Il n'aurait pas fallu longtemps pour qu'elle comprenne qu'il savait aussi que son ex était un salaud abusif.

— J'ai été stupide. Je vous dois des excuses.

Une partie stupide de son cerveau voulait qu'elle lui fasse confiance. Qu'elle se confie à lui de son plein gré.

Un petit groupe s'installa dans le box derrière eux. Un homme âgé d'une quarantaine d'années, deux autres hommes d'une vingtaine d'années et deux jeunes femmes. Des universitaires et des étudiants.

— Rachel Knight est une jeune femme courageuse, dit-il pensivement. J'ai l'impression que d'autres choses pourraient lui revenir, comme ces récents détails.

Erin acquiesça.

— Mais je ne suis pas sûre de savoir si ça nous aidera. Rachel était catégorique, c'est Drew Hawke qui l'a violée, et il est en prison.

— Il y a un lien entre les deux affaires. Vous le savez aussi.

Elle n'avait pas l'air contente, mais la vérité était la vérité. Les contre-mesures médico-légales lui indiquaient que, même s'il n'était pas certain qu'il s'agisse du même auteur, il utilisait les mêmes méthodes de travail. C'était un suspect intelligent.

— Erin, c'est vous ?

Un des hommes qui s'était installé dans le box derrière eux se leva et se pencha vers eux par-dessus la cloison. Il portait un jean moulant, un pull à col roulé et une veste en tweed.

— Professeur Huxley, s'exclama-t-elle en se tordant sur son siège.

Darsh ne manqua pas la légère note de consternation dans sa voix.

— Roman, corrigea le professeur.

Les yeux de l'homme parcoururent le décolleté d'Erin depuis son point d'observation, mais elle ne sembla pas le remarquer.

Ou peut-être le remarqua-t-elle. Elle se glissa hors du box pour se lever. Darsh plia sa serviette et fit de même, ayant avalé son repas en un temps record.

— Agent Singh du FBI. Voici le professeur Roman Huxley, expert en psychologie criminelle de renommée mondiale à Blackcombe. Et voici Linus et Rick, ses assistants de recherche, et Rena et Kelsey, deux de ses étudiantes.

— Nous avions une réunion de labo, mais j'ai décidé d'inviter tout le monde à déjeuner.

La voix de Huxley devient un murmure conspirateur.

— Nous essayons d'échapper à l'atmosphère plutôt larmoyante du campus.

— Le meurtre a souvent ce genre d'effet, dit Darsh d'un ton sardonique.

— Vous êtes du DSC ? lui demanda Huxley.

Son ton léger démentait l'intensité du regard de l'homme.

— C'est exact.

— Vous pourriez peut-être venir donner une conférence pendant que vous êtes dans le coin ?

Darsh n'avait pas l'intention de se faire interroger sur son travail par une bande d'étudiants alors qu'il était occupé à enquêter sur un crime sur le campus. Il jeta assez d'argent sur la table pour payer son repas et celui d'Erin.

— Je ne pense pas rester assez longtemps, Professeur, et ma priorité est l'enquête. Mais vous pourriez soumettre une demande aux relations publiques au FBI.

L'expression du professeur se crispa.

— Eh bien, peut-être que si vous sollicitez mon aide sur cette affaire, je pourrai vous convaincre ?

Darsh haussa les épaules et sourit. Pas même si l'homme tenait un pistolet sur sa tête.

— Peut-être.

Les autres les regardaient avec une attention soutenue.

— Linus m'a dit que vous étiez tous amis avec Mandy Wochikowski ? demanda Erin au groupe.

Le regard de Darsh s'arrêta sur les étudiantes.

— Elle a fait un projet avec nous pendant l'été, donc on la

connaissait bien, répondit l'une des filles à voix basse. C'est difficile de croire qu'elle a été assassinée. Tout le monde l'aimait.

— C'était une élève brillante, déclara le professeur.

— Est-ce qu'elle entretenait une relation amoureuse avec quelqu'un ? demanda Darsh.

Les deux filles secouèrent la tête.

Le diplômé blond, Linus, prit la parole. Il observait l'inspectrice avec un soupçon de révérence.

— Comme je l'ai dit à Erin, je ne pense pas. Il nous est arrivé d'aller boire des cafés pendant l'été, et elle n'a jamais mentionné qu'elle voyait quelqu'un.

— Elle aimait bien Linus, dit le jeune homme brun, Rick, en lançant un regard à son ami.

— Elle craquait un peu pour moi, mais je sortais avec une autre fille à l'époque, admit Linus, car ils savaient tous que la romance était le chemin le plus rapide vers le statut de suspect. Nous étions juste amis.

— Vous connaissiez ses autres fréquentations ? leur demanda Erin.

— Je sais qu'elle traînait avec certaines des filles de la sororité, mais je ne les connaissais pas vraiment, dit Kelsey.

— Il y a un type en informatique dont elle a parlé plusieurs fois cet été, ajouta Rick, ses yeux s'attardant sur Erin, comme le constata Darsh.

La femme ne semblait pas y prêter attention.

— Elle était plutôt sérieuse, ce n'était pas vraiment une fêtarde.

— Si vous vous souvenez de quelque chose qui pourrait nous être utile, n'hésitez pas à nous contacter. Vous savez comment me joindre, leur dit Erin.

Elle se tourna vers le professeur et hocha la tête.

— On reste en contact, professeur.

— Avec plaisir, Erin. Agent Singh.

Le type sourit comme s'il avait remporté une petite victoire, mais Darsh ne savait pas ce que ça pouvait bien être.

Il sortit du restaurant, se sentant rassasié pour la première fois depuis des jours. Mais la satisfaction se cantonnait à son estomac.

— Vous avez un sacré fan-club là-bas.

Elle leva les yeux au ciel.

— J'ai découvert que le moyen le plus simple de se rendre plus attirante pour le sexe opposé est de dire que vous n'êtes pas intéressée. Le monde est apparemment plein de masochistes.

Darsh ne savait pas comment réagir. Elle avait beaucoup plus de qualités que ça, mais son ex avait clairement laissé des traces.

— Il vous a aidés sur la dernière affaire ?

— Huxley ? Il a aidé de nombreux services de police et a réalisé de très bonnes études, acquiesça Erin.

— Je ne l'aime pas.

— Parce que…

— Parce qu'il porte un jean moulant et du gel pour les cheveux.

Et qu'il regardait Erin comme s'il voulait défaire les boutons de sa chemise.

— C'est *comme ça* que le FBI se fait une opinion des gens ? Très scientifique comme méthode.

Elle monta à l'avant de son pick-up.

Il fit le tour par l'avant et monta du côté passager.

— Ne jamais ignorer son cerveau reptilien. On vous apprend ça chez les Marines.

— J'essaierai de m'en souvenir la prochaine fois que mon cerveau reptilien décidera de bavarder.

Elle démarra le moteur et enclencha la marche arrière pour sortir de la place.

— Je vous dois un déjeuner.

Il ferma les yeux et se laissa aller contre l'appui-tête rembourré.

— On verra ça la prochaine fois.

Vu là où ses pensées s'égaraient dès qu'il passait plus de cinq minutes en sa compagnie, il lui devait plus qu'un déjeuner. S'il avait été catholique, il se serait mis à genoux pour implorer le pardon, mais cette image lui évoquait une toute nouvelle gamme de péchés. Il essaya donc de se distraire en faisant semblant de dormir pendant qu'elle le ramenait au poste. Le bruit d'un objet heurtant la vitre le fît revenir à la réalité.

— Qu'est-ce que c'était que ça ?

Quelque chose de gluant glissa sur le devant de son pare-brise. Il se retourna et vit une foule de manifestants sur les marches du palais de justice.

— On dirait bien que quelqu'un a jeté des œufs sur mon pick-up.

Elle projeta du liquide lave-glace sur la vitre et le pare-brise finit par se dégager. Le tremblement de colère résigné dans sa voix lui montrait bien qu'elle était énervée.

Il sentit la fureur monter dans son estomac.

— Vous ne vous lassez jamais de ça, Erin ? Les conneries, la haine ?

Les coins de sa bouche se crispèrent et elle redressa le menton.

— Je suppose que j'ai l'habitude.

— Mais pourquoi vouloir s'y habituer ? Est-ce une forme de pénitence ? À cause de vous, de moi et de votre défunt mari ?

Elle s'arrêta devant le poste, l'expression studieusement impassible.

— Eh bien, comme vous, j'ai une vie entière de regrets parmi lesquels choisir.

Ses yeux soutirent son regard pendant un moment – assez longtemps pour qu'il sache qu'il faisait partie de ces regrets.

Il serra les dents pour s'empêcher de lui dire qu'il ne regrettait pas cette nuit-là, pas le moins du monde. Cela avait été l'une des meilleures nuits de sa vie. Mais Erin fit ce qu'elle faisait toujours quand il disait quelque chose qu'elle n'aimait pas. Elle sortit et s'éloigna, et il resta assis là comme un imbécile.

# CHAPITRE DOUZE

L A REUNION D'EQUIPE commençait à 15 heures précises, mais Darsh était introuvable. Tout comme Ully. Erin se tenait à l'avant de la grande table de la salle de conférence, essayant de ne s'interroger sur les raisons de ces absences. Elle avait assez de choses en tête.

— Alors, où en est-on du porte-à-porte ? commença-t-elle, malgré le froncement de sourcils du chef Strassen.

— On a interrogé tous les habitants dans un rayon de deux pâtés de maisons, déclara Bill Youder, un autre patrouilleur senior. Personne ne se souvient avoir vu une voiture étrange se garer ou un inconnu rôder dans le secteur la nuit du 5 janvier. Mais c'était le premier jour de la rentrée après les vacances d'hiver, et des étudiants sont arrivés par intermittence toute la journée.

— Vous avez parlé aux voisins de chaque côté et d'en face ?

— Oui. Personne n'a entendu de cris provenant de cette adresse la nuit en question. Apparemment, il y avait souvent de la musique à fond là-dedans, mais le gars du numéro 73 a dit que les filles n'étaient jamais bruyantes après 21 heures, alors ça ne le dérangeait pas.

— Vous pensez que c'est pour ça que l'agresseur a éteint la musique après avoir enregistré le message de Cassie ?

demanda Cathy Bickham. Il ne voulait pas déranger les voisins ?

— Peut-être, ou pour s'assurer que personne ne le surprenne quand il violait Cassie, acquiesça Erin acquiesça.

Était-il proche de l'une des filles ? Connaissait-il leur routine ?

— Quel est le nom du voisin ?

— Raymond Butcher.

— Des antécédents ?

— Une amende il y a environ trois ans.

Elle étira les muscles tendus de ses épaules.

— Ce matin, je me suis renseignée sur la corde utilisée. Il s'agit d'une corde d'escalade de bonne qualité, mais qui n'est pas rare. Le FBI cherche à savoir si quelqu'un de la région aurait pu en commander en ligne.

— Où est le fédéral ? demanda Harry avec une expression de dédain sur le visage.

— Je ne sais pas vraiment.

Erin lui jeta un regard ironique. Même si elle était attirée par Darsh, c'était avec ces personnes qu'elle devait travailler au quotidien.

— Des nouvelles des preuves qu'on a envoyées à Quantico ? demanda le chef.

Elle secoua la tête.

— Ils ne les ont que depuis vingt-quatre heures. Même pas.

Strassen se frotta la nuque comme si c'était aussi sa faute à elle.

— Donc, nous ne sommes toujours pas plus avancés ?

Sa désapprobation s'enfonça dans le creux de son estomac comme une ancre.

— Pas vraiment, monsieur. Je me suis chronométrée ce matin en courant entre la maison de Cassie Bressinger et la fraternité où vit Jason Brady.

Les yeux du chef sortirent de leurs orbites.

— Vous pensez que ce serait *Brady* cette fois ?

*Et merde.*

— Je sais seulement que je l'ai vu dans la rue alors que je me rendais sur les lieux du signalement. J'ai chronométré la course ce matin, et ça m'a pris 7 minutes. Théoriquement, il pourrait encore avoir commis les meurtres, donc je ne peux pas l'exclure de la liste des suspects.

Youder se pencha pour regarder le chef.

— Bickham et moi, on a interrogé les fêtards, y compris Tanya Whitehouse – la colocataire de Cassie et Mandy. Il s'avère que personne ne se souvient avoir vu Brady entre 20 heures et 22 heures. Personne ne sait où il était, et il refuse de parler.

Il s'adossa à sa chaise et soutint son regard.

— Tu penses qu'il pourrait essayer de faire passer son meilleur ami pour innocent ?

Erin acquiesça.

— C'est une idée, mais je préférerais avoir un suspect grâce à des preuves ou des témoignages.

— Les témoins sont tous morts, dit Cathy Bickham.

L'estomac d'Erin se noua.

— Sauf le chien du voisin, dit Harry avec désinvolture.

— Dommage que le bâtard ne parle pas anglais. Il pourrait nous mettre tous au chômage, plaisanta Youder.

Erin comprenait que l'humour noir était un moyen de faire face aux situations terribles auxquelles les flics étaient souvent confrontés, mais pour une fois, elle ne pouvait pas s'y résoudre. Elle était trop investie émotionnellement.

— J'ai fini par obtenir le mandat pour les relevés téléphoniques, dit Harry après ce moment de légèreté. Je passe en revue les numéros de téléphone et les noms pour essayer d'établir des liens. Je n'arrive pas à trouver le fameux @Darkmatter qui flirtait avec Mandy. Le compte a été créé de façon anonyme et n'est actif que de façon sporadique et rien n'a été posté récemment. J'ai remarqué des plaintes assez vives concernant l'enquête de police en général. Il est question de demander au gouverneur de faire intervenir la garde nationale pour assurer la sécurité des femmes dans leur lit la nuit.

Erin grimaça. L'œuf sur son pare-brise montrait bien ce que les gens de cette ville pensaient de sa capacité à résoudre l'affaire.

— Alors quel est le plan pour boucler l'affaire ? demanda Strassen avec impatience.

— Harry travaille toujours sur les réseaux sociaux et les téléphones portables. Je vais aller parler à la sécurité du campus et voir s'ils ont des images de surveillance de lundi soir, lui répondit Erin. Ensuite, je vais aller dans les bureaux et les magasins de Fairfax Road pour voir s'ils ont des images à me montrer.

Le chef hocha la tête.

— Bickham, donnez un coup de main à l'inspectrice Donovan.

Erin chassa son ressentiment naturel à l'idée qu'elle avait besoin d'aide.

— Oui, monsieur, dit la nouvelle recrue.

Le chef les congédia en se frottant l'estomac comme s'il avait développé un ulcère pendant la nuit.

Erin récupéra ses notes et se dirigea vers son bureau. Où

Darsh était-il passé ? Une partie d'elle voulait aller voir s'il ne s'était pas endormi dans son bureau, mais ce désir ressemblait à une faiblesse, et elle refusa d'y céder.

Elle jeta un coup d'œil au bureau du chef et vit le doyen de l'université qui la regardait à travers la vitre. Elle lui adressa un sourire, mais le type l'ignora et se détourna avec une expression aigre sur le visage lorsque le chef arriva. Ils fermèrent la porte.

Il n'y avait aucun doute que le doyen voulait qu'on retrouve le tueur et qu'elle soit retirée de l'affaire, pas nécessairement dans cet ordre. Elle était sûre que le chef pensait la même chose.

*Et merde.*

Alors qu'elle prenait son manteau pour partir à la recherche des bandes de vidéosurveillance, du grabuge éclata à l'accueil.

Un sans-abri qu'ils connaissaient tous sous le nom de Pete le Putois se tenait là, menotté. D'habitude, c'était un citoyen respectueux des lois qui se tenait à l'écart. Aujourd'hui, il criait sans arrêt.

Ully se tenait à proximité, souriant comme un idiot.

— Qu'est-ce qui se passe ? s'enquit-elle.

Il tenait un grand sac en plastique, qu'il ouvrit pour qu'elle puisse regarder à l'intérieur. Il était rempli. Rempli de draps qui ressemblaient étrangement à la literie de Cassie Bressinger.

Elle le regarda dans les yeux.

— Où as-tu trouvé tout ça ?

— Sous le pont près de la rivière, avec Pete le Putois.

— Hé, c'est à moi !

Le type, qui n'avait qu'une quarantaine d'années, mais en paraissait soixante-dix, se précipita vers elle. Le patrouilleur le retint.

Elle entraîna Ully plus loin pour qu'ils puissent parler loin des oreilles indiscrètes.

— Tu as fait venir la Scientifique là-bas ?

Le cœur d'Erin battait à cent pulsations par minute.

— Ouaip. Ils sont arrivés avant notre départ.

Il sourit et posa une main sur son épaule.

— On l'a eu, Donovan. Maintenant, amène ton cul dans la salle d'interrogatoire et coince ce fils de pute.

———

LA SALLE D'INTERROGATOIRE comportait du linoléum gris, des murs beiges, une table en faux bois vissée au sol et deux chaises en plastique d'aspect inconfortable de part et d'autre de cette dernière. Il y avait une fenêtre couverte d'une grille métallique avec une vue sur une petite cour et un mur de ciment en face. Le ciel était couvert, déprimant et morne.

Darsh se dit qu'avec cette vue tous les jours, la frontière entre incarcération et torture était mince, mais la prison n'était pas censée être un pique-nique.

Il entendit le claquement d'une porte, puis des pas. Il n'avait pas dit à Erin qu'il venait, et il ignorait pourquoi. Un gardien apparut dans l'embrasure de la porte. L'homme était gigantesque – il devait faire près de 2 mètres – et lourdement bâti avec le genre de visage qui vous fait vous souvenir de vos manières. Le prisonnier derrière lui était plus séduisant, à peu près de la taille de Darsh. Des épaules plus larges, un torse et des hanches plus minces – le physique classique d'un quarterback, habillé d'un uniforme orange vif de prison. Drew Hawke. Il avait les mains menottées devant lui.

— Asseyez-vous, proposa Darsh.

Hawke le regarda d'un œil méfiant, mais glissa son cul sur la chaise.

— On a gardé la forme, je vois.

Les lèvres de Hawke se retroussèrent.

— Je n'ai pas grand-chose d'autre à faire. Autant faire de l'exercice.

— Juste au cas où ?

— Au cas où, quoi ? Je sortirai et je me ferai appeler ? fit Hawke. J'ai abandonné tout espoir de retrouver mon ancienne vie il y a longtemps. Je suis coincé dans ce trou à rat pour de bon.

C'était un beau garçon, mais il y avait désormais une dureté dans ses yeux qui dépassait le fait d'être coriace sur le terrain. Passer du temps en prison différait légèrement de la vie au sein d'une fraternité.

Le gamin soutint le regard de Darsh.

— Que voulez-vous ?

Le jeune homme ne savait pas encore pour Cassie, Darsh s'en était assuré. Le gouverneur, à la demande du ministère de la Justice, avait appelé le directeur de l'établissement et demandé que Hawke soit placé en isolement la veille. Les agents pénitentiaires avaient utilisé la fouille des cellules pour justifier leurs actions et avaient trouvé un couteau artisanal. Il aurait pu appartenir à l'un ou l'autre des gars dans la cellule, et ils les avaient punis tous les deux.

— Avez-vous trouvé d'autres filles délirantes qui jurent sous serment que je les ai attachées pour pouvoir leur prendre le cul ? Ou peut-être que j'ai traversé les frontières de l'État pour passer à l'acte ?

Ses yeux contenaient un amusement sombre et un soupçon de peur. Il secoua la tête.

— Je ne sais pas où vous trouvez ces femmes. Je veux dire, j'ai une copine incroyable et des groupies qui font la queue pour me sucer, mais ce n'était pas assez pour moi, apparemment. Il leva les yeux au ciel et voulut croiser les bras sur sa poitrine, mais fut stoppé net par les menottes.

— Putain, marmonna-t-il et une partie de sa colère sembla s'évaporer.

— Cassie et toi, vous sortez toujours ensemble ? demanda Darsh.

— Bien sûr qu'on *sort ensemble*.

L'expression de Hawke en disait long tandis qu'il parcourait du regard la salle de détention. Il haussa les épaules.

— Je vais rompre avec elle quand elle viendra me rendre visite avec mon père dans quelques semaines. Je ne veux pas qu'elle gâche sa vie à m'attendre.

— Trente ans, c'est long. Tu crois qu'elle attendrait ?

Hawke déglutit à plusieurs reprises, mais sa voix sortit rauque.

— Je sais qu'elle attendrait. Cassie est la meilleure chose qui me soit arrivée. Je ne l'avais pas réalisé avant d'être arrêté. Rompre avec elle va faire mal, mais c'est mieux pour elle à long terme. Elle finira par trouver quelqu'un d'autre.

Darsh s'efforçait à grand-peine de ne pas éprouver de la sympathie pour ce type. Les vrais psychopathes pouvaient être très divertissants quand ils pensaient que vous aviez quelque chose qu'ils voulaient. Mais les véritables psychopathes ne s'inquiétaient pas de voir les autres gâcher leur vie pour eux – ils n'en attendaient pas moins. Il observa le gardien.

— Pouvez-vous lui enlever ses menottes ?

L'homme hocha la tête et s'avança avec les clés. Il enleva

les menottes et attendit à nouveau près de la porte.

— J'ai de mauvaises nouvelles pour toi, dit Darsh à voix basse.

Il avait rarement à annoncer des décès, et il n'aimait pas ça.

Hawke se pencha sur la table.

— Il est arrivé quelque chose à mon père ou à ma mère ? À ma sœur ?

Son visage affichait l'inquiétude. Sa bouche était pincée.

Darsh secoua la tête.

— Ta famille va bien, pour autant que je sache.

Hawke fronça les sourcils, puis son visage se décomposa.

— Cassie ?

Darsh hocha la tête.

— Où est-elle ? Qu'est-ce qu'il s'est passé ?

Hawke haussa le ton et le gardien s'approcha comme pour le maîtriser, mais Darsh lui fit signe de reculer. Il avait rendu son arme et ses papiers avant qu'ils ne le laissent passer. Le gamin pouvait essayer de lui administrer un coup de poing, mais le fait d'être un Marine, sans parler d'un agent fédéral, signifiait qu'il pouvait se défendre.

— Je suis désolé, Drew. Cassandra Bressinger a été assassinée avec son amie, Mandy Wochikowski.

Darsh s'était préparé à une éruption de colère, mais le type en face de lui fondit en larmes.

— Quoi ? sanglota Hawke. Assassiné ? Qui voudrait tuer Cassie ?

— Quelqu'un s'est introduit dans leur maison.

Hawke parut ahuri.

— Un cambriolage ?

— Ce n'était pas un cambriolage.

Ses yeux s'écarquillèrent.

— Oh, mon Dieu. Bon sang. C'est à cause de moi, n'est-ce pas ?

Les larmes coulaient sur le coton orange de sa combinaison.

— Je lui ai dit d'arrêter de se battre pour moi, dit-il, sa voix montant dans les aigus. Je lui ai répété de laisser tomber et de passer à autre chose, mais elle ne voulait rien entendre.

Il utilisa ses grandes mains pour essuyer ses joues mouillées.

— Ça n'en valait pas la peine. Je n'en vaux pas la peine. Avez-vous attrapé l'enfoiré qui a fait ça ?

Ce n'étaient pas les mots d'un psychopathe, bien que le fait qu'il ait supposé que tout tournait autour de lui était légèrement narcissique. Et encore, vu les circonstances, il avait probablement raison.

— Pas encore, admit Darsh.

— Est-ce qu'il leur a fait du mal ? À Cassie et Mandy ?

Le visage de Darsh dut le trahir.

Hawke secoua la tête en signe de déni.

— Non. Non. Noooon. Elles n'ont pas pu être violées.

— Je suis désolé, fit Darsh en pinçant les lèvres. Cassie a été violée pendant l'agression.

Hawke paraissait abasourdi.

— C'était une sorte de vengeance ? Est-ce que quelqu'un l'a violée et tuée parce qu'elle était ma petite amie et qu'ils pensaient que j'avais violé les autres filles ?

C'était une théorie possible, mais ce qui était plus révélateur, c'était que Hawke n'avait jamais abandonné sa position d'innocent une seule fois. Il s'était peut-être convaincu de son innocence. Ou peut-être que le gamin avait été incarcéré à la place de quelqu'un d'autre.

— Je ne sais pas qui a fait ça ni pourquoi. Nous avons ouvert une enquête. D'où ma présence ici.

Un grognement de colère remplaça les larmes.

— Vous pensez que j'ai quelque chose à voir avec ça aussi ?

Darsh vit le jeune homme serrer les poings.

— Sais-tu qui pourrait vouloir faire du mal à Cassie ?

Ses poings se détendirent. Il secoua la tête.

— Juste tous ceux qui pensent que je suis coupable. Ces filles qui ont été attaquées peut-être – ou quelqu'un qui les aime ?

— Quelqu'un se soucierait-il assez de toi pour avoir fait ça afin de te sortir de prison ?

Hawke écarquilla les yeux, l'air incrédule.

— Vous me demandez si j'ai des amis assez tordus pour assassiner la femme que j'aime – quelqu'un qui m'a soutenu pendant tout ce cauchemar au prix d'un grand effort – juste pour essayer de remettre en question mon arrestation ? Putain… Disons que mon père a été assez secoué par toute cette affaire. Peut-être qu'il l'a fait. Ou le coach Raymond, parce qu'il aime gagner, peu importe le prix.

Le visage de Hawke devenait rouge de colère, mais il ne fit aucun mouvement vers Darsh.

Darsh avait regardé une vidéo du type jouant au football, et il était incroyablement discipliné, même sous une pression extrême. Mais que se passait-il quand il perdait son sang-froid ? Comment canalisait-il sa rage ? Était-elle refoulée comme un volcan prêt à exploser ?

Darsh insista. Il n'était pas là pour se faire des amis.

— Et tes coéquipiers ?

Hawke écarta les mains.

— Vous voulez que je pousse un autre joueur sous le bus ? Vous avez une haine insensée des Blackcombe Ravens ?

Le jeune homme inspira pour se calmer et fixa le plafond.

— Écoutez, j'ai lu les statistiques sur les étudiants sportifs. Je sais qu'en moyenne, ils commettent près de vingt pour cent des agressions sexuelles signalées dans les universités et je sais que les gens pensent que nous sommes des connards en puissance. J'*étais* un connard, dit-il avant de marquer une pause, sa poitrine se gonflant fortement, mais mes coéquipiers sont solides.

— Et Jason Brady ? Vous êtes meilleurs amis, non ?

Hawke poussa un soupir las et secoua la tête.

— Jason n'est pas ce genre de gars.

— Il est assez déchiré par le fait que tu sois enfermé…

— Parce qu'il sait que je ne l'ai pas fait.

— Il t'a écrit ?

Hawke secoua la tête.

— Je pensais que vous étiez meilleurs amis ?

— Je lui ai écrit plusieurs fois. Je lui ai dit de ne pas répondre. Et de ne pas me rendre visite. De se concentrer sur son jeu. De faire de son mieux pour moi.

— Il a l'air plutôt en colère.

— Il a toutes les raisons de l'être, putain ! Il sait que je ne l'ai pas fait !

La voix de Hawke s'éleva sous l'effet de la fureur. Puis il se figea, regardant fixement l'agent fédéral.

— C'est le même gars, n'est-ce pas ? Le même type qui a violé ces filles l'année dernière, mais qui leur a fait dire que c'était moi ?

Ses yeux brillaient.

Darsh garda le silence.

Hawke continuait de parler. C'était peut-être pour ça que ses avocats l'avaient gardé à l'écart de la barre. Le gamin semblait incapable de se taire.

— C'est impossible que Jason soit le violeur.

— Pourquoi ça ?

Hawke secoua la tête, incrédule.

— C'est mon meilleur ami. On a vécu ensemble, joué ensemble, voyagé ensemble, on s'est saoulé ensemble. Je sais qu'il n'est pas le violeur tout comme il sait que ce n'est pas moi. Je le *connais*.

— Il avait la langue dans la gorge de Tanya Whitehouse à une fête de la fraternité lundi soir.

Hawke grimaça. Darsh ne savait pas si c'était parce qu'il avait mentionné la colocataire de Cassie, ou s'il lui rappelait que la vie continuait dehors pendant qu'il croupissait en prison.

— Jason aime le sexe. Beaucoup. Il n'est pas en couple. C'est un athlète vedette dans une université d'élite et les filles le kiffent. Ça ne veut pas dire qu'il ne peut pas se contrôler.

— Il aime faire mal aux gens sur le terrain.

Hawke secoua la tête, dégoûté.

— C'est du *football*. Merde.

Darsh l'observa attentivement, mais ne vit rien d'autre qu'un jeune homme frustré.

Hawke se pencha à nouveau, les yeux fixés sur lui.

— Est-ce qu'elle a souffert ? Cassie ?

Si le gamin *était* un violeur en série, il pourrait se délecter des détails, mais avec un peu de chance, il ne serait pas capable de le cacher. Darsh avait besoin de le tester.

— Il l'a battue, l'a attachée au lit, et l'a violée. Probablement plus d'une fois.

Hawke perdit toute trace de couleur.

— Puis il l'a étranglée à mains nues.

Hawke recula, mit sa tête entre ses genoux et vomit par terre. Darsh se leva et fit un pas en arrière. Hawke s'éloigna en trébuchant et s'affala contre le mur du fond, s'essuyant la bouche du revers de la main.

C'était difficile de simuler ce genre de réaction viscérale.

Le gardien jeta un regard furieux à Darsh puis tourna les talons, vraisemblablement pour aller chercher un balai et un seau.

— As-tu écrit à Cassie ? demanda Darsh.

Son propre estomac était en ébullition, et pas seulement à cause de l'odeur. Il commençait à avoir de sérieux doutes sur la culpabilité de Hawke.

— Oui, je lui ai écrit. Il déglutit à plusieurs reprises.

Il s'assit en tremblant, les genoux serrés contre sa poitrine - il rappelait à Darsh l'attitude de Rachel Knight un peu plus tôt.

— Mon Dieu, j'espère qu'ils me remettront en isolement.

— Pourquoi ? demanda Darsh d'un ton sec.

Les lèvres de Hawke se retroussèrent.

— Il y a un groupe de mecs qui attendent leur heure pour baiser mon petit cul blanc.

Ses yeux étaient désolés.

— S'ils voient cette faiblesse, ils se diront que c'est le moment et essaieront de me détruire, putain. Alors je devrai me défendre pour survivre, et si je me défends, ça va nuire à mes chances d'appel et de libération conditionnelle.

Darsh chassa la compassion qu'il ressentait.

— Quel genre de lettres as-tu écrites à Cassie ?

Il voulait savoir ce que le suspect savait.

Hawke poussa un profond soupir. Le gardien arriva avec une serpillière et un seau en métal, qu'il tendit au gamin. Il se releva lentement.

— Je lui ai décrit comment c'était ici. Les autres détenus. Les gardiens. Les putains de murs.

Il haussa les sourcils vers le type à la porte qui n'esquissa pas l'ombre d'un sourire.

— J'ai essayé de garder un ton léger.

Il s'essuya le visage sur son épaule, tout en continuant à nettoyer le sol.

— J'aurais dû rompre avec elle quand j'ai été arrêté.

Ses mains se tordaient sur le manche en bois.

— J'aurais dû ignorer mes avocats, et elle. La forcer à me détester.

Hawke soutint le regard de Darsh.

— Il l'a choisie à cause de moi, n'est-ce pas ?

Darsh hocha la tête.

— Probablement.

— Est-ce qu'il a violé Mandy ?

Darsh secoua la tête.

— N'est-ce pas inhabituel pour ces pervers ?

— « Inhabituel » et « pervers » semblent aller de pair, dit Darsh en haussant les épaules. L'inspectrice Donovan était la première à arriver sur les lieux.

Il attendit une réaction.

— Oh, non, Cassie la détestait. Elle aurait détesté que Donovan soit sur l'affaire.

Le gamin ferma les yeux pour éviter un nouvel assaut de larmes.

— Tu ne détestes pas Donovan.

— Elle fait juste son travail. Malgré ce que vous avez pu entendre, j'ai beaucoup de respect pour les femmes en général.

Hawke le regarda fixement.

— Est-ce que j'étais content qu'elle pense que je puisse faire ça à un autre être humain après m'avoir interrogé plusieurs fois ? Non, j'étais en colère. Mais après avoir entendu ces filles témoigner au tribunal ? Je me serais condamné moi-même.

— Alors, que penses-tu qu'il s'est passé ?

Son souffle devint un léger grognement.

L'expression de Hawke devint glaciale.

— Quelqu'un m'a piégé, Agent Singh. Et il a fait du bon boulot. Et il n'en a pas encore fini avec moi, sinon il n'aurait pas assassiné Cass.

L'instinct de Darsh lui dictait la même chose, mais ça ne serait pas bon pour la police de Forbes Pines. Et Erin en particulier, car tout le monde voulait en faire le bouc émissaire d'une défaillance du système.

Mais qu'est-ce qui était le plus important ? Mettre le vrai criminel derrière les barreaux ou la réputation des flics locaux ? Il connaissait la réponse, mais il n'aimait pas l'idée de mettre un bon flic en mauvaise posture.

— Connais-tu quelqu'un qui te détesterait à ce point ?

Hawke rinça la serpillière une dernière fois et la plaça contre le mur.

— Je pensais que j'étais un type bien, mais avec le recul… J'étais un vrai con. Je buvais trop, j'intimidais les gens, même si à l'époque je me disais qu'on passait tous un bon moment. Avant de commencer à voir Cass, j'ai eu des centaines de filles et je n'ai jamais pris la peine d'apprendre leurs noms. Je détruisais tous les gens qui essayaient de s'opposer à moi.

J'étais un vrai connard.

— Tu te souviens des noms des gens que tu as énervés ?

Hawke écarta grand les bras.

— Vous avez quelques heures devant vous ?

— Écris-les. Demande au directeur de me les envoyer. Je m'assurerai que tu sois tenu à l'écart des autres prisonniers.

Un coup de fil au gouverneur devrait permettre de s'en assurer.

Hawke secoua la tête.

— C'est ironique que je sois plus en sécurité enfermé avec les violeurs et les pédophiles.

Il fixa le sol.

— Je peux vous demander quelque chose ?

— Quoi ?

Hawke leva les yeux.

— Je peux aller à l'enterrement de Cassie ?

Darsh pouvait lire le chagrin sur le visage du gamin, mais il doutait que cela se produise.

— Je vais en parler au directeur.

Le gamin acquiesça et Darsh s'en alla. Il aurait aimé chasser cette terrible sensation dans ses tripes, celle qui lui soufflait que le système judiciaire avait failli à ce jeune homme.

# CHAPITRE TREIZE

ERIN LES LAISSA finir d'enregistrer leur suspect sans-abri, ce qui fort heureusement impliquait de le déshabiller et de le laver au jet d'eau avant qu'elle ne commence à l'interroger. Quelqu'un lui trouva des vêtements de rechange lorsqu'ils prirent les siens comme preuves. Il avait renoncé à son droit à un avocat.

Harry était assis avec elle. Darsh était toujours introuvable. Elle ne savait pas quoi penser de son absence.

Elle ouvrit le dossier devant elle.

— Votre nom est bien Peter Zimmerman ?

Pete le Putois – alias Peter Zimmerman – refusait de croiser son regard. Ses cheveux étaient poivre et sel. Des rides profondes entaillaient la peau de son front et les commissures de ses lèvres. Ses joues étaient creusées sous des pommettes saillantes. Son visage arborait une coupure fraîche, comme si quelqu'un l'avait récemment frappé. Ses mains étaient posées sur la table, les os de ses poignets trop gros pour ses bras maigres.

— Votre nom est bien Peter Zimmerman ? répéta-t-elle.

C'était ce que l'AFIS avait trouvé quand ils avaient analysé ses empreintes. Le gars avait un mandat d'arrêt en cours au Texas pour conduite en état d'ivresse en 2010. Il avait fait partie des Marines avant ça. Erin ignora la pitié qu'elle ressentait pour un homme qui avait connu des moments difficiles. C'était exactement pour cela que la justice devait être aveugle.

Pete cessa d'essayer d'ignorer ses questions.

— Ouaip.

— Vous habitez sous le pont, près de la rivière ?

Ses yeux parcoururent la pièce comme s'il était aveuglé.

— J'ai fait mon trou là-bas. Vous avez intérêt à ne pas tout saccager, grogna-t-il, se concentrant soudain sur elle.

— Il ne fait pas trop froid ? demanda-t-elle.

Comment survivait-il à l'hiver ?

— La mission me donne un lit et un abri quand le temps est vraiment trop mauvais.

— Vous y êtes allé cette semaine ? À la mission ?

Peter haussa les épaules.

— Peut-être. Je ne sais pas trop quel jour on est, admit-il.

Il renifla bruyamment, et elle poussa une boîte de mouchoirs vers lui. Il l'ignora et s'essuya le nez sur sa manche.

— Peter, vous vous souvenez de ce que vous avez fait lundi ? Nous sommes mercredi.

Il lui adressa un sourire niais arborant des dents cassées.

— Bien sûr. J'ai passé un bon moment au refuge.

— À quelle heure êtes-vous parti ?

Il haussa les épaules.

— J'ai oublié de vérifier ma Rolex.

Elle ne répondit pas à son sarcasme.

— Vous avez dormi à la mission cette nuit-là ?

Il se gratta la tête, et Erin frissonna en pensant à ce qu'il pouvait y avoir dans ses cheveux.

— Je ne m'en souviens pas.

— Vous buviez ce soir-là ?

Il détourna le regard.

— Peut-être.

L'alcool était clairement son démon, mais il n'avait jamais été arrêté pour ivresse ou trouble à l'ordre public. Il buvait seul ou du moins en silence. Probablement parce qu'il ne voulait pas que les flics découvrent le mandat d'arrêt.

— Qu'est-ce que vous buviez ?

Il se gratta le menton cette fois, et Erin entendit le bruit des poils contre ses ongles.

— J'avais mis la main sur une bouteille de vodka.

— Quelqu'un vous l'a donnée ?

Il la regarda d'un air sournois.

— Peut-être. Je ne m'en souviens pas.

— Est-ce que vous l'avez volée, Peter ?

Les épaules de l'homme se voûtèrent.

— Ne m'appelez pas comme ça. Appelez-moi Pete. Pete le Putois. C'est comme ça que j'aime qu'on m'appelle.

Erin se força à blinder son cœur. Le fait d'être dans le nord de l'État depuis trois ans l'avait ramollie. À New York, elle avait affaire à dix ivrognes ou sans-abri par jour, chacun ayant une histoire plus déchirante que la précédente. Le rêve américain n'existait pas pour ces personnes. Ils étaient coincés dans les égouts et certains étaient déterminés à y rester, d'autres étaient constamment entraînés vers le bas par des circonstances qu'ils ne pouvaient pas contrôler.

— Il y a un mandat d'arrêt contre vous au Texas.

Il s'efforçait de ne pas croiser son regard.

— Pour conduite en état d'ivresse. Vous voulez m'en parler ?

Il croisa ses bras maigres sur sa poitrine flétrie.

— Rien à dire. Vous avez la mauvaise personne.

— Ils pensent que c'est vous.

Ses yeux se firent plus durs.

— Ils ont tort.

— Je suppose qu'on va leur laisser le soin de le découvrir.

Sa pomme d'Adam tressauta.

— Je ne retournerai pas au Texas.

Il avança la mâchoire inférieure.

— Où avez-vous trouvé le drap dans lequel vous aviez enroulé vos affaires ?

— C'est le mien, cracha-t-il.

— Depuis combien de temps l'avez-vous ?

Il inclina la tête.

— Pas longtemps.

— Où l'avez-vous trouvé ?

Il plissa les yeux d'un air calculateur.

— C'est à propos de ces filles qui ont été assassinées en ville lundi ?

Son corps était peut-être accro à l'alcool, mais il était évident que son cerveau était toujours aussi affûté lorsqu'il était sobre.

— C'est pour ça que vous m'avez fait venir ?

— Où avez-vous trouvé ce drap, Peter ?

Il fit rouler ses épaules et se redressa.

— Je l'ai pris quand je l'ai tuée.

Le cœur d'Erin manqua un battement. Cela pouvait-il être aussi simple ?

— Est-ce un aveu, Peter ? demanda Harry.

L'homme qui voulait être appelé Pete le Putois hocha la tête.

— Bien sûr. Je l'ai tuée. Je les ai tuées tous les deux.

— Comment les avez-vous tuées, Peter ? demanda-t-elle.

Il tint ses mains devant lui et fit comme s'il les enroulait autour de quelque chose et les serrait.

— Qu'avez-vous fait d'autre ?

Erin retint son souffle.

Un côté de ses lèvres se recourba en un sourire sans émotion qui lui glaça le sang.

— J'ai violé l'une d'entre elles. Je n'ai pas eu le temps de faire la même chose à l'autre.

Erin fit signe à Harry de prendre le relais et sortit de la pièce. Ully lui fit un high-five, mais après un moment, elle retourna à son bureau, déstabilisée et pensive.

Elle jeta son dossier sur le bureau. Elle aurait voulu rentrer chez elle et dormir pendant une semaine. Au moins, elle se débarrasserait de l'agent fédéral qui la poussait à lui donner des réponses qu'elle ne voulait pas lui fournir, mais cette pensée ne lui apportait pas la joie qu'elle avait anticipée. Au lieu de cela, elle se sentait creuse, vide et déprimée. Elle prit le téléphone et appela Rachel. Au moins, elle pourrait améliorer la journée d'une personne.

---

IL S'ASSIT SUR le lit d'Erin et enroula la corde autour de son avant-bras, de plus en plus serrée. Il détendit sa mâchoire et tordit la corde jusqu'à ce que ses doigts palpitent du manque de sang et que la douleur lui vrille les nerfs. Il relâcha la tension de la corde, et le sang se précipita à nouveau dans ses veines affamées dans une flambée d'agonie exquise. C'était à cela que ressemblait le fait de céder à la faim. La famine suivie d'un festin.

Il se leva, sachant qu'il ne pouvait pas s'attarder, car il avait commencé à neiger, et il ne pouvait pas se permettre de laisser des traces. Mais il était frustré. Il voulait la voir, mais elle était *trop* occupée. Trop *préoccupée*, à traîner avec cet agent fédéral qui pensait être un putain de cadeau de Dieu.

L'enfoiré.

Alors quel serait le meilleur moyen de la punir ? Qu'est-ce qui lui importait le plus ?

Il jeta un coup d'œil à un portrait de famille qui trônait sur la commode. Elle avait quatre frères, mais une seule sœur. Il utilisa son téléphone portable pour prendre un cliché de la photo. Il avait désactivé tous les traceurs de localisation le jour où il l'avait acheté. Il ne voulait pas qu'on puisse le suivre à la trace.

Devrait-il enlever sa sœur ?

Il pinça les lèvres. Elle était sexy, mais pas autant qu'Erin. Mais, non. La sœur était trop clairement liée à Erin. Cela aurait dévoilé sa main. Et elle vivait à Manhattan. Il inspira et plissa les yeux.

Il était temps de mettre un autre plan à exécution. Jouer avec le système, pour que quelqu'un finisse peut-être par réaliser à quel point il était défaillant. N'avait-il pas essayé de le leur dire pendant tous ces mois ? Que fallait-il pour qu'ils l'écoutent ?

Peut-être que cela avait toujours été le chemin qu'il était censé suivre. Montrer à quel point il était facile de manipuler n'importe quoi tant qu'on était intelligent et que l'on connaissait les règles du jeu que suivaient les autres.

Il consulta sa montre. Il était presque l'heure de partir. Il sortit la culotte rouge lavée de sa poche et la glissa dans le tiroir à lingerie d'Erin. Il passa ses doigts lentement sur le tissu soyeux, prit un soutien-gorge noir en dentelle et le laissa pendre au bout de ses doigts.

Il l'imagina sur la peau ivoire d'Erin.

Joli.

Très joli. Mais ce n'était pas ce qu'il voulait.

Il le remit dans le tiroir qu'il referma sans faire de bruit. Le dessus de sa commode était encombré de bibelots, de flacons de parfum, de chandeliers. Le couvercle de sa boîte à bijoux était incrusté de noyer. Il l'ouvrit et prit une croix en argent sur une chaîne. Il la passa sur sa peau, appréciant le contact froid du métal. Il sentait l'excitation monter, même s'il n'avait pas l'intention de faire quoi que ce soit. Parfois, se priver d'un simple plaisir produisait des résultats bien plus intenses par la suite. Et il avait toujours l'étudiante de première année sous la main. Il appréciait sa naïveté et son empressement à le satisfaire. Il empocha la croix, même si Erin la portait souvent et qu'elle risquait de remarquer sa disparition. Il aimait avoir quelque chose d'elle sur lui en permanence. Le lien tangible lui donnait quelque chose à quoi s'accrocher. Il devrait s'en contenter jusqu'à ce qu'elle réalise qu'ils étaient faits pour être ensemble.

Il eut un sourire sinistre.

C'était une fille intelligente. Elle finirait par arriver à cette conclusion.

Il y veillerait personnellement.

---

DES QUE DARSH rentra dans le poste de police, il sut que quelque chose d'important s'était passé. L'atmosphère avait changé, la tension s'était relâchée. Il repéra Erin qui parlait au chef devant la porte de son bureau et alla à leur rencontre.

Strassen arborait un large sourire.

— Vous avez entendu les nouvelles ?

— Quelles nouvelles ? demanda prudemment Darsh.

— On a trouvé le tueur.

— Vraiment ?

— Racontez-lui, Erin, lui dit Strassen.

L'expression d'Erin était moins joyeuse. Les coins de sa bouche étaient serrés. Ses yeux circonspects.

— Deux patrouilleurs ont trouvé un sans-abri du nom de Peter Zimmerman, alias « Pete le Putois », sous l'un des ponts, avec ce qui semble être le drap du lit de Cassie Bressinger.

— Il a dit où il l'avait trouvé ?

— Il dit l'avoir pris quand il a tué les deux filles et violé l'une d'elles.

Le fait qu'une seule des filles ait été violée n'avait pas été révélé aux médias, bien que les rumeurs aient été nombreuses après qu'Alicia Drummond eut posté en ligne qu'elle avait trouvé ses amies mortes et qu'elle craignait d'être la prochaine.

— Et nous avons trouvé une corde bleue correspondant à la scène de crime qui fixait sa bâche, dit-elle.

Darsh fixa Erin, mais son expression était fermée, imperturbable.

— Je peux l'interroger ?

Erin ouvrit la bouche pour parler, mais le chef l'interrompit :

— C'est inutile compte tenu des circonstances.

Les circonstances étant que son travail était censé déterminer si la précédente série de viols était liée aux nouveaux meurtres.

Le chef poursuivit :

— Il ne s'est installé dans la région que vers l'été dernier.

N'est-ce pas, Erin ?

Même si cela donnait raison au département de la police, il ne voyait aucune jubilation dans le regard d'Erin. Il y discernait méfiance et indécision.

— La première fois qu'on l'a signalé aux flics, c'était en septembre. Il est peu probable qu'il soit arrivé bien avant ça.

Le sourire de l'inspectrice lui donna des frissons.

— Forbes Pines n'aime pas trop les vagabonds, mais ce type est resté dans son coin et n'a pas causé de problèmes. Il est passé sous le radar.

— J'aimerais quand même lui parler, insista Darsh.

Un sans-abri ne correspondait pas au profil qu'il avait établi pour le tueur, mais cela ne voulait rien dire. Ils avaient évidemment beaucoup de preuves physiques le reliant au crime.

Le chef parut contrarié, mais Erin hocha la tête.

— Je pense que vous feriez mieux de le faire demain, quand nous en saurons plus sur lui. Il y a un mandat de recherche contre lui pour conduite en état d'ivresse au Texas. J'ai appelé l'inspecteur impliqué dans l'affaire, mais il ne sera pas de retour à son bureau avant demain matin.

— Ce Peter Zimmerman a de la famille ? demanda Darsh.

— C'est l'une des choses que j'essaie de découvrir.

Erin écarta les cheveux de son visage en les ramenant en arrière.

— D'accord, fit Darsh en hochant la tête.

Le chef lui tendit la main.

— Je suppose donc que vous allez bientôt partir. Merci pour votre aide.

Strassen consulta sa montre.

— Je dois aller faire une déclaration à la presse. Espérons

qu'ils nous laisseront tranquilles maintenant.

Le chef entra dans son bureau, les congédiant tous les deux.

Darsh suivit Erin jusqu'à son bureau. Harry Compton n'était pas dans le coin. Darsh consulta sa montre. Il était presque 19 heures, et étant donné qu'ils avaient tous fait des heures supplémentaires ces derniers jours, il n'était pas surprenant que le poste soit calme.

— Alors…

Il laissa sa phrase en suspens. Elle plissa les yeux.

— Alors quoi ?

— Vous ne pensez pas que c'est notre homme ?

Erin s'affaissa sur sa chaise et détourna le regard.

— Ce n'est pas ce que les preuves me disent.

— Mais…

— Mais cette fois, je ne veux pas écouter les preuves, et si ce n'est pas du parti pris, je ne sais pas ce que c'est.

Et il pouvait voir à la lueur de ses yeux que cela l'énervait. Ou peut-être que son instinct de flic commençait à se manifester comme le sien l'avait fait depuis qu'il avait vu Cassie Bressinger attachée à ce lit.

— Où étiez-vous, au fait ?

Il y avait une lueur de suspicion dans ses yeux.

— Je travaillais.

Il mit ses mains dans ses poches, ne souhaitant pas lui révéler qu'il était allé voir Hawke.

— Vous avez vérifié les caméras de surveillance ?

Elle secoua la tête.

— Je m'apprêtais à le faire quand ils ont amené Zimmerman, dit-elle, sa bouche se tordant. C'est un ancien Marine. Vous pourriez obtenir plus d'informations que moi.

Une flèche de déni le frappa, mais il l'ignora. Les Marines étaient plus que capables de faire des conneries. Cela lui conférait un avantage, un moyen de se lier avec le gars. Le collier avec la balle qu'il portait autour du cou lui sembla soudain chaud contre sa peau.

— Quels sont vos projets maintenant ?

Ce n'était pas ses affaires, mais il voulait quand même savoir.

— Je vais lire les dépositions des témoins pour voir s'il est mentionné qu'ils ont vu un sans-abri dans le secteur lundi soir.

Elle attrapa sa tasse sur le bureau et se leva.

— Le fait est, murmura-t-elle sous cape, comme si elle avait peur d'être entendue, que quand les preuves désignaient Drew Hawke, j'étais prête à les accepter volontiers.

Darsh haussa les épaules.

— Vous aviez deux victimes prêtes à passer au détecteur de mensonges pour confirmer l'identité de leur agresseur.

Elle poussa un profond soupir.

— Je sais. Mais maintenant j'ai des aveux et des preuves matérielles, et pourtant je veux quand même vérifier l'alibi de Jason Brady pour lundi soir, et si je fais ça, je suis foutue.

Elle eut un rire sans humour.

— Peut-être que je déteste inconsciemment les footballeurs, sauf s'ils jouent pour les Giants.

Elle baissa encore plus la voix.

— Le doyen de l'université était dans le bureau de Strassen tout à l'heure. Si Pete le Putois n'avait pas été amené à ce moment-là, je suis sûre que je serais en train de vider mon bureau à l'heure qu'il est.

Les muscles de sa mâchoire se contractèrent.

— Donc si j'insiste pour que l'on creuse davantage sur

Brady, je serai sur la touche. Je n'aime pas ça. Je n'aime pas ça du tout.

Elle s'éloigna, le laissant planté là. Il la regarda partir et se demanda si cela était lié à son ex abusif. Elle devait toujours être celle qui exerçait le contrôle et s'en allait. Peut-être qu'elle voulait juste être seule. Quelles que soient ses raisons, il ne lui courrait pas après. Pas aujourd'hui. Il se dirigea vers son bureau.

Ce type, Peter Zimmerman, ne correspondait pas au profil du tueur, mais les profils n'étaient que des lignes directrices pour savoir sur qui les flics devaient se pencher. Ils n'étaient pas toujours exacts… Mais les flics locaux précipitaient les choses, probablement dans le but de calmer les craintes de la communauté locale. Désamorcer la tension n'était pas une mauvaise chose.

Il fronça les sourcils en se rappelant que Drew Hawke avait affirmé que quelqu'un l'avait piégé. Y avait-il une sorte de conspiration ? Ou un flic corrompu dans la police ? Il n'était pas difficile de placer de fausses preuves dans une situation comme celle-ci, mais cela n'expliquait pas les déclarations des témoins.

En dehors d'Erin, il n'avait pas examiné les dossiers des autres membres de la police de Forbes Pines. Il était peut-être temps de s'y mettre. Il devait aussi parler aux agents Rooney et Chen pour qu'ils enquêtent sur le passé de Zimmerman. Les faux aveux des malades mentaux ou des personnes en quête d'attention étaient toujours un problème lors des affaires hautement médiatisées. Cet aveu semblait louche, et Donovan le sentait visiblement, elle aussi.

Laisserait-elle les choses couler ? Ou bien se battrait-elle pour obtenir la vérité ?

La réponse à cette question lui en dirait long sur son intégrité, mais elle pourrait aussi lui coûter son emploi. Dans tous les cas, elle risquait d'être perdante. Il se faufila dans son bureau bondé et composa le numéro de Brennan, espérant pouvoir rester sur place assez longtemps pour trouver une solution.

# CHAPITRE QUATORZE

ERIN AVAIT RELU toutes les dépositions des témoins des deux derniers jours, et aucun d'entre eux ne mentionnait avoir vu un SDF à proximité de la scène de crime. Elle avait aussi appelé les techniciens de la Scientifique, et ils n'avaient trouvé ni téléphone portable, ni ciseaux, ni lettres dans le campement de Peter Zimmerman. Seulement quelques magazines et journaux que le gars avait utilisés pour se réchauffer quand il faisait vraiment froid. Elle passa la main dans ses longs cheveux, qui s'étaient échappés de leur tresse et lui tombaient sur le visage.

L'idée d'être dehors par ce froid l'engourdissait et lui rappelait que, même quand les choses étaient devenues difficiles, elle avait toujours eu un toit au-dessus de sa tête.

Elle sortit du dossier la photo d'identité de Peter Zimmerman. Ses yeux étaient fixes, son visage hagard. Cela aurait facilement pu être le visage d'un meurtrier, car c'était à cela qu'ils ressemblaient, pas vrai ? Des malpropres hirsutes aux yeux sauvages, légèrement dérangés ? *Mais bien sûr.* S'ils étaient si faciles à repérer, elle n'aurait pas eu de travail.

Elle rangea la photo dans un dossier et se leva, prenant sa veste sur sa chaise. Elle rentra alors dans Darsh.

— Bon sang. Vous vous déplacez furtivement. Vous m'avez fait peur.

Elle recula rapidement et pressa la paume de sa main contre son cœur qui battait la chamade. Les yeux de Darsh suivirent son mouvement et effleurèrent le col en V de sa chemise. Ils étaient presque noirs lorsqu'ils croisèrent les siens, et elle sentit un frisson d'excitation lui parcourir la peau.

Ils essayaient tous les deux de prétendre qu'ils n'étaient pas attirés l'un par l'autre. Heureusement, ils n'auraient plus besoin de faire semblant bien longtemps. Il partirait bientôt, et elle retournerait à la vie simple de célibataire à laquelle elle était habituée.

Cette idée ne lui apporta pas le réconfort qu'elle aurait dû – juste le sentiment d'une opportunité perdue et d'une chance non saisie.

— Vous rentrez chez vous ? demanda-t-il.

— Non, admit-elle, changeant presque d'avis lorsque l'idée de le traîner chez elle la frappa au plexus solaire.

Mais la dernière fois, les choses s'étaient mal terminées. Très mal.

— Je vais aller au refuge pour sans-abris. Voir si quelqu'un se souvient avoir vu Peter Zimmerman là-bas lundi soir.

La surprise passa sur son visage, puis quelque chose d'autre qu'elle ne put identifier. Il consulta sa montre. Il était presque 21 heures. Il avait des cernes sous les yeux et n'avait probablement pas dormi correctement depuis des jours.

— Je vous accompagne.

— Vous n'êtes pas obligé de faire ça. Je sais m'occuper de moi-même.

Il pencha la tête sur le côté, l'analysant. Jaugeant la bonne policière qu'elle était. Elle se redressa imperceptiblement.

— Erin, dit-il lentement. Je vous ai vue mettre à terre Jason Brady, vous vous souvenez ? Je sais que vous pouvez prendre soin de vous, mais vous avez une cible dans le dos et des renforts ne seraient pas une mauvaise idée vu les circonstances – *deux filles mortes et une ville qui vous déteste* – et je veux visiter ce refuge si je dois interroger ce type demain. Histoire de savoir ce que les gens disent de lui. Voir où il vit par rapport à la scène de crime.

Elle avait su, en voyant son regard, qu'il n'avait pas cru à cet aveu, pas plus qu'elle. *Et merde.* Le chef allait lui botter le cul s'il découvrait qu'ils essayaient de prouver que le gars était innocent.

— Très bien. Je conduis.

— Étonnant, marmonna-t-il, mais il y avait une étincelle dans ses yeux.

Elle détestait se sentir aussi réchauffée par son humour.

Elle se détourna. Elle ne pouvait pas se permettre de baisser la garde. Il était charismatique et beau – ce n'était pas pour rien qu'elle l'avait choisi dans ce bar toutes ces années auparavant. Mais elle ne voulait pas qu'il voie le reflet de cette nuit dans ses yeux, ou les sentiments renouvelés de désir. La seule chose qui lui restait était son intégrité. Si elle perdait ça, elle n'aurait plus rien.

— Retrouvez-moi dehors. Je vais faire faire chauffer le moteur.

Elle le regarda s'éloigner et essaya de ne pas admirer la vue. Darsh Singh n'était pas un terrain sûr, se rappela-t-elle. Il n'était pas son ami, et il avait encore le pouvoir de détruire sa carrière. Mais elle préférait tomber dans sa quête de justice plutôt que de s'incliner parce que la vérité était devenue gênante pour les gens au pouvoir.

Sur les marches arrière de l'hôtel de ville, elle s'arrêta suffisamment longtemps pour enfiler ses gants. Tout était calme dehors. Une couche de neige fraîche de sept centimètres d'épaisseur recouvrait le paysage – elle n'avait même pas remarqué qu'il neigeait. De gros flocons gras et paresseux tombaient encore lentement. Elle leva la tête pour admirer la beauté de la chose, appréciant la température relativement clémente et l'absence de brise arctique.

Elle n'avait pas vérifié les prévisions météo depuis le lundi précédent. Tout ce qui l'intéressait, c'était cette enquête pour meurtre.

Le silence lui indiqua que les camionnettes des journalistes étaient parties. Sauf catastrophe, ils seraient de retour au matin, prêts à fouiller dans les détails de la vie de Peter Zimmerman et à juger le type en direct à la télévision. Elle ne voulait pas qu'il subisse ça s'il était innocent. Il ne serait jamais en sécurité dans les rues si les gens pensaient qu'il avait quelque chose à voir avec un viol et un double homicide.

Elle descendit les marches en faisant attention à ses pas sur le trottoir glissant. Son attitude envers la presse n'était probablement pas juste, mais ils avaient empiété sur sa vie privée à un moment où elle avait désespérément besoin d'être tranquille, et ils entravaient souvent les enquêtes plutôt que de les aider. Bien sûr, le public avait le droit de savoir ce qui se passait, mais seulement si cela n'empêchait pas d'attraper le coupable. La liberté d'expression avait parfois ses revers.

Son pick-up était garé une rangée plus loin, derrière deux véhicules de patrouille. En s'approchant, elle remarqua que le capot était légèrement incliné sur le côté. Et merde. Elle avait un pneu à plat. Le pneu avant gauche. L'entaille dans le caoutchouc indiquait que la crevaison était à peu près aussi accidentelle que l'œuf sur son pare-brise. Elle sentit la lassitude la gagner. La dernière chose qu'elle avait envie de faire était de sortir son cric et de remplacer le pneu. Des bruits de pas retentirent derrière elle. Elle se retourna et vit Darsh emmitouflé dans son équipement d'hiver. Elle ne put s'empêcher de constater qu'il était sexy dans n'importe quelle tenue.

Elle donna un coup de pied dans son enjoliveur.

— On dirait qu'on va devoir prendre votre voiture.

Le souffle de Darsh se transforma en un nuage glacé tandis qu'il se frottait les mains.

— Vous voulez que je vous change le pneu ?

Elle secoua la tête.

— Je pourrais le faire moi-même, mais un des gars de la patrouille me doit une faveur. Il est dans l'équipe de nuit ce soir. Je lui enverrai un message plus tard.

— Vous n'aimez pas être de l'autre côté de cette équation, n'est-ce pas ?

Il sortit ses clés et les lança en l'air avant de les rattraper avec brio.

— Comment ça ?

Elle essaya de ne pas paraître sur la défensive.

— Devoir des faveurs aux gens.

— J'aime être indépendante.

C'était ce qui se passait quand votre mari s'avérait être un connard abusif et dominateur.

— Je n'aime pas être la femme faible et pleurnicharde qui demande de l'aide aux hommes forts, sauf à mon père et mes frères. Elle pensait à tous les travaux qu'elle avait prévus pour leur prochaine visite.

— Je les fais travailler aussi dur qu'ils me le permettent.

— Donc vous avez l'impression de pouvoir compter sur votre famille ?

Elle s'empêcha de répondre *Évidemment.* Tout le monde

n'avait pas le genre de soutien dont elle disposait. Elle inclina la tête vers lui.

— Oui. Je pense.

Ils se dirigèrent vers l'endroit où son SUV noir était garé, quelques voitures plus loin. Il utilisa la télécommande pour la déverrouiller et Erin entra à l'intérieur. En quelques secondes, le siège commença à chauffer sous ses fesses. On s'habituait rapidement à toutes ces commodités.

Il sortit du parking, et elle lui indiqua la direction de la mission à environ 1,5 km de là.

— Qu'est-ce que ça fait de grandir dans une si grande famille ? demanda-t-il.

Elle se blottit dans sa parka. Parler d'eux lui donnait le mal du pays.

— C'est formidable. Ils sont fouineurs et bruyants. Nous sommes une famille catholique irlandaise typique, pleine de flics de la NYPD.

— Tous ?

— À peu près, sauf ma mère et ma petite sœur, Siobhan. Elle est actrice à Broadway.

Il se raidit, ce qui était une réaction étrange.

— Ça a toujours été son rêve, depuis qu'elle porte des couches-culottes, dit Erin en haussant les épaules. Je n'ai jamais compris l'attrait des feux de la rampe, mais c'est ce qu'elle a toujours voulu.

— Ma mère a toujours voulu être sous les feux de la rampe, elle aussi. Je ne l'ai jamais comprise non plus.

— Ah oui ?

Il avait dit que sa mère avait été assassinée, et elle voulait en savoir plus, mais ne voulait pas insister.

Il hocha la tête.

— Ouaip. On a quitté le Royaume-Uni dans les années 80 pour le travail de mon père. Elle était ravie, car elle pensait avoir plus de chances de devenir célèbre.

— Vous êtes *britannique* ? sourit-elle.

— Je suis né à Nottingham, pas à Delhi.

— Pourquoi n'avez-vous pas gardé l'accent anglais sexy ?

Il lui lança un regard en coin.

— Ça aurait fait trop de choses sexy chez une seule personne.

Un côté de sa bouche s'étira en un sourire en coin.

— Les gens pensent que mon identité est en quelque sorte ancrée dans le fait que ma famille est indienne, mais ce n'est pas le cas. Je n'ai jamais mis les pieds en Inde. Je parle la langue, mais je parle aussi le farsi et le français. J'ai grandi en Grande-Bretagne et j'ai déménagé aux États-Unis. Mon identité culturelle, c'est un mélange de foot et de Coronation Street, de baseball et de baisers avec une blonde sexy sur la banquette arrière de la voiture de mon père. La seule fois où je me rends compte que je suis différent, c'est quand les autres me le font remarquer.

— Les préjugés peuvent être subtils, convint prudemment Erin. J'ai eu de la chance. Ma mère était enseignante, et l'intolérance et l'inégalité sont ses sujets de prédilection. Elle ne supporterait pas ça de qui que ce soit. Je suppose que ça a déteint sur nous autres, enfants, ce qui a fait de nous de bien meilleurs flics.

Elle regarda les mains de Darsh sur le volant. Fortes et capables. Elle pensa à ces mains sur son corps et dut détourner le regard.

— La seule chose qui intéressait ma mère, c'était de devenir actrice à Hollywood.

— Qu'est-ce que votre père en pensait ?

— Il l'a encouragée à jouer dans des compagnies théâtrales locales et à auditionner pour des rôles à la télévision. Il a même payé des cours de théâtre, mais le cœur n'y était pas vraiment. Il essayait juste de la rendre heureuse.

— On dirait qu'il l'aimait beaucoup.

Il haussa les épaules.

— En effet. Mais pas elle.

Cette déclaration fit tressaillir Erin, mais il ne le remarqua pas.

— C'est ici ? demanda-t-il en consultant l'itinéraire.

Elle acquiesça.

— Leur mariage était arrangé. Ils se sont rencontrés environ un mois avant la cérémonie. Ses parents pensaient qu'il la calmerait. Elle cherchait un moyen d'échapper à la mainmise qu'ils avaient sur elle. Je leur ai rendu visite quelques fois en Angleterre – ils sont assez traditionnels dans leurs valeurs.

Elle se frotta les mains et augmenta le chauffage. Bon sang, elle aurait vraiment dû déménager à Hawaï.

— Les mariages arrangés me semblent toujours barbares.

— Et pourtant, statistiquement, les taux de divorce sont à peu près les mêmes que ceux des mariages non arrangés.

Erin serra les lèvres en réponse à cette douce réprimande. Elle n'était pas prête à donner des leçons sur le mariage.

— Je l'ignorais.

— Il y a évidemment des différences culturelles, et je ne l'approuve pas, mais je ne le condamne pas non plus. La plupart des gens jugent sans savoir.

— C'est comme ça que vous comptez trouver une femme ? le taquina-t-elle, mais l'idée fit se contracter quelque chose de douloureux en elle, même si elle n'avait aucune emprise sur le type.

— Bon sang, non. Je suis trop accro au contrôle. Mon père choisirait probablement une vraie sorcière pour me contrarier.

— Vous ne vous entendez pas ?

Darsh sourit. Il était tellement beau qu'elle en eut le souffle coupé.

— On s'entendait bien, jusqu'à ce que je quitte l'école pour m'engager dans les Marines.

Elle haussa les sourcils, l'air surpris.

— Les parents indiens – même ceux de Grande-Bretagne – semblent croire que si leurs enfants ne finissent pas médecins, ce sont des ratés. « Je croyais que tu devais apprendre à *sauver les* gens, pas à les *tuer*. »

Il imitait un homme plus âgé, probablement son père.

— Maintenant, il passe ses journées à me dire que je suis la minorité symbolique du DSC. Et je passe mon temps à essayer de lui prouver qu'il a tort. Quant au mariage… fit-il en haussant les épaules. Ce travail m'oblige à être sur la route presque toutes les semaines et après ce qui s'est passé entre ma mère et mon père, je ne suis pas un grand partisan de l'engagement. Il faudrait être folle pour vouloir d'une relation avec moi.

Il la dévisagea et elle sentit la brûlure de son regard sur sa peau.

— À long terme, en tout cas.

Mais le court terme pourrait être très amusant – voilà ce que la lueur dans ses yeux laissait entendre.

Ils s'avançaient en territoire dangereux. Elle chercha donc à désamorcer la situation.

— Je pense que ça dépend du type d'engagement. Je veux dire, une télé de 34 pouces plutôt qu'une de 55 pouces ? Je pourrais m'en accommoder.

Il fit semblant de frissonner.

— Sacrilège.

Puis son humeur changea et elle dit sérieusement :

— Mais s'il est question de choisir entre étouffer ses propres rêves et libertés versus rester à la maison et mettre un bon dîner sur la table tous les soirs…

Sa bouche s'assécha.

Son mari avait essayé de lui faire abandonner le travail qu'elle aimait, même s'il savait qu'elle était flic quand ils s'étaient mariés. C'était la première étape de sa tentative de prendre le contrôle de sa vie, et elle avait dû se battre pour regagner sa liberté à chaque étape du chemin. Le coût de la bataille avec été sa vie à lui, et cela aurait facilement pu être la sienne. Elle aurait dû le voir avant qu'ils ne se marient. Elle aurait dû trouver un moyen pour qu'il aille de l'avant et se fasse aider.

*Bon sang.*

Elle ne surmonterait jamais la culpabilité de sa mort, et c'était probablement la chose la plus pénible quand on survivait à une relation abusive. Quelque part au fond de vous, vous ressentiez toujours une part de responsabilité, même si ce n'était pas votre faute.

Elle ne voulait pas y penser.

— Qu'est-il arrivé aux rêves d'actrice de votre mère ? demanda-t-elle gentiment.

Elle savait que l'histoire avait une fin triste.

Les doigts de Darsh se crispèrent sur le volant, et elle remarqua qu'ils venaient d'arriver devant la mission. Il éteignit le moteur et les phares, et ils restèrent assis en silence.

— Elle nous a quittés sans un mot en mai 1987. J'avais sept

ans. Mes sœurs avaient quatre ans. En septembre, un inspecteur d'Hollywood nous a informés qu'elle avait été retrouvée morte dans une ruelle. Elle faisait des passes pour gagner de l'argent.

— Je suis désolée.

Le visage de Darsh était masqué par la pénombre. Sa voix était dure.

— Elle a choisi cette vie plutôt que d'avoir un foyer et une famille. Le fait qu'elle ait fini par mourir était presque sans importance.

Elle resta sous le choc.

— Ce n'est pas ce que vous vouliez dire.

— Si. Mon père était un homme bien. Il la traitait bien, lui achetait de belles choses et la respectait. Si elle avait demandé le divorce, il le lui aurait accordé, mais il aurait d'abord essayé de faire en sorte que ça marche. Le fait est qu'elle ne nous aimait pas. Elle nous a largués.

Ses yeux brillaient dans l'obscurité.

— Ils disent toujours aux enfants que leurs actions ont des conséquences et que ces conséquences ne sont pas toujours très agréables. Elle nous a quittés, non pas parce qu'elle a été enlevée ou qu'elle devait travailler, mais parce qu'elle ne voulait plus de nous. C'est une chose difficile à accepter pour un enfant et une fois que je l'ai fait, je n'ai plus gaspillé mes émotions pour elle. Les actions ont des conséquences.

— Peut-être qu'elle étouffait à l'intérieur, dit prudemment Erin.

Que devait-il penser d'elle, qui s'était soustraite à son mariage et l'avait utilisé pour reprendre le pouvoir sur son corps ?

— Elle aurait dû trouver un autre moyen.

Sa voix se brisa. Il n'était pas aussi froid qu'il voulait le faire croire. Si le fantôme de sa mère le hantait de la même manière que celui de son mari la hantait elle, alors il était loin de s'en désintéresser.

Erin ne pouvait pas imaginer ce qu'elle aurait ressenti si sa mère était partie quand elle avait sept ans. Se serait-elle éloignée de Graham s'ils avaient eu un enfant ?

En un battement de cœur, elle réalisa que oui. Mais elle aurait pris l'enfant, aussi.

— Vous l'aimiez.

— Bien sûr que je l'aimais. Je la détestais aussi.

Elle se mordit la lèvre en entendant sa réponse.

— Et je ne sais pas comment lui pardonner.

Ces mots firent l'effet d'un étau au cœur d'Erin. Elle tendit la main et la posa sur son poignet chaud.

— Je suis désolé qu'elle vous ait quitté. Je suis désolée qu'elle soit morte.

Il plaça sa main sur la sienne, et ils se regardèrent avec toute la douleur de leur passé dans leurs yeux. Quelqu'un ouvrit la porte du refuge et l'incita à retirer sa main et à ouvrir la portière de la voiture. *Bon sang.* Ils étaient au travail, pas en rendez-vous.

— Ressaisis-toi, Erin, marmonna-t-elle, mais pas assez doucement.

Elle surprit Darsh en train de cacher un sourire.

À l'intérieur du refuge se trouvait un petit guichet d'accueil menant à une cafétéria avec une dizaine de tables rondes. Il n'y avait personne au bureau. Ils se dirigèrent donc vers la salle à manger. La moitié des tables étaient occupées malgré – ou à cause de – l'heure tardive. Les gens les regardaient et semblaient se déplacer presque imperceptiblement lorsqu'ils réalisaient qu'il s'agissait de flics. Seuls un ou deux d'entre eux semblaient être des sans-abri, mais elle savait que beaucoup de gens dormaient dans leur voiture, et par une nuit comme celle-ci, c'était aussi confortable que de se blottir dans le froid. Elle renifla. L'endroit sentait le riz bouilli et une sorte de curry parfumé.

— Je peux vous aider ?

L'homme qui s'approcha d'eux était grand, mais voûté, avec des yeux enfoncés et une mèche de cheveux gris sur la tête.

Erin ne put réprimer un frisson. Si elle faisait un casting pour un film et qu'elle avait besoin de quelqu'un pour jouer un tueur en série, elle l'aurait choisi lui.

— Oui. Nous recherchons la personne qui dirige le centre.

— C'est moi. Randolph Cane.

Il sourit, mais pour une raison quelconque, ce type lui donnait la chair de poule.

— Je suis l'inspectrice Donovan du FPPD.

Elle montra son badge pour ne pas avoir à lui serrer la main.

— Voici l'agent Singh du FBI. Nous aimerions vous poser quelques questions sur la nuit de lundi.

Il cligna des yeux, lentement.

— Venez dans la cuisine. Je finis de faire la vaisselle. Nous pourrons parler là-bas.

Avant qu'elle ait pu demander à s'entretenir avec lui dans un endroit plus privé, il tourna les talons et s'éloigna. Elle regarda Darsh. Son expression était amusée quand il lui fit signe de le suivre. Très bien.

Elle entra dans la cuisine où M. Cane enfilait des gants en caoutchouc jaune vif.

— Travailliez-vous lundi soir ?

Il s'arrêta alors qu'il récurait une grande marmite en acier inoxydable et fronça les sourcils.

— Non. Je ne travaille ni le dimanche ni le lundi.

Il leva les yeux et lui sourit.

— Mes dimanches, je les consacre à l'église, et le lundi, je rattrape mes tâches ménagères, puis je vais généralement au cinéma.

Quelque chose dans ses yeux enfoncés lui filait les jetons. D'habitude, elle aimait les personnes âgées, mais ce type lui donnait envie de reculer, la main sur son arme. Elle repoussa ce sentiment irrationnel et lui posa ses questions.

— Reconnaissez-vous cet homme ?

Elle lui montra la photo de Peter Zimmerman.

— Bien sûr. C'est Peter. Il n'est pas venu aujourd'hui. Il va bien ?

M. Cane fronça les sourcils. De l'eau savonneuse éclaboussa l'égouttoir alors qu'il retournait l'énorme casserole pour la mettre à sécher.

— Il vient ici régulièrement ? insista Erin.

Cane hocha la tête.

— Oui. Pour manger et prendre une douche de temps en temps.

Très occasionnellement, à en juger par l'odeur qu'il dégageait quand ils l'avaient coffré.

— Il a déjà dormi ici ? demanda Darsh.

M. Cane secoua la tête.

— Il pourrait, nous avons vingt lits, et nous sommes rarement complets, ce qui est une bénédiction, mais il refuse généralement à moins qu'il fasse dangereusement froid dehors. Il dit qu'il ne veut pas que les gens volent son coin.

Cane redressa ses épaules osseuses.

— Comme beaucoup de gens qui ont connu des moments difficiles, il n'est pas très confiant quand on dit vouloir l'aider.

— Vous savez d'où il vient ? demanda Erin.

M. Cane secoua la tête, et ses yeux devinrent tristes.

— Je ne demande pas plus que ce que les gens veulent offrir.

— Si vous n'étiez pas là lundi, pouvez-vous nous dire qui travaillait ? demanda-t-elle avec impatience.

Ce type ne leur apprenait rien.

Il forma un « O » avec ses lèvres en réfléchissant à sa question.

— Ça dépend. Je peux vérifier le planning, mais je pense que Roman était en charge du dîner ce soir-là. Roman Huxley.

— Le professeur Huxley ?

— Vous le connaissez ? C'est un homme merveilleux. Ses étudiants et lui donnent régulièrement un coup de main. Nous avons toujours besoin de bénévoles, déclara M. Cane de façon peu subtile.

Erin et sa famille avaient souvent aidé les refuges locaux et les banques alimentaires lorsqu'elle était jeune. Cela faisait partie de l'esprit communautaire du Queens, et aussi de l'église qu'ils fréquentaient. Elle ne l'avait pas fait ici, et elle allait rarement à l'église. Elle n'avait pas du tout essayé de s'intégrer à la communauté, ce qui pouvait expliquer pourquoi elle avait l'impression de ne pas être à sa place. Tout ce qu'elle voulait, c'était qu'on la laisse tranquille et, finalement, c'était ce qui s'était passé.

Erin consulta sa montre. Il était trop tard pour appeler le professeur maintenant. Elle vérifierait avec lui le lendemain. Histoire d'apaiser l'ego que Darsh avait froissé au déjeuner.

— Merci pour votre aide, M. Cane.

Erin lui tendit sa carte.

— Si vous pensez à autre chose…

— Peter n'a pas d'ennuis, n'est-ce pas ? C'est une belle âme, bien que torturée. Il ne ferait pas de mal à une mouche.

— Merci encore, dit Erin. On reste en contact.

— Il y a une boîte de dons sur le mur en sortant. N'hésitez pas à contribuer, leur lança Cane.

Erin sortit un billet de 20 et le glissa dans la boîte. Darsh fit de même.

Ils retournèrent à la voiture et en montant à l'intérieur, Erin enfonça sa tête contre l'appui-tête.

— Donc on n'a toujours rien.

— J'ai des gens qui fouillent dans le passé de Zimmerman, lui dit Darsh. On devrait en savoir plus d'ici demain matin. Où est le pont ?

— Continuez vers l'est.

Même si elle était fatiguée, elle devait déterminer si Peter Zimmerman pouvait vraiment être leur meurtrier. L'idée qu'il puisse y avoir une autre victime parce qu'elle était trop fatiguée pour faire son travail chassa sa somnolence.

Darsh conduisait dans la neige qui s'accumulait, avec les essuie-glaces à faible vitesse.

Ils demeurèrent silencieux, à l'exception des indications d'Erin. Après quelques minutes, elle vit le pont suspendu à une seule travée.

— Garez-vous là-bas.

Elle indiqua un embranchement situé juste devant, sur le côté droit de la route. Il y avait des traces dans la neige, mais pas de véhicules.

Il éteignit le moteur et ils sortirent du véhicule. La neige devenait de plus en plus épaisse. Des bois sombres bordaient l'autoroute.

Darsh se dirigea vers l'arrière du SUV et sortit quelque chose de son sac. Il alluma et éteignit une lumière. Une lampe de poche. Elle ne pensait pas qu'ils en auraient besoin, tant la neige était brillante.

— Combien de temps lui faudrait-il pour marcher de la mission jusqu'ici ? demanda Darsh.

— C'est à environ 1,5 km. Dix minutes, en supposant qu'il était sobre.

— Il l'était ?

Elle secoua la tête.

— Il a dit qu'il avait un rendez-vous avec une bouteille de vodka, mais on ne sait pas où il l'a eue ni quand il a commencé à boire.

Ils devaient retracer ses mouvements. Rapidement. Mais personne n'avait déclaré l'avoir vu. Peut-être qu'Huxley pourrait les aider.

— Il y a un chemin par là.

Darsh ouvrit la voie, gardant la lampe de poche éteinte tandis qu'ils suivaient les traces des flics et des techniciens de la Scientifique qui étaient passés plus tôt.

La forêt était mortellement silencieuse. Le seul bruit était le craquement des branches et le gémissement de la glace sur la rivière. Le bruit occasionnel d'une voiture sur l'autoroute lui rappelait qu'ils n'étaient pas si loin de la civilisation, même si cela lui semblait être à des millions de kilomètres.

Elle glissa sur une petite pente, et Darsh se retourna à temps pour la rattraper, la plaquant contre son corps.

— Doucement.

Le lien physique lui envoya des ondes de choc. Elle recula

et lutta pour retrouver son équilibre.

Le sentier s'éloignait du pont. Elle se dit qu'ils avaient dû se tromper de chemin lorsque Darsh s'arrêta soudain devant elle. Elle s'approcha de lui. Le chemin bifurquait, et lorsqu'ils regardèrent à gauche, ils virent la rive délimitée par du ruban jaune. Il alluma la lampe de poche, et ils passèrent sous la maigre délimitation. Le crissement de la neige sous leurs pieds marquait leur progression. Quelques instants plus tard, ils arrivèrent au niveau du pont. Le vide en dessous était noir comme l'enfer et tout aussi accueillant. La berge était glissante, et Erin faillit glisser à nouveau, mais Darsh l'attrapa par le bras et la hissa sur la pente devant lui.

— Attention.

Son cœur battait la chamade. Elle aurait aimé que son corps n'apprécie pas autant le contact de ses mains. Ils avancèrent sous le pont, et c'était comme entrer dans un autre monde. À l'abri du vent, l'air était humide et vicié, et l'odeur d'urine si forte qu'elle grimaça. Elle regarda autour d'elle pendant que Darsh braquait la lampe de poche dans tous les coins.

— On dirait que les gars de la Scientifique ont enlevé tout ce qu'ils pensaient être lié au campement de Peter Zimmerman.

L'expression de Darsh était incrédule.

— C'est dur d'imaginer que des vétérans vivent de cette façon.

— Il fuyait une accusation de conduite en état d'ivresse au Texas.

Darsh secoua la tête.

— Il fuyait peut-être, mais pas l'accusation de conduite en état d'ivresse.

Elle le regarda dans les yeux.

— Il fuyait ses démons.

— De sa période chez les Marines ?

Il leva les yeux, interrompant son examen de la terre, de la neige et du béton.

— Qui sait ? Nous avons tous nos démons, Erin. Parfois nous les chassons, parfois ce sont eux qui nous chassent.

— Et vous ? demanda-t-elle.

Il sourit.

— Je suis là, n'est-ce pas ?

Elle laissa échapper un petit rire qu'elle aurait aimé pouvoir contrôler.

— Est-ce qu'ils ont trouvé une arme de poing ? demanda-t-il.

— Non. Juste un couteau de poche.

Elle était sûre que les techniciens de la Scientifique l'auraient alertée s'ils avaient trouvé une autre arme.

Il fronça les sourcils.

— Alors où l'a-t-il cachée ?

— Pourquoi pensez-vous qu'il en avait une ?

— Parce que c'était un ancien Marine, et qu'il était vulnérable. Il avait forcément une arme à moins qu'elle ait été volée ou qu'il l'ait mise en gage pour de l'alcool. Pourquoi les flics l'ont-ils contrôlé d'ailleurs ?

— Je n'en ai aucune idée. Je suppose qu'ils cherchaient dans le coin le drap manquant de Cassie Bressinger.

— On est toujours dans les limites de la ville ?

Elle acquiesça.

— Le pont constitue la frontière.

Darsh observa le sol et fronça les sourcils. Il marcha sous le pont et sortit dans la forêt de l'autre côté. Elle ne savait pas à quoi il pensait, mais elle le suivit quand même. Elle détestait l'admettre, mais être seule dans les bois lui donnait la chair de poule.

Ils suivirent un chemin naturel entre les arbres. Au printemps, cette partie de la berge était inondée et jonchée de troncs d'arbres morts. Darsh secoua la tête et se dirigea vers la rivière gelée. Erin saisit son bras.

— Attention, le prévint-elle.

Un côté de ses lèvres se retroussa et il lui sourit.

— Inquiète pour moi ?

Elle lâcha son bras et déglutit, mal à l'aise. *Bon sang.*

— Ne vous attendez pas à ce que je vienne vous sauver.

Il grimpa sur la berge.

— Je pense qu'elle est bel et bien gelée.

Il s'avança sur la surface lisse, la testa avec son pied, puis marcha dessus et lui sourit.

— Je vous en prie, dit-elle d'une voix tremblante. Arrêtez. Je déteste la glace. Que faites-vous ?

— Je cherche son arme.

Il balayait la surface de la glace avec sa lampe de poche en retournant vers le campement de Peter. Elle suivit sa progression depuis la rive. Puis elle le repéra. Un éclat métallique sombre entre plusieurs morceaux de glace.

— Là-bas, dit-elle en tendant le doigt.

— Vous avez un sac à scellés ? demanda-t-il d'une voix calme.

À contrecœur, elle descendit sur la glace et s'approcha de lui. Son cœur vibrait de peur.

— Je suis tellement terrorisée que je suis presque sûr que mon corps est en train de regarder sur la rive. Je ne serais jamais aussi stupide pour m'aventurer là-dessus.

— J'assure vos arrières, Erin, dit-il en lui adressant un sourire. Je plongerais pour vous sauver.

Ses mots la frappèrent de manière inattendue, car sans qu'elle sache pourquoi, elle savait qu'ils étaient vrais. Et elle se dit que, juste pour cette fois, cela ne la dérangerait pas d'être sauvée par ce bel agent fédéral.

Elle lui tendit le sac à scellés, et il s'en servit pour sortir un vieux revolver de sa cachette.

— Il a vu les flics arriver, et il ne voulait pas se faire prendre avec une arme, dit Darsh.

— À cause de son mandat d'arrêt et de son souhait de rester incognito, acquiesça Erin.

— Qu'il a balayé d'un revers de la main en admettant le meurtre de deux étudiantes.

Darsh avait l'air en colère.

— Ça devrait faire l'affaire.

Darsh commença à marcher vers elle. En entendant la glace craquer, elle attrapa son bras et le poussa sur la berge. Il resta allongé dans la neige, riant, tandis qu'elle le regardait fixement depuis la rivière gelée.

La poitrine d'Erin se soulevait et s'abaissait rapidement. Si son pouls s'accélérait encore, elle risquait de faire une attaque.

— Je vous déteste.

Il tendit la main pour la ramener sur le chemin.

— Non, c'est faux.

— Si, c'est vrai.

— C'était du bon travail. Admettez-le.

Les mains sur les hanches, elle se tenait au-dessus de lui, toujours allongé.

— C'était un travail acceptable, concéda-t-elle. Mais je vous déteste toujours pour m'avoir fait peur.

Il se leva, et elle était reconnaissante qu'il fasse trop sombre pour qu'il puisse voir son expression. Il se pencha près de son oreille, et elle sentit son souffle sur son cou. Elle frissonna, mais ce n'était pas à cause du froid.

— Sacrément bon travail, dit-il.

Elle haussa les sourcils, l'air imperturbable.

— Vous essayez de m'impressionner ?

Il rit.

— Est-ce que ça marche ?

Elle secoua la tête, exaspérée.

— Tenez la lampe de poche.

Il la plaça entre ses mains gantées, puis récupéra l'arme dans sa poche. Il observa le pistolet, qui contenait six cartouches, puis le déchargea, le tout à travers le sachet plastique.

— Qu'est-ce que vous allez en faire ?

— Lui mettre l'arme sous le nez demain, et voir si on peut la relier à d'autres crimes. Qui sait, c'est peut-être notre homme.

Ils commencèrent à marcher jusqu'à son SUV. L'air froid s'engouffrait plus profondément dans les poumons d'Erin, rendant la montée plus difficile qu'elle n'aurait dû l'être. La douleur à la base de son crâne lui indiqua qu'il était temps de rentrer chez elle et de se reposer.

— Vous avez un endroit où dormir ce soir ?

Il avançait facilement, visiblement non affecté par le froid ou le terrain.

— Juste un rendez-vous avec ma chaise de bureau.

Elle sourit, mais ne lui dit pas que c'était *sa* chaise de bureau. Si elle le faisait, elle serait de retour sous son bureau le lendemain, et il chevaucherait la monstruosité en plastique qui lui avait été imposée.

Et il serait bientôt parti, si ce n'était le lendemain, alors dans quelques jours.

— Vous pouvez dormir chez moi.

Les mots sortirent avant qu'elle ne puisse s'en empêcher.

Il ralentit le pas et se retourna à moitié, les sourcils levés.

— Ne vous faites pas d'idées. Je ne vous propose pas une folle partie de jambes en l'air.

Il lui prit la main pour lui faire grimper une autre section raide. La lune brillait à travers les arbres, et elle dut éloigner ses yeux de ses lèvres. Elle dézippa sa veste. Elle avait soudain chaud et n'était pas sereine.

Il la lâcha. Sans répondre.

— J'ai deux chambres libres, mais pas de moyen transport. Vous me rendriez service en m'y emmenant.

Pourquoi insistait-elle ? Parce que c'était logique, et qu'elle n'était pas encore prête à lui dire au revoir.

— Je pourrais vous ramener chez vous et revenir vous chercher demain matin.

— Donc je vous laisse dormir dans votre bureau, alors que j'ai deux lits inutilisés à la maison ? Quel sens de l'hospitalité. Mais si vous ne voulez pas dormir chez moi… Merde, pour ce que j'en sais, vous m'avez peut-être menti et vous avez une petite amie qui n'apprécierait pas que vous passiez la nuit avec quelqu'un avec qui vous avez déjà couché.

— Pas de petite amie.

La longue pause la rendit hyper consciente du bruit de leurs pas dans la neige fraîche.

— Et je ne me souviens pas avoir beaucoup dormi il y a trois ans.

La chaleur envahit toutes les parties du corps d'Erin. Ils

arrivèrent à la voiture, et il démarra le moteur qui vrombit, au rythme de son cœur. Elle était reconnaissante qu'il fasse sombre dans la voiture, même si elle avait l'impression de manquer d'air. Elle n'allait pas faire l'amour avec ce type. Il pensait déjà qu'elle avait une morale douteuse, et elle s'était juré de ne plus jamais être vulnérable ou faible.

*Mais il allait bientôt partir...*

Elle ferma les yeux. Pour la première fois depuis des années, elle était tentée, mais elle ne serait pas assez stupide pour passer à l'acte. Elle avait retenu la leçon la dernière fois qu'ils s'étaient retrouvés tous les deux. Le sexe en lui-même avait été incroyable, mais les conséquences avaient été douloureuses et humiliantes. Hors de question qu'elle emprunte à nouveau cette voie.

# CHAPITRE QUINZE

DARSH SAVAIT EXACTEMENT ce qu'il voulait quand il suivit Erin dans la ferme isolée et solitaire qui lui servait de maison. Cela n'impliquait pas de dormir dans la chambre d'amis. Le clair de lune froid brillait à travers les minces rideaux de la cuisine, projetant une lumière sinistre sur un décor presque austère. Elle appuya sur l'interrupteur, mais rien ne se passa.

Les cheveux de Darsh se dressèrent sur sa nuque quand elle poussa un juron.

Il n'était probablement pas sain que son esprit se dirige immédiatement vers l'option « tueur en série », mais son travail l'inclinait à supposer le pire.

Erin pencha la tête, écoutant attentivement. Sa main droite se posa sur son arme, prouvant qu'il n'était pas le seul à être paranoïaque.

— La chaudière est toujours allumée, donc la maison est toujours alimentée en électricité.

Il entendit le bruit d'un tiroir qu'on ouvrait et vit le faisceau d'une lampe de poche parcourir le sol.

— Ça arrive souvent ? demanda-t-il.

— Non.

La tension crépitait entre eux. Sexuelle, personnelle, professionnelle. Elle était palpable. Ils pataugeaient dedans jusqu'au cou.

— Vous avez une autre lampe torche par ici ?

Il avait jeté la sienne avec son gilet à l'arrière de la voiture lorsqu'il avait pris le sac de voyage qu'il avait apporté.

— Une lampe torche ? demanda-t-elle avec curiosité.

— Une lampe de poche, traduisit-il.

Elle renifla.

— Le garçon peut quitter l'Angleterre, mais l'Angleterre ne peut pas quitter le garçon ?

Elle fouilla à nouveau dans le tiroir, et quelque chose frappa Darsh à l'estomac.

Il grogna en prenant la lampe.

— Merci.

Il l'alluma et éclaira de son faisceau l'immense cuisine.

— Ça ne vous dérange pas de vivre si loin des autres ?

Elle se dirigea vers une porte de l'autre côté de la cuisine. Elle grinça quand elle l'ouvrit.

— Il m'a fallu un peu de temps pour m'y habituer après avoir grandi dans le Queens, mais ça va maintenant. La maison hurle et gémit en hiver, mais je n'ai jamais de coupure d'électricité en temps normal.

— Vous pensez que c'est une coïncidence qu'il y ait un tueur en liberté ? demanda doucement Darsh.

— Le chef dit que nous avons le tueur en garde à vue.

Elle se dirigea vers sa cave plongée dans la pénombre.

— Mais vous n'y croyez pas.

Il descendit les marches raides derrière elle, SIG Sauer en main sans en éprouver aucune honte.

Elle se dirigea vers un disjoncteur, et il braqua la lampe de poche dans chaque interstice, derrière chaque carton.

— C'est bon.

La lumière de la cuisine vint éclairer les marches en bois.

— Les lumières de la cuisine et le sèche-linge sont sur le même circuit électrique. J'ai laissé le sèche-linge en marche ce matin après avoir lavé les draps et je suis sortie. Il a dû y avoir une coupure.

Il hocha la tête.

— On devrait peut-être vérifier la maison quand même ?

— Peur du croque-mitaine ?

— Ils existent, lui dit sincèrement Darsh.

— Vous ne pensez pas vraiment que quelqu'un me prendrait pour cible, n'est-ce pas ?

— Pourquoi prendre ce risque ?

— Il n'y avait pas de traces dans la neige.

— Il n'a commencé à neiger que cet après-midi. Quelqu'un aurait pu s'introduire plus tôt dans la journée et attendre que vous rentriez.

La neige était à la fois une bénédiction et une malédiction. Elle pouvait indiquer une visite récente, mais elle n'indiquait pas si quelqu'un se cachait dans votre placard ou était assis à un kilomètre de là dans un arbre avec son viseur aligné sur votre centre de gravité. Les gens devenaient complaisants, puis ils mouraient.

Elle sortit son arme.

— Très bien. D'accord. Maintenant que vous m'avez fait peur, je ne pourrai pas dormir avant qu'on ait vérifié de toute façon.

Ils se frayèrent un chemin à travers une énorme salle à manger, avec un luminaire fantaisie et pas grand-chose d'autre. Il y avait des taches de peinture sur le mur, mais elle n'avait manifestement pas encore décidé de la couleur. Un tapis de course se trouvait dans un coin et une chaîne hi-fi à côté, sur le sol.

Les pas de Darsh résonnaient sur le plancher.

— J'aime ce que vous avez fait de cet endroit, fit-il remarquer sèchement. Vous venez d'emménager ?

Elle marqua une pause, sur la défensive.

— Ça fait trois ans.

Le silence était sa meilleure option ici. Dans le salon, il y avait un canapé, mais aussi une douzaine de plaques de placoplâtre empilées contre le mur. Elle lui avait dit que cela avait représenté beaucoup de travail. Elle n'avait pas menti.

Ils montèrent à l'étage, et il garda les yeux en l'air pour ne pas se laisser distraire par le beau derrière d'Erin. En haut de la maison, le grenier était vide, à part l'isolation. De là, ils descendirent au deuxième étage et allèrent de pièce en pièce, armes dégainées, en tendant le bras avec une conscience accrue, pour vérifier les signes de la présence d'une autre personne dans la maison. Son entraînement permettait à Darsh de rester calme et alerte, même s'il n'y avait probablement personne dans la maison à part eux deux. Il avait appris lors de sa formation de tireur d'élite à ne jamais ignorer son instinct, surtout en matière de survie.

Ils terminèrent leur recherche dans la chambre principale. Il regarda sous le lit pendant qu'elle fouillait le placard. Il n'y avait personne. Ils étaient seuls. Debout dans la chambre avec la lumière du couloir qui éclairait la pièce. Il rengaina son arme et regarda autour de lui. La pièce était terminée et les murs peints. Un grand lit dominait la chambre, avec une tête de lit en bois massif et des draps blancs impeccables. *Ne pense pas au lit.*

— C'est joli.

— Merci.

Elle posa son Glock sur la table de chevet, puis s'assit sur le lit et retira ses bottes, les laissant tomber sur le sol avec un bruit sourd et fatigué.

*Elle* était vraiment jolie, sur ce lit qu'il ne regardait pas.

— Comme je l'ai dit, j'avais de grands espoirs d'être le prochain Mike Holmes. Il s'avère que je suis meilleure en démolition qu'en construction.

Il regarda le haut plafond, sachant qu'il devait partir. Il n'en avait pas envie.

— Pourquoi avoir acheté quelque chose d'aussi grand ?

Cette fois, elle rit de bon cœur, et cela le réchauffa à l'intérieur.

— J'ai grandi dans une maison avec trois chambres à coucher dans le Queens. J'ai quatre frères et une sœur et j'ai littéralement cru que j'allais suffoquer à cause du manque d'intimité et d'espace personnel quand j'étais adolescente, grimaça-t-elle avant de regarder autour d'elle. Il s'avère qu'on peut aussi avoir un excès d'espace.

— Vous pourriez sous-louer. Prendre un colocataire.

Le clair de lune qui passait à travers les rideaux ouverts lui donnait l'air d'une princesse de glace.

— En tant que personne la plus impopulaire de Forbes Pines l'année dernière, je pense que trouver un colocataire serait assez improbable. En plus, je tiens à mon intimité.

Elle se leva et marcha vers lui.

— Laissez-moi vous montrer où vous pouvez dormir.

Il ne dit rien. Il voulait rester là. Avec elle. Il n'avait pas réalisé à quel point il en avait envie avant de la voir assise sur ce lit. Ses pensées devaient se lire sur son visage, car elle déglutit et s'éloigna de lui. Elle se dirigea vers la fenêtre qui donnait sur son jardin, et serra ses bras autour d'elle.

— Ce n'est pas une bonne idée. La dernière fois, ça ne s'est pas bien terminé.

— Alors faisons en sorte que la fin soit meilleure cette fois.

Sa voix était rauque, même à ses propres oreilles.

Elle eut un petit rire amer qui lui retourna les tripes.

— Vous voulez juste vous envoyer en l'air.

— Non.

Elle le regarda d'un air sceptique.

— Non. Je suis plus que capable de prendre mon pied à n'importe quelle heure du jour ou de la nuit si je le veux.

Il plongea son regard dans ses grands yeux qui semblaient si incertains.

— Tu *sais* que tu m'attires, se lança-t-il, jugeant le tutoiement plus adapté à l'intensité de la situation. J'ai été attiré par toi dès qu'on s'est rencontrés. Rien n'a changé.

Des plis se creusèrent entre les sourcils d'Erin. Soudain, elle semblait délicate et presque éthérée dans le clair de lune.

— Je ne veux pas d'engagement, Darsh. J'ai assez de choses à faire dans ma vie.

Sa voix était faible. Presque un murmure.

Elle ne ressemblait pas à l'Erin Donovan qu'il avait appris à connaître. Elle avait l'air abattue, comme si elle avait renoncé aux relations, même purement physiques.

— À cause de ton ex ?

Elle pinça les lèvres.

— Peut-être, admit-elle.

Cela l'énervait qu'elle laisse ce bâtard lui gâcher la vie depuis l'outre-tombe.

— Il y a des chances que je rentre chez moi demain, donc il n'y aura vraiment pas d'attaches.

Certes, il avait demandé à rester plus longtemps, mais elle

n'avait pas besoin de le savoir. Que le procureur pense ou non que ce vagabond était coupable, il y avait une date d'expiration à son séjour.

Et même si les affaires étaient liées, même si Hawke avait été piégé, il ne pensait pas qu'Erin avait été en faute lors de la dernière enquête, et il était prêt à le dire publiquement. Elle avait tout fait dans les règles et était une sacrément bonne inspectrice. Le fait qu'elle se dirigeait vers le refuge lorsqu'il l'avait surprise en train de partir plus tôt prouvait qu'elle ne prenait pas les choses au pied de la lettre. Mais il ne pensait pas que c'était à propos de son travail.

— Ça remonte à quand la dernière fois que tu as eu une relation avec quelqu'un ?

Elle se frotta le bras, et il la vit déglutir bruyamment.

— Je n'appellerais pas exactement ça une relation.

— Un autre coup d'un soir ?

Il sentit la jalousie l'envahir, ce qui était stupide, car il avait eu des aventures et des relations de courte durée avec d'autres femmes depuis Erin. Trois ans, c'était long, et il ne s'attendait pas à la revoir.

Elle croisa son regard.

— Pas *un autre* coup d'un soir.

Il fronça les sourcils, ne comprenant pas immédiatement. Puis sa bouche devint sèche.

— Tu n'as pas fait l'amour depuis la soirée qu'on a passée ensemble ?

Et il l'avait accusée d'être celle aux mœurs légères ?

Elle se mordit la lèvre et se détourna.

— Pourquoi n'es-tu sortie avec personne ?

Elle rentra les épaules.

— Ce n'est pas illégal d'être célibataire.

— Ça devrait l'être, pour quelqu'un comme toi.

Il essaya de garder un ton léger. L'apparence plaisante d'Erin Donovan renfermait un profond puits de douleur, douleur qu'il avait renforcée en se comportant en un connard moralisateur.

Elle se retourna et leva les yeux au ciel.

— C'est la chose la plus stupide que tu m'aies dite, et crois-moi, tu m'en as dit des conneries.

Il se débarrassa de sa lourde veste et la posa sur le dossier d'une chaise voisine, puis il s'approcha d'Erin. Dehors, c'était un paradis hivernal. Dedans, l'atmosphère était cosy et intimiste. Il tendit la main pour toucher doucement le haut de son bras.

— Pourquoi tu n'es sortie avec personne ? Regarde-moi.

Il ne comptait pas laisser tomber. Elle était trop jeune et trop combative pour fuir un aspect aussi important de la vie.

— Qu'est-ce que ton ex t'a fait ?

Elle frémit.

— Dis-moi, parce que je sais que ce que toi et moi avons fait ensemble ne t'a pas laissé de cicatrices.

Il baissa la voix et glissa une mèche de cheveux derrière son oreille.

— Je rêve encore de nos moments ensemble.

Elle le fixait, cherchant la vérité dans ses propos. Il fit en sorte qu'elle la voit sur son visage, dans ses yeux.

Elle se retira et inspira en tremblant. Il pensait qu'elle allait lui dire de s'occuper de ses affaires comme elle le faisait habituellement. Au lieu de cela, elle serra ses bras plus fort autour d'elle et s'appuya contre le mur.

— Graham était du type macho – il aimait la bière, les armes. Un vrai mec, mais toujours avec un faible pour la gent féminine. Un peu comme toi.

Il haussa les sourcils. C'était peut-être vrai en apparence, mais il ne se résumait pas à cela.

— C'était un type bien, ou du moins il semblait l'être au début. On a eu une histoire d'amour passionnée. Intense. Il m'était complètement dévoué, et j'avais l'impression d'être la femme la plus chanceuse du monde. Les choses ont changé après notre mariage. Au début, c'était mon travail. Pourquoi je ne démissionnais pas pour qu'on ait un bébé ?

La douleur lui plissait les coins des yeux.

— Je voulais des enfants un jour, mais j'étais entièrement dévouée à ma carrière à ce moment-là. Je voulais devenir inspectrice avant d'envisager d'avoir un bébé.

Darsh la laissa parler. Elle se livrait enfin. Le barrage s'était rompu et l'eau s'écoulait à flots.

— Puis il a commencé à s'énerver au sujet de mes potes qui étaient pour la plupart des gars du boulot. J'ai ignoré les signes avant-coureurs, même quand il a commencé à me dire qu'il n'aimait pas que je passe autant de temps avec ma famille, puis il a commencé à suivre tous mes mouvements. Mais la première fois qu'il m'a frappée, ça a été dévastateur.

Darsh voulait la serrer contre lui. Il se força à se retenir, pour ne pas l'effrayer ou l'étouffer.

— La première fois ?

La rage l'envahit, mais il la repoussa. Ce n'était pas à propos de lui.

— Pourquoi tu ne l'as pas quitté ? Tu aurais pu le dénoncer.

Il passa ses bras autour d'elle, et elle s'appuya contre son torse, sa joue contre son cœur.

— Il aurait perdu son travail et je… j'avais honte.

Elle laissa échapper un rire qui ressemblait à un sanglot.

— J'étais habituée aux affaires de violence conjugale. J'en avais traité des centaines, voire des milliers. La femme ne porte jamais plainte, et les flics finissent par y retourner semaine après semaine jusqu'à ce que l'un d'eux tue l'autre, ou que l'un d'eux soit arrêté pour autre chose.

Il sentait son souffle chaud à travers sa chemise, lui caressant sa peau.

— Après que Graham m'a frappé, il s'est effondré en pleurs. C'était un gros macho. Je ne l'avais jamais vu pleurer avant. Il était dévasté de s'être emporté. Il venait d'une famille ouvrière pauvre où son père réglait tous ses problèmes à coups de poing. Je le savais dès le début de notre relation, mais je n'avais pas réalisé que Graham abordait les choses de la même manière.

Elle recula et essuya ses larmes, mais sans le regarder.

— Je lui ai dit que si ça se reproduisait, je le quitterais, mais j'aurais dû le faire à ce moment-là, la première fois. Je le savais, mais cette foutue culpabilité catholique m'en a empêchée.

Darsh conserva le silence, la laissant parler. La laissant se délester de toute cette laideur.

— Donc, un beau jour de septembre, il rentre à la maison près une journée de travail merdique, et il commence à chercher la bagarre. Je savais que ça allait mal tourner, mais quelque chose en moi avait besoin que ça se passe. Il prend mon portable et parcourt mes messages comme un père surprotecteur. Un de mes amis m'avait envoyé un smiley en forme de cœur dans le cadre d'une conversation, inoffensive. Ça ne voulait rien dire, mais Graham a pété les plombs.

Elle secoua la tête, et Darsh ne put s'empêcher de glisser

ses doigts dans ses cheveux soyeux, essayant de calmer son agitation.

— Il m'a encore frappée. Il a essayé de me prendre de force – *heureusement que cet enfoiré était mort* –, mais je ne me suis pas retenue cette fois. Je me suis débattue de toutes mes forces. Il m'a cassé deux côtes, mais j'avais travaillé avec un instructeur d'arts martiaux. Je lui ai tenu tête. Il ne s'y attendait pas. Je lui ai botté le cul et quand il était à terre, je me suis enfuie de cette maison plus vite qu'on peut dire « procédure de divorce ». J'ai été soignée par un médecin que je connaissais du lycée et je suis rentrée chez mes parents.

Darsh serra la taille de la jeune femme, l'attirant plus près.

— Il est venu le lendemain avec des fleurs et une histoire inventée sur notre « petite » dispute. Mais j'avais dit à mes parents la vérité sur ce qui s'était passé à ce moment-là – il ne s'attendait pas à ce que je fasse ça. Il s'attendait à ce que j'aie trop honte pour l'admettre, comme si *j'*avais fait quelque chose de mal. Mon père et mes frères étaient tous là à l'attendre dans notre petite entrée. Cinq flics durs à cuire avec une rancune personnelle.

Le coin de sa bouche se recourba.

— Disons qu'il a eu de la chance de s'en sortir vivant, et il le savait. Après ça, j'ai commencé à recevoir des messages incessants sur le fait qu'il était désolé – comme quand j'étais à Quantico cette nuit-là.

Elle avait reçu une dizaine de textos à quatre heures du matin, et c'était ainsi que le sujet du mari avait été abordé.

— Puis, voyant que je ne réagissais pas, il a changé de stratégie, en commençant à dire que si je ne rentrais pas à la maison pour lui, il allait se suicider.

Il y avait des larmes dans sa voix.

— Et puis il l'a fait.

Il la serra encore plus fort. Elle se sentait bien, blottie sous son menton. Comme si elle était à sa place.

— Alors, qu'est-ce que j'étais ? demanda-t-il après quelques instants de silence. Une sorte de déclaration d'indépendance ?

Elle rit, mais la façon dont elle s'accrochait à sa chemise et refusait de lever les yeux noua quelque chose dans la poitrine de Darsh.

— C'est exactement ce que tu étais. Je suis allée dans ce bar déterminée à reprendre le contrôle de ma vie et de mon corps. Quand tu es entré…

Elle leva enfin les yeux et croisa son regard.

— Eh bien, tu sais ce qui s'est passé ensuite.

Elle se lécha les lèvres, et Darsh suivit le mouvement des yeux. Il y a trois ans, il avait été aveuglé par la belle blonde qui lui souriait dans ce bar. À présent, il savait quel genre de personne elle était, travailleuse, intelligente, dévouée. Elle l'épatait.

— C'est pour ça que tu t'entends si bien avec les victimes, tu sais, dit-il.

La lueur vacilla dans ses yeux.

— Je n'aime pas être considérée comme une victime.

— Tu es une survivante, pas une victime. Il y a une différence. Il passa un doigt sur sa joue. Chaque particule dans la pièce semblait s'ioniser et s'électrifier.

— C'est une très mauvaise idée, dit-elle d'une voix grave.

— Je te suis.

Mais il ne l'écartait pas du processus de décision. Il était très clair qu'il avait envie d'elle. La preuve était pressée contre son ventre. Et il était incapable de la laisser seule. Il lui tournait autour comme une planète autour de son étoile depuis qu'il était arrivé, et il avait beau se dire que c'était pour l'affaire, c'était un mensonge. Et il voulait se rapprocher encore. Et *pas qu'un peu*. Mais il ne comptait pas lui mettre la pression. En tant que femme qui aimait pouvoir s'éloigner, il était important qu'elle choisisse de venir à lui.

Elle se laissa aller dans ses bras et il se prépara à être déçu. Il n'allait pas tenter de la faire changer d'avis. Pas aujourd'hui. Pas après ce qu'elle lui avait dit sur le connard qu'elle avait épousé. Il y avait un million de raisons pour qu'elle le rejette et la plupart d'entre elles étaient bien plus logiques que de céder à cette attirance malheureuse.

Elle fit glisser ses mains sur sa mâchoire et caressa sa lèvre inférieure de son pouce.

— D'accord.

— *D'accord ?*

Elle acquiesça.

*Feu vert.*

Il la souleva pour que ses yeux soient au niveau des siens. Il voulait sa bouche, ces douces lèvres. Il la voulait nue dans ses bras. Mais il ne voulait pas précipiter les choses. Elle enroula ses jambes autour de ses hanches, et il la maintint en place avec une main sur ses fesses et la plaqua contre le mur.

— Tu es sûre ?

Il toucha sa poitrine, et elle se cambra sous ses doigts.

— Seulement si c'est aussi bien que la dernière fois.

Elle aspira l'air entre ses dents lorsqu'il trouva son téton à travers le tissu de ses vêtements et pinça doucement son bout sensible.

— Ça ne sera jamais aussi bon que la dernière fois.

— Alors on ferait mieux de se préparer à être déçus. Mais

au moins, on aura essayé.

Elle s'approcha de sa bouche. De petits baisers taquinant ses lèvres, mais sans jamais atteindre la cible. Le rendant fou de désir.

Finalement, il attrapa sa mâchoire dans sa main tandis qu'il prenait sa bouche. Ses lèvres étaient chaudes, douces. Elle les entrouvrit lentement, le forçant à donner du sien pour pouvoir vraiment la goûter. Il fit glisser sa langue dans sa bouche et elle gémit, pressant son bas-ventre contre son érection. Il approfondit le baiser, cherchant ses lèvres des siennes, caressant sa langue, goûtant la douce essence d'Erin Donovan.

Et soudain, le désir l'envahit comme une supernova, et elle le ressentit aussi.

Les doigts frénétiques de Darsh déboutonnèrent la chemise d'Erin, et il la fit glisser de ses épaules, coinçant ses bras derrière son dos alors qu'elle essayait de l'enlever. Le soutien-gorge blanc en dentelle qui avait éveillé ses sens toute la journée était incroyable sur sa peau pâle et lisse. Il baissa le bonnet de son soutien-gorge pour exposer un mamelon rose. Il le coinça entre ses doigts et le suça.

— Ce n'est pas fair-play.

Elle gémit, le serrant plus fort avec ses jambes, luttant toujours contre ses manches qui lui maintenaient les bras dans le dos.

— Pourquoi jouer fair-play ? demanda-t-il honnêtement, appréciant le goût de son corps, incapable de croire qu'ils remettaient ça.

Jusqu'à présent, c'était aussi bon que la fois précédente.

Il remarqua une bande de peau encore plus pâle.

— Des marques de bronzage ?

Il passa sa langue dessus.

— Oui, haleta-t-elle.

— N'hésite pas à me dire si tu n'aimes pas quelque chose, fit-il en souriant contre sa peau. Et j'arrêterai.

Ses doigts s'accrochèrent à lui.

— D'accord. Mais s'il te plaît, ne t'arrête pas.

Il libéra son autre sein et joua avec son téton. Il aimait le voir durcir et scintiller à la lumière de la lune. C'était magnifique. Il souffla sur son mamelon humide et elle frissonna. Très réactive.

Il tira sur les manches de sa chemise jusqu'à la lui ôter complètement. Elle tendit la main dans son dos pour attraper l'attache de son soutien-gorge, et il le lui arracha et le jeta par terre. Elle se retrouva alors à moitié nue dans ses bras.

— On va y aller très, très doucement.

— Non.

Elle enfonça ses doigts dans ses cheveux et l'embrassa à pleine bouche, avant de reculer.

— Je ne veux pas de douceur. Je veux que tu me prennes contre le mur. Là, maintenant.

Elle mordilla sa lèvre inférieure.

— Tout de suite.

Ses paroles l'excitaient tellement que ses mains tremblaient, mais qui était-il pour discuter avec une femme qui n'avait pas fait l'amour depuis trois ans ? Elle remit les pieds par terre et attrapa sa ceinture en cuir, qu'elle lui ôta d'un coup sec.

— Tu as un préservatif ?

Il déglutit et hocha la tête.

Une vague de chaleur l'envahit tandis qu'il la regardait le libérer de son pantalon. La sensation et la vue de ses petites mains le caressant le poussèrent presque à bout. Il trouva un préservatif dans son portefeuille et le lui tendit. Il descendit le pantalon d'Erin et elle l'enleva, ainsi que ses chaussettes, jusqu'à ce qu'elle ne soit plus qu'en string en dentelle blanche. Elle voulut l'enlever, mais il l'arrêta en lui serrant fermement le poignet.

— Garde-le.

Il lui prit le préservatif de ses mains tremblantes et l'enfila. Il était presque entièrement habillé, mais elle était appuyée presque nue contre le mur. Elle semblait être la chose la plus sexy sur laquelle il ait jamais posé les yeux.

Elle soutint son regard, le suppliant de lui donner ce qu'elle avait demandé.

Il se rapprocha, et elle enroula une jambe autour de sa taille. Elle était si minuscule et si parfaite. Il savait qu'elle était résistante, mais il ne voulait pas la blesser. Il écarta sa culotte et glissa un doigt dans son intimité chaude et humide. Puis il la souleva, elle enroula ses deux jambes autour de lui, et il s'enfonça si profondément en elle qu'il fut aveuglé par le plaisir.

Il enchaîna les coups de reins, encore et encore, s'enfonçant dans son corps si agréable, sentant l'excitation d'Erin grandir, sentant son *désir* ardent. Cette femme qui n'avait pas fait l'amour depuis trois ans voulait se faire prendre avec force contre le mur. Il aurait presque souri, mais c'était trop d'effort. Les ongles d'Erin s'enfonçaient dans son cou, la sueur les rendait tous deux glissants, mais il ne la laisserait pas tomber. Il s'écrasa contre elle, la soulevant plus haut et lui donnant ce qu'elle voulait. Il sentait ses muscles autour de lui, le serrant fort.

Il voulait se retenir. Il voulait la traiter avec révérence, mais il ne pouvait plus ralentir. Elle croisa son regard. L'exhortant à continuer.

— Fais-le.

Une partie de lui aurait voulu la maudire pour le réduire à un animal en rut, mais l'expression de son visage n'était ni scabreuse ni obscène. C'était du désir et de l'envie.

Il la maintint fermement et la pénétra, encore et encore, sentant son excitation monter à nouveau, entendant ses cris de passion quand elle atteignit le point de non-retour, et son propre orgasme explosa tandis qu'elle se contractait autour de lui.

Après quelques instants d'épuisement suite à l'un des meilleurs orgasmes de sa vie, il posa son front contre le sien, son cœur battant la chamade se calmant lentement.

— Tu es magnifique, chuchota-t-il en caressant son oreille du bout de son nez.

Elle rit.

— La gravité a opéré quelques ajustements ces trois dernières années, mais merci de ne pas l'avoir remarqué.

— La gravité te va bien. Heureusement, ça n'affecte pas les gars de la même manière.

Il fit bouger son sexe encore dur en elle.

— Dieu merci, murmura-t-elle, ramenant sa bouche vers la sienne en tirant sur ses cheveux.

Il l'embrassa à nouveau, savourant sa saveur, la chaleur de sa chair, l'espièglerie qui échappait à son comportement habituellement très contrôlé.

La vérité, c'était qu'elle était mieux maintenant que trois ans plus tôt. Elle était plus maigre à l'époque, à cause du stress, réalisa-t-il avec un regard neuf. Ses courbes étaient plus douces. Elle passa ses mains sur sa chemise et commença à desserrer sa cravate. Il portait toujours sa veste de costume. La vue de leurs deux corps encore joints lui donnait encore envie d'elle. Dans un lit, cette fois. Doucement. Complètement. Paresseusement.

Il se retira, la remit prudemment sur ses pieds et se débarrassa du préservatif. Il ferma le bouton de son pantalon, se forçant à ralentir les choses, à savourer et à apprécier le moment. Il retira sa veste de costume et la laissa tomber par terre. Elle défit le nœud de sa cravate et la fit glisser lentement du col de sa chemise. Sa peau bourdonnait là où elle le touchait. Elle se mordit la lèvre en défaisant le premier bouton de sa chemise, puis le suivant.

Enfin, quand ils furent tous défaits, elle passa les mains sur son torse nu. Elle toucha la balle qu'il portait autour du cou. D'habitude, il l'enlevait avant un rendez-vous, mais il n'avait pas vraiment prévu la tournure qu'allaient prendre les choses.

— Des munitions de rechange ? demanda-t-elle sur le ton de la plaisanterie, mais il y avait de la curiosité dans ses yeux.

Il saisit ses doigts et les referma autour du métal chaud. Il était difficile de mettre des mots sur ce que ce talisman représentait pour lui.

— Une vieille superstition de sniper.

— Tu ne la portais pas la dernière fois.

Le fait qu'elle s'en souvienne prouvait bien que cette nuit-là avait signifié quelque chose pour elle. Le fait qu'elle n'ait été avec personne depuis signifiait que ça avait été spécial.

— C'est une balle qui prouve mon statut de HOG, expliqua-t-il.

— De quoi ?

Elle fronça les sourcils en examinant la balle de 7,62 mm.

— C'est un acronyme. Tu sais combien les militaires aiment les acronymes.

— Qu'est-ce que ça veut dire ?

Elle leva les yeux vers lui. Le fait qu'elle soit pratiquement nue distrayait son petit cerveau.

Ce n'était probablement pas le meilleur moment pour lui rappeler qu'il était un véritable tueur professionnel. Il hésita, se racla la gorge, se demandant comment elle allait réagir.

— HOG veut dire Hunter of Gunmen – Chasseur de tireurs. C'est une tradition pour les diplômés de l'école des tireurs d'élite.

L'idée qu'il ait déjà tué excitait certaines femmes. Et en rebutait d'autres.

Erin avait l'air sombre, mais pas horrifiée. Elle portait une arme aussi.

— Tu connais ce vieux dicton qui dit que tout le monde a une balle avec son nom dessus ? C'est censé être la mienne.

Il la porta rapidement à ses lèvres. Elle représentait plus que ça pour lui, mais il ne l'admettrait jamais à voix haute. Travail acharné, fraternité, sacrifice et honneur.

— Ça nous aide à croire que nous sommes invincibles.

Les pupilles d'Erin s'élargirent lorsqu'elle leva les yeux vers lui.

— Tu étais doué, n'est-ce pas ?

— Pendant un moment, mais ce n'était pas ce que je voulais faire de ma vie.

Sa gorge se serra. Ironique. Être un tireur d'élite, c'était laisser ses émotions derrière soi et devenir une machine à tuer.

Ses mains s'attardèrent sur le collier pendant un moment, puis elle les fit glisser sur sa poitrine.

— J'aime ta peau.

Elle pressa ses lèvres au-dessus de son mamelon.

Il engloba sa poitrine dans ses mains.

— J'aime *ta* peau.

Elle fit passer ses mains sur son torse.

— Tu as un corps de rêve. Tous ces beaux muscles que j'aimerais explorer.

Il lui pinça le téton entre le pouce et l'index juste assez fort pour qu'elle halète.

— Et j'aime tes mains, dit-elle en riant.

Il sourit.

— Vraiment ?

— Clairement.

Il baissa sa bouche vers ses seins à nouveau. Ses mamelons étaient doux, succulents, comme des framboises. Le creux de sa clavicule était ridiculement attirant. Il grignota son corps de baisers, sans savoir quelle partie il préférait. Son corps ? Ou son cerveau ?

— Et j'aime beaucoup ta bouche.

Elle s'appuya contre le mur, ses cheveux tombant comme un nuage autour de ses épaules alors qu'il la soutenait. Elle regarda le plafond et ferma les yeux alors qu'il commençait à faire lentement l'amour à son corps. Elle commença à gémir, ses doigts s'enfonçant dans son cuir chevelu.

— Je veux te sentir en moi.

Il la prit dans ses bras et la porta jusqu'au lit. Il s'assit sur le bord du matelas, et elle pivota sur ses genoux, le pressant contre le couvre-lit en coton. Ses cheveux effleurèrent la peau de Darsh et en un instant, il fut catapulté trois ans en arrière, au moment où il l'avait vue pour la première fois. À l'époque, c'était la femme la plus belle qu'il ait jamais rencontrée. Cela n'avait pas changé.

Il les déplaça tous les deux plus loin sur le matelas et

s'approcha d'elle, mais elle esquiva.

— Pas encore. Je veux y aller doucement.

Il soutint son regard.

— Tu vas me rendre fou. Et je vais te supplier pour en avoir plus.

— C'est l'idée.

Elle tira sur son pantalon, et il bougea les hanches pour l'aider à l'enlever, ainsi que son caleçon. Il enleva ses chaussettes et se retrouva complètement nu sur le lit, à sa merci.

Elle embrassa son torse et joua avec ses mamelons. Son front se couvrit de sueur. Il n'était pas sûr de pouvoir tenir si elle posait ses lèvres sur lui, mais il était prêt à tenter le coup. Elle commença à descendre le long de son corps et il se mit à trembler. Les souvenirs s'étaient estompés par rapport à la réalité, et ces souvenirs lui avaient tenu compagnie lors de nombreuses nuits solitaires dans des chambres d'hôtel anonymes.

Au moment où ses lèvres chaudes le prirent en bouche, il sut qu'il était condamné. Il commença à réciter des calculs de vent et de distance dans sa tête, essayant de se rappeler la force de Coriolis à cette latitude, s'éloignant d'elle en sentant qu'elle l'emmenait trop près du bord.

Les lèvres d'Erin se retroussèrent en un sourire espiègle.

— J'ai fait quelque chose de mal ?

— Tu es parfaite. Tu devrais déjà le savoir.

Il la fit remonter et s'allonger à côté de lui, traçant de ses doigts la peau pâle de ses seins, la peau bronzée de ses bras.

— Je veux profiter au maximum de cette soirée.

Il prit à nouveau son visage entre ses mains. Il se pencha jusqu'à ce qu'il puisse effleurer ses lèvres des siennes.

— Je suis content de t'avoir retrouvée. Je suis désolé

d'avoir été un tel crétin la dernière fois.

Elle sourit tristement.

— J'aurais *pu* te dire que je lui avais remis les papiers du divorce.

— Pourquoi ne pas l'avoir fait ?

Il ramena les cheveux d'Erin derrière sa nuque, absorbé par le jeu de lumière sur son visage.

— Je suppose que te donner une raison de me quitter rendait les choses plus faciles.

— Tu m'as laissé croire le pire, l'admonesta-t-il.

— Tu as dit que tu étais un Marine et j'étais toujours officiellement mariée. J'avais peur que tu aies des problèmes et que ce soit ma faute.

Il grimaça.

— Je n'aurais pas dû te mentir, mais j'étais censé faire profil bas pour une opération d'infiltration de terroristes islamiques.

— Ah, la fameuse « sécurité nationale ». Maintenant, je me sens encore plus coupable.

Elle passa ses mains sur son corps, prenant un malin plaisir à le toucher. Il la laissa l'explorer, même s'il avait envie de s'enfouir à nouveau en elle.

— Je t'ai utilisé pour le sexe, murmura-t-elle. Je suis catholique. Crois-moi, je n'ai pas encore surmonté la culpabilité.

— Tu m'as utilisé pour te donner du pouvoir. Et je suis pour l'émancipation des femmes.

Ses doigts se dirigèrent vers sa culotte, et il fit glisser le tissu le long de ses jambes. Elle la jeta dans la pièce d'un coup de pied, et il passa sa main sur son pubis.

— Utilise-moi encore.

Il l'embrassa quand elle s'ouvrit à lui. Il les fit pivoter pour qu'elle soit à cheval sur lui, et elle se pressa contre sa tige rigide. Il retint un gémissement.

— Tu es sûre ?

Elle le cherchait.

Il attrapa ses poignets et regarda fixement ses yeux sombres.

— Je suis sûre, bébé. Prends ce que tu veux. Autant que tu veux. Aussi longtemps que tu le veux.

# CHAPITRE SEIZE

IL RESTA TAPI dans l'ombre bien après qu'ils eurent disparu. Il appuya sa paume contre l'écorce rugueuse de l'érable, utilisant l'arbre pour rester debout alors que sa vie et ses projets s'effilochaient. Sa trahison se propageait dans son sang, la douleur résonnant à chaque battement de cœur.

Faire ça avec un autre homme dans leur maison… Il avait l'impression qu'elle l'avait poignardé en plein cœur.

La nausée grondait dans son estomac, et il dut déglutir à plusieurs reprises pour ne pas vomir.

Il avait pensé qu'elle se réservait pour lui. Après ce qu'elle avait vécu avec son mari, il avait supposé qu'elle avait besoin d'une longue, lente et romantique cour. Pas d'être baisée contre le mur par un quasi étranger.

Un cri traversa son esprit et émergea sous la forme d'un grondement qu'il interrompit avant qu'il ne puisse le trahir, porté par le vent. *Ils* étaient censés être ensemble.

Il leva les yeux vers la fenêtre et la douleur se transforma en colère. Il voulait être celui qui la sauverait. Qui l'adorerait. Il écrasa son poing contre l'écorce. Elle était censée travailler sur un putain d'homicide, pas se comporter en putain avec un agent du FBI.

La fureur vibrait dans ses muscles. Il voulait tellement la punir. La blesser. Faire qu'elle le *voie*. Qu'elle le supplie de lui pardonner. Lui dire qu'il était le seul qu'elle voulait, le seul qu'elle voudrait jamais. La tentation d'entrer et de les tuer tous les deux était presque écrasante. Mais il se retint. Le fédéral ne resterait pas là bien longtemps.

S'il pouvait tuer ce bâtard et s'en tirer, il le ferait. Mais le meurtre d'un agent du FBI lui attirerait les foudres des autorités fédérales, et il n'aurait jamais Erin.

Il n'était pas stupide. Ni impétueux.

Mais il en avait assez d'attendre.

Elle était *à lui*. Et elle méritait d'être punie.

Il ferma les yeux, et le souvenir traversa son esprit comme une cicatrice rétinienne. Son père criant sur sa mère une fraction de seconde avant de la tuer. Il aurait juré avoir senti les éclaboussures de sang sur sa joue quand la tête de sa mère avait explosé.

C'était comme ça qu'il avait su qu'Erin était la bonne. Partager une expérience aussi profonde avait été le signe qu'elle était la femme qu'il attendait, et il ferait tout pour l'avoir.

Mais d'abord, il allait lui faire regretter de ne pas être morte.

Le sang se dissolvait sur sa langue tandis qu'il suçait ses articulations abîmées. Comment attirer son attention ? Comment faire pour qu'elle souffre autant que lui ? Une image du procès lui traversa l'esprit, et il sut exactement ce qu'il devait faire. Lui faire regretter d'avoir détourné son regard du prix. Lui faire comprendre que les erreurs avaient des répercussions, et que les répercussions pouvaient faire aussi mal que la trahison d'une pute.

———————

ERIN N'ARRIVAIT PAS à y croire. Tout son être bourdonnait d'un étrange mélange de satisfaction et d'excitation. Elle était nerveuse à l'idée d'avoir oublié comment faire. Elle avait peur que ce ne soit pas aussi bon que dans ses souvenirs. Mais ça l'avait été.

Chaque sensation était nouvelle et fascinante. Elle déposa des baisers le long de sa gorge, taquinant son cou musclé. Le contraste entre le ton plus foncé de la peau de Darsh et son corps à elle, beaucoup plus pâle lui rappelait les plages de sable blanc et le soleil brûlant. Son corps était affûté et en forme, laissant apparaître des muscles qu'elle mourait d'envie de toucher et de goûter. Elle passa ses doigts dans des cheveux soyeux, sur ses épaules puissantes, ses clavicules solides et ses abdominaux bien définis recouverts d'une peau chaude et bronzée. Même son nombril lui donnait envie de plonger sa langue dedans pour le goûter.

Ses doigts effleurèrent un endroit rugueux. Une cicatrice. Elle ne l'avait pas remarqué la fois précédente, mais cette nuit-là, elle avait simplement voulu reprendre sa vie en main, et elle n'avait pas pensé à autre chose qu'au sourire malicieux et à la beauté folle de Darsh.

Elle l'avait utilisé sans se soucier de ses émotions.

— Que s'est-il passé ? demanda-t-elle d'un ton bourru.

Il déplaça son bras pour voir ce qu'elle regardait.

— Une balle.

— Je vois ça.

Elle embrassa la cicatrice et roula sur le côté, soulevant son bras pour voir la blessure de sortie. *Aoutch.*

— Les Marines ? Ou le FBI ?

Elle embrassa la chair abîmée. Il se redressa et essaya de l'attraper, mais elle s'écarta.

— Bagdad. Tirs d'armes légères.

Elle voulait en savoir plus sur lui, sur ce qui le poussait à se lever le matin et à enfiler son armure fédérale.

— Heureusement, ce n'était pas assez grave pour que je sois renvoyé chez moi.

Son sourire fendit l'air.

— Pourquoi pas ? demanda-t-elle.

— Parce que le médecin de l'équipe m'a recousu sur le terrain, et je ne l'ai dit à mon commandant que lorsque la blessure était presque guérie. C'était juste une blessure superficielle.

Il fit un geste dédaigneux de la main.

Il avait frôlé la mort, mais il était plus inquiet de perdre sa place au combat que de la perspective de mourir. Il y avait quelque chose de ridiculement attirant chez les personnes prêtes à se sacrifier au service de leur pays. Quelque chose qui faisait fondre le cœur d'une femme, même si elle essayait de le rendre imperméable.

La mort pouvait survenir n'importe quand, surtout pour les soldats, les policiers ou les pompiers, mais les risques étaient encore plus élevés au combat. Elle trouva une autre cicatrice sur sa hanche et l'embrassa également. Elle le taquinait avec ses cheveux, voyant qu'il aimait cette sensation sur sa peau.

Son sexe tressaillit et Darsh se tendit sous ses baisers. Bien qu'elle ne veuille rien de plus que le sentir en elle, elle ne fit rien en ce sens.

La première fois avec Darsh avait comporté un élément de risque et de danger, comme marcher sur des charbons ardents ou toucher une flamme nue. Cette fois, elle voulait y aller doucement. Elle les testait tous les deux en retardant ce qu'ils voulaient si désespérément encore une fois. Elle tira sur son épaule jusqu'à ce qu'il se retourne et se couche sur le ventre. Elle traça du bout des doigts la forte colonne vertébrale et les creux autour de chaque vertèbre, les angles aigus de ses omoplates. C'était si inhabituel d'avoir accès à un autre corps, et le sien était si bien fait. Elle voulait profiter de chaque centimètre carré de sa peau. Elle massa ses épaules crispées, et il gémit.

— Tu es tellement tendu.

Elle enfonça ses pouces dans un nœud de muscles.

Sa grande main se retourna pour prendre sa cuisse.

— J'ai autre chose que tu peux masser…

Elle appuya davantage sur les muscles serrés, il grogna et s'enfonça dans le matelas.

— Tu es en train de me tuer.

— Prenez sur vous, M. l'agent. Je suis sortie avec un kiné à l'université qui apprenait à masser. Il m'a enseigné quelques trucs.

— Ça m'aurait étonné.

Il rit, mais il semblait presque souffrir.

— Au niveau du massage.

Elle s'immobilisa. Que pensait-il d'elle ? Qu'elle faisait ça toutes les deux semaines ? Que sa chambre avait une porte tournante ? Bien sûr, elle lui avait dit qu'elle n'avait pas fait l'amour depuis trois ans, mais pourquoi devrait-il la croire ?

— Je n'ai jamais eu de relations sexuelles avec lui. On était proches, mais…

Il s'assit, et elle retomba sur le matelas à côté de lui. Il s'étendit sur elle et balaya ses cheveux de son front avec ses deux mains.

— Tu n'as pas besoin de me faire un compte-rendu détaillé de ta vie amoureuse. Je ne te juge pas pour avoir couché avec moi cette nuit à Quantico, ni ce soir d'ailleurs. En fait, je ne te juge pas du tout.

Il la dévisageait comme s'il pouvait voir jusqu'à son âme.

Elle se mordit la lèvre.

— Je sais que c'est stupide. Je sais que ça me regarde. Mais je ne veux pas que tu penses que je couche à droite et à gauche.

— Ce n'est pas le cas, mais même si ça l'était, je ne te jugerais pas pour ça. Tu penses que je suis un saint ?

Il fondit sur sa bouche, captura sa lèvre inférieure, la prit entre ses dents puis l'embrassa.

— Tu dois t'en remettre.

Elle rit.

— Je ne peux pas. C'est ancré en moi, comme les cheveux blonds et les yeux bleus.

Elle se crispa, douloureusement consciente de l'ironie du fait qu'elle était allongée là, nue, et qu'elle lui disait qu'elle n'était pas une femme facile.

— Ok, laisse-moi deviner, tu as couché avec, hmm – il plissa les yeux – trois gars dans toute ta vie. Le premier, c'était un gars de l'université. Le second, c'était ton mari. Et le troisième, moi…

— Comment le sais-tu ? demanda-t-elle en fronçant les sourcils. À propos du gars de la fac ? Je n'ai jamais parlé à personne de ce loser.

— Je suis un analyste du comportement, dit-il en riant devant son expression. Écoute, il est évident que tu ne te jettes pas dans le bain avec n'importe qui. Les flics parlent. Deux types m'ont déjà dit de ne pas te draguer si je ne voulais pas que mon ego soit écrasé. Et tu es trop sexy pour que personne n'ait essayé toutes les astuces pour te mettre dans son lit, et les étudiants sont doués pour ça – mais pas autant que les Marines.

L'humour brillait dans ses yeux sombres.

— C'est un secret de polichinelle dans l'armée. Ne jamais tomber dans le piège des forces spéciales. Ces types sont plus amoureux de leurs outils que des femmes, dit-il, les yeux brillant d'amusement, mais, pour en revenir à tes exploits sordides, quand tu as réalisé que cet étudiant était une petite merde sans valeur, tu l'as largué et tu as attendu de rencontrer quelqu'un dont tu pensais pouvoir tomber amoureuse, mais il s'est avéré être une autre merde. Bon sang, dit-il en frottant son nez contre le sien, tu as des goûts douteux en matière d'hommes.

Sa main descendit plus bas et le fit haleter.

— Je devrais me sentir insulté, dit-il, en passant un doigt sur sa chair glacée et en la faisant se cambrer.

— J'essaie d'améliorer ma moyenne, réussit-elle à dire. Pas de pression.

— Je suis sûr que je peux battre deux ratés.

Il passa sa langue sur la pointe de ses seins, et elle sut qu'il avait raison. Elle n'en revenait pas de la facilité avec laquelle il la conduisait à cet état d'excitation frénétique, comme s'il savait exactement ce dont elle avait besoin avant elle.

Tant qu'elle ne tombait pas amoureuse de celui-là, se dit-elle sévèrement. Elle ne voulait pas penser au sombre abîme qu'avait été le fait de tomber amoureuse de son mari.

Elle prit le visage de Darsh entre ses mains et l'embrassa passionnément. Elle avait oublié comme c'était bon de sentir le poids d'un homme sur elle. Elle planta ses talons dans le matelas et se cambra. La bouche de Darsh était sur sa poitrine, sa main la caressait, l'excitant, mais sans jamais vraiment la toucher. Il lui rendait la monnaie de sa pièce en la cherchant, lui donnant envie de gémir de frustration.

Elle avait l'impression que quelqu'un avait versé de l'essence sur sa libido et qu'il venait d'allumer l'allumette. La légère barbe sur sa mâchoire frottait contre la peau d'Erin, sensation incroyablement érotique. Il bougea, et elle pensa qu'il était allé chercher un préservatif, mais au lieu de cela, il se plaça entre ses jambes et sa bouche effleura l'intérieur de ses cuisses. Le côté râpeux de sa barbe ajoutait de nouvelles sensations à l'expérience. Un millier de points de plaisir explosèrent sur sa peau. Son orgasme explosa si vite qu'elle eut l'impression de tourbillonner dans l'univers en criant son nom.

Il sourit contre ses cuisses, puis il sortit un préservatif de Dieu sait où et l'enfila. Il rampa le long de son corps, en embrassant chaque centimètre en cours de route, avant que son extrémité ne soit pressée contre son entrée. Il l'embrassa passionnément, et elle sentit son propre goût sur ses lèvres.

Il marqua une pause.

— Tu es sûre ?

Qu'il le lui demande à nouveau, alors qu'il était blotti entre ses cuisses écartées, lui donnait encore plus envie de lui.

— Oui.

Il s'enfonça en elle, et elle planta ses ongles dans son dos, se délectant de la sensation d'être complètement remplie. Bon sang, ça lui avait tellement manqué. Le poids, la friction, le glissement délicieux de la peau contre la peau. Lentement, il se retira et la pénétra à nouveau, appréciant la sensation de chaleur et de glissement. Le corps d'Erin s'accrochait au sien comme s'il était le seul endroit sûr dans une mer déchaînée.

Il s'enfonça plus profondément jusqu'à ce qu'il soit complètement en elle. Il posa son front contre le sien, puis s'appuya sur ses coudes et la regarda dans les yeux.

— Tout va bien ?

Elle n'avait pas réalisé à quel point elle s'accrochait à lui jusqu'à ce qu'il lui demande. Hésitante, elle acquiesça et relâcha un peu de tension.

— Parfaitement bien.

Il l'embrassa à nouveau, lentement, comme pour la laisser s'habituer à leur intimité. Leurs ébats contre le mur avaient été particulièrement excitants, mais dans le lit, cela renforçait leur proximité, et il le savait. Il enchaînait les coups de reins sans se presser, l'embrassant encore et encore, étirant son corps sur le sien sans l'écraser. Taquinant ses tétons avec les poils rugueux de son torse. De ses mains, il maintenait son visage en place pour avoir un accès complet à sa bouche. Il contrôlait le baiser, la goûtait sans relâche, prenant ce qu'il voulait et lui donnant tout ce qu'il avait. Cela aurait dû effrayer Erin, mais ce n'était pas le cas.

La lumière de la lune vint illuminer le côté de son visage, soulignant son front masculin, son nez pointu. Il avait l'air si tendu, si concentré…

— Tu es magnifique, lui dit-il.

— C'est ma réplique.

Il les fit rouler pour qu'elle soit sur le dessus. Il passa ses mains sur ses flancs, puis sur ses seins, les prenant dans ses paumes. Elle aimait ce qu'il lui faisait ressentir. Elle se sentait vraiment belle avec lui. Lentement, il commença à bouger sous son corps par de petits coups de reins qui la rendaient folle. Elle en voulait plus. Il l'attirait, la remplissait, faisait monter le plaisir, mais pas assez pour la pousser à bout. Les callosités de ses doigts effleuraient sa peau, la faisant se cambrer. *C'était tellement bon.* Elle avait oublié ce que c'était. Elle avait oublié le chemin long et sinueux qui pouvait mener à l'orgasme parfait.

Il se redressa et tira ses cheveux en arrière, exposant sa gorge et profitant de cette position pour accentuer les coups de reins. Son autre bras lui entourait la taille, la tirant contre lui alors qu'il la rendait folle. Le mouvement n'était pas assez fort ni assez profond pour les faire arriver au point de non-retour, mais c'était si bon qu'elle aurait voulu que ça ne finisse jamais. Son corps connaissait le rythme, et elle l'épousait parfaitement. Elle commença à faire onduler ses hanches, et les doigts de Darsh s'enfoncèrent plus profondément.

— La première fois que je t'ai vue, j'ai trouvé que tu ressemblais à un ange.

Il tenait ses cheveux serrés dans son poing, et elle essayait désespérément de se rapprocher, même s'il ne la laissait pas bouger autant qu'elle le voulait.

— Il n'y avait pas moyen que je quitte ce bar sans toi.

Sa voix était bourrue quand il l'admit.

— Sauf si tu avais su que j'étais mariée.

Il soutint son regard alors qu'il continuait à la faire monter dans cette quête insaisissable de la libération.

— Tu n'es plus mariée.

Il lâcha ses cheveux et changea de position, pour qu'elle soit sur le dos et lui sur les genoux. Ses mouvements se firent plus rapides, plus profonds. Une fine pellicule de sueur se forma sur son front.

— Je ne peux pas attendre plus longtemps, grogna-t-il.

— Qu'est-ce que tu attends ? s'exclama-t-elle.

C'était si bon. *Si* bon.

Les yeux de Darsh étaient chauds comme la braise.

— Toi.

Il toucha le point qui la fit crier à nouveau, prise d'un plaisir paniqué. Soudain, elle fut inondée de sensations, chaque nerf éclatant comme un feu d'artifice dans son corps, tandis qu'une lumière blanche explosait derrière ses yeux. Le propre cri de Darsh suivit le sien alors qu'elle était catapultée dans une autre dimension avant de retomber dans ses bras.

Il la serra contre lui pendant quelques battements de cœur, le temps que le monde arrête de tourner. Puis il se dégagea doucement, se débarrassa du préservatif et revint au lit, la serrant contre lui pour combattre le froid soudain de la pièce.

— Tu devrais dormir dans l'autre pièce, murmura-t-elle, mais elle se blottit quand même contre lui.

Il lui embrassa l'oreille, épousant son corps comme s'ils étaient faits pour s'imbriquer. Le pouls du poignet de Darsh palpitait contre les côtes d'Erin alors qu'il lui tenait la poitrine.

— Endors-toi vite, Erin.

Il glissa son nez contre son oreille. La chaleur de son corps la réconforta, et la fatigue la gagna comme une vague apaisante avant de l'entraîner sous la surface.

# CHAPITRE DIX-SEPT

RACHEL SE FAUFILA par la porte d'entrée, en faisant attention à ne pas faire de bruit. Sa voiture était là, et elle démarra le moteur, tout en vérifiant les fenêtres de sa maison pour s'assurer que ses parents ne s'étaient pas réveillés. Elle doutait qu'ils l'aient entendue partir. Ils dormaient dans des chambres séparées à l'arrière de la maison. Ils prétendaient que c'était à cause des ronflements de son père, mais personne n'était dupe.

Leur mariage était une autre victime de son viol.

Sa gorge se noua en démarrant. Ce qui lui était arrivé les avait détruits. Tant de remords. Tant de honte. Elle aurait aimé pouvoir revenir en arrière et faire les choses différemment – ne pas avoir déménagé dans un dortoir, avoir crié plus fort, l'avoir repoussé – ou peut-être seulement n'en avoir jamais parlé à personne.

Le secret aurait pu la détruire, mais la vérité aussi. Elle ne sortait jamais, sauf pour aller au centre de crise ou en cours. Elle ne dormait pas. Elle avait peur en permanence. Elle voyait son visage au-dessus d'elle chaque nuit. Celui de cet homme qui lui faisait du mal. Tous les soirs. Comme un diable dans ses rêves qui la torturait depuis les profondeurs de l'enfer.

Elle s'était sentie plus forte quand le verdict avait été rendu. Une fois que Hawke avait été envoyé en prison. Une fois que le jury leur avait dit à Mary et elle qu'ils les croyaient. Qu'ils savaient qu'elles ne mentaient pas pour attirer l'attention d'un garçon. La ville disait le contraire, et le mur de haine l'avait chassée des réseaux sociaux et l'avait obligée à fermer ses comptes pour n'en garder qu'avec ses amis les plus proches.

Elle essuya les larmes. Elle détestait voir à quel point elle était devenue faible. Méfiante.

La neige tombait du ciel en spirales indolentes. Un nouvel épisode neigeux important était prévu ce jour-là. Elle aimait la neige – ou plutôt, elle aimait être blottie près du feu, entourée de ses parents, dans leur maison. En sécurité. Elle frissonna. Qu'est-ce que cela signifiait ? La sécurité était une illusion pour les idiots. Et le fait qu'elle se dispute avec elle-même à ce sujet montrait à quel point elle avait perdu les pédales.

Selon les statistiques, deux à huit pour cent des allégations de viol étaient probablement fausses. Ce chiffre était faible, mais qui sur Terre oserait mentir sur le fait d'avoir été violé ? Qui inventerait ce genre de profanation vicieuse juste pour se faire remarquer ? Certainement pas quelqu'un qui avait été violé. Passées la douleur et la terreur de l'attaque elle-même, les conséquences étaient pires. C'était comme si on abandonnait tout ce qu'on croyait savoir de soi et qu'on le réduisait en cendres, en mensonges, en illusions.

Rachel savait qu'elle était considérée comme l'une des plus « chanceuses ». Elle s'était penchée sur les statistiques. 80 % des viols n'étaient jamais signalés à la police. Moins de 5 % d'entre eux faisaient l'objet de poursuites judiciaires, et parmi *eux*, seuls 0,2 à 2,8 % aboutissaient à des condamnations où l'agresseur était mis sous les verrous. Erin Donovan avait fait en sorte que cela se produise en croyant Rachel et en se livrant à une enquête acharnée. Grâce à cela, Rachel avait cru aux miracles, elle avait cru que sa communauté avait triomphé, du moins en termes juridiques. Elle avait espéré que c'était un signe que le reste du pays prenait au sérieux la question du viol sur les campus universitaires, mais seul le temps le leur dirait.

Ces nouveaux meurtres avaient fait ressortir toutes les vieilles peurs et insécurités. Elle frissonna et chassa l'incertitude de son esprit.

La seule chose positive était qu'elle avait découvert qu'elle pouvait se servir de son expérience pour aider les autres. Bien sûr, elle était morte de peur, mais elle était aussi plus empathique qu'avant. Elle était endommagée, mais elle avait des connaissances pratiques sur la façon dont une victime pouvait obtenir de l'aide. Si c'était tout ce qu'elle emportait avec elle de cet horrible chapitre de sa vie, c'était déjà ça.

Elle mit son clignotant pour tourner vers Fox Creek Park. Elle avait cours à neuf heures, mais elle avait quelque chose de très important à faire avant.

Tout était calme, et elle préférait ça. Les gens étaient soit haineux, soit trop compatissants. Ils la regardaient tous comme s'ils la connaissaient. Ils ne la connaissaient *pas*.

Plus tôt, elle avait reçu un appel d'un des gars qui donnaient un coup de main au centre de crise. Elle serra les doigts autour du volant. Une autre fille avait été attaquée, mais elle avait trop peur pour le signaler officiellement. La fille devait aller à la clinique se faire examiner. Le problème, c'était qu'elle était tellement traumatisée qu'elle hésitait à se faire soigner.

Mais il lui fallait penser aux risques de MST. De grossesse. D'infections urinaires. De lésions. Prévoir un kit de viol au cas où elle changerait d'avis et voudrait pouvoir coincer ce salaud dans le futur. C'était important, sinon Rachel n'aurait pas accepté de sortir du lit avant l'aube.

Elle avait peur que cela se reproduise dans sa petite ville. Hawke était en prison. Elle aurait dû se sentir en sécurité, mais ce n'était pas le cas.

Peut-être était-il temps de s'éloigner ? Ou d'opter pour la chirurgie plastique. Cette idée la fit rire. Des gens vivaient des choses bien pires, se rappela-t-elle. C'était pour cela qu'elle leur demandait de lui raconter la pire chose qui leur soit arrivée avant de leur dévoiler sa propre expérience. On ne pouvait pas savoir ce que les gens avaient vécu rien qu'en regardant leur visage, même si Rachel avait essayé. Et même si c'était terrible, au moins elle était encore en vie.

Elle s'accrochait à cette idée.

Elle pénétra dans le parking et trouva une place près des poteaux de la clôture qui marquaient l'entrée du sentier. Elle laissa le moteur tourner en martelant le volant de ses ongles rongés. Il avait dit qu'ils seraient là à six heures précises.

Rachel consulta sa montre. Avec un peu de chance, la clinique ne serait pas bondée, mais il ne faudrait pas traîner pour être à l'heure en cours.

Le gros SUV qu'il conduisait parfois pénétra dans le parking. Il se gara sur la place vide à côté d'elle et elle descendit. Elle baissa sa vitre, et il se pencha à l'intérieur.

Il désigna du menton le SUV.

— Elle est sur la banquette arrière. Elle a besoin d'une autre femme à qui parler. Quelqu'un en qui avoir confiance.

L'inquiétude se lisait sur ses traits.

Rachel ne pouvait pas voir la jeune femme à travers la vitre teintée, mais elle ne doutait pas qu'elle pleurait, se repassant en boucle ce qui s'était passé dans sa tête. Pourtant, elle resta assise là, paralysée. Pourrait-elle vraiment écouter les détails du calvaire d'une autre fille sans imploser ?

— Écoute, peut-être que je devrais juste la ramener à la maison. Je suis désolée de t'avoir fait perdre ton temps…

— Non, dit doucement Rachel en défaisant sa ceinture de sécurité. Laisse-moi lui parler.

Il pinça les lèvres et haussa les épaules tandis qu'elle sortait de la voiture. Elle se dirigea vers la portière passager de son véhicule, et il la suivit, les mains enfoncées dans ses poches.

Elle ouvrit la porte et regarda à l'intérieur, fronçant les sourcils devant le siège vide.

— Je… Je ne comprends pas.

Il lui attrapa les cheveux d'une main et lui frappa la tête contre le métal de la porte. Une explosion de lumière blanche fut suivie d'une douleur aveuglante au-dessus de son orbite. Quelque chose de dur s'enfonça dans le bas de ses côtes.

— Tu n'as pas besoin de comprendre, Rachel. Tu dois juste faire ce que je dis.

Elle cria quand il la traîna en arrière, ferma la porte et l'entraîna de force vers les bois.

— Qu'est-ce que tu fais ? Lâche-moi ! hurla-t-elle.

Elle essaya de s'échapper, mais il était bien plus fort qu'elle. La douleur dans son cuir chevelu quand il la tira contre lui lui fit saigner les yeux.

Il rit.

— Laisse-toi faire. Je ne plaisante pas.

Elle lui donna un coup de pied, mais il la poussa en avant. Elle s'agrippa à ses poignets pour essayer d'alléger la pression sur sa tête, pour réduire la douleur fulgurante dans son crâne.

— Pourquoi tu fais ça ? hurla-t-elle.

C'était difficile de penser. Difficile d'ignorer la douleur et la panique pour essayer de comprendre ce qui se passait.

Elle lui avait fait confiance. Il la força à nouveau à avancer.

Elle criait, mais il n'y avait personne pour l'entendre, et ses cris résonnaient inutilement dans la forêt.

— C'est juste une petite promenade. Je dois te dire quelque chose.

*Conneries.*

— Dis-le-moi maintenant.

— Dans quelques minutes. C'est important.

Elle ne le croyait pas. Son cœur battait si vite qu'il ressemblait à une scie circulaire dans sa poitrine. Pourquoi faisait-il ça ? Il savait ce qu'elle avait traversé. Pourquoi lui avait-il menti au sujet d'une autre victime ?

Il faisait si froid qu'elle commençait à trembler violemment. Ou peut-être était-ce la peur qui prenait le dessus et qui bloquait ses fonctions. Ses yeux se perdirent dans l'ombre des arbres. Si seulement elle pouvait échapper à son emprise, elle pourrait courir. Elle pourrait courir éternellement. La prise sur ses cheveux se resserra comme s'il lisait dans ses pensées.

Ils continuèrent à marcher jusqu'au cœur du parc.

— Où on va ? C'est stupide ! Tu me fais peur.

Sa voix devenait fluette alors qu'elle aurait dû être forte. Ça recommençait – la perte totale de contrôle, le sentiment écrasant d'impuissance. Ils avaient marché pendant des lustres dans la forêt, s'éloignant du sentier, marchant dans la neige qui avait trempé son jean.

— Je ne comprends pas, sanglota-t-elle.

— Bien sûr que non.

Il la poussa violemment, et elle tomba, face contre terre.

Elle roula sur le dos et commença à s'éloigner de lui en rampant dans la neige.

— Pourquoi tu *me* fais ça ?

— Oh voyons, Rachel, dit-il d'un ton condescendant. Je mets fin à tes souffrances.

— Q-quoi ?

Elle pouvait à peine respirer tellement elle avait peur.

Il la regarda avec une inquiétude feinte.

— Je te laisse le choix.

— Q-Quel choix ?

— Enlève tes vêtements et allonge-toi par terre.

Sa gorge était à vif à force de retenir ses émotions.

— Ou alors ? dit-elle d'une voix rauque.

Un sourire lui effleura les lèvres, si dur et si mauvais qu'elle le sentit s'insinuer entre ses côtes et dans son cœur comme une lame.

— Ou je te ferai ce que j'ai fait la dernière fois, sauf qu'il n'y aura pas de drogue pour masquer la réalité cette fois-ci. Pas de black-out bienvenu.

Une douleur lui traversa la poitrine, et il lui fallut un moment pour réaliser qu'elle faisait de l'hyperventilation.

— C'était *toi* ! Mais c'est impossible. J'ai vu Drew Hawke…

— Tu as vu ce que je voulais que tu voies.

Il jeta un coup d'œil à sa montre, comme s'il s'ennuyait.

— Je sais ce que j'ai vu !

Mais il y avait tellement d'éléments qui ne collaient pas.

Il sortit un gros objet de la poche de sa veste et le plaça sur son visage. Des yeux bleus brillèrent derrière de petits trous dans un masque.

— Tu as fait faire un masque de son visage ?

Elle repensa à cette nuit-là, et soudain, tout prit un sens. Le manque total d'émotions de son agresseur. Le fait qu'il n'avait pas dit un mot.

Elle sentit la nausée la gagner. Hawke était innocent. Elle avait contribué à envoyer un innocent en prison, et personne ne le savait. Un cri aigu résonna dans sa tête – comme si sa raison s'échappait de son crâne. Son seul espoir était de distancer ce monstre qui avait pris tant de choses à tant de gens. Qui l'avait tellement convaincue que c'était Drew, qu'elle était passée au détecteur de mensonges et avait fait condamner le jeune homme.

Elle devait le dire à quelqu'un.

Il remit soigneusement le masque dans sa poche.

— Tu aurais dû voir la tête de Cassie quand elle l'a vu.

L'estomac de Rachel se noua. Il avait tué Cassie, et maintenant il allait la tuer, elle.

— L'hypothermie n'est pas censée être trop pénible pour partir. Ça ne fait pas mal, tu t'endors juste.

Elle prit ses jambes à son cou. Elle se faufila sous un pin, tournant au niveau d'un bouleau argenté. Elle était petite, mais rapide, et elle ne laisserait pas cette créature tordue gagner.

Elle fondit à droite, mais son pied heurta une racine, et elle s'étala dans la neige. Un poids lourd s'écrasa dans son dos avant qu'elle ne puisse se lever, chassant l'air de ses poumons. Elle resta allongée, cherchant désespérément de l'oxygène.

Le poids du corps derrière elle fit remonter une myriade de souvenirs puissants de cette sombre nuit de l'année précédente. Un barrage d'émotions – peur, rage, confusion. Quand elle put enfin reprendre son souffle, elle vit qu'il tenait une corde, une corde bleue, comme celle qu'Erin Donovan lui avait montrée en photo. La terreur l'emporta sur le dégoût.

Elle se débattit, mais il ne bougea pas. Ses larmes coulèrent devant l'injustice de la situation.

— Tu as tué ces filles, violé les autres, piégé Hawke. Pourquoi ?

Elle cria aussi longtemps et aussi fort que ses poumons le lui permettaient. Seul le silence lui répondit. Elle prit une autre inspiration, mais il lui enfonça le visage dans la neige.

— Ferme ta gueule. Personne ne t'entendra ici, et tu me donnes mal à la tête.

Elle faillit s'étouffer. Il lui attrapa les chevilles et la traîna vers un arbre proche. Le sol glacé lui écorchait le visage.

— Pourquoi tu me fais ça ?

— Pour la punir.

Il inspira profondément comme s'il était essoufflé.

*Elle* ?

— Ma mère ?

Il eut un rire atroce.

— Comment une personne dont les parents sont si intelligents peut-elle être si incroyablement stupide ?

Elle frémit.

— Qui ça, alors ?

Il regardait en l'air comme s'il cherchait un endroit où lancer la corde. Puis faire un nœud coulant…

— Qui essaies-tu de punir en me faisant ces choses horribles ?

— Tu vas fermer ta gueule.

Il coupa une courte longueur de corde et l'enroula autour de sa tête, serrée, en mettant le nœud entre ses dents. Les bords de ses lèvres se fendirent, et elle sentit le goût du sang.

— C'est mieux, sourit-il.

Elle tremblait de froid et de peur, mais elle se mit sur la pointe des pieds.

— L'inspectrice Donovan. Je punis l'inspectrice Donovan.

Elle fronça les sourcils, confuse. Pourquoi vouloir punir l'inspectrice ? Et pourquoi l'attaquer elle, et pas Erin ?

Il se pencha plus près.

— C'est elle que je punis. Parce que c'est une saleté de

traînée.

Rachel ne comprenait pas. Mais cela n'avait peut-être pas d'importance. Il recula pour jeter la corde sur une branche proche, et elle se releva du sol et courut.

Elle ne regarda pas derrière elle, ne s'arrêta pas. Elle força ses jambes à bouger plus vite que jamais auparavant. Elle l'entendait se débattre avec les buissons, mais elle le distançait. L'exaltation la gagna. Elle avait gagné. Elle avait gagné ! Puis elle réalisa qu'elle courait droit vers une falaise, et qu'il se rapprochait par-derrière. Il n'y avait pas d'échappatoire. Elle entendit son rire. Il savait qu'elle courait vers sa mort comme un stupide lemming.

Et comme la falaise se profilait, elle réalisa qu'elle avait le choix. Prendre sa vie en main, reprendre le contrôle, même si cela signifiait une mort certaine. Ou souffrir aux mains d'un monstre qui voulait la détruire encore et encore. Elle décida de prendre le contrôle et se jeta par-dessus le précipice, son cœur s'envolant librement alors qu'elle s'élançait dans les airs.

---

DARSH OUVRIT LES yeux en entendant le bruit de la douche. Il lui fallut une fraction de seconde pour se rappeler où il était et ce qu'il avait fait pendant la majeure partie de la nuit. Il consulta le réveil. Six heures. Il se frotta les yeux, roula hors du lit et se dirigea tout nu vers la salle de bain. Une épaisse vapeur remplissait l'air. Il parvenait tout juste à distinguer Erin derrière le verre dépoli. Toutes ses bonnes intentions de commencer la journée de bonne heure s'évaporèrent.

Il continua d'avancer. Il entra dans la douche et prit dans ses bras la femme qui l'avait rempli de désir dès leur rencontre.

Il la pressa contre le verre froid.

Après un moment d'hésitation, elle l'embrassa à pleine bouche, en un baiser sensuel. Puis elle passa ses mains savonneuses sur son dos et ses épaules. Le corps de Darsh ne pouvait pas se passer d'elle. Son cerveau luttait. Il la souleva et elle enroula ses jambes autour de sa taille. Puis il se figea.

— Merde. Je n'ai plus de préservatifs.

Il serrait les dents pour ne pas bouger.

Les chevilles d'Erin appuyaient contre les fesses de Darsh, et elle soutint son regard.

— Je prends la pilule. Et je n'ai pas de maladie.

Elle se sentait si bien, sans barrière entre eux.

— Moi non plus, mais…

Il n'avait jamais fait ça avant. Il ne comptait plus ses amis qui étaient devenus parents trop tôt, même ceux qui utilisaient des préservatifs.

— On n'est pas obligés de le faire. Il y a d'autres moyens.

Le sourire d'Erin lui indiqua qu'elle avait tout un tas d'idées, mais ses muscles se resserraient déjà autour de lui, des ondulations témoignant des premiers stades de l'orgasme.

— Non, je veux qu'on le fasse.

Elle le voulait tellement que c'en était effrayant. Il s'enfonça alors en elle, trouvant un rythme qui la fit haleter et s'agripper à son dos, essayant de le chevaucher, s'accrochant à ses épaules. Il observa son visage alors qu'elle arrivait au point de non-retour, puis elle poussa un cri et s'effondra sur lui. Lui-même atteignit l'orgasme dans la foulée, comme un feu de forêt se précipitant dans une prairie desséchée, effaçant tout ce qui se trouvait devant lui. Elle s'effondra contre lui, et il la maintint, laissant son souffle se calmer tandis qu'il regardait l'eau couler le long de sa colonne vertébrale.

Elle leva la tête. Ses yeux n'étaient plus brillants ni fébriles, mais pensifs et soucieux.

— Et maintenant, on doit aller travailler et faire comme si on n'avait pas passé une bonne partie de la nuit à faire l'amour.

Avec précaution, il laissa ses pieds retrouver le sol. Elle avait l'air un peu choquée. Plutôt que du plaisir sur son visage, il y avait de la tristesse. Il lui avait promis une meilleure fin que la fois précédente, mais elle savait que la réalité les séparerait. Ils avaient enfreint les règles. Ils avaient passé la nuit ensemble alors qu'ils auraient dû rester professionnels et travailler sur l'affaire. Il prit du gel douche, qu'il appliqua sur son corps puis sur le sien, pour la laver, la nettoyer.

— Et si ça n'avait pas à se terminer ? dit-il.

Elle se crispa sous ses doigts.

— Je pensais qu'il y a trois ans, c'était la meilleure partie de jambes en l'air que j'aurais de toute ma vie, mais la nuit dernière a tout balayé. Et si ça continuait à s'améliorer ?

*Et s'ils étaient censés être ensemble ?*

Elle détourna les yeux.

— Ce n'est que du sexe.

Mais il n'était pas dupe. « Que du sexe » pour eux, c'était comme comparer un engin incendiaire à une bombe de table. Mais Erin avait traversé l'enfer. Elle était manifestement échaudée en matière de relations.

— Et si on continuait à se voir après tout ça histoire de le découvrir ?

Darsh aurait voulu qu'elle croise son regard, mais elle garda ses yeux bleus fermement fixés sur le sol et essaya de l'éviter.

— Et si on donnait une chance à cette folie entre nous ?

Elle éclata d'un rire sonore et sortit de la douche, enfilant un peignoir. Il la suivit, et elle lui tendit une serviette. Il se sécha les cheveux avec une serviette, et il l'observa qui le regardait nu dans sa salle de bain.

Malgré son air appréciateur, elle ne lui envoyait pas d'ondes positives à l'idée de le revoir.

— On ne peut pas, répondit-elle en déglutissant bruyamment.

— Pourquoi pas ?

Une autre pensée lui vint. Il se hérissa.

— Est-ce que c'est parce qu'on vient de milieux différents ?

Elle resta bouche bée.

— Quoi ? Tu es fou ? Si tu es assez bien pour que je couche avec toi, alors tu es assez bien pour que je sorte avec toi, crétin. Et si tu insinues qu'il est question de racisme, alors tu n'es pas aussi intelligent que tu le penses.

Il avait connu de nombreuses femmes qui avaient accepté de passer une nuit avec lui sans vouloir être vues en public en sa compagnie. Cela avait commencé au lycée et s'était reproduit de nombreuses fois depuis. Mais si son origine ne posait pas de problème à Erin, alors qu'est-ce qui la bloquait ?

— On ne vit pas dans le même État, et tu enquêtes sur mon travail sur l'affaire Hawke, tu te souviens ?

Comme s'il pouvait oublier. Il frotta la serviette sur son dos et le long de ses jambes. Même s'il détestait l'admettre, elle avait raison.

Elle passa devant lui pour s'habiller, et il la suivit, sortant un T-shirt propre et un pantalon noir de son sac. Il n'était pas prêt à abandonner.

— Et quand tout ça sera fini ?

Elle prit son arme et enfila ses bottes. Elle pinça les lèvres avec colère.

— On vivra toujours dans des États différents.

— Tu pourrais déménager ?

— Tiens donc. Où est-ce que j'ai déjà entendu ça ? Quitte ton travail et tes amis…

La rage envahit Darsh.

— Hé, je ne suis pas ton ex. Ne me compare *jamais* à lui.

— Sinon quoi ?

Elle mit les mains sur ses hanches, se préparant à la dispute. Il connaissait cette attitude.

Il releva le menton.

— Je voulais dire quitter la police de Forbes Pines. Rejoindre le FBI ou un poste de police plus important. Tu ferais un excellent agent.

Elle écarquilla les yeux, les bras soudain ballants. Elle inspira profondément.

— Oh.

— Ouaip, « Oh ».

Il enfila son holster et vérifia son SIG. Il s'assura d'avoir tous ses vêtements et ses affaires dans son sac de voyage, parce qu'il y avait des chances que ce soit sa seule et unique nuit dans la chambre d'Erin.

Il avait essayé. Il s'était mis à nu, et elle l'avait rejeté. Au moins, il n'était pas parti sans essayer d'explorer si oui ou non cette chimie explosive entre eux signifiait plus que du sexe.

Il balança son sac sur son épaule, mais s'arrêta sur le seuil de la chambre.

— Un de ces jours, tu arrêteras de fuir par peur d'être à nouveau blessée.

Il se retourna vers l'endroit où elle était figée sur place.

— J'espère juste qu'il te restera encore quelques années devant toi quand ça arrivera.

# CHAPITRE DIX-HUIT

Erin monta d'un pas vif les escaliers menant au département de psychologie et au bureau du professeur Huxley. Darsh et elle avaient partagé un trajet silencieux jusqu'au bureau. Elle y avait trouvé le pneu de sa voiture changé, et un mot de son copain Manny sur le tableau de bord.

Au moins, elle avait des amis dans le coin. Cela risquait de changer s'ils découvraient qu'après avoir rejeté pendant trois ans tous les types qui l'invitaient à sortir, elle s'était mise avec le premier agent fédéral qui passait par là. Se réveiller dans ses bras avait provoqué une forte vague de remords. Si leurs patrons ou collègues découvraient qu'ils se fréquentaient, sa carrière en pâtirait. Elle avait trop dévoué sa vie à son travail pour tout perdre en une nuit de passion irréfléchie. Et l'idée qu'il y avait plus que ça entre eux ? C'était la conscience de Darsh qui parlait. Ou des restes de désir.

Il s'en remettrait. Bon sang, il la remercierait même.

Elle ignora sa remarque sur le fait qu'elle s'enfuyait toujours. Elle avait besoin de mettre de la distance entre New York et elle, rien de plus. Être seul n'était pas un foutu crime.

Elle atteignit le troisième étage, cherchant le bureau de Huxley, qui avait déménagé depuis sa dernière visite. Elle suivit les panneaux la conduisant vers la gauche. Les couloirs étaient silencieux, à l'exception de ses pas, qui résonnaient sur le parquet.

L'idée de rejoindre le FBI lui trottait dans la tête. Mais elle ne comptait pas se déraciner juste parce qu'un type l'avait fait jouir plus de fois qu'elle ne pouvait le compter. *C'est ça, réduis-le au sexe, Erin, et tu pourrais te convaincre que c'est tout ce qu'il y a entre vous.*

Elle trouva le bureau 345 et frappa à la porte.

Il y eut un bruissement de papiers et le crissement d'une chaise à l'intérieur. Puis une voix hésitante dit :

— Entrez.

Elle ouvrit la porte. Huxley se trouvait avec une étudiante près de lui, serrant ce qui ressemblait à un essai.

— Erin ! Entrez, dit Huxley d'un ton jovial.

Trop jovial pour cette heure de la matinée, mais c'était juste son opinion personnelle.

— Merci, Monica. On se voit en cours. Si tu as d'autres questions sur ton essai, envoie-moi un mail ou parles-en à Rick ou Linus.

Erin attendit que la fille passe devant elle. Ses joues étaient rouges. Était-ce de la culpabilité dans ses yeux ? Avaient-ils fait quelque chose qu'ils n'auraient pas dû ? Ou bien son incapacité à croiser son regard et son empressement à disparaître étaient-ils liés à une aversion personnelle plutôt répandue sur le campus à l'égard d'Erin ?

Erin l'ignorait, mais Huxley s'efforça également de ne pas croiser son regard. Ses cheveux étaient ébouriffés. Ses lèvres rougies. Il lui vint à l'esprit que l'étudiante et lui faisaient peut-être plus que revoir un essai avant qu'elle ne frappe à la porte. Pour l'heure, Erin n'avait que faire de la turpitude morale. Tant qu'ils étaient tous les deux majeurs et que personne n'enfreignait la loi, ils pouvaient s'envoyer en l'air comme des lapins, elle s'en fichait.

Et il était possible qu'elle voie des choses qui n'existaient pas – surtout en matière de relations sexuelles. Elle repensa à Darsh qui l'avait retrouvée nue sous la douche ce matin-là, alors qu'elle faisait de son mieux pour s'éloigner de lui et rétablir leurs limites professionnelles. Au lieu de ça, ils avaient eu des rapports sexuels non protégés.

Un mélange de faim et de remords parcourait ses veines en pensant à toutes les choses non professionnelles qu'ils avaient faites ensemble au cours des douze dernières heures et au fait qu'elle ne pourrait pas se permettre de les refaire. Elle était donc vraiment mal placée pour donner des leçons aux autres en matière de relations sexuelles – tant que c'était consensuel… C'était sa seule limite fermement tracée dans le sable.

— Roman, dit-elle alors que l'étudiante refermait la porte derrière elle.

Il se pencha en avant et porta sa tasse de café à ses lèvres.

— Désolé, c'est le chaos en ce début du trimestre, et j'ai un cours à neuf heures. Qu'est-ce que je peux faire pour vous, Erin ?

Elle sortit une photo de Peter Zimmerman. On frappa à nouveau et avant que Huxley puisse dire quoi que ce soit, la porte s'ouvrit. Rick Lachlan, l'assistant du professeur, se tenait là avec une expression de surprise sur le visage.

— Peux-tu nous laisser quelques instants… ?

— En fait, c'est bien que Rick soit là.

Erin adressa un sourire au jeune homme. Il était plus petit que Huxley, mais également plus beau. Rick et Linus suivaient Huxley comme leur ombre, et ravivaient parfois la mémoire du professeur, qui pouvait être remarquablement vague par moments.

— Je me demandais si vous aviez vu cet homme à la mission lundi soir ?

Elle tendit la photo au professeur, qui la regarda en fronçant les sourcils. Rick fit le tour du bureau pour regarder la photo.

— C'est le type qui a avoué ? demanda Huxley.

Rick haussa brusquement les sourcils.

— Je ne savais pas que quelqu'un avait avoué.

— La nuit dernière, confirma-t-elle. L'avez-vous vu au refuge lundi soir ?

Le professeur mit sur son nez une paire de lunettes.

— Oui, ils l'appellent Pete le Putois, mais je ne connais pas son vrai nom. Il était là. On a commencé à servir le dîner vers 18 heures, c'est bien ça, Rick ?

— Vous étiez là, vous aussi ? demanda-t-elle à l'assistant de recherche, surprise.

Elle se demanda cette fois si ces deux-là n'entretenaient pas une sorte de relation sexuelle. Puis elle se réprimanda mentalement. Elle voyait du sexe partout ce matin. La douleur entre ses cuisses lui rappela pourquoi.

— L'ensemble du laboratoire donne un coup de main au moins une fois par mois. Non seulement c'est notre devoir civique, mais c'est aussi un bon moyen de rencontrer d'éventuels sujets souffrant de divers problèmes psychologiques.

Rick arracha la photo des mains du professeur.

— Il était là quand on a ouvert les portes. Je lui ai demandé s'il allait rester au refuge cette nuit-là parce qu'il faisait un froid glacial dehors, mais il m'a simplement lancé un regard noir. J'ai compris que ça voulait dire non.

— Une idée de l'heure à laquelle il est parti ? demanda-t-elle à Huxley, mais ce fut Rick qui répondit.

— Je pense vers 19 h 30 ou 45 ? Je n'en suis pas absolument certain, dit-il en fronçant les sourcils.

— Professeur ? demanda-t-elle.

Les joues de l'homme rosirent légèrement, et il reprit la photo à son assistant.

— Je ne sais pas trop. J'étais les bras jusqu'aux coudes dans la mousse de vaisselle, donc je ne pourrais rien affirmer avec certitude.

— Vous êtes restés tous les deux toute la nuit ?

— Oui, dit Huxley avec un signe de tête déterminé.

Les yeux de Rick s'écarquillèrent et sa lèvre se retroussa légèrement.

— Qu'y a-t-il ? demanda-t-elle.

Richard secoua la tête.

— Il ne correspond pas au profil, c'est tout.

— Tu sais mieux que quiconque que les gens ne portent pas leurs crimes sur le visage, l'admonesta le professeur.

La colère apparut dans les yeux de l'assistant de recherche.

— Oui. Je le sais. Mais on pourrait penser qu'avec nos connaissances et notre expertise, on serait capables de percevoir les individus dangereux – ou les menteurs. Je veux dire : on lui a servi son dîner et puis il est allé violer et assassiner deux jeunes femmes ?

Il mit une main devant sa bouche.

— À quoi bon faire ce qu'on fait si c'est pour que ce genre de choses arrive ?

— La connaissance est la clé, dit le professeur en se penchant sur son fauteuil.

Il avait l'habitude irritante de réduire le crime à des observations intellectuelles.

— Je serais plus inquiet qu'il avoue juste pour avoir un endroit chaud où dormir et trois repas par jour.

Il rendit la photo à Erin et consulta sa montre. C'était l'heure de son cours. Elle comprit le message.

— Très bien, merci à tous les deux d'avoir pris le temps de répondre à mes questions. Je vous laisse retourner travailler.

Elle se dirigea vers la sortie et fut surprise de trouver le couloir rempli d'étudiants. Elle s'arrêta juste devant le bureau pour noter dans son carnet la chronologie des événements. Le son de voix montant dans les aigus passa sous la porte, mais les mots étaient indiscernables.

Le professeur sortit de la pièce, furieux, et faillit la percuter. Il marqua une pause et la dépassa.

— Excusez-moi. Je suis en retard pour mon cours.

Surprise, elle le regarda s'éloigner d'un pas décidé. Rick le suivit plus lentement, fermant la porte derrière lui.

Il regardait son patron, l'air pensif.

— Il subit beaucoup de pression, dit-il à voix basse.

Erin plissa ses yeux. Elle se demandait quel genre de pression un professeur pouvait bien subir.

— Ça vous dirait, un café ? demanda Rick en consultant sa montre alors que les étudiants dans le couloir commençaient à se disperser dans les amphithéâtres.

Elle était étourdie par la fatigue et poussa un rire fatigué.

— J'aimerais bien, mais je ne peux pas. Je dois aller parler à la sécurité du campus.

Il sourit et hocha la tête.

— La prochaine fois, alors.

— J'ai hâte d'y être.

Elle lui dit au revoir et se dirigea vers le couloir, puis poussa la lourde porte de la cage d'escalier. Elle se heurta à quelque chose de solide : Jason Brady. L'impact fut si fort qu'elle faillit tomber par terre. Il la rattrapa par le haut des bras et, au même moment, parut prendre conscience de qui elle était. Immédiatement, il la souleva et la projeta contre le mur en haut de l'escalier. L'air quitta ses poumons. Elle cherchait désespérément de l'oxygène. Une respiration sifflante s'échappa de ses lèvres tandis que les larmes lui montaient aux yeux.

Le regard du jeune homme brûlait de haine tandis qu'il la clouait sur place. Son cœur s'emballa. La sueur suintait de tous ses pores. Elle se débattit, mais elle ne pouvait pas atteindre son arme ni bouger ses bras et ses jambes de plus de quelques centimètres. Son regard glissa vers la gauche, et elle réalisa combien il lui serait facile de la soulever et de la jeter par-dessus cette balustrade. Il pourrait la projeter sur les marches en béton impitoyables et de cette hauteur, elle n'aurait aucune chance. Il suivit son regard, et l'expression de ses yeux se durcit, comme s'il mesurait le pour et le contre. Sa prise se resserra jusqu'à ce que la douleur se propage le long des bras d'Erin et que ses poumons se bloquent.

Il n'y avait personne. Personne ne le saurait jamais.

Finalement, il revint à lui. Il inspira en frissonnant et fit un pas en arrière, la lâchant comme si elle était vénéneuse. Puis il s'éloigna, claquant la porte massive avec fracas, le bruit résonnant comme un coup de feu dans tout le bâtiment.

Les jambes d'Erin se dérobèrent sous son poids. Elle s'effondra par terre, essayant d'alimenter ses poumons qui la lançaient, imprégnée de la puanteur de la peur et de la sueur.

Son travail valait-il vraiment qu'elle risque sa vie ?

Elle se releva en s'aidant du mur et s'agrippa à la rampe, descendant les escaliers en clopinant comme une ivrogne. Elle pensa à Cassie, et Mandy, et Rachel, et Mary, et à toutes les autres filles de cette ville qui avaient eu besoin d'elle.

Elles en valaient la peine.

Chacune d'entre elles valait la peine d'avoir affaire à des connards comme Brady. Elle redressa l'échine et inspira profondément.

Darsh avait raison sur un point. Elle avait besoin de renfort pour travailler sur le campus. Elle appela Cathy Bickham et demanda à la policière de la retrouver à la sécurité du campus.

———

DARSH ETAIT ASSIS en face de Peter Zimmerman. Il attendait. Ully Mason se racla la gorge, mais Darsh ne dit pas un mot. Il savait comment atteindre le cœur d'un Marine.

Malheureusement, cela lui laissait le temps de penser à la nuit précédente.

Le fait qu'Erin puisse mettre un terme à tout ça au saut du lit l'amenait à remettre en question tout ce qu'il savait sur le sexe et les femmes. Il essaya de chasser ces pensées. Elle avait raison : personne ne devait savoir qu'ils avaient passé la nuit ensemble. Mais le fait de se rappeler que ce qu'ils avaient fait était un sale petit secret le contrariait. Il en voulait plus, mais elle n'était pas prête à essayer. Elle n'avait pas été insensible, mais c'était une lâche.

Elle avait disparu ce matin-là. Elle lui avait dit qu'elle ne voulait pas assister avec lui à cet interrogatoire parce qu'elle avait quelque chose d'important à faire. La vérité était qu'elle l'évitait. C'était l'intimité, l'échange de confidences et la confiance qui avaient effrayé Erin au point de la braquer irrémédiablement. Elle s'était rendue vulnérable, et ça lui avait foutu les jetons.

Il comprenait, mais il n'aimait pas ça.

Finalement, quelqu'un apporta le café et le sandwich au bacon qu'il avait demandé. Il hocha la tête en guise de remerciement et la porte se referma. Il poussa le sandwich sur la table. Zimmerman n'attendit pas l'invitation. Il fondit sur le casse-croûte qui embaumait et prit l'un des trois cafés qui se trouvaient maintenant sur la table. Il avala une bouchée, puis but avec avidité.

— M. Zimmerman, je suis l'agent Darsh Singh. Je suis du FBI.

— Je ne réponds plus à ce nom, dit le type entre deux bouchées.

— Je ne vais pas appeler un Marine américain Pete le Putois, lui dit Darsh en toute honnêteté.

La combinaison bleue que le prisonnier avait enfilée pour remplacer les vêtements qu'on lui avait confisqués était si grande qu'elle pendait au niveau d'une épaule. Il avait les os saillants, indiquant des années de malnutrition.

— Quand avez-vous quitté le service actif ?

Zimmerman essuya le gras de son visage, mais il recouvrait sa barbe. Ully Mason jeta une serviette sur la table. Zimmerman se frotta le visage avec ses manches et gratifia l'officier Mason d'un regard furieux.

Il reporta son attention vers Darsh.

— 2010. J'ai fait cinq ans.

Un soupçon de fierté s'insinua à travers le ressentiment.

Cinq ans, mais il vivait dans la rue ? Darsh croyait en la responsabilité personnelle, mais… Qu'est-ce qui ne tournait pas rond dans ce pays pour qu'il ne prenne pas mieux soin de ses vétérans ?

— J'ai fait trois ans au sein du *Thundering Third*, lui dit Darsh. Je n'ai manifestement pas servi aussi longtemps que vous.

Quelque chose brilla dans les yeux de Zimmerman. Un sens de l'expérience partagée, la fraternité du corps des Marines. La fierté. Darsh allait en avoir besoin pour se rapprocher de cet homme et découvrir la vérité sur ce qui s'était passé le lundi soir.

— La chute de Bagdad ? demanda Zimmerman.

Darsh hocha la tête.

— J'ai entendu dire que c'était une sacrée opération.

Zimmerman fit une pause dans son repas pour faire descendre sa nourriture avec une autre gorgée de café.

— Vous avez vu la statue s'écrouler ?

L'imposante statue de Saddam Hussein qui avait dominé la place Firdor jusqu'à ce que les Marines arrivent pour l'abattre.

— Ce sont mes copains qui l'ont démoli.

Ils avaient failli déclencher une autre bataille en hissant le mauvais drapeau après coup. Les actions d'un officier avaient permis d'éviter un désastre. Du moins, ce jour-là. Il n'avait pas fallu longtemps pour que les habitants deviennent moins amicaux.

— Vous avez participé à tout ça ?

Ully Mason était soudain intéressé par autre chose que sa couleur de peau et son titre d'agent du FBI. Ou peut-être que l'antagonisme avait plus à voir avec son intérêt évident pour Erin – personnel et professionnel.

— En partie, concéda Darsh. Avec un gros fusil.

Il savait qu'il serait forcé au cours de cet interrogatoire de révéler des choses sur lui-même dont il ne parlait généralement pas. Peut-être était-ce aussi bien qu'Erin ne soit pas là.

— Je faisais partie des unités mobiles de tireurs d'élite. Et vous ?

Il vit les yeux de Zimmerman briller.

— J'ai entendu parler de vous. C'était la première fois qu'ils fonctionnaient comme ça. Ça a marché à merveille.

Darsh hocha la tête, se résignant à faire la conversation. Les tireurs d'élite du Corps des Marines s'étaient déployés en tant qu'unités de réaction rapide sur le champ de bataille, plutôt que de se terrer et d'attendre que les cibles viennent à eux.

— Vous avez sauvé le cul de mon pote quand la Garde républicaine a attaqué l'hôpital.

Darsh se souvenait de l'incident. L'hôpital avait été réquisitionné pour soigner les blessés, mais les hommes de Saddam avaient attaqué, même si l'endroit grouillait des leurs. Des tireurs d'élite avaient repéré la Garde républicaine à travers les fenêtres et sauvé de nombreuses vies. Ils avaient eu de la chance.

— C'était mon travail. Quel était le vôtre ?

Il essayait de rappeler à cet homme qui était tombé si bas qu'il avait été un fier Marine luttant pour une noble cause.

— J'étais sergent d'artillerie.

Zimmerman s'essuya à nouveau la bouche. Il regarda fixement son café.

— Que s'est-il passé ? demanda doucement Darsh.

— Comme d'habitude.

Ses épaules osseuses tremblèrent, mais il repoussa l'assiette vide et posa ses coudes sur la table.

— J'ai fait la guerre. Je suis rentré à la maison pour trouver ma femme en train de baiser mon meilleur ami. J'ai commencé à sortir. À me battre. À boire. À merder. Je me suis enfui comme un bébé.

— Pourquoi vous êtes-vous enfui ? demanda Darsh.

Les yeux bleus injectés de sang de Zimmerman croisèrent ceux de Darsh. L'intelligence brillait au fond d'eux. L'intelligence et la douleur.

— Vous savez pourquoi.

— Je veux que vous me le disiez.

Zimmerman s'affala contre le dossier sa chaise et pendant un moment, il sembla qu'il allait se taire. Puis il se pencha à nouveau en avant et posa ses doigts sur la table en les étirant largement.

— Conduite en état d'ivresse.

Darsh savait qu'il y avait autre chose.

— Une conduite en état d'ivresse valait un mandat d'arrêt ?

Darsh donnait l'impression que ce choix était la décision la plus stupide qui soit. Ce qui n'était pas loin du compte.

L'expression de Zimmerman se durcit et il pinça les lèvres.

— Ce n'était pas seulement une conduite en état d'ivresse. J'ai renversé ma petite fille.

Darsh regarda Zimmerman lutter pour déglutir.

— Elle jouait avec son vélo dans l'allée, et je l'ai renversée.

— Elle n'a pas été gravement blessée. Vous avez pris l'entière responsabilité de vos actes à ce moment-là.

Le type leva la tête. On lisait dans ses yeux à quel point il était dévasté.

— J'ai écrasé son vélo. Vous auriez dû voir ça, les roues tout abîmées et tordues. Ça aurait pu être elle. J'ai appelé les flics et l'ambulance, mais on a eu de la chance, elle avait à peine une égratignure.

Son regard était lointain.

— Même après ça, je n'ai pas pu m'arrêter de boire. L'idée que je l'ai blessée un jour où j'étais trop saoul… me rongeait. Alors je suis parti. Le temps que je me souvienne que je devais être au tribunal, j'étais déjà dans l'Illinois.

— Vous n'y êtes jamais retourné ?

Il secoua la tête.

— C'est plus facile d'être un clochard là où les gens ne vous connaissent pas.

— Vous aviez honte, dit Darsh.

Il vit la colère passer sur le visage de l'homme.

— Bien sûr que j'avais honte ! C'est toujours le cas. Et l'idée qu'elles me voient comme ça ?

Le dégoût de soi imprégnait ses traits.

— Pouvez-vous imaginer l'horreur d'avoir un père comme moi ? Un mari ? C'est mieux pour elles si elles pensent que je suis mort.

Ce type était un soldat décoré qui avait fait la guerre pour son pays. Darsh sentit la frustration le gagner. Il savait que l'armée était dure à gérer pour les familles, mais bon sang, fallait-il vraiment en arriver là ?

— Dites-moi ce qui s'est passé lundi soir.

Quelque chose d'autre passa dans les yeux de l'homme.

— J'ai déjà tout dit à l'inspectrice hier. La jolie.

— Redites-nous ça, demanda Darsh.

L'agent vit le malaise dans les yeux de Zimmerman.

— J'ai pris un repas au refuge, puis j'ai fait une promenade. J'ai vu une des filles et je l'ai suivie jusqu'à chez elle.

Il leva une main tremblante à son front.

— J'étais ivre. Je ne me souviens pas de grand-chose.

— Vous ne vous souvenez pas du viol et du meurtre d'une jeune fille de 20 ans ?

La peau de Zimmerman blanchit au point d'arborer une teinte encore plus malsaine, mais il garda le silence.

— Où avez-vous trouvé les menottes ?

Zimmerman le regarda d'un air confus, puis son visage s'éclaira.

— Dehors.

— Quoi, elles traînaient là avec leurs clés ?

Il haussa les épaules.

— Les gens se séparent de toutes sortes de choses. Ils les jettent par-dessus le pont. Je les ramasse.

— Avez-vous ramassé le drap quand quelqu'un l'a jeté par-dessus le pont, Peter ?

— Nan, je vous l'ai dit. Je l'ai volé dans le lit de cette fille.

— Après l'avoir violée.

Zimmerman hocha la tête, les yeux durs à présent.

— Vous a-t-elle rappelé votre fille, ou votre femme ?

Il cligna des yeux.

— Putain, qu'est-ce que c'est censé vouloir dire ?

Darsh haussa les épaules.

— Elle avait de longs cheveux noirs, comme Maria, et Katy. Je me suis dit que c'était peut-être une substitution…

Zimmerman se jeta sur lui. Darsh esquiva et fit signe à Ully Mason de ne pas intervenir.

— L'avez-vous menottée et violée sur le sol pour vous venger de votre femme et de votre fille ? Parce qu'elles ne vous ont pas arraché à votre vie de merde alors que vous êtes allé faire la guerre pour garantir leur liberté ? Vous rentrez de mission, et elle se fait votre meilleur ami ? Quelle sorte de salope fait ça ?

Zimmerman se leva, tremblant de rage, le corps ravagé par la privation et des années de consommation excessive d'alcool.

— Ne parlez pas de ma femme comme ça. Les femmes de ma vie, ce sont de bonnes personnes. Elles n'ont pas besoin de savoir quoi que ce soit à ce sujet. J'ai menotté et violé cette fille parce que j'étais ivre, excité, et qu'elle était là. Aucune autre raison.

Sa voix se brisa.

— Elles n'ont pas besoin de savoir quoi que ce soit à ce sujet, répéta-t-il. Mettez-moi juste devant un juge et enfermez-moi.

— Vous préférez la prison à vie plutôt que de rentrer au Texas et affronter votre famille pour une conduite en état d'ivresse ? Vous êtes complètement taré.

Le type lui jeta un regard noir. Ully Mason lui lança un regard incrédule, mais se tut.

Darsh ouvrit le dossier qui se trouvait devant lui et en sortit deux photos de la tête des victimes. Il les fit glisser sur la table.

— Vous aimez frapper les femmes ?

Zimmerman commença à secouer la tête, puis réalisa qu'un homme accusé de viol et de meurtre n'hésiterait pas à frapper une femme.

— Bien sûr.

— Pourquoi avoir frappé celle-là ? demanda Darsh en désignant Cassandra Bressinger.

— Elle a été insolente avec moi. Elle a dû dire quelque chose qui ne m'a pas plu.

Les doigts de Zimmerman passèrent au-dessus des deux photos avant de s'éloigner. Il crispa ses mains sur ses genoux.

— Mais l'autre ne l'a pas fait, alors vous l'avez violée ?

— Je ne me souviens pas pourquoi je l'ai fait. Je l'ai fait, c'est tout.

Zimmerman ferma les yeux, des larmes coulant sur son visage comme s'il réalisait soudain le poids de ce qu'il avait avoué.

Il n'y avait aucune chance que ce type soit coupable. Pas moyen. Mais quelqu'un avait été assez intelligent pour faire en sorte que ça semble plausible. Et cet idiot de Marine avait décidé de porter le chapeau plutôt que de révéler le gouffre dans lequel il avait sombré aux personnes qui comptaient le plus pour lui.

Darsh posa le sachet transparent sur la table avec un bruit sec. Il contenait le pistolet qu'il avait trouvé la nuit précédente.

— Vous les menacez avec ça ? C'est comme ça que vous les contrôlez ?

— C'est exact.

— Alors, pourquoi ne pas leur avoir tiré dessus ?

— Parce que je sais qu'on peut trouver une correspondance pour les balles, tête de nœud.

— Alors vous préférez avouer ? Maintenant, qui est la tête de nœud ?

Zimmerman le regarda fixement. La fierté sous la surface voulait se battre. Darsh voulait le forcer à lutter.

— Vous pensiez qu'en avouant, en plaidant coupable, personne n'en entendrait jamais parler dans ce bon vieux Texas ?

Zimmerman ouvrit grand les yeux.

— Comment ça ? Pourquoi quelqu'un se soucierait de ça au Texas ?

Darsh ricana.

— Ne soyez pas stupide. Cette affaire a fait la une des

journaux internationaux. Vous pensez que la presse ne va pas frapper à la porte de Maria quand elle découvrira votre identité ? Vous pensez que Katy ne va pas découvrir ce que son père a fait à ces filles ? Ou ses amis à l'école ?

Les yeux de l'homme étaient de plus en plus grands. Sa bouche s'ouvrait et se refermait sans produire le moindre son.

— Et les hommes qui ont servi sous vos ordres ? Que vont-ils penser du fait que leur ancien sergent d'artillerie ait tué deux femmes innocentes ?

Zimmerman prit son visage dans ses mains.

— Oh, bon sang.

— Avez-vous violé et tué Cassandra Bressinger et Mandy Wochikowski ?

Zimmerman secoua la tête, et Ully Mason manqua de s'étouffer.

— Où avez-vous trouvé le drap ? Et la corde qui attachait tout votre fatras ?

— Quelqu'un les a jetés par-dessus le pont. Comme je l'ai dit, les gens jettent des trucs tout le temps.

— Pourquoi avoir avoué ?

Zimmerman avait la mine défaite. Il prit une profonde inspiration qui parut vibrer dans sa poitrine.

— Je ne voulais pas qu'elles me voient comme ça. Merde, j'ai besoin d'un verre.

La dernière chose dont ce gars avait besoin était d'un verre.

Darsh se leva et rassembla ses photos et son dossier.

— Vous êtes accusé d'entrave à une enquête de police.

Zimmerman parut choqué. C'était peut-être dur, mais c'était peut-être le seul moyen pour Darsh de faire bouger les choses et d'essayer d'apporter à ce type l'aide dont il avait besoin. Il parlerait à la justice du Texas et verrait s'ils ne pouvaient pas trouver un arrangement impliquant une cure de désintoxication. Il avait aussi des amis dans les Marines qui l'aideraient.

— Vous avez préféré avouer ça plutôt que d'affronter la vérité concernant votre vie. C'est vraiment un mauvais calcul, mon pote. Le vrai tueur est toujours en liberté et doit probablement guetter sa prochaine victime pendant que nous parlons.

Zimmerman sanglota.

Darsh fit signe au gardien de le ramener dans sa cellule.

Quand ils furent seuls, Ully se leva et se tourna pour lui faire face.

— Vous savez que vous venez de convaincre notre principal suspect de revenir sur ses aveux. Il le jaugea de ses yeux marron.

— Vous pensez que c'est lui ?

Ully poussa un profond soupir et secoua la tête.

— C'est ce que je croyais. Maintenant, on est de retour à la case départ.

— Pas vraiment.

Le regard d'Ully se durcit.

— Nous savons que notre suspect est intelligent, concentré et a toujours deux coups d'avance sur nous.

Ully s'éloigna de la table.

— Formidable. Un suspect plus intelligent que la police. Ça va faire un super titre. Vous avez quelque chose d'utile à ajouter à l'enquête ?

— Je pense qu'une réunion d'équipe s'impose.

# CHAPITRE DIX-NEUF

E RIN REJOIGNIT LE poste dans une symphonie de chaos. Elle trouva Ully dans la salle de repos.

— Qu'est-ce qu'il se passe ?

Ully porta une tasse à ses lèvres. Ses yeux étaient injectés de sang, et on aurait dit qu'il n'avait pas dormi la nuit précédente non plus. Connaissant Ully, il avait fait exactement la même chose qu'elle.

— Pete le Putois s'est rétracté après avoir parlé au fédéral.

Erin masqua son soulagement en se servant un café.

— Tu penses que c'est lui ?

— Je le pensais, admit-il. Jusqu'à ce que l'agent Sing-along commence à lui parler.

— Ne fais pas ça.

— Faire quoi ? demanda Ully, l'air confus.

— Te moquer de son nom. Tu t'appelles Ulrik, pour l'amour de Dieu. Si quelqu'un doit comprendre l'effet de ce genre de moquerie, c'est bien toi.

— Je plaisante, dit-il, exaspéré.

— Ça ne ressemble pas à une blague quand la personne dont on se moque n'est pas là.

Il marmonna quelque chose d'inintelligible.

— Tu savais qu'il était dans les Marines ?

Erin haussa les sourcils, très au courant de la chose.

— Il a commencé à en parler un peu pendant l'interrogatoire, alors j'ai appelé un de mes copains au Corps. Apparemment, l'agent Singh était un dur à cuire avec un fusil à lunettes. Son nom de code était Spectre.

Les gens du coin aimaient les armes à feu. Elle ne doutait donc pas qu'avec ses hauts faits, Darsh avait multiplié sa popularité par mille. Mais tous ces types auraient le temps de comparer la longueur de leur canon plus tard, pensa-t-elle en levant les yeux au ciel.

— Alors, qu'est-ce qu'il se passe ?

Ully consulta sa montre et termina son café.

— L'agent *Singh*, dit-il en prononçant son nom très soigneusement, a ordonné une réunion d'équipe. Salle de conférence dans cinq minutes. Tu as trouvé quelque chose au campus ?

Elle repensa à son altercation avec Brady et se demanda pourquoi elle ne l'avait pas fait arrêter pour agression. Parce qu'il l'avait lâchée ? Qu'il avait changé d'avis ? Parce qu'elle avait vu quelque chose dans ses yeux qui ressemblait plus à de la souffrance qu'à de la colère ? Les animaux blessés n'étaient-ils pas les plus dangereux quand ils se retrouvaient acculés ?

Elle pouvait sentir les bleus se former le long de sa colonne vertébrale et la bosse à l'arrière de sa tête, là où elle avait percuté le mur. Elle manquait à son devoir en ne le signalant pas, et elle avait également peur que ce soit un écho de son passé, lui montrant à quel point elle était faible. En vérité, elle ne savait même pas si quelqu'un la croirait.

Brady pouvait attendre – sauf si elle parvenait le relier directement au meurtre. Pour le moment.

— Pas grand-chose.

Elle termina son café et lava sa tasse, apercevant Darsh de

l'autre côté du poste, en train de discuter avec le chef Strassen et l'un des avocats de l'université. Le chef lui lança un regard, et elle sut qu'ils parlaient d'elle. Elle pinça les lèvres et les ignora, se dirigeant vers son bureau pour déposer son manteau.

Harry était assis là avec deux ordinateurs portables perchés sur son bureau.

— Tu as survécu au campus ?

Erin lui adressa un regard perçant.

— Pourquoi j'aurais dû y rester ?

— Tu n'as pas vu les gros titres ce matin ?

Erin jeta un coup d'œil par-dessus son épaule alors qu'il affichait le site web du journal local. « La colocataire des filles assassinées affirme que l'inspectrice attendait devant la maison pendant les meurtres. »

Erin grimaça. C'était assez proche de la vérité pour faire mal, et il était hors de question qu'elle se défende en rétorquant que les femmes étaient mortes avant l'appel aux secours. Sa réputation était détruite de toute façon.

— Pourquoi elle fait ça, d'après toi ? Pour la notoriété ? L'argent ?

Harry haussa les épaules.

— Et pourquoi est-ce qu'ils s'acharnent tous sur toi ? Je veux dire, tu es arrivée avant Ully, et tu n'étais même pas de service cette nuit-là.

Elle secoua la tête et haussa les épaules.

— Je suis juste chanceuse, je suppose. Ce serait bien s'ils nous laissaient faire notre travail sans nous juger en permanence. Tu as trouvé autre chose ?

Il rassembla ses dossiers.

— Je te dirai tout à la réunion. Viens. On est en retard.

———————

DARSH REGARDA ERIN prendre place à l'avant de la table. L'avocat de l'université avait entendu qu'ils abandonnaient les charges contre Peter Zimmerman, avait vu les gros titres du matin et avait déboulé au poste bien décidé à réclamer le badge d'Erin.

Le fait que Darsh se porte garant pour elle plutôt que son patron montrait qu'elle était sur un terrain glissant. Ils devaient résoudre cette affaire rapidement si elle tenait à garder son travail.

Elle baissa les yeux sur ses notes, refusant de croiser le regard de Darsh. Il essuya le tableau blanc, déterminé à oublier qu'ils s'étaient rapprochés bien plus que permis entre collègues, même si cela n'était pas suffisant à ses yeux. Il lui avait dit ce qu'il voulait, elle ne ressentait pas la même chose. Ce n'était pas comme s'il pouvait la forcer, vu la merde que son ex lui avait fait subir.

Il déverrouilla consciemment sa mâchoire inférieure avant qu'elle ne se ferme définitivement.

Strassen entra et s'assit à l'autre bout de la table. Il y avait deux officiers supérieurs en uniforme, Ully et Bill Youder, Bickham, ainsi que les deux inspecteurs. Il s'était dit que moins il y aurait de gens pour cette session, mieux ce serait.

Il consulta sa montre et commença.

— On m'a demandé de me pencher sur cette affaire pour vous aider à trouver ce tueur le plus rapidement possible, et aussi pour évaluer si oui ou non ces meurtres avaient été commis par la même personne qui a commis les viols à l'université l'année dernière.

— Et qu'avez-vous décidé ? demanda Strassen.

La tension dans son corps était palpable.

— Il y a trop de similitudes pour affirmer qu'ils ne sont pas liés.

Strassen ferma les yeux. Les autres flics se hérissèrent.

— Vous dites qu'on s'est plantés sur Hawke ? demanda Ully de façon belliqueuse.

Darsh secoua la tête, se tournant vers Erin, qui croisa son regard de ses yeux bleu acier.

— Je ne pense pas que ce soit de votre faute.

Une ligne se dessina entre ses sourcils.

— Je ne comprends pas, dit-elle doucement.

— Le QI moyen d'un tueur en série est de 94,7. Bundy avait 136. Le tueur en série le plus intelligent jamais testé est Kaczynski, avec 167 de QI.

Il regarda Strassen.

— Je pense que nous sommes à la recherche de quelqu'un du même niveau que Kaczynski – un génie qui connaît le fonctionnement des enquêtes criminelles.

Ully poussa un juron.

Darsh écrivit « intelligent » sur le tableau blanc.

— Donc on n'a pas merdé, le suspect est juste plus intelligent que nous ?

La lèvre d'Erin se retroussa en signe de dégoût.

— Exactement.

Darsh aurait pu lui dire qu'elle était laide, elle se serait sentie moins insultée.

— Nous recherchons un prédateur narcissique, quelqu'un qui a un énorme sentiment de légitimité et un mépris total pour les émotions des autres. Nous pouvons également établir d'autres facteurs.

Erin commença à prendre des notes. Elle était énervée,

mais déterminée. Elle n'abandonnait jamais, sauf s'il s'agissait de sa vie personnelle.

— C'est quelqu'un qui évolue librement parmi la population étudiante. Il peut s'agir d'un autre étudiant, d'un gardien ou d'un agent de sécurité du campus. En tout cas, le suspect est parfaitement intégré à la vie de l'université.

— Quel est l'âge moyen d'un tueur en série ? demanda Ully.

Darsh hésita.

— Je ne suis pas un grand fan du profilage inductif, même s'il est plus rapide que le profilage déductif.

— Pourquoi ? demanda Ully.

— Parce que les données ne sont collectées qu'auprès de tueurs qui ont été arrêtés, ou de sources invérifiables, ce qui biaise l'échantillon.

Darsh but une rapide gorgée de café.

— Si le profilage inductif était vraiment valable, nous aborderions chaque affaire en rassemblant tous les hommes caucasiens entre 18 et 32 ans ayant un QI supérieur à la moyenne. Nous trouverions ceux qui ont été victimes d'abus sexuels et dont la vie familiale est instable – il a été abandonné par son père et élevé par une femme dominante. Nous aurions des preuves de la triade McDonald : énurésies nocturnes persistantes après l'âge de 12 ans, cruauté envers les animaux, pyromanie. Le tueur travaillerait seul et traverserait rarement les barrières raciales. En nous basant sur les profils inductifs, nous repérerions tous ces gars dans les environs et il y aurait des chances que nous ayons notre homme. Mais si nous n'avions utilisé que le profilage inductif, nous n'aurions pas attrapé Joseph Ball, John Wayne Gacy, Ray et Faye Copeland, Jeffrey Dahmer, et bien d'autres.

Un silence contemplatif s'installa dans la pièce.

— Au cours des viols de l'année dernière, l'agresseur a fait très attention à ce que les victimes ne le voient pas avant de les avoir maîtrisées, ou il a veillé à ce que leurs facultés soient inhibées par l'alcool ou les drogues. Rachel Knight : il a enfoncé son visage dans l'oreiller jusqu'à ce que la kétamine fasse effet. Mary Mitchell : il a tenu un oreiller sur son visage jusqu'à ce que la drogue agisse. Jayelle Rouseau était ivre au point de s'évanouir. Paula Gruber, à nouveau ivre, mais pas autant. Elle avait fait l'amour de façon consentie avec un gars peu avant. Il part et elle se réveille avec quelqu'un qui essaie de la prendre par-derrière. Il faisait nuit. Lorsqu'elle a compris qu'il ne s'agissait pas de son amant, elle a commencé à se débattre et s'est retrouvée avec le visage enfoncé dans l'oreiller, puis une piqûre de kétamine dans les fesses jusqu'à ce qu'elle perde connaissance.

— Mais Drew Hawke est facilement reconnaissable. Pourquoi leur avoir laissé voir son visage pendant qu'il les violait ? fit remarquer Ully.

— Je suis d'accord. Pourquoi ne pas leur avoir mis un bandeau sur les yeux ? Une taie d'oreiller sur la tête ? On leur avait fermé les yeux avec du ruban adhésif, bordel ? Hawke est un type intelligent. Les femmes ont toutes affirmé avoir vu son visage clairement pendant l'agression. Pourquoi ? Pourquoi les laisser le voir ?

Le silence crépitait.

— Donc soit *c'est bien* Drew Hawke qui les a violées et a supposé que les femmes étaient trop dans les vapes pour le reconnaître parce qu'elles étaient droguées. Ou…

Erin déglutit.

— Ou, termina Darsh à sa place, c'est quelqu'un qui s'est

délibérément fait passer pour Hawke auprès de femmes qui étaient déjà soit en état d'ébriété, soit droguées à la kétamine qui, fait intéressant, n'efface pas la mémoire à court terme des victimes, à moins qu'elles ne soient inconscientes.

— Donc, en supposant que votre théorie soit correcte, le suspect voulait qu'elles soient vivantes pour pouvoir accuser Hawke. Il a délibérément piégé le quarterback pour le faire tomber, dit Erin, l'expression amère. Mais maintenant, il tue parce qu'il n'a pas besoin d'elles pour identifier Hawke. Hawke est déjà en prison.

Les yeux d'Erin étaient énormes.

— Ou peut-être que c'est un autre type qui a appris des erreurs de Hawke et qui tue les victimes pour ne pas finir en prison comme lui ? suggéra Ully, de l'autre côté de la table.

— Peut-être, dit prudemment Darsh. Mais j'ai le sentiment qu'il a cessé d'utiliser la kétamine parce qu'il a pris confiance. Il a trouvé comment contrôler ses victimes sans drogue. Peut-être un couteau ou une arme ? Peut-être juste la peur ? Elles se débattent probablement plus ; il doit prendre davantage son pied à les torturer.

— Mais elles peuvent l'identifier maintenant, dit Ully.

— Et il n'a pas l'intention de se faire prendre, acquiesça Darsh.

— Alors il les tue, ajouta Erin en levant les yeux. Vous pensez qu'il portait un masque du visage de Drew Hawke ?

— C'est ce que je pense, dit Darsh. Le rendu n'était probablement pas parfait, mais avec des victimes ivres, droguées, traumatisées, ce n'était peut-être pas nécessaire. Peut-être que l'image a juste besoin de s'imprimer dans le cerveau de la victime pendant quelques secondes pour être fixée dans la mémoire.

— C'est pour ça que ces filles ont pu affirmer au détecteur de mensonges que Drew Hawke les avait violées, alors qu'en fait c'était quelqu'un qui se faisait passer pour Hawke. Qui l'a piégé, fit Harry Compton en se mordant la lèvre pensivement.

— Donc Drew Hawke pourrait être innocent ? demanda Erin d'une petite voix.

— Ou, interrompit Harry, quelqu'un pourrait mettre en scène ces meurtres pour faire croire que c'est lui.

— Quelqu'un d'intelligent, acquiesça Erin. De vraiment intelligent.

— Qui sait non seulement comment détruire ou contaminer les preuves, mais qui sait aussi exactement quel type de preuves les policiers recherchent pour qu'elles soient valables devant un tribunal, déclara Darsh.

— Est-ce qu'il pourrait faire partie des forces de l'ordre ? demanda Erin. Ou bien ça pourrait être quelqu'un qui étudie la justice criminelle à l'université ?

— Clairement, fit Darsh en hochant la tête. Le fait que Mandy ait été traitée différemment me laisse penser qu'il la connaissait et l'appréciait. Et elle étudiait la psychologie criminelle.

— Ou bien ça pourrait être un agent de sécurité du campus – j'y suis allée ce matin, mais les bandes de cette nuit avaient été « accidentellement » effacées.

Erin fit rouler ses épaules. Elle avait l'air si abattue qu'il avait envie de poser sa main sur son épaule pour la rassurer. Elle n'aurait pas apprécié. Pas devant ses collègues.

— Nous devons effectuer des vérifications plus approfondies des antécédents. Toute personne ayant une expérience du maintien de l'ordre dans un rayon de 15 km autour de la ville. Toute personne qui a étudié la psychologie criminelle ou la criminologie.

— Ça fait beaucoup de monde, rétorqua Harry.

Darsh se frotta les yeux, pour essayer de se réveiller.

— Je sais. C'est pourquoi j'ai demandé qu'un autre agent du DSC vienne travailler avec nous sur cette affaire. Elle sera là dans quelques heures. Elle est douée en informatique et saura identifier des signaux d'alerte dans les vérifications des antécédents.

— Vous allez aussi passer au crible les joueurs de football et les entraîneurs ? demanda Erin.

Darsh hocha de nouveau la tête.

— Je veux qu'ils soient inclus dans cette vérification approfondie des antécédents, oui.

— Mais ils formaient une sacrée équipe avec Hawke comme quarterback. La seule personne qui pourrait vouloir l'éliminer, c'est son remplaçant, Johnny Weber, fit valoir Ully.

— Bon sang, s'il est innocent, dit Erin, et je ne dis pas que je pense qu'il l'est, pas encore, mais j'ai l'impression que ça doit avoir un lien avec l'équipe de football d'une manière ou d'une autre…

— Inspectrice… intervint le chef Strassen.

— Non, monsieur, si Drew Hawke est innocent, c'est autant une victime que ces filles, surtout après le meurtre de Cassie.

Elle détourna le regard de son patron pour le poser sur Darsh.

— C'est personnel. C'est de la haine.

Il acquiesça sèchement. Elle n'était pas du genre à brûler les étapes pour obtenir des résultats. Il ne doutait pas que l'inspectrice Erin Donovan avait bien rempli ses fonctions et qu'elle était arrivée aux mêmes conclusions que n'importe quel officier. Il espérait juste qu'il pourrait persuader son patron qu'elle valait la peine qu'on se batte pour elle.

— C'est pourquoi nous devons revenir à l'essentiel.

— La victimologie ?

— Oui. Je veux tout savoir sur chaque victime, y compris Hawke. Et nous nous installerons ici. Seuls nous six sommes au courant, plus l'agent Chen, quand elle arrivera. Je ne veux pas qu'il y ait de fuite parce que nous ne pouvons pas nous permettre de laisser entendre que nous sommes sur ses traces. Le suspect pourrait être de chez nous, et il risquerait de s'enfuir.

Il alla tirer les stores de la salle de conférence.

— Nous tiendrons nos futures réunions ici et ne discuterons avec personne de nos conclusions ou de l'avancée de l'enquête. C'est compris ?

Le chef Strassen était livide. Erin n'avait pas l'air mieux. Puis elle sortit son téléphone de sa poche et le mit à son oreille, visiblement en communication.

Ully s'approcha de Darsh et lui parla doucement.

— Si la ville apprend qu'on pense que ces affaires sont liées, Erin sera livrée en pâture aux loups.

Darsh la regarda.

— Raison de plus pour nous taire jusqu'à ce que nous identifions le tueur.

Ully suivit son regard, puis dut apercevoir quelque chose sur son visage.

— Vous n'avez aucune chance avec elle, le féd'.

Darsh soutint le regard d'Ully.

— Je suis plus préoccupé par sa carrière qu'autre chose.

Ully sourit.

— Bien sûr… Mais ne soyez pas étonné si elle vous rejette.

Elle n'est sortie avec personne depuis que son connard de mari s'est tiré une balle.

Darsh ne put empêcher la satisfaction de l'envahir à ce moment-là. Ils avaient partagé quelque chose de spécial. Puis il se souvint que rien ne l'intéressait en dehors de la chambre à coucher, et son humeur se dégrada.

La voix d'Erin se fit plus forte.

— Est-ce que vous l'avez signalé ?

Elle tenait son téléphone dans un étau mortel. Elle regarda d'abord son chef, puis Darsh.

— La mère de Rachel Knight est en ligne. Rachel a disparu.

———

ERIN SE DIRIGEAIT vers la maison de Rachel, même si son patron lui avait dit qu'ils ne pouvaient pas la considérer comme une personne disparue avant 24 heures, ce qui était une belle connerie. Et si Rachel se faisait du mal ?

Le pick-up gémit en montant la pente dans la neige qui tombait sans discontinuer. Il était déjà tombé cinq bons centimètres, mais la météo en prévoyait bien plus. Darsh était assis à côté d'elle, parlant au téléphone. Aucun d'eux n'avait mentionné la nuit précédente ni leur dispute du matin. Ils étaient redevenus professionnels et se concentraient sur l'affaire. Elle lui en était reconnaissante. Bizarrement, sa présence renforçait son courage et son sentiment de sécurité. Elle n'était pas sûre de ce qu'elle devait ressentir à ce sujet, mais son inquiétude pour Rachel l'emportait sur tout le reste.

Il raccrocha. Elle lui jeta un coup d'œil, puis dut corriger un léger dérapage des pneus arrière. Il lui fallait garder les yeux rivés sur la route, sauf si elle voulait finir dans le fossé.

— Je viens de parler à un de mes amis qui possède une société de sécurité à Washington. Il envoie des agents de sécurité supplémentaires sur le campus. L'université a demandé des renforts.

Ce qui était une perte de temps vu le nombre de jeunes femmes vivant dans le coin, mais l'université voulait donner l'impression d'être proactive jusqu'à ce que les flics attrapent le tueur. Cela ne pouvait pas faire de mal.

— Des nouvelles concernant les preuves ?

— Pas encore. Le labo a dit qu'ils auraient des résultats d'ici la fin de la journée.

Elle ravala sa frustration. Où était Rachel ? Nourrissait-elle des pensées suicidaires ou avait-elle été enlevée ? Erin était-elle passée à côté de quelque chose la veille ? Avait-elle laissé tomber Rachel ? Cette pensée lui noua l'estomac. Le pick-up dérapa à nouveau et elle s'obligea à se concentrer sur sa conduite, sans quoi elle risquait de provoquer un accident et de se retrouver à l'hôpital avec Darsh.

— Elle est probablement allée chez une amie, lui dit-il tranquillement.

Elle hocha brièvement la tête. Il essayait d'aider, mais tant qu'elle n'aurait pas parlé à Rachel, l'écrasant sentiment de culpabilité continuerait à déferler dans son esprit.

Ils atteignirent finalement la résidence des Knight. Elle s'engagea dans l'allée, et la mère de Rachel ouvrit la porte, les attendant de pied ferme. L'inquiétude dans les yeux de la femme lui brisait le cœur, mais Erin redressa l'échine et sortit du pick-up. Elle avait un travail à faire et se compromettre émotionnellement ne risquait pas de l'aider.

Elle remonta le chemin avec Darsh à ses côtés. La tentation de lui prendre la main pour se rassurer était énorme. Et complètement inappropriée.

— Dr Knight.

Elle hocha la tête et franchit la porte.

— Quand avez-vous vu votre fille pour la dernière fois ?

La femme croisa les bras sur sa poitrine.

— Hier soir. Je lui ai dit bonne nuit vers 22 heures.

— Vous n'avez plus entendu parler d'elle, et vous ne l'avez pas vue partir ?

Elle secoua la tête.

— Pouvons-nous voir sa chambre ? demanda Darsh.

Erin savait que c'était la véritable raison de sa présence. Il voulait fouiner et se faire une idée de la victime en l'absence de Rachel. Elle n'aurait pas dû lui en vouloir, il faisait juste son travail.

La mère de Rachel tourna les talons et courut dans les escaliers.

— Elle ne serait pas partie sans me le dire. Elle me dit toujours où elle va et à quelle heure elle rentre.

Rosemary Knight descendit un couloir recouvert de moquette et ouvrit une porte donnant sur une grande chambre bleu ciel avec un grand lit à baldaquin au milieu. Le lit était fait. Un ordinateur était posé sur le bureau.

— Est-ce qu'elle a son téléphone sur elle ? demanda Erin tandis que Darsh se dirigeait vers l'ordinateur portable.

— Oui, répondit-elle, les épaules crispées. Du moins, je pense. Il n'est pas là.

— Quel est son numéro ? demanda Darsh.

Il sortit son téléphone de sa poche et passa un coup de fil rapide.

Rosemary lui donna le numéro de sa fille, qu'il communiqua à la personne à l'autre bout du fil, lui demandant d'essayer de le localiser et de le rappeler. Il raccrocha.

— L'alarme était-elle enclenchée ?

La mère de Rachel hocha la tête.

— Toujours. Quelqu'un l'a désactivée en quittant la maison vers six heures.

Darsh alla lire les e-mails sur l'ordinateur de Rachel. Il n'y avait pas de mot de passe.

— Et aucun signe d'effraction ? demanda Erin.

— Non.

Il n'y en avait pas eu non plus chez Cassie et Mandy, mais comment le suspect aurait-il pu attaquer et kidnapper Rachel sans que personne ne l'entende ? Et comment aurait-il eu connaissance du code de l'alarme ?

— Est-ce que vous l'auriez entendue si elle avait désactivé l'alarme pour partir ?

Elle poussa un soupir, et son visage se décomposa.

— Peut-être, mais j'en doute. J'ai pris un comprimé pour m'aider à dormir.

Elle mit ses mains sur son visage, pour cacher ses larmes.

— Une terrible partie de moi me pousse à croire qu'elle a été enlevée. Ce serait plus facile que de savoir qu'elle a fui de son plein gré.

— Rachel est une femme adulte, Dr Knight. Peut-être qu'elle a juste besoin d'un peu d'espace.

— Vous pensez que je l'étouffe ?

Ses mots étaient amers et mordants.

— Non, hésita Erin. Après tout ce qu'elle a traversé, je comprends que vous vous sentiez obligée de la protéger, mais peut-être qu'elle est simplement allée parler à une amie ? Ou qu'elle a fui parce qu'elle avait peur de ces meurtres.

Erin priait avec toutes les cellules encore catholiques de

son corps.

— Peut-être qu'elle vous appellera dans une heure, depuis une plage du Maine.

Erin essayait d'être optimiste pour le bien de son interlocutrice. Rosemary Knight n'avait pas besoin d'entendre ses autres théories.

Le téléphone de Darsh sonna, et la tension devint palpable.

— Envoie-moi l'adresse, et je la chercherai sur Google. Merci.

Ils attendirent tous impatiemment.

Darsh raccrocha et quelques secondes plus tard, son téléphone sonna, indiquant la réception d'un e-mail.

— Où est-elle ? demanda la mère de Rachel.

— L'agent Rooney a réussi à localiser son téléphone grâce à plusieurs antennes-relais, et a obtenu une localisation approximative. Le parc de Fox Creek ?

Le soulagement inonda le visage de Rosemary.

— Elle aime parfois s'y promener.

Puis ses yeux se tournèrent vers les fenêtres et la tempête de neige qui s'intensifiait.

— Et si elle s'était perdue ?

Les pensées d'Erin étaient plus sombres, et elle essaya de ne pas imaginer le pire.

— Nous allons la trouver, Rosemary, dit Erin en lui serrant le bras. Nous allons la ramener à la maison.

Elle espérait ne pas faire de promesses qu'elle ne pourrait pas tenir.

— Je viens avec vous.

— Quelqu'un doit rester ici au cas où elle appellerait ou reviendrait.

— Donald est là. Coincé dans son bureau, prétendant qu'il

n'a pas peur – bien qu'en réalité, il serait difficile de faire la différence.

Elle eut un rire amer, prouvant que les choses étaient loin d'être au beau fixe dans la maison des Knight. Puis ils descendirent dans le hall où elle attrapa son manteau et glissa ses pieds dans ses bottes.

— Je viens avec vous, insista-t-elle. Je dois retrouver mon bébé.

Erin prit le volant, heureuse de rouler en pick-up, car la neige devenait de plus en plus épaisse. Ses essuie-glaces balayaient paresseusement la neige sur son pare-brise. Fox Creek se trouvait à environ 6 km à l'est de la ville et constituait l'entrée de plus de 800 hectares de parc national. *Faites qu'elle soit là. À pleurer dans sa voiture parce que le destin n'arrête pas de lui jouer des tours et qu'elle avait besoin d'espace.*

Erin se gara sur le petit parking, et une vague de soulagement l'envahit à la vue de la voiture de Rachel. Mais il était évident que le véhicule n'avait pas bougé depuis un certain temps ; la neige le recouvrait d'un fin linceul. Le moteur devait être froid. Elle s'arrêta quelques mètres plus loin, et Darsh lui jeta un regard rassurant en descendant.

— Restez ici, ordonna-t-il.

Erin accepta, car cela signifiait que Rosemary Knight serait plus susceptible de rester elle aussi, et elle ne voulait pas que ce soit sa mère qui trouve Rachel si elle avait décidé de mettre fin à ses jours.

Darsh balaya soigneusement la neige sur la vitre latérale de la voiture de Rachel et jeta un coup d'œil à l'intérieur, pendant ce qui parut durer une éternité à Erin. Puis il se dirigea du côté passager et actionna la poignée. La portière s'ouvrit. Erin retint son souffle et sentit les doigts de Rosemary Knight s'enfoncer dans le dossier de son siège. Darsh se baissa à l'intérieur, puis sortit un gant et fouilla dans sa poche à la recherche d'un sac à scellés. Il sortit en tenant un téléphone portable dans le plastique. Puis il vérifia le coffre, mais Erin vit qu'il était vide. Il revint vers elles en secouant la tête.

— Elle n'est pas là.

La neige tourbillonnait autour de ses épaules, les cristaux blancs formant un contraste frappant avec ses cheveux noirs.

Il brandit le téléphone portable et le montra à Rosemary à l'arrière.

— C'est le sien ?

Rosemary tendit la main, mais Darsh retira le téléphone.

— J'ai un agent qui arrive dans moins d'une heure et qui pourrait être en mesure d'en tirer des informations clés, mais on *ne* peut pas le compromettre s'il y a un risque que ce soit une scène de crime. Vous comprenez ?

Sa voix était douce, mais ferme.

Rosemary se couvrit la bouche et sanglota en hochant la tête.

— Connaissez-vous son code de déverrouillage de l'écran ? Pour voir s'il y a un texto visible.

— C'est quatre, quatre, quatre, sept.

Puis elle se renferma sur elle-même pour tenir bon.

Le regard d'Erin passa de Rosemary à Darsh.

— Même si elle n'est pas partie depuis vingt-quatre heures, j'appelle les services de recherche et de sauvetage.

Il hocha la tête, tapant le code sur le portable de Rachel.

— C'est une bonne idée. Ils pourront la chercher. Il faut qu'on retourne au poste.

Rosemary Knight ouvrit la portière et commença à courir vers la forêt.

Erin secoua la tête.

— Bon sang. Écoute, appelle les R-S, puis le poste. Demande à quelqu'un de te ramener en ville. Je reste là.

— Erin…

— Je ne peux pas la laisser.

Elle désigna la femme qui s'était mise à genoux devant la vaste étendue de nature sauvage.

— Regarde-la.

L'expression de Darsh se crispa.

— Ton travail dépend de l'arrestation de ce tueur, Erin, pas de la recherche d'une fille perdue qui a plus de chances de s'être suicidée que d'avoir été enlevée, dit-il avec colère.

Elle le regarda dans les yeux.

— Tu n'en sais rien. Et ne me dites pas comment faire mon travail, Agent Singh.

Son expression était dégoûtée, et Erin se ratatina légèrement à l'intérieur.

— Madame, loin de moi l'idée de vous dire comment faire quoi que ce soit.

Il claqua la porte et s'éloigna, déjà au téléphone. Erin sortit du véhicule. Quand elle atteignit Rosemary, elle la tira de la neige mouillée et la serra fort dans ses bras.

— Nous allons la trouver. Ne perdez pas espoir.

Mais la femme s'effondra, et Erin eut du mal à la soutenir alors que ses sanglots résonnaient dans le silence.

# CHAPITRE VINGT

L ES SIX HEURES suivantes passèrent comme un éclair aux yeux d'Erin. Les services de recherche et de sauvetage arrivèrent, pour la plupart des volontaires qui connaissaient bien l'arrière-pays, même lorsque le temps était hostile. Il était tombé au moins trente centimètres de neige depuis le matin, et Erin ne savait pas comment quelqu'un pourrait survivre dans les bois sans l'équipement adéquat.

Rosemary Knight était assise à l'arrière du pick-up, enveloppée dans une couverture. Donald Knight était quelque part à la recherche de sa fille dans la forêt. Il était venu quand Rosemary l'avait appelé, mais ils n'avaient pas échangé un mot. La tension entre eux était palpable.

Erin déglutit avec force, tentant de lutter contre la tristesse qui montait en elle. Ce n'était pas seulement la victime qui souffrait – même si c'était elle qui souffrait le plus –, mais aussi les personnes qui l'aimaient. Ils voulaient aider. Ce qu'il se passait n'était pas de leur faute. Elle savait que ses propres parents avaient été horrifiés d'apprendre que son mari la battait. Et totalement démunis quand elle avait déménagé. Elle avait fait ce qu'elle devait faire pour sa propre survie. Mais en voyant la dévastation sur le visage des parents de Rachel, Erin réalisa qu'elle devait rentrer chez elle et affronter son passé. Ils avaient besoin de voir qu'elle était entière, pas brisée. Qu'elle avait surmonté cette expérience et qu'elle était à nouveau heureuse.

*Heureuse* était un peu exagéré. Satisfaite, au moins.

Elle pensa à Darsh, et au fait qu'il avait dit en vouloir plus, et elle serra ses bras autour d'elle. Elle l'avait rejeté. Alors même qu'il avait sauté le pas et avait osé lui demander.

Avait-elle refusé d'en envisager davantage parce qu'elle n'était pas intéressée ? Ou avait-il raison de dire qu'elle fuyait le risque d'être à nouveau blessée ? Elle avait l'horrible sentiment que c'était le dernier point, car la simple vue de l'agent du FBI à la beauté ténébreuse la faisait frémir, pas seulement de désir, mais aussi d'autre chose. Quelque chose de trop petit et d'effrayant pour remonter à la lumière.

Elle s'appuya contre le capot de son pick-up. Le moteur tournait pour fournir de la chaleur à la mère de Rachel et à tous ceux qui avaient besoin de se dégeler. Il y avait un feu qui brûlait sur un côté du parking, près de l'entrée. Un mouvement attira son attention, et elle se redressa. Quelques membres du groupe de recherche sortirent de l'ombre de la forêt. Erin reconnut le chef d'équipe, Greg Thompson. Elle l'avait déjà vu lors de recherches précédentes. Certaines avaient bien fini. D'autres moins.

Elle n'avait aucune idée de l'issue de cette recherche.

Ils avaient diffusé des bulletins d'information pour que toute personne apercevant Rachel Knight contacte immédiatement la police. Il y avait eu quelques appels, mais rien de concluant.

Le groupe se rapprocha du feu. Elle alla à leur rencontre, ses orteils gelés dans ses bottes. Quelqu'un avait la portière arrière ouverte, et une carte imperméable dépliée à l'intérieur.

— Alors ? demanda-t-elle.

Greg se tourna vers elle et secoua la tête.

— Aucun signe de vie. Aucune trace. La neige a tout recouvert avant notre arrivée.

Son souffle formait un petit nuage glacé. Quelqu'un lui tendit un thermos et il le prit, reconnaissant.

Un autre groupe revint, le professeur Huxley en tête. Il cherchait depuis le midi, dès la fin de ses cours.

Il secoua la tête en arrivant, même s'il était évident que Rachel n'était pas avec eux. Un des hommes se détacha du groupe et se dirigea vers le pick-up d'Erin. Donald Knight. Il ouvrit la porte, dit quelque chose à sa femme, puis la claqua avant de s'éloigner vers son propre véhicule.

— Ça doit être dur, lui dit Huxley à l'oreille.

Elle leva la tête.

— Quoi ?

— Ne pas savoir où votre enfant peut être, s'il est encore en vie.

Erin frissonna.

— Aucun signe d'elle ?

Huxley secoua la tête.

— Vous avez fini pour aujourd'hui ?

— Il fait nuit.

Huxley accepta une boisson chaude de l'un des volontaires. Sa peau était pâle, ses joues rouges.

— On est tous en sueur et épuisés ; c'est dangereux quand il fait si froid. On ne peut pas se permettre que des sauveteurs meurent d'hypothermie, dit-il en pinçant les lèvres. Je suis désolé, Erin. Vraiment désolé. Je sais que vous êtes proche de la fille.

Il la regarda d'un air inquiet.

— Vous avez mauvaise mine. Je parie que vous n'avez pas

mangé de la journée. Laissez-moi vous emmener dîner.

Elle secoua la tête.

— C'est trop tôt pour partir.

Elle serra plus fort ses bras autour d'elle.

Il hocha la tête d'un air pensif, puis se détourna. Erin resta les regarder emballer leurs affaires et s'apprêter à partir. Elle se dirigea vers Greg. Elle faisait semblant d'être calme, mais elle tremblait intérieurement.

— Quel est le plan ?

— La zone à couvrir est tellement vaste que c'est comme chercher une aiguille dans une botte de foin... avec un bandeau sur les yeux. Je me suis arrangé pour qu'un chien de piste rejoigne les recherches demain, dit-il, le regret brillant dans ses yeux. Mais même un amateur de plein air chevronné aurait du mal dans ces conditions. Je ne veux pas paraître pessimiste, mais...

Erin hocha la tête en silence. Elle comprenait, même si elle aurait voulu qu'ils continuent à chercher.

— On reviendra à l'aube.

— Merci, Greg. Je sais que la famille apprécie votre aide. *Je* l'apprécie.

— On sait tous ce qu'elle a traversé l'année dernière...

Il jeta un coup d'œil au pick-up d'Erin et à la voiture de Donald.

— À moins qu'elle ne soit partie et qu'elle ait laissé sa voiture derrière elle.

Il fit une grimace.—Je serais contrarié, mais soulagé. Ce serait un miracle de la retrouver vivante par ce temps, c'est sûr.

Erin le remercia ainsi que les autres et retourna à son pick-up. Elle ouvrit la porte arrière.

— Rien de nouveau pour l'instant.

— Ils n'abandonnent pas, n'est-ce pas ? demanda Rosemary.

Le blanc de ses yeux était rose, tant elle avait pleuré.

— Ils ont besoin de se reposer et de récupérer. Ils seront de retour à l'aube, lui dit fermement Erin.

— Mais… et Rachel ? demanda la femme, sa voix montant dans les aigus.

— Ils ont besoin de se reposer, Rosemary. Et vous aussi. Voulez-vous que je vous conduise chez vous ou allez-vous rentrer avec votre mari ?

L'expression de son visage était un mélange de colère et de désir profond.

— Je ne sais pas si je peux le regarder en face.

— Vous ne pensez pas qu'il est aussi bouleversé que vous ?

Rosemary hocha la tête.

— Il s'enterre dans le travail pour s'en sortir, alors que moi, je m'emploie à prendre soin Rachel.

Ses yeux s'emplirent de larmes.

— J'ai été tellement odieuse avec lui. Je pense qu'il ne me le pardonnera jamais.

Et pourtant, il était assis dans sa voiture, à attendre.

— Il n'y a qu'une seule façon de le savoir, lui dit fermement Erin.

Rosemary retira la couverture de ses épaules et la jeta sur la banquette arrière.

— Je ne renonce pas à elle, inspectrice.

— Je ne l'abandonnerai pas non plus, Dr Knight.

Erin resta en retrait pendant que la femme descendait avec précaution et pataugeait dans l'épaisse neige pour atteindre la voiture de son mari. Elle monta dans le véhicule et ferma la porte. La voiture ne bougea pas immédiatement, mais au bout de quelques minutes, ils démarrèrent.

La plupart des autres véhicules étaient déjà partis.

Le téléphone d'Erin sonna. Darsh l'avait appelée toute la journée, lui disant de ramener ses fesses au poste de police. Mais elle ne pouvait pas abandonner Rachel. Elle avait promis à la fille de l'aider et ne pas être là aurait constitué la pire des trahisons.

Elle essaya de se tirer de sa torpeur. Elle ne pouvait rien y faire pour l'heure. Il était temps de retourner au travail. Elle ignorait si la disparition de Rachel était liée d'une manière ou d'une autre à l'affaire ou si c'était juste une coïncidence déprimante. Son téléphone cessa de sonner alors qu'elle était sur le point de répondre à l'appel. Elle se dit qu'elle le verrait en personne bien assez tôt.

Inspirant profondément, elle quitta le parking et s'engagea sur la route, conduisant lentement. Ses phares se heurtèrent à un mur blanc. On voyait à peine à trois mètres devant. Elle ralentit pour conduire sans encombre à flanc de montagne.

La journée avait mal commencé et n'avait fait que se dégrader. Elle repensa à ce qu'elle avait fait avec Darsh – très bien, ça n'avait pas si mal commencé si on comptait les orgasmes multiples.

Une paire de phares apparut derrière elle. La neige s'était suffisamment dégagée pour qu'elle mette le pied à terre, accélérant, ses roues arrière perdant un peu d'adhérence puis la retrouvant, accélérant les battements de son cœur. Quelques secondes plus tard, elle réalisa qu'elle approchait d'un virage dangereux et devait ralentir. Elle appuya doucement sur le frein. Dans son rétroviseur intérieur, les feux de derrière passèrent en pleins phares, et elle poussa un juron, aveuglée. Puis le véhicule décrivit une embardée pour la dépasser dans un virage serré. Son cœur s'emballa devant la folie de ce geste.

— Connard.

Mais il ne comptait pas la dépasser. À la place, le SUV géant percuta le côté de son pick-up et elle fut si surprise, sur une route si glissante, qu'elle perdit le contrôle du véhicule. Un autre coup dans la paroi latérale lui fit serrer les dents. Elle fut prise de l'énergie du désespoir. Elle enfonça les freins, mais en vain. Ses pneus glissaient sur la glace. L'inéluctabilité de la chose la frappa. Elle ne roulait même pas particulièrement vite, mais le pick-up percuta la barrière et passa par-dessus le bord dans une avalanche de neige. Un cri voulut sortir de sa gorge. Au lieu de cela, elle jura méchamment, s'accrochant au volant comme si elle pouvait contrôler la voiture alors qu'elle dévalait la pente raide. Le temps ralentit, chaque seconde s'étirant jusqu'à dix tandis que l'adrénaline envahissait son système. Son cœur s'enfonça dans ses côtes avec une telle force qu'il semblait sur le point d'exploser dans sa poitrine. Un arbre se trouvait droit devant. Elle donna un coup de volant pour essayer de l'éviter, mais l'élan et la gravité étaient plus forts que sa direction. Elle allait heurter ce monolithe géant et ses chances de survivre à l'impact étaient minces, voire nulles. Et elle ne pouvait rien y faire, à part prier.

---

IL RESTA ASSIS dans la voiture, tremblant de tous ses membres.

Erin était morte. Forcément. Personne ne pouvait survivre à un tel crash. Il l'avait tuée.

La sueur recouvrait son corps, et le froid balayait sa peau et son torse, le frigorifiant au point que ses os lui donnaient l'impression d'être des pics à glace.

Il reposa sa tête sur ses gants de cuir crispés sur le volant. La journée avait été longue, et Rachel l'avait rendu si furieux quand elle s'était échappée ce matin-là qu'il avait eu du mal à se concentrer sur autre chose.

Il claquait des dents.

*Morte.*

La haine fulgurante qu'il avait ressentie plus tôt était adoucie par le remords. Il n'avait pas eu l'intention de tuer Erin. Il l'aimait. Mais lorsqu'il l'avait vue quitter le parking, la frustration et la colère liées à ce qu'elle avait fait avec le fédéral avaient explosé, et une pensée lui avait traversé l'esprit : s'il ne pouvait pas l'avoir, personne ne le pourrait.

Sa bouche était si sèche que sa langue lui collait au palais. Le regret lui déchirait les entrailles, lui donnant envie de pleurer. Mais il le balaya. Les regrets étaient pour les perdants. Ses doigts gantés se détachèrent lentement du volant.

Il regarda autour de lui et sut qu'il devait partir. Une policière avait été tuée et une fois qu'ils l'auraient retrouvée – *s'ils* la retrouvaient –, la ville serait envahie par les forces de l'ordre.

Il avait trois choix.

Se rendre – *pas dans cette vie-là*. Disparaître – ce qui le ferait passer pour victime ou coupable. Ou piéger le prochain candidat le plus crédible.

Heureusement qu'il avait toujours trois longueurs d'avance sur les autres. C'était ce qu'il essayait de leur faire comprendre depuis le début. Ils ne l'attraperaient jamais. Il était trop intelligent. Il connaissait le système. Et quand vous connaissiez le système, tout était possible. Il ouvrit la porte, la referma soigneusement derrière lui, puis se faufila dans l'obscurité et disparut.

DARSH APPUYA SUR le bouton pour mettre fin à l'appel et se retint de jeter son portable à travers la pièce. *Cette femme, bon Dieu !* « Têtue » ne suffisait pas à la décrire. Il faisait tout ce qu'il pouvait pour l'empêcher de ruiner sa carrière, mais elle était déterminée à le faire quand même. Et si c'était une chose de se préoccuper des victimes, c'en était une autre de perdre une journée entière à rester sur un parking gelé pendant que d'autres personnes fouillaient les bois, surtout quand un tueur était en liberté et que votre patron vous avait ordonné d'agir autrement.

Le chef voulait des nouvelles de l'enquête pour meurtre. Darsh l'avait couverte, mais le temps était compté. Il consulta sa montre. Il faisait sombre dehors. Qu'est-ce qui pouvait bien lui prendre si longtemps ?

Ce n'était pas qu'il ne ressentait rien pour la fille Knight, mais il savait qu'ils seraient tous deux plus efficaces ici.

Il avait fini d'établir la chronologie des viols de l'année précédente, puis du procès, et avait ajouté les deux nouveaux meurtres. Il espérait que les dates permettraient d'écarter certains suspects.

Darsh avait déplacé les cartons de son bureau dans la salle de conférence et y avait installé l'agent Ashley Chen. C'était son excuse pour déménager et garder les choses strictement confidentielles – pour des motifs de cybersécurité.

— Vous avez tout ce qu'il vous faut ? lui demanda-t-il.

— Tout sauf la paix et la tranquillité, répondit-elle en lui lançant un regard noir.

Il haussa les épaules, sans se repentir.

Chen était un personnage intéressant. Calme. Studieuse.

Clairement indépendante. Déterminée à faire ses preuves. Elle était bien plus douée que lui avec les ordinateurs et la technologie. Elle venait de ce milieu plutôt que de celui du maintien de l'ordre. Elle avait examiné le téléphone de Rachel Knight, mais n'avait trouvé aucun texto ou e-mail de mauvais augure. La liste des appelants était réduite, et Rachel avait reçu un appel vers cinq heures du matin d'une cabine téléphonique de l'université. Ils avaient demandé un mandat pour obtenir des renseignements sur la ligne.

Quelqu'un avait-il donné rendez-vous à Rachel Knight dans ce parc isolé à l'aube ? Elle était si nerveuse. Darsh était surpris qu'elle ait quitté sa maison seule. Il était plus probable qu'elle ait sombré dans la dépression et perdu tout espoir, puis qu'elle soit entrée délibérément dans la forêt à l'approche d'une grosse tempête de neige.

Il espérait qu'ils la retrouveraient vivante, mais il ne pouvait pas en faire sa priorité alors qu'ils avaient un tueur à attraper.

— La vérification des antécédents a donné quelque chose ? demanda-t-il à Chen.

Elle marqua une pause en le regardant comme s'il était stupide.

— Je suis encore en train de saisir les noms de toutes les personnes que vous voulez vérifier. La liste est longue. Ce n'est pas comme à la télévision où c'est fait dans la minute, comme par magie.

Il grimaça, puis marmonna :

— Alex Parker l'aurait déjà fait.

Elle plissa encore davantage les yeux.

— Malheureusement pour vous, Agent Singh, M. Parker était occupé à aider l'ASAC Frazer pendant son congé. Vous devrez vous contenter de moi.

Une autre casse-couilles. Il aimait travailler avec des femmes fortes, mais il était reconnaissant de n'être attiré que par l'une d'entre elles – même si elle le rendait fou en ne répondant pas au téléphone.

— Des nouvelles concernant la corde ?

Les doigts de l'agent Chen s'arrêtèrent sur son clavier. Il pouvait presque l'entendre le supplier de patienter.

— J'ai demandé les coordonnées des acheteurs à tous les détaillants en ligne. Quand j'aurai une réponse, je la comparerai à cette liste *géante* de vérifications d'antécédents. Y a-t-il une seule personne qui n'est pas sur la liste ?

Il fit la grimace, mais elle ne lui rendit pas son sourire. Il consulta sa montre à nouveau. Il était fatigué et affamé. Il n'avait pas beaucoup dormi la nuit précédente, et avait passé la majeure partie de la journée à s'inquiéter pour Erin. *Bon sang.* Ne pouvant résister à l'envie de l'appeler, il attrapa son manteau.

— Vous voulez que j'aille chercher le dîner ?

— Bien sûr.

Elle ne leva pas les yeux cette fois-ci, et ses doigts bougèrent à la vitesse de l'éclair sur le clavier.

— Chinois ?

Il avait dit ça pour la chercher et fut gratifié d'un regard noir.

— Hmm… pourquoi pas un bon curry à la place ?

Ses sourcils arqués montraient qu'elle avait compris la plaisanterie, même si elle ne la trouvait pas drôle.

— Vous allez me botter le cul avec vos compétences de ninja de folie ?

Il s'autorisa un sourire en coin. Il la provoquait volontairement, cherchant en elle un sens de l'humour qui lui permettait de supporter son attitude hautaine. Certains en étaient dépourvus, surtout quand il s'agissait de questions de race et de genre.

Elle arrêta ce qu'elle faisait et se tourna vers lui.

— Je préférerais vous tirer dessus et en finir avec ça.

Elle le regarda d'un air évaluateur.

— Je suppose que c'est votre façon de briser la glace ? Ou bien vous êtes toujours un connard ?

— Ça dépend à qui vous parlez.

Il pensa à Erin.

— Il y a des choses que vous n'aimez pas ?

Devant son regard confus, il ajouta :

— À manger ?

Elle étira son cou comme si elle était assise dans la même position depuis trop longtemps.

— J'aime tout sauf les tomates.

— Les tomates ? demanda-t-il. Qui n'aime pas les tomates ?

— Des tarées américano-asiatiques apparemment.

Il sourit.

— C'est vous qui avez ajouté le mot « tarée », pas moi. Je reviens dans une heure.

Elle hocha la tête, revenant déjà à sa frappe bionique. Peut-être n'était-elle pas aussi coincée qu'ils le pensaient. Peut-être qu'Alex Parker l'agaçait parce que, malgré son humour autodérisoire et ses sourires faciles, ce type était plus qu'un simple expert en cybersécurité. Peut-être que l'agent Chen avait quelque chose à cacher et savait que Parker était l'une des rares personnes capables de le découvrir.

Tout le monde avait quelque chose à cacher.

Darsh se dirigea vers sa voiture, en essayant d'oublier sa fureur contre Erin. Ne se souciait-elle donc pas de son travail ? Ne lui avait-elle pas dit qu'elle ne savait pas ce qu'elle ferait si elle ne portait plus de badge ? Que pensait-elle qu'il arriverait si elle négligeait cette enquête ?

Sur la dernière marche du bâtiment, il s'arrêta et regarda autour de lui, choqué. Il était tombé au moins trente centimètres de neige depuis qu'il était arrivé au travail ce matin-là. Imaginer Rachel Knight perdue dans la nature lui fit ravaler ses sentiments de colère. Mais l'idée qu'Erin soit volontairement là dehors l'agaçait également. Les gens étaient formés à cette merde. C'était une inspectrice, pas Super Woman.

La neige avait pratiquement disparu, à l'exception d'un flocon occasionnel.

Il quitta la ville en direction du parc de Fox Creek, et eut de la chance de se retrouver derrière un chasse-neige et une sableuse qui montaient la colline. Il resta en retrait, ses phares perçant le mur blanc de l'hiver. Il lui fallut vingt minutes pour arriver au parking. Il trouva l'endroit complètement désert. Une dépanneuse avait remorqué la Jetta de Rachel Knight jusqu'au poste de police ce matin-là.

Il resta assis à fixer la forêt noire. Rachel avait-elle pu être victime de ce tueur ? Avait-il changé de mode opératoire ? Ou avait-elle succombé au désespoir et à la peur qu'il avait vus dans ses gestes la veille ?

Il réessaya d'appeler Erin sur son portable, puis sur son fixe. Peut-être évitait-elle simplement de répondre à ses appels, ce qui ne serait vraiment pas professionnel. Une autre pensée le troublait. Et si elle commençait à le considérer comme aussi obsédé que son ex ?

Darsh grinça des dents. Il refusait de s'aventurer sur ce

terrain. Erin était une bonne policière. Ils travaillaient sur une affaire. Ils avaient besoin de communiquer.

Il fit un grand tour du parking et ressortit sur la route principale. Ce côté n'avait pas encore été déneigé. Il suivit donc les ornières et s'apprêta à descendre le long de la montagne. Concentré sur sa conduite, il faillit manquer les marques dans la neige au bord de la voie. D'après les traces de pneus, quelqu'un avait récemment quitté la route.

Son cœur se mit à marteler sa poitrine.

Il se rangea sur l'accotement, actionna ses feux de détresse et prit sa lampe de poche. Erin n'aurait jamais glissé, mais le fait qu'elle ne réponde pas à son téléphone… Non, c'était une bonne conductrice. Elle avait l'habitude de conduire dans la neige avec un pick-up massif. Mais elle était distraite, pensa-t-il. Très distraite. Et fatiguée.

Mais ça ne pouvait pas être Erin.

Qui que ce soit, le conducteur pourrait être sérieusement blessé. Il devait donc se dépêcher. Il sortit du véhicule, priant pour que le chasse-neige ne passe pas dans les cinq prochaines minutes, enterrant sa voiture au passage. Il réalisa, consterné, que si le chasse-neige *avait* fait ce tronçon de route, il n'aurait jamais vu les traces de pneus. Il n'aurait jamais su que quelqu'un pouvait avoir besoin d'aide. Il courut jusqu'à l'endroit en question et grimpa sur le tas de neige qui lui arrivait aux genoux.

En regardant par-dessus le bord de la pente raide, il vit qu'une énorme tranchée avait été creusée dans la neige. *Et merde.* Un véhicule avait clairement quitté la route depuis une heure ou plus. Il braqua le faisceau de sa lampe de poche dans l'obscurité, mais il n'y avait rien de visible. Il sortit son téléphone et appela le central. On lui demanda de patienter en ligne, mais il n'en fit rien. Empochant son téléphone, il commença à descendre le ravin abrupt et dut s'accrocher à des branches de pin pour s'empêcher de glisser sur la piste de ski improvisée. Il continua prudemment, espérant qu'il ne finirait pas par tomber du bord d'une falaise cachée sous trente centimètres de neige.

Le terrain s'aplanit quelque peu et il dérapa le long de la pente, s'accrochant à des branches abîmées, se répétant sans cesse que ce n'était pas Erin qui était tombée dans ce ravin. Il y crut jusqu'au moment où il vit l'arrière d'un Ford F-150 blanc écrasé contre un sapin de vingt mètres. Chaque cellule de son corps se déforma et il eut l'impression d'avoir été projeté dans l'espace. Il se fraya un chemin jusqu'à l'épave mutilée.

— Erin. Erin !

La peur prit le dessus, l'empêchant de réfléchir. Il s'approcha du côté passager du pick-up, qui était le plus proche, et saisit la poignée de la porte pour essayer de l'ouvrir, mais elle était bloquée. Il se fraya un chemin jusqu'à la colline et contourna l'autre côté du pick-up qui semblait moitié moins long qu'il n'aurait dû l'être. La porte était grande ouverte. Le verre inondait la zone, scintillant comme de la glace, ses airbags déployés. Mais aucun signe de la femme pour laquelle il avait commencé à éprouver des sentiments.

Il fit volte-face, fouillant la zone avec le faisceau de sa lampe de poche.

— Erin ! Où es-tu ?

Il entendit un son porté par le vent. Il inclina la tête dans sa direction, remontant la pente, même si le bruit aurait pu être quelque chose sur la route qui aurait joué des tours à son ouïe défaillante. Il montait en trottinant à présent, désespérant de la trouver. Comment quelqu'un aurait-il pu survivre à un tel accident ? Où était-elle, bon sang ?

— Par ici, dit la voix la plus douce et rauque qu'il ait jamais entendue.

Il balaya la neige claire du faisceau de la lampe et la trouva appuyée contre le tronc d'un pin. Il ressentit un soulagement si intense qu'il pouvait à peine parler. Elle était dans le creux sous l'arbre épargné par la neige, entourée sur trois côtés, à l'abri du vent. Il se précipita vers elle, peinant à réaliser qu'elle était vraiment là. Sa peau était blafarde comme la mort, et il y avait du sang sur son menton. Il n'avait jamais vu un spectacle aussi beau.

Il s'agenouilla à côté d'elle.

— Tout va bien ? Question stupide, ne réponds pas, mais dis-moi si tu es blessée.

Il lui tâta les membres.

— Je vais bien, sauf que j'ai froid et que je suis secouée.

L'hésitation dans sa voix lui montra à quel point elle se sentait « bien ».

— Au moins, j'ai découvert que je tenais à la vie.

C'était la seule chose positive avec ces expériences de mort imminente.

— Je n'arrive pas à croire que tu m'aies retrouvée, chuchota-t-elle.

Il déglutit.

— Je n'arrive pas à y croire non plus.

Il avait également eu son lot de révélations de son côté. Il avait vu comme l'idée de la perdre l'avait déchiré de l'intérieur.

— Où est ton téléphone ?

Elle fit un signe de la main vers le pick-up.

— Quelque part.

Il aurait voulu l'attirer contre lui, mais n'osait pas la bouger. Il lui toucha la joue.

— Bon sang, même si tu as survécu à l'accident, tu aurais pu mourir de froid.

— Non, fit-elle, et sa voix se brisa. Après avoir survécu à l'accident, je savais que j'allais m'en sortir. Même si ça peut paraître difficile à croire, je me dirigeais lentement – très lentement, certes, vers la route.

Elle sourit d'un air las, les yeux énormes et torturés.

— Et pendant que j'escaladais cette foutue colline, j'ai pris quelques décisions.

— Comme quoi ?

Parler lui faisait du bien. La dernière chose qu'il voulait était qu'elle s'évanouisse.

— J'ai décidé d'arrêter d'être lâche.

— Lâche ? Tu es l'une des personnes les plus courageuses que j'aie jamais rencontrées.

Elle n'avait pas de fracture évidente, mais elle pourrait bien avoir une hémorragie interne ou une blessure à la tête.

— Pas en matière de relations. Même avant d'épouser Graham, j'avais toujours peur de faire une erreur et de tomber sur le mauvais gars. La prudence ne m'a apporté que des peines de cœur. J'aimerais continuer à te voir. Pour qu'on se laisse une chance, comme tu l'as dit, proposa-t-elle avec un sourire qui se voulait mignon, mais qui était un peu bancal. À moins que tu n'aies changé d'avis.

Il lui toucha la joue.

— Il faut un accident de voiture pour avoir une chance avec toi, hein ? fit-il d'un ton bourru. Peut-être que la prochaine fois je pourrais essayer des fleurs et un dîner ?

— Disons que j'ai vu ma vie défiler devant mes yeux, et que mon seul regret était d'avoir été trop peureuse pour voir si ça pouvait fonctionner entre nous.

Ses yeux pétillaient d'humour, mais Darsh craignait qu'elle n'ait une commotion cérébrale.

— Même si ça ne dure que quelques mois, ça fera toujours de folles parties de jambes en l'air, non ?

C'était un grand pas pour elle. Bon sang, c'était un grand pas pour lui aussi. Si elle voulait prétendre que c'était surtout physique, il la laisserait faire. Pour le moment.

Il lui souleva doucement le menton et l'embrassa sur les lèvres, en faisant attention à ses coupures et à ses bleus.

— Ça en vaudra la peine.

Elle avait les yeux humides, et claquait des dents. Où étaient les secours ?

— Je suis désolée de t'avoir repoussé ce matin, fit-elle, sa bouche décrivant un sourire triste. Comme tu l'as dit, je suis un peu lâche sur le plan émotionnel.

Il essaya de l'arrêter alors qu'elle rampait sous l'arbre et se relevait, mais apparemment, elle ne comptait pas attendre son aide.

— Mais tu as tort sur un point.

— Comment ça ?

— Ce n'était pas un accident.

Il fronça les sourcils.

— Comment ça ?

— Un salaud m'a fait sortir de la route, et je compte bien trouver qui c'est, pour le foutre derrière les barreaux.

Il la soutint alors qu'elle insistait pour essayer de remonter seule sur la route. Ce n'était pas seulement une question d'indépendance, c'était ce à quoi elle était habituée depuis qu'elle avait épousé son connard d'ex. Se débrouiller seule, ne compter que sur elle-même. Il jeta un coup d'œil derrière eux au pick-up accidenté, et la rage grandit en lui. Quand elle tomba à genoux et commença à ramper, il en eut assez de son entêtement. Il ignora ses plaintes, la prit dans ses bras et la porta.

# CHAPITRE VINGT ET UN

RACHEL TOMBA A genoux dans la neige. Il faisait nuit. La corde lui irritait les lèvres, mais ses doigts engourdis ne parvenaient pas à défaire le nœud serré dans sa bouche, en dépit de tous ses efforts. Le miracle d'être en vie cédait lentement la place au désespoir. Elle était perdue. Elle se débattait dans la neige depuis des heures. Elle avait froid, mal, et une peur incroyable de mourir toute seule.

Ils risquaient de ne jamais la retrouver. Ses parents ne sauraient peut-être jamais ce qui s'était passé, ni la vérité sur Drew Hawke.

Elle avait contribué à condamner à tort le quarterback.

Elle avait attaché des électrodes à son corps, et juré sous serment qu'il l'avait violée.

Mais il ne l'avait pas fait.

Cela faisait d'elle une menteuse et une idiote – ou peut-être juste une idiote, parce qu'elle avait cru dire la vérité à ce moment-là. Elle devait trouver quelqu'un et lui dire ce qui s'était vraiment passé. On la prendrait pour une folle, mais elle s'en fichait tant qu'elle survivait.

Elle s'essuya le nez. Son menton était couvert de bave gelée, ses lèvres étaient gercées et saignaient.

Utilisant une branche solide qui lui servait de bâton de marche, elle se remit sur pied et continua à marcher.

Elle s'était réveillée dans un silence complet, dans les branches d'un grand sapin. Contre toute attente, atterrir dans un arbre faisait très mal, mais probablement pas autant que de s'écraser contre le granit d'une hauteur de vingt mètres. Elle avait été tellement surprise d'être encore en vie, comme si un aigle avait plongé et l'avait ramenée en sécurité. Elle avait une entaille au bras droit et quelque chose de grave avait dû arriver à son genou, car il avait enflé jusqu'à atteindre la taille d'un cantaloup à l'intérieur de son jean. Son bras saignait toujours, un goutte-à-goutte régulier qui ne s'arrêtait pas, probablement à cause du froid. Inexplicablement, la trace de sang lui donnait de l'espoir. Elle marquait son chemin. Peut-être qu'un limier finirait par la chercher et la trouver. Avec un peu de chance, elle serait encore en vie.

Il faisait nuit, mais la lune se reflétait sur la neige si brillamment qu'elle pouvait facilement voir où elle allait. Elle ne savait simplement pas *où* aller.

Elle inspira laborieusement. Sa langue était engourdie, l'arrière de sa gorge la brûlait à force d'aspirer l'air glacé qui s'enfonçait dans ses poumons.

Elle toussa et dut s'arrêter un moment, s'appuyant lourdement sur le bâton, son cœur s'emballant pour s'adapter à un nouvel obstacle à sa survie. Quand la quinte de toux passa, elle se redressa. Elle semblait être dans une sorte de ravin qui descendait lentement.

La neige avait fondu sur son jean et, même si elle portait de bonnes bottes d'hiver, ses pieds étaient engourdis.

*Continue, Rachel, tu n'as pas besoin de ces orteils de toute façon.*

Le son des corbeaux croassant dans les arbres l'attirait vers eux. Elle était fatiguée, assoiffée, affamée. Comment avait-elle pu marcher pendant des heures et ne trouver aucun signe de vie humaine ?

*Parce que tu avances à la vitesse d'un escargot, imbécile, et que tu as probablement tourné en rond toute la journée.* Elle trébucha au milieu des arbres et atterrit sur un ruban de glace. Au début, elle ne savait pas ce que c'était, puis elle réalisa que c'était la rivière.

Elle se mit à plat ventre et se laissa glisser sur la berge, testant l'épaisseur de la glace avec son bâton. C'était du solide. La neige semblait moins épaisse ici, le vent la décapant à la surface.

Un fort gémissement lui fit jeter un regard nerveux autour d'elle. Puis elle réalisa que c'était le craquement de la glace qui répondait à l'eau surfondue qui coulait en dessous. Elle avait étudié la formation de la glace dans un de ses cours. Plus de choses qu'on ne le croyait se passaient sous la surface. Puis un autre bruit attira son attention. Un étrange vrombissement.

Elle se dirigea vers le son, avec de petits pas incertains, utilisant son bâton pour tâter le chemin. Elle atteignit un méandre de la rivière et tenta de percer l'obscurité devant elle. Elle vit des phares passer, et son cœur manqua un battement. Un pont. Elle s'y dirigea en boitillant, sa jambe droite ne se pliant pas vraiment comme elle l'aurait dû. Elle se força à continuer, malgré la douleur, malgré l'épuisement. *Ne t'arrête pas.* Elle était trop proche du salut pour abandonner maintenant.

La sueur coulait sur son dos, son corps était secoué de violents tremblements. Lentement, très lentement, elle parcourut les 400 mètres la séparant du pont. Elle se traîna jusqu'en haut et rampa à quatre pattes jusqu'à retrouver une surface plane. Il lui fallut une éternité pour trouver son chemin à travers la forêt jusqu'à la route. Elle était presque arrivée quand un bruit de pneus attira son attention. Une voiture. Elle trébucha et se redressa en prenant appui contre un arbre. La voiture se rapprochait. Elle se mit à courir. Elle était à deux doigts d'être en sécurité. À deux doigts de dire à tout le monde ce qui lui était arrivé, aux autres, à Drew. Elle grimpa sur un tas de neige et trébucha sur la route. La voiture qui venait vers elle freina brusquement, mais Rachel dérapa et atterrit au même niveau que le véhicule.

Elle poussa un cri lorsque la voiture la percuta, la douleur explosant à travers ses nerfs gelés alors que les ténèbres l'engloutissaient.

---

LA TETE D'ERIN palpitait si violemment qu'elle se dit que son crâne allait éclater. La télévision était allumée en arrière-plan et diffusait un tas de reportages sur un grand pétrolier libéré des pirates près du canal de Panama. Elle avait dû voir ces images cinq cents fois.

Harry Compton se tenait au bout de son lit, avec une expression de tristesse mêlée à un ressentiment sous-jacent.

— Tu peux me décrire le véhicule ?

Elle fronça les sourcils, ce qui provoqua une nouvelle vague douleur dans son crâne.

— Pas vraiment. Un gros SUV. De couleur sombre. En pleins phares. Je n'ai pas pu voir le conducteur.

— Les conditions sont plutôt mauvaises sur les routes ce soir.

Son crayon survolait son cahier, mais sans toucher la page. De toute évidence, elle n'avait encore rien dit d'utile.

— Surtout quand quelqu'un vous rentre dedans et vous oblige à sortir de la route, râla Erin.

— Je dis juste que vu la pression que tu as subie, avec la disparition de cette fille et…

— Tu suggères que j'ai fait semblant de sortir de la route pour ne pas avoir à admettre que j'ai traversé la glissière de sécurité comme une putain d'abrutie ?

Elle éteignit la télévision. Elle avait eu sa dose d'informations.

Il recula d'un pas quand elle se redressa dans le lit.

— La route n'avait pas été déneigée. Il faisait sombre, tu as peut-être heurté une plaque de glace…

— Mon pick-up sait gérer une plaque de glace, et je sais gérer mon pick-up. Sauf quand on me rentre dedans dans un virage serré au milieu d'une putain de tempête de neige.

Elle passa une main dans ses cheveux. Perdre son sang-froid avec Harry ne la mènerait nulle part.

Il mit son carnet de notes dans sa poche.

— Bon sang, Erin. Je fais la même chose que toi si la situation était inversée.

Elle grogna. Il avait raison, et ça la rendait malade.

— Je vais lancer un avis de recherche pour quelqu'un avec une aile avant ou une porte côté passager endommagée. La Scientifique devrait pouvoir prélever de la peinture sur ton pick-up et nous donner la marque et le modèle du véhicule qui t'a percuté.

Erin acquiesça. Le fait qu'elle soit presque nue, à l'exception d'une robe d'hôpital fine comme du papier, n'arrangeait rien. Darsh avait disparu après que les médecins l'eurent emmenée passer un scanner, et la déception qu'elle ressentait était stupide. Ils avaient encore un tueur à attraper et une fille perdue à retrouver, et elle n'avait besoin de personne pour lui tenir la main.

Quelqu'un entra dans la pièce, caché derrière un grand bouquet d'œillets. Roman Huxley apparut derrière les fleurs.

— J'ai appris ce qui s'est passé. Je viens d'aider les services de recherche et de sauvetage à installer des cordes sur votre pick-up pour le hisser sur la route principale. Vu son état, je suis surpris que vous soyez en vie.

Elle s'efforça de sourire, même si cela lui faisait mal.

— Je vais bien, merci. Ils ne me gardent même pas en observation pour la nuit.

Les yeux de Harry s'écarquillèrent.

— Mais merci pour le geste. Tous les gars de l'équipe de R-S, vous devez être épuisés.

Elle espérait que cela ne signifiait pas qu'ils seraient trop fatigués pour chercher Rachel le lendemain, mais en regardant par la fenêtre la nuit glaciale, elle sut que c'était sans espoir. Sans abri, Rachel mourrait de froid. Erin avait failli connaître le même sort.

— Remerciez les autres pour moi, et merci pour les fleurs.

Elle appuya sur le bouton pour appeler l'infirmière.

— Maintenant, vous devez sortir d'ici tous les deux, sauf si vous voulez me voir nue. Elle balança ses jambes sur le côté du lit. Elle était couverte de bleus et de blessures, mais par miracle, elle n'avait rien de cassé. Elle s'était jetée du pick-up une seconde avant qu'il ne heurte l'arbre. Elle avait eu l'impression d'avoir vécu dix vies.

Aucun des deux hommes ne bougea.

— C'est votre signal pour partir, les gars.

Elle ne chercha pas à atténuer son ton mordant et fort heureusement, cela eut l'effet escompté. *Bon sang.* Elle cherchait dans le placard quelque chose à se mettre quand la porte s'ouvrit à nouveau.

— Mais qu'est-ce que tu fais hors du lit ?

*Darsh.*

Le battement dans sa poitrine la réchauffa et l'effraya à la fois. Elle avait décidé d'arrêter de fuir les relations, mais elle aurait menti en disant qu'elle n'était pas terrifiée à l'idée de laisser quelqu'un passer ses défenses.

— Je sors d'ici. Qu'est-ce que tu as dans le sac ?

Elle le regarda avec espoir, pensant que c'était quelque chose de mettable.

Il s'approcha d'elle, jeta le sac en plastique sur le lit et prit son visage entre ses mains. Puis il l'embrassa à pleine bouche, et bien que sa lèvre soit abîmée, elle lui rendit son baiser, étirant son corps douloureux contre le sien parce qu'elle avait failli perdre la vie ce jour-là, et que le besoin de réaffirmer qu'elle n'était pas morte était écrasant. Il posa sa grande main sur sa nuque et inclina la tête pour l'embrasser plus passionnément encore.

Un bruit derrière eux les figea sur place avant qu'ils ne s'écartent, l'air coupable.

— Est-ce qu'il y a une file d'attente ? Parce que je suis de la partie, fit Ully Mason d'un ton cinglant.

Erin s'éloigna de Darsh.

— Ne joue pas au con.

Elle attrapa le sac sur le lit. Un pyjama en flanelle. Ce n'était pas exactement un tailleur pantalon, mais c'était déjà bien mieux qu'une robe en papier avec une fente des fesses jusqu'au cou.

— Qu'est-ce que tu veux ? demanda-t-elle à Ully.

— Je suis venu voir une collègue qui s'est blessée au travail aujourd'hui…

— Pour me faire passer un mauvais quart d'heure ? rétorqua-t-elle.

Il eut la politesse de paraître honteux.

— Non. Je suis juste surpris de te voir lécher le visage d'un fédéral quelques heures après avoir explosé ton pick-up, c'est tout. Je ne savais pas que vous étiez ensemble.

— Allez vous faire foutre, Mason, lâcha Darsh.

Elle serra les dents. Même si elle avait l'intention de tenter une relation avec Darsh, elle ne voulait pas que cela soit rendu public avant qu'ils aient terminé cette enquête. À présent, elle allait être le sujet de tous les ragots du poste pour le mois à venir. Elle savait déjà à quel point c'était désagréable.

Elle passa le pantalon sous la blouse d'hôpital, puis leur tourna le dos à tous les deux. Tirant le haut du sac, elle vérifia qu'il n'y avait pas de fenêtres ou de portes vitrées qui auraient pu refléter quelque chose, et arracha la blouse, la laissant tomber sur le sol avant de glisser lentement le T-shirt à manches longues sur sa tête. Ully aspira l'air entre ses dents, et Darsh poussa un juron. Si ses bleus avaient un quelconque rapport avec le mal de chien qu'ils lui faisaient, il était certain qu'ils devaient être spectaculaires. Le lendemain, elle ressemblerait à un punching-ball.

Après avoir enfilé son haut, elle se retourna et prit une paire de chaussettes blanches épaisses que Darsh avait achetées. Il n'y avait aucun moyen pour elle de se pencher pour les mettre.

— Donne. Laisse-moi faire.

Darsh tendit la main, et elle s'assit sur le bord du lit pendant qu'il déroulait doucement le tissu sur ses orteils froids.

Quand il eut fini, il lui tint les couvertures pour qu'elle s'y glisse, mais elle secoua la tête.

— Le docteur dit que je peux rentrer.

Darsh la regarda.

— Il m'a dit qu'il t'avait conseillé de passer la nuit ici. Tu as une légère commotion cérébrale.

Elle haussa les épaules.

— Ça ne change rien.

Ully commença à sourire.

— C'est décidé : vous deux ensemble, ça illumine ma journée, dit-il en croisant les bras. Non pas que le fait d'embrasser Erin Donovan ne soit pas sur la liste des fantasmes de tous les gars du poste – à part le chef, grimaça-t-il, mais supporter cette langue acérée et cette bouche intelligente ? Âmes sensibles, s'abstenir.

Erin poussa un profond soupir.

— Merci pour ton approbation. Ça compte beaucoup pour moi.

Elle leva les yeux au ciel, trouva ses bottes de l'autre côté du lit et y glissa les pieds. Darsh se contenta de secouer la tête. Il sortit ses vêtements d'un casier en hauteur.

— Pourquoi tu ne m'as pas dit avant qu'ils étaient là ? demanda-t-elle, exaspérée.

Il lui tendit sa parka pour qu'elle puisse y glisser les bras.

— Parce que je ne voulais pas que tu disparaisses avant mon retour.

Ses joues s'empourprèrent : elle serait partie depuis une heure déjà si elle avait su.

— Et je savais déjà qu'il n'y avait aucune chance que tu passes la nuit ici.

Il lança un sourire à Ully, qui lui sourit en retour. Ils savaient tous les deux à quoi s'attendre.

— Comme ça, je te fais sortir d'ici en pyjama et j'ai l'intention de te faire rentrer directement à la maison pour te coucher, sauf si tu veux que j'appelle tes parents.

— Oh, c'est vraiment de mieux en mieux, dit Ully en se frottant la nuque.

Darsh lui tendit son Glock. Elle se sentit bien mieux en sentant ce poids rassurant.

Elle aurait voulu leur passer un savon, mais elle était trop fatiguée. Elle rassembla ses affaires, y compris les fleurs que le professeur Huxley avait apportées, et se dirigea vers la porte sans un mot. Ils s'avancèrent vers le couloir, Darsh d'un côté et Ully de l'autre. Un groupe de patrouilleurs faisait les cent pas dans la salle d'attente. Quand elle apparut, ils se jetèrent tous sur elle pour la prendre dans leurs bras.

Ully leur cria de ne pas la serrer trop fort.

— Attention les gars, je l'ai vue nue, et ce n'était pas beau à voir.

Erin était si touchée par l'attention de ses collègues qu'elle crut qu'elle allait se mettre à pleurer.

Il y eut un soudain bourdonnement d'activité quand une civière passa devant eux.

— Qu'est-ce que c'est ? demanda-t-elle à Darsh.

Elle dut s'accrocher à la manche de l'agent pour ne pas vaciller. Elle savait qu'il voulait la porter. S'il essayait devant ces collègues, elle lui botterait le cul.

— Attendez ici, je vais aller voir, leur dit Ully.

Deux minutes plus tard, il retraversa la salle d'attente en courant et dit d'une voix basse :

— Ils ont trouvé Rachel Knight.

Erin resta sans voix.

— Vivante ? s'étrangla Darsh.

— Ouais, s'exclama Ully.

Il tenait sa veste fermée comme s'il cachait quelque chose.

— Elle a réussi à rejoindre la route et a été percutée par une Honda Civic. Le chauffeur a compris qui elle était et n'a pas perdu de temps à attendre une ambulance. Il l'a amenée directement.

— Comment va-t-elle ? demanda Erin d'une voix exaltée. Je peux la voir ?

Ully secoua la tête.

— Elle est inconsciente et en mauvais état. Hypothermie en plus de toutes ses blessures. Ils vont la plonger dans le coma et la réchauffer lentement. Il va falloir quelques jours avant qu'elle puisse parler. Ils viennent de lui enfoncer un tube dans la gorge.

— Ses parents sont au courant ?

— Ils sont en route.

Erin eut soudain l'impression d'être en verre et d'être susceptible de se briser à tout moment.

— Quelqu'un sait-il ce qui lui est arrivé ?

— En tout cas, ce n'était pas un accident.

Elle le regarda dans les yeux.

— Qu'est-ce qui vous fait dire ça ? demanda Darsh.

— Le bâillon que je viens de voir un des médecins découper.

Il ouvrit sa veste, et Erin vit un morceau de corde d'escalade bleue enroulé dans un sac à scellés. Ully referma son manteau en scrutant la foule. Il avait raison. Si la presse mettait la main sur cette histoire, ce serait l'enfer.

— Postez des gardes devant sa porte. Elle a besoin de protection permanente, ordonna Erin. Contre la presse et le tueur.

— Ully va s'en charger, dit Darsh en pressant une carte dans la paume du patrouilleur. Appelez ce numéro si vous avez besoin de quelque chose. Il est temps pour vous de rentrer vous reposer, inspectrice.

— Elle a besoin de protection, aussi, dit Ully à Darsh comme si Erin n'était pas là.

— Je m'en occupe, répondit-il.

— Je n'ai pas besoin de protection, rétorqua-t-elle en tapotant le Glock dans sa poche.

— Ça te sera très utile si tu vois double, ricana Ully.

Erin leva les yeux au ciel et grimaça de douleur. *Bon sang.*

La main de Darsh se crispa autour de son bras.

— Envoyez cette preuve à Quantico. Dites-leur de chercher une correspondance avec l'autre corde. Appelez-moi dès que Rachel se réveille. Je vais dormir quelques heures tant que je peux.

Erin ouvrit la bouche, mais il la coupa, ce qui l'aurait rendue folle en temps normal, sauf qu'elle était si épuisée qu'elle tanguait sur ses pieds.

— Et elle aussi.

Ully hocha la tête tandis que Darsh l'aidait à sortir par une sortie latérale. Elle cacha son visage en réalisant que la presse avait déjà eu vent de l'histoire et attendait à l'entrée. Peut-être qu'*elle* était l'histoire. Darsh passa son bras autour de sa taille et l'aida à monter dans son véhicule.

Elle se tourna vers lui quand il entra et démarra.

— Je n'arrive pas à croire qu'elle ait survécu.

Il la regarda d'un air grave.

— Je n'arrive pas à croire que *tu* aies survécu.

Elle réalisa alors à quel point elle était passée près de la mort. Elle tendit la main et prit la sienne.

— Je t'ai remercié de m'avoir retrouvée ?

Il s'éloigna lentement hors du parking, en restant aussi loin que possible des journalistes.

— Remercie-moi en te mettant au lit et en dormant toute la nuit comme une gentille fille.

Ses côtes lui firent mal quand elle rit.

— Pas de folle partie de jambes en l'air ?

Il se tourna vers elle, les traits sévères.

— Je pensais que tu étais morte, Erin. Je pensais que je n'entendrais plus jamais ta voix, déclara-t-elle, sa bouche formant une ligne sinistre. Je sais que tu n'aimes pas qu'on pense que tu es faible ou vulnérable, mais tout ce que je veux, c'est t'envelopper dans du coton et te protéger.

Elle se hérissa.

Il la dévisagea.

— Parce que c'est ce que font les hommes décents, dit-il, déchiffrant aisément son expression mécontente. Mais je sais que ton ex t'a foutue en l'air sur le plan relationnel, alors je vais me contenter de m'assurer que personne d'autre ne te fasse de mal ce soir. Ce n'est pas seulement une question de sexe.

Il y avait de la souffrance dans sa voix. Et de la colère. C'était une combinaison qu'elle connaissait bien, mais elle devait peut-être arrêter de comparer tout le monde à Graham. Graham était malade. Elle toucha le bras de Darsh, sentit ses muscles se contracter sous ses doigts.

— Et si tu me tenais pendant que je m'endors ?

La bouche de Darsh tressaillit.

— Ça doit pouvoir se faire.

Elle ferma les yeux, se demandant s'il savait le bond de géant que cela représentait pour elle. Lui faire confiance. Faire confiance à quelqu'un.

———

ERIN S'ENDORMIT DANS la voiture. Darsh ne voulait pas la réveiller. Il la souleva et la porta donc. Elle ne bougea pas. Cela lui rappelait son enfance, quand il s'endormait quelque part et se retrouvait comme par magie dans son lit. Un écho de la voix de sa mère chantant pour l'endormir lui parvint et, pour la première fois depuis des années, il sentit un peu de son amour traverser les barrières du temps.

Il utilisa les clés qu'il avait trouvées dans la poche d'Erin pour déverrouiller maladroitement sa porte arrière tout en la tenant dans ses bras.

Elle tremblait, et il aurait voulu pouvoir effacer la terreur qui avait dû la submerger lorsque son pick-up avait été forcé de quitter la route. Il referma la porte avec son talon, mit le verrou, la porta dans l'escalier et l'installa sur le lit avant de lui enlever ses bottes. Doucement, il retira la parka de ses épaules, attrapa le Glock et le mit dans le tiroir à côté de son lit. Elle était allongée et le regardait avec des yeux fatigués. Pas endormie, mais trop épuisée pour protester.

Elle avait un bleu sur la joue. Une coupure à la lèvre. Son dos, qu'il avait vu plus tôt, donnait l'impression qu'un enfant de deux ans s'en était donné à cœur joie avec de la peinture rouge et violette. Darsh avait envie de frapper quelque chose. De crier, hurler et taper, mais il s'efforça de garder son calme. On ne criait pas en présence de gens qui avaient été abusés. Il n'était pas assez bête pour ça.

— Je vais me faire une boisson chaude. Tu veux quelque chose ?

— Juste de l'eau, s'il te plaît, répondit-elle d'une voix enrouée.

Il la recouvrit avec la couette, l'embrassa, puis inspecta chaque centimètre carré de la maison. Il était peut-être paranoïaque, mais il ne voulait pas prendre de risques. Un connard l'avait fait sortir de la route et en découvrant qu'elle était encore en vie, il risquait de vouloir essayer autre chose. Était-ce le tueur, ou juste un autre membre du fan-club d'Erin qui avait profité d'une opportunité ? Ou juste un abruti trop ivre pour réaliser ce qu'il avait fait ?

À l'exception de quelques araignées dans le grenier, la maison était vide. Il alla donc lui chercher un verre d'eau – la boisson chaude avait été une ruse pour ne pas effrayer Erin pendant qu'il fouillait sa maison – et retourna dans la chambre.

Il posa son SIG sur la table de nuit, se mit en boxer et s'installa à côté d'elle. Quelque chose se serra dans sa poitrine quand elle se blottit dans ses bras. Après quelques minutes de silence, elle prit la parole.

— Je n'arrête pas d'y penser. Je revois tous ces arbres devant moi. Si je n'avais pas réussi à me jeter hors du pick-up avant l'impact…

Elle laissa reposer sa tête contre le torse de Darsh. Il prit sa main dans la sienne.

— Avant, chaque fois que je fermais les yeux, je voyais Graham lever cette arme sur sa tête, me sourire avant d'appuyer sur la gâchette. Comme s'il avait enfin trouvé le moyen d'envahir ma vie pour toujours. Je suppose que c'est le cas.

Les choses que les gens se faisaient entre eux ne cessaient de l'étonner.

— Je vois ma mère, avoua-t-il. La dernière fois qu'elle m'a embrassé.

— Elle ne t'a vraiment pas dit qu'elle partait ?

Il frotta son menton doucement contre ses cheveux soyeux.

— Elle m'a juste embrassé pour me dire bonne nuit, et je ne l'ai jamais revue. Après des expériences comme celle-là – comme celle de Graham, comme celle de ma mère partie sans dire un mot –, il est difficile de faire confiance à quelqu'un, de laisser quelqu'un s'approcher.

Quelque chose d'humide coula sur son torse. Les larmes d'Erin.

— Le fait est qu'il n'y a jamais de garanties.

Parce qu'ils savaient tous deux mieux que quiconque que la mort pouvait les prendre à tout moment. Une balle, un virage dangereux sur la route. Un fou qui les avait dans sa ligne de mire.

— Soit on tente notre chance et on essaie d'être heureux, soit…

— On passe à côté des bonnes choses.

— Tu n'as jamais pensé à nous ? À cette nuit à Quantico ?

Il avait besoin de savoir.

Elle serra sa main.

— Tout le temps. Chaque fois que je me sentais seule, je pensais à cette nuit. Quand les souvenirs de Graham devenaient trop forts, je me souvenais de nous deux à la place.

Ses cheveux blonds formaient un nuage autour de sa tête. Il prit une mèche et la lissa entre ses doigts. L'énormité de ce qu'il ressentait, de ce qu'il avait failli perdre ce jour-là le frappa comme un météore. Les mots qu'il voulait prononcer restèrent bloqués dans sa gorge. Tout ce qu'il parvint à dire fut :

— Tu es belle.

Elle laissa échapper un petit rire incrédule. Il se pencha et l'embrassa lentement, doucement, en espérant qu'elle pourrait ressentir ce qu'il n'était pas assez courageux pour dire à voix haute.

— Rendors-toi, dit-il.

Elle fit glisser sa main le long de son ventre pour la poser contre son cœur. Petit à petit, la respiration d'Erin se calma. Il espérait qu'elle parviendrait à se reposer. Ils étaient tous deux épuisés.

Bizarrement, le fait qu'elle soit lovée contre lui dans le sommeil semblait plus intime que tout le sexe qu'ils avaient partagé. Erin et lui cachaient leurs sentiments derrière le désir et la passion, mais elle représentait plus que ça pour lui.

Il était amoureux d'elle, et probablement depuis le moment où ils s'étaient rencontrés. C'était pour cela qu'il avait paniqué quand il avait découvert qu'elle était mariée. Il était amoureux d'une femme qui veillait sur son cœur aussi soigneusement que la plupart des hommes veillaient sur leurs couilles. Elle se blottit davantage contre lui, et il remonta la couverture plus haut pour qu'elle n'ait pas froid. Il s'y connaissait suffisamment en psychologie pour se demander s'il n'était pas l'une de ces personnes qui faisaient en sorte de faire échouer ses relations – de cette façon, il pouvait constamment revivre la douleur de l'abandon de sa mère. Ou peut-être qu'il avait juste un faible pour les blondes sexy avec des tendances indépendantes de la taille du Mississippi. Quoi qu'il en soit, il allait devoir se battre pour que cela se produise, pour qu'*ils* aient une chance.

Mais d'abord, ils avaient une affaire à résoudre. Ils devaient découvrir pourquoi le tueur avait voulu tuer Rachel, et si c'était le même enfoiré qui avait fait sortir Erin de la route. Avec un peu de chance, Rachel se réveillerait le lendemain et leur dirait tout.

L'une des choses que Darsh avait apprises en tant que tireur d'élite, c'était qu'il n'était pas toujours facile de repérer son ennemi, mais qu'une fois qu'on l'avait en ligne de mire, il valait mieux être prêt à appuyer sur la gâchette. L'autre chose qu'il avait apprise était la patience, mais la ville et le chef de la police en manquaient cruellement.

Le temps pressait.

# CHAPITRE VINGT-DEUX

RACHEL ETAIT VIVANTE. Comment avait-elle survécu à cette chute la veille ? Et une journée entière à errer seule dans la nature au milieu d'un putain de blizzard ? La stupidité se frayait toujours un chemin dans le patrimoine génétique, et il ne doutait pas que, dans un monde normal, elle aurait eu au moins quinze enfants. Mais ce n'était pas un monde normal. Il avait contribué à forger la femme qu'elle était devenue, et il n'avait pas l'intention de la laisser vivre assez longtemps pour accroître la population.

Il s'était déjà rendu à l'hôpital dans l'espoir de la surprendre sans protection. Un policier gardait l'entrée, et ses parents étaient à l'intérieur.

Ses doigts tambourinaient sur sa cuisse. Il avait le temps.

Elle était dans le coma et le resterait pendant plusieurs jours d'après ce qu'il avait entendu dire les infirmiers. Mais à un moment ou l'autre, les flics relâcheraient leur garde. Ses parents auraient besoin de se reposer ou de prendre un appel téléphonique urgent. Peut-être y aurait-il un incendie dans l'un de leurs bureaux ? Ou bien on repérerait de la drogue dans l'une de leurs voitures. Quelque chose. N'importe quoi. Il n'avait pas besoin d'attendre longtemps. Juste assez longtemps pour piquer Rachel avec une grosse aiguille.

Erin aussi était en vie. Au moins, cette nouvelle-là le rendait heureux.

Il regarda ses biens les plus précieux. Son mur de dévotion. Ses photographies. D'elle exclusivement. Dans sa maison, dans sa voiture. Au travail. Ses photos d'elle nue étaient les plus précieuses. L'idée de les confier à quelqu'un d'autre était terrible, mais il n'avait pas le choix. L'appât était prêt. Il n'avait plus qu'à mettre l'hameçon. Portant des gants, il commença à arracher les photos de son mur, les punaises volant autour de lui.

Il brandit sa photo préférée d'elle. Il l'avait prise avec un zoom à travers la fenêtre de sa chambre et avait grimpé à un arbre pour l'obtenir. Il glissa le cliché dans sa poche arrière. Il avait enterré la carte mémoire de son appareil photo et effacé le disque dur de son ordinateur. Avant d'importer les images sur l'ordinateur portable de quelqu'un d'autre.

Il sourit.

Cela lui donnait un sentiment pervers de satisfaction. Il aimait se venger, même pour de petits affronts. La revanche était addictive. Il glissa ensuite les clichés dans un sac en plastique qu'il plaça dans son sac à dos. Il fouilla dans sa poche, en retira la seule photo restante et la glissa à l'intérieur avec les autres. Il ne pouvait pas se permettre d'être faible ou sentimental. Il était plus intelligent que la plupart des gens sur la planète, mais il savait qu'il pouvait commettre une bévue s'il devenait trop confiant. Rachel devait mourir. Les enquêteurs devaient suivre les miettes de pain et croire ce qu'il leur disait.

Il ajouta les lettres adressées à Cassie par le pauvre et pathétique Drew Hawke. Quel loser. Il sourit sinistrement en fermant le sac et en attachant les boutons-pression.

Le chaos offrait son lot d'opportunités, et il comptait bien en profiter pleinement au cours des vingt-quatre prochaines heures.

---

APRÈS UNE BRÈVE dispute sur le fait de savoir si elle devait ou non reprendre le travail, Darsh l'avait aidée à enfiler un pantalon de yoga et un pull bleu ample de type tunique. Il avait même fermé ses bottes et l'avait aidée à mettre sa veste.

Elle chassa les émotions qui montaient en elle dès qu'elle pensait à lui. Elle s'était réveillée dans ses bras, et elle ne se souvenait pas de la dernière fois où elle s'était sentie aussi heureuse. Même si ce n'était qu'une réaction au fait d'avoir dévalé cette colline et d'avoir réussi à s'en sortir vivante, le fait qu'elle veuille s'accrocher à lui dès qu'elle le voyait était déconcertant. Elle le connaissait à peine, mais depuis les meurtres, sa confiance en ses propres capacités semblait s'éroder. Elle n'aimait pas ça. Elle n'aimait pas ça du tout.

Son arme de poing était rangée dans un harnais d'épaule qui la lançait en raison du contact avec les bleus sur son dos. Mais elle préférait souffrir en le portant qu'être blessée en ne l'ayant pas. Quelle était la probabilité qu'elle sorte son arme en moins de trente secondes ? Proche de zéro. Peu importait. Au moins, elle se sentait comme un flic plutôt que comme une victime alors qu'elle marchait d'un pas raide dans le couloir.

La vue d'un garde aux larges épaules devant la porte de Rachel la réconforta. Darsh avait dit qu'ils avaient mis en place une sécurité renforcée. Elle arriva devant la porte et le garde du corps l'arrêta en posant une main sur sa poitrine. Elle couina de douleur.

— Désolé, madame, dit l'homme en la regardant de ses yeux bleu brillant. Personne n'est autorisé à entrer sauf le personnel médical.

Elle sortit son badge de sa poche. Il se pencha plus près

pour l'inspecter minutieusement. Ses yeux s'illuminèrent.

— Donovan ? C'est donc pour ça que vous avez l'air un peu pâlotte aujourd'hui, hein ?

Elle rit de l'emploi du mot « pâlotte » et grimaça en tenant ses côtes meurtries.

— Et moi qui pensais avoir utilisé assez de maquillage pour masquer tout ça.

Il inclina la tête.

— Quand on fait de la luge à flanc de montagne dans un pick-up, il y a des conséquences.

Il jeta un coup d'œil par-dessus son épaule vers la chambre.

— La patiente est toujours dans le coma. Les parents sont allés prendre un café. Je pense que vous pouvez entrer pour quelques minutes si les infirmiers ne s'y opposent pas.

Une infirmière passa à ce moment-là et lui adressa un doux sourire. Il s'éclaircit la gorge.

— Je m'appelle Jack Reilly. Je vais devoir entrer, moi aussi, juste par précaution. Je ne prends aucun risque avec ma cliente.

Elle hocha lentement la tête. Le type était bon. Vraiment bon. Il ouvrit la porte et elle se glissa à l'intérieur, en prenant soin de ne pas se cogner contre quelque chose ou de bouger trop rapidement. Tout lui faisait mal. Chaque muscle, chaque os, chaque brin d'ADN.

La pièce était faiblement éclairée. Le garde du corps laissa la porte ouverte et se plaça discrètement sur le côté, l'observant sans la faire passer pour une criminelle. Faisant son travail. Elle se rapprocha du lit pour voir le visage de Rachel, et laissa échapper un hoquet de stupeur. La jeune fille était pâle comme la mort, et ses blessures donnaient à Erin l'impression d'être une mauviette à côté, avec ses quelques bleus. Il y avait de profondes égratignures sur son visage qui allaient laisser des cicatrices. Ses deux yeux étaient gonflés et fermés. Des coupures lacéraient ses lèvres. Son bras était bandé. Une de ses jambes était plâtrée. Elle était intubée, et sous perfusion. La vue de tout cet équipement et de toutes ces machines gardant cette fille en vie brisa le cœur d'Erin.

Les larmes coulèrent. D'habitude, elle ne se laissait pas toucher à ce point par les victimes, mais c'était *Rachel*, et elle lui avait tenu la main après son épreuve et lui avait promis que les choses iraient mieux.

Elle toucha un doigt délicat qui semblait être la seule partie indemne du corps de la jeune fille.

— Je suis tellement désolée de t'avoir laissée tomber. Désolée que tu aies été blessée.

Elle avait lutté pour ne pas pleurer suite à son propre accident, mais voir cette jeune femme dans cet état, elle qui avait traversé tant de choses… C'était comme si quelqu'un avait mis une pierre brûlante dans sa gorge. Les larmes lui montèrent aux yeux et elle éprouva des difficultés à respirer. Elle déglutit bruyamment, regardant Reilly qui se tenait près de la porte.

— Elle a peur des hommes étranges.

L'expression de l'homme se crispa devant le sous-entendu.

— Elle pourrait avoir peur de vous quand elle se réveillera. Ça n'a rien de personnel.

Il cligna deux fois des yeux et leva le menton.

— Je vais la protéger, Inspectrice. Pas besoin de vous inquiéter. Tout ira bien.

Elle jeta un dernier regard à Rachel et se dirigea en clopinant vers la porte, passant devant le garde du corps avec un sourire reconnaissant. Rosemary Knight et son mari, Donald, marchaient dans le couloir.

Ils parurent tous deux surpris de la voir.

— Inspectrice, vous avez une mine terrible, fit Rosemary.

Son attitude était beaucoup plus froide que la veille, quand elle pleurait à l'arrière de feu le pick-up d'Erin.

Erin s'apprêtait à répondre qu'elle s'était déjà sentie plus mal, mais elle réalisa que c'était faux. Elle ne s'était *jamais* sentie aussi mal. Elle était au fond du trou. Même se faire battre par son ex n'était pas comparable à ce qu'elle avait ressenti après avoir été forcée de quitter la route et avoir vu Rachel étendue là, brisée.

— Est-ce qu'ils ont trouvé qui a fait ça à notre fille ? demanda Donald.

Il était derrière sa femme, lui tenant les épaules. Peut-être avaient-ils trouvé un moyen de passer outre leurs différends. C'était une question d'adaptation, Erin le savait. Sa stratégie avait toujours été de s'isoler pour analyser les choses, d'établir un plan et de le suivre. Darsh appelait ça fuir. Elle appelait ça réfléchir.

— Pas encore, mais…

— C'est la même personne qui a tué ces filles lundi, n'est-ce pas ? C'est un miracle que Rachel ne soit pas morte comme elles.

Erin tressaillit.

— Nous faisons de notre mieux…

Sa joue fut marquée par la gifle que Rosemary lui asséna. Elle se cabra. *Et merde !* Erin se frotta la joue, secouant la tête à l'intention de Reilly, sur le point d'intervenir.

— Votre *mieux* n'est pas suffisant. Votre *mieux* a mis mon bébé sous respirateur, siffla Rosemary.

— Je suis désolée pour Rachel. Appelez-moi quand elle se réveillera. Vous devriez retourner auprès d'elle.

Erin passa devant eux, ignorant sa joue brûlante et son orgueil blessé. Si c'était quelqu'un d'autre, elle l'aurait traîné au poste, sans se soucier de la paperasse. Mais avec ces personnes ? Bon sang, que voulaient-ils ? Du sang ?

Elle chassa les larmes qui menaçaient de couler. Pas question. Elle n'allait pas pleurer alors qu'elle devait encore affronter la presse. Elle se sentait vulnérable, émotive. Elle était en train de tomber amoureuse alors qu'elle savait que ce n'était pas une bonne idée. Elle devait maîtriser les sentiments que Darsh faisait naître en elle. Ce n'était pas le moment de s'impliquer dans quelque chose qui la mènerait probablement à un chagrin d'amour.

C'était une bonne policière, mais elle n'était pas magicienne. Le suspect avait réussi à les mener en bateau jusqu'à présent, mais cela ne pouvait pas durer, et le type devait commencer à paniquer à l'idée de savoir Rachel encore en vie. Peut-être que c'était *lui* qui l'avait fait sortir de la route la veille, et pas un fan de foot qui la détestait. Elle espérait que ce n'était que la première d'une longue série d'erreurs, et qu'il ne tarderait pas à être acculé comme l'animal qu'il était.

———

DARSH FIXA LA chronologie qu'il avait collée au mur. Il s'efforça de chasser de son esprit son inquiétude pour Erin. C'était une professionnelle qui avait besoin d'espace pour faire son travail. Elle était seulement allée à l'hôpital, ce qui était probablement plus sûr que de rester seule chez elle.

— Qu'est-ce que j'ai raté ? Qu'est-ce que j'ai raté, bon

sang ?

L'agent Chen ignora ses récriminations. Elle venait d'arriver au bureau et avait l'air impeccablement habillée et fraîchement douchée. Il n'était pas sûr de l'endroit où elle avait passé la nuit, mais ce n'était pas sur place, et ce n'était pas sur une chaise de bureau. Des compétences de ninja de folie.

Il consulta ses e-mails. Il y avait une réunion d'équipe dans cinq minutes. La bonne nouvelle était qu'ils avaient obtenu de l'ADN à partir des cheveux sur le pull de Mandy Wochikowski. La mauvaise nouvelle était qu'il n'y avait pas de correspondance dans le CODIS.

Son portable sonna.

— Agent Singh.

— Le ministère de la Justice a appelé. Ils veulent du nouveau, dit Jed Brennan sans préambule.

— Rien de définitif, mais je pense de plus en plus que les affaires sont liées.

— Ce serait le même suspect ? Tu penses que Hawke est innocent ? demanda Brennan avec une pointe d'incrédulité.

— Ouais, mais ne le dis pas au ministère de la Justice tout de suite. Je n'ai aucune preuve.

C'était ce que craignait le ministère de la Justice lorsqu'il avait demandé l'aide du DSC, mais leurs services étaient encore réticents à admettre qu'ils avaient contribué à envoyer un innocent en prison. Les erreurs judiciaires arrivaient – comme Richard Stone, ancien agent du FBI, qui avait été emprisonné à tort pendant les quatorze années précédentes.

— Les viols de l'année dernière et ces meurtres semblent avoir été orchestrés par un ou plusieurs individus très malins, dit Darsh en se frottant le front. Je doute qu'il y ait plus d'un prédateur génial dans une si petite ville.

Brennan poussa un juron.

— Ça va être un beau merdier si tu as raison. Je suppose que les flics locaux ont manqué quelque chose ?

Il repensa à la façon dont Erin avait travaillé pour les victimes et à la diligence dont elles avaient fait preuve.

— C'est ça le truc. Je ne pense pas qu'ils aient manqué quoi que ce soit. Je pense qu'ils avaient plus qu'assez pour une inculpation, et les jurés plus qu'assez pour une condamnation. Mais je ne pense toujours pas que c'est lui.

— Et les déclarations des témoins ? demanda Jed.

— On sait tous les deux qu'elles sont peu fiables. Je pense que les drogues et l'alcool ont été utilisés pour perturber les victimes et déformer la réalité. Je suppose que le suspect portait un masque du visage de Drew qu'il a commandé sur Internet.

— Ces trucs me font flipper. De nos jours, on peut tromper des systèmes de sécurité biométrique pour moins de 300 $, plus les frais de port. *Mission Impossible* n'y est pas pour rien.

Darsh frotta la boule dans sa gorge.

— Il portait ce masque en violant des femmes qui étaient soit droguées, soit défoncées, et absolument terrifiées. Il imprimait l'image de Hawke sur leur rétine dans un moment de stress intense.

— Donc les victimes pensaient dire la vérité.

Darsh n'aimait pas être pris pour un imbécile.

— Elles *disaient* la vérité telle qu'elles l'avaient perçue. Hawke croit qu'il a été piégé, et il a peut-être raison. C'est le mode opératoire de notre suspect. Il aime déformer les preuves, sachant exactement comment la justice va réagir. Mais ce bâtard n'était pas infaillible.

Il avait déjà fait une erreur cruciale avec Rachel Knight.

— Je voulais t'appeler hier soir. Quelqu'un a essayé de tuer la première victime hier.

— Tu penses que c'est le même gars ?

— Ce serait un peu gros que ce soit quelqu'un d'autre.

— Pourquoi essayer de la tuer ? Est-ce qu'il prend son pied à torturer les gens, ou est-ce qu'elle sait quelque chose ?

Darsh repensa à leur conversation avec Rachel un peu plus tôt. Avait-elle révélé à quelqu'un d'autre que des souvenirs de son agression commençaient à lui revenir ?

— Probablement les deux.

Il regarda par la fenêtre. La presse et les manifestants se pressaient sur le parking et devant le bâtiment. Jusqu'à présent, personne n'avait divulgué le fait qu'une corde avait été attachée autour de la bouche de Rachel comme un mors de bride. Le même type de corde qui avait attaché Cassie Bressinger au lit pendant son meurtre.

— La fille Knight ne s'est pas encore réveillée et ça ne devrait pas arriver avant quelques jours au moins. C'est un miracle qu'elle ait survécu.

Si elle ne risquait pas de détenir des informations capitales, les médecins l'auraient laissé dormir pendant des semaines afin de laisser son corps guérir. Darsh avait insisté sur le fait qu'il était urgent de lui parler dès que possible. Ils lui avaient dit qu'il y avait une réelle possibilité de dommages cérébraux suite au choc. C'était la seule raison pour laquelle il n'avait pas demandé à ce qu'ils la réveillent immédiatement. Il n'était pas très porté sur la prière, mais il priait pour que Rachel Knight se réveille avec le nom de son agresseur sur les lèvres.

Jed continua :

— Je vais demander qu'on fasse venir des agents de terrain. Le bureau local de New York a une équipe…

— Pas encore, dit Darsh.

Il n'était pas prêt à baisser les bras, et il était hors de question d'abandonner Erin au milieu des retombées de cette tempête de merde.

— J'ai besoin de toi ici.

L'ironie de la chose – Brennan lui demandant d'abandonner l'affaire – ne leur échappa pas. Jed avait la réputation de s'impliquer trop émotionnellement dans son travail.

— Je n'ai qu'Henderson, Barton et Walker qui sont pleinement opérationnels. On est débordés. Tate nous donne un coup de main, comme Rooney, qui travaille à domicile alors qu'elle n'est pas censée travailler du tout. Lazlo fait son rapport lundi.

Matt Lazlo était un ancien Navy SEAL. Le bateau qui lui servait de maison avait été détruit la veille de Noël. Matt et sa jolie petite amie s'en étaient sortis de justesse. La rumeur disait que les Russes avaient essayé d'éliminer Scarlett Stone avant qu'elle puisse prouver l'innocence de son père. Naturellement, ils avaient nié toute implication.

— Lazlo a trouvé un endroit où vivre ? demanda Darsh, pour gagner du temps.

— Il y travaille. On a besoin de toi ici, D, lui dit Brennan.

Darsh tira sur le col de sa chemise qui lui semblait soudain trop serré.

— Écoute, Chen vient juste d'arriver. On est sur le point d'avancer. Cette ville est un baril de poudre. Un type s'est fait tabasser hier en entrant dans le mauvais dortoir, et la policière chargée de l'enquête a été contrainte de quitter la route et a failli mourir.

Il ferma les yeux, et l'horreur de voir son pick-up mutilé

lui insuffla une nouvelle détermination.

— Donne-nous encore soixante-douze heures…

— Vingt-quatre, et ensuite j'ai besoin que tu reviennes. Les flics locaux peuvent s'en occuper.

— Quarante-huit, et je te *promets* de mettre un terme à tout ça.

Il croisa le regard de Chen qui fit la grimace.

Jed rit à l'autre bout de la ligne.

— Je suis content que ce job soit une mission temporaire. Je préfère avoir affaire à des criminels qu'à des agents têtus. Tiens-moi au courant. Je dois appeler le ministère d'ici la fin de la journée.

Il raccrocha.

Erin frappa à la porte et entra dans la pièce. Ully Mason suivit, ainsi que Harry Compton et le chef. Ils fermèrent derrière eux et s'assirent à la table face au tableau blanc.

Erin avait l'air épuisée et tendue.

— La fille Knight est toujours avec nous ?

Les lèvres d'Erin s'étirèrent en un mince sourire.

— Ouaip.

— Mais elle est dans un sale état, ajouta Ully. Elle n'est pas près de se réveiller de sitôt.

Darsh aurait voulu qu'Erin le regarde, mais elle l'évitait comme la veille au matin. Malgré sa conviction que sa place était chez elle, et non au travail ce jour-là, il pensait que tout allait bien entre eux. Elle s'était réveillée dans ses bras, et c'était la meilleure chose qui lui soit arrivée depuis longtemps.

Peut-être était-elle énervée parce qu'elle avait été remplacée par Harry à la tête de l'enquête, alors qu'elle avait failli mourir la veille. Il savait que ça la froissait, mais c'était une décision compréhensible. Elle n'avait pas été retirée de l'affaire, même s'il avait vu la tentation sur le visage de son chef.

— Où en sommes-nous dans la recherche du véhicule qui a fait quitter la route à l'inspectrice Donovan hier ? demanda le chef sans ambages.

Harry répondit :

— Les techniciens ont prélevé de la peinture noire du côté du pick-up d'Erin. On l'envoie au labo, mais d'après ce qu'a dit Erin, c'était un gros SUV noir. On a lancé un appel à tous les ateliers de carrosserie dans un rayon de cinquante kilomètres pour qu'ils nous contactent s'ils voient un véhicule correspondant à cette description avec ce côté endommagé.

Le chef hocha la tête. Il avait les yeux plissés et le visage pincé. Il mâchait un chewing-gum comme si c'était une course.

— Vous avez tous fait la connaissance de l'agent Chen ?

Darsh leur présenta Ashley et remarqua qu'Ully la dévisageait de la tête aux pieds. Étant donné que Darsh couchait avec un membre de l'équipe, il était mal placé pour le juger. *Et merde.* C'était une première.

— J'ai donc passé en revue la chronologie des événements, et l'agent Chen vérifie les antécédents de nombreuses personnes ayant une formation en maintien de l'ordre ou en criminologie, ainsi que de toute personne liée à l'équipe de football ou aux familles des victimes, commença-t-il.

Ils repassèrent l'affaire en détail comme ils l'avaient fait de nombreuses fois.

— Ce que je ne comprends toujours pas, dit Erin après vingt minutes à ressasser les détails, c'est : comment le suspect a-t-il su que Rachel Knight était seule dans sa chambre la nuit du viol ? Et l'autre chose qui me dérange, c'est : comment a-t-il pu entrer chez Cassie et Mandy sans forcer les serrures ?

— Je pense qu'il a une clé, répondit Harry, les yeux brillants. Je pense que notre gars se rapproche suffisamment de ses victimes pour voler leurs clés ou cartes magnétiques, et en faire des copies avant de passer à l'acte.

Erin acquiesça.

— Ça n'explique toujours pas comment il savait que Rachel était seule alors que toutes les autres nuits, Jenny était là avec elle.

— Rachel a dit que sa colocataire allait à une fête, se souvint Darsh.

De la même façon que la colocataire de Cassie et Mandy était allée à une fête.

— Est-il possible que l'agresseur ait connu l'autre fille, ou ait été à cette fête ? Il savait peut-être qu'elle partageait un dortoir avec Rachel et s'en est pris à elle quand il a su qu'elle serait seule ?

Une étincelle s'alluma dans les yeux d'Erin.

— J'ai interrogé Jenny. Son petit ami et elle ne sont pas restés longtemps à la fête cette nuit-là. Ils avaient planifié leur première fois avec beaucoup plus de soin que la plupart des étudiants.

— Le coupable pourrait-il être un ami du petit ami ? suggéra l'agent Chen. Les mecs parlent aussi de sexe, non ?

Elle les regarda en haussant les sourcils, l'air interrogateur.

Ully sourit. Darsh lui jeta un regard inquisiteur.

— Nous nous provoquons mutuellement à ce sujet, mais nous ne *parlons* pas de sexe, déclara Darsh. Mais s'ils savaient qu'il était vierge ? ajouta-t-il en fronçant les sourcils. Alors il aurait probablement mentionné la grande soirée à quelqu'un.

— On pourrait aller le lui demander. Il vivait à Kelvin

Hall. Il est possible que le criminel soit un de ses amis ou un autre étudiant logeant au même endroit, acquiesça Erin. Mais j'ai l'impression que notre liste de suspects ne diminue pas, bien au contraire.

Elle enfonça ses doigts dans son cuir chevelu. Elle bougeait avec raideur. Mais Darsh était reconnaissant qu'elle puisse bouger tout court.

— Et la corde ? On a trouvé des gens du coin qui en auraient acheté ?

L'agent Chen fit glisser une feuille de papier sur la table vers chacun d'eux.

— J'ai mis en évidence les personnes de la liste qui n'appartiennent pas au club d'escalade local, mais aucune ne correspond à la liste de vérification des antécédents de l'agent Singh. Je vais chercher si l'une d'entre elles était à Kelvin Hall.

Darsh parcourut la liste des yeux, mais un nom non surligné le fit marquer une pause.

— Roman Huxley ?

— Oui, il est très porté sur les sports de plein air, confirma Erin. Il grimpe, il fait du vélo toute l'année. Il est dans l'équipe de recherche et de sauvetage.

Darsh fronça les sourcils, réfléchissant à voix haute.

— Il est aussi extrêmement intelligent, arrogant et au courant des méthodes actuelles d'investigation criminelle, souligna-t-il en levant les yeux et en croisant son regard. Il est un peu vieux, mais à part ça, il correspond au profil.

— C'est un peu exagéré. C'est un universitaire de renommée mondiale, dit Erin en fronçant les sourcils. Je l'ai entendu se disputer avec son assistant de recherche quand j'ai quitté son bureau hier.

— Tu sais à quel sujet ?

Elle secoua la tête.

— Non. Il a un alibi pour lundi soir, tu te souviens ?

— Où est Bickham ? Je veux qu'elle vérifie précisément qui travaillait au refuge lundi.

— Je vais l'appeler, dit Ully en griffonnant dans son carnet.

— J'ai parlé aux gens de Quantico. Ce sont des nœuds d'escalade.

Il commençait à sentir un picotement d'excitation dans sa nuque.

— Et il connaissait les deux victimes de l'homicide de lundi. Mandy a travaillé dans son laboratoire pendant l'été, et Cassie est allée le voir pour obtenir des informations sur les violeurs en série, dit Erin en frissonnant. Tu penses vraiment que ce type pourrait être impliqué ?

Plus il y pensait, plus il aimait l'idée que le professeur soit un suspect.

— On peut creuser dans son passé ? demanda-t-il à Ashley Chen qui commença immédiatement à pianoter. Voyons s'il a un alibi pour les viols de l'année dernière.

— On doit d'abord l'interroger sur les meurtres, avant d'évoquer un quelconque lien avec les viols, souligna Erin.

Elle avait raison.

— Vous pensez qu'on peut obtenir un mandat pour fouiller sa maison ? demanda Ully.

Darsh inspira profondément.

— Sur la base de ces éléments ? J'en doute.

Erin se leva et marcha d'un pas raide vers le tableau blanc. Elle prit un marqueur et écrivit : « Peter Zimmerman ».

— Bien, en supposant que ce soit le professeur, il aurait pu essayer de faire accuser le sans-abri, juste pour voir nos petits cerveaux de flics en action, dit-elle d'un ton sarcastique.

Puis elle écrivit le nom de Drew Hawke sur le tableau.

— Mais il n'a aucun lien avec ce type.

— Ouais – si Hawke n'est pas coupable, pourquoi le piéger ? demanda Ully. Est-ce qu'il essaie juste de nous emmerder ? Est-ce qu'on représente une sorte d'expérience sociale en temps réel ?

— Qu'avez-vous pensé de Hawke lorsque vous l'avez interrogé l'autre jour ? demanda le chef à Darsh.

Le regard d'Erin se tourna vers lui, assez furieux pour laisser des bleus.

Bon sang, il aurait dû le lui dire.

Il s'éclaircit la gorge.

— Il semblait sincèrement bouleversé quand il a appris pour Cassie. Il ne s'est jamais présenté comme autre chose qu'innocent.

— La prison est pleine d'innocents, rétorqua Ully d'un ton amer.

Darsh le regarda fixement.

— Je suis au courant.

L'agent Chen les interrompit :

— Avec la sensibilisation accrue aux viols dans les universités aux États-Unis, est-ce qu'on pourrait représenter le terrain d'essai de quelqu'un ? Les accusations contre Hawke sont sorties à un moment où les gens cessaient de croire automatiquement que les athlètes de haut niveau étaient innocents simplement parce qu'ils faisaient gagner beaucoup d'argent à leur université et marquaient beaucoup de points. Ça pourrait être une expérience sociale géante, histoire de voir comment on peut se jouer de la société et du système judiciaire.

— Il se serait aussi délecté des informations des lettres de

Hawke sur sa vie en prison. *Et...* fit Darsh en pointant un doigt vers Erin, il était dans le box derrière nous quand on a déjeuné l'autre jour.

Il soutint le regard d'Erin, mais elle garda une expression neutre.

— Il a pu nous entendre parler de ce que Rachel nous avait dit à propos de ses souvenirs. Il a peut-être eu peur qu'elle se souvienne de quelque chose de compromettant.

Erin s'assit sur la chaise la plus proche.

— Ce ne sont que des conjectures. Je n'y crois pas. Bon sang, on l'a consulté sur l'affaire des viols l'année dernière.

Elle passa une main dans ses cheveux. En fait, elle avait l'air encore plus épuisée que la veille au soir.

Le chef se leva et jeta un regard furieux à Erin.

— Vous lui avez donné accès à tous les dossiers concernant les viols ?

Sa poitrine se souleva, s'abaissa et se souleva à nouveau.

— Et maintenant c'est un putain de suspect ?

Elle ouvrit la bouche pour se défendre, tout comme Darsh, mais le chef leur coupa la parole.

— Vous êtes virée.

Elle cligna des yeux et resta assise sans broncher, visiblement stupéfaite.

— Dégagez votre bureau immédiatement et ne soufflez mot de tout ça à personne, compris ?

— L'inspectrice Donovan a fait du bon travail sur ces enquêtes, dit Darsh en faisant un pas en avant. La renvoyer n'est ni nécessaire ni approprié.

— Pas plus que de coucher avec l'inspectrice sur laquelle vous enquêtez, agent Singh, cracha le chef en lui jetant un regard amer.

Darsh sentit son visage rougir, mais de colère, et non de gêne.

— Ça n'a rien à voir avec l'affaire, lui répondit Darsh avec un regard noir, tandis que les yeux d'Erin s'écarquillaient.

— Oh, vraiment ? Il ne vous est jamais venu à l'esprit qu'elle couchait peut-être avec vous pour ne pas être virée ?

Erin aboya un rire.

— Harry devrait peut-être vous demander si vous avez un alibi pour la sortie de route d'hier, Chef ? lâcha-t-elle. Juste pour être minutieux.

Le chef Strassen la pointa d'un doigt furieux. Darsh lutta contre l'envie d'attraper le gars et de le casser en deux.

— C'est elle qui a toujours été obsédée par l'équipe de football…

— Parce que les victimes de viols m'ont dit que le quarter-back les avait violées !

Erin perdait son sang-froid, et Darsh ne pouvait pas lui en vouloir. La chasse aux sorcières était terminée. Son chef était prêt à monter le bûcher.

— C'est vous qui vous en êtes prise à Jason Brady cette fois encore, cracha Strassen pendant qu'Erin fulminait. Et pendant tout ce temps, c'était votre pote du département de psychologie ?

— Ce n'est pas mon pote, dit Erin avec amertume. Et je ne pense pas que ce soit lui.

— Le professeur est un suspect, rien de plus, intervint Darsh. Il nous faut une vraie raison pour obtenir un mandat de perquisition pour sa maison, sa voiture, son bureau. N'importe quel endroit où il aurait pu cacher les lettres prises chez Cassie lundi. Et nous n'avons même pas de mobile.

— Il possède deux véhicules. Une petite voiture et un SUV

hybride noir, et il est bénévole au centre d'aide aux victimes de viols d'où Rachel a reçu l'appel téléphonique à cinq heures hier matin, ajouta l'agent Chen.

Strassen le regarda fixement.

— Écrivez-moi ça. Je connais un juge qui signera le mandat.

Darsh voulait obtenir ce papier, mais il ne pouvait pas laisser Strassen virer Erin sans raison. Le fait qu'ils aient couché ensemble faisait mauvais genre lorsqu'il essayait de la défendre. *Et merde.*

— Si nous nous trompons, nous allons provoquer une émeute dans cette ville et à l'université, prévint-il.

— Il y a des manifestations tous les jours devant mon bureau, agent Singh. La ville est déjà en ébullition, cracha le chef en se dirigeant vers la porte. Vous avez trente minutes pour quitter les lieux, Mlle Donovan.

---

— ERIN.

La voix de Darsh la suivit jusqu'à son bureau, mais elle ne ralentit pas. Elle attrapa son sac et sa veste sur le dos de la chaise. Ses collègues flics étaient debout autour d'elle, la regardant ramasser ses affaires. Ils avaient entendu le chef la renvoyer – il aurait fallu être sourd pour ne pas l'entendre – et même s'ils n'étaient pas d'accord, ils pouvaient difficilement faire grève alors que la ville avait plus que jamais besoin d'eux. Elle était habituée à mener ses propres batailles.

— Erin.

Elle se retourna lentement pour faire face à Darsh, transformant ses traits en un masque d'indifférence, car l'alternative aurait été de hurler jusqu'à ce que quelqu'un lui passe une camisole de force.

— Tu ne me faisais pas assez confiance pour me dire que tu avais parlé à Drew Hawke il y a quelques jours ?

— Ça ne semblait pas important.

— Pas important ?

La lumière dans les yeux changea, comme s'il réalisait qu'elle se préparait à se battre et n'avait pas besoin de sa compassion.

— J'ai été envoyé pour examiner les deux enquêtes et voir s'il y avait un lien.

— Tu enquêtais sur moi. Tout le monde m'avait dans le viseur, au cas où on se serait trompés l'année dernière.

Elle essayait de ne pas trop hausser le ton.

— Tu savais en quoi consistait mon travail ici, Erin, lui dit-il. Tu l'as toujours su.

Elle pinça les lèvres et hocha la tête.

— C'est pour ça que je n'aurais pas dû coucher avec toi. Ça t'a mis dans une position intenable.

À présent, il avait l'air en colère. Vraiment en colère.

— On a couché ensemble après que j'ai examiné les affaires et que j'ai su que tu avais mené une enquête approfondie et que tu n'avais commis aucune erreur, rétorqua-t-il, la fureur brûlant dans ses yeux. Mon intégrité se porte bien, Inspectrice. Je sais être impartial.

— Mais tu ne l'es pas, n'est-ce pas ?

Et c'était ce qui rendait tout ce qui avait été si bon entre eux si terrible.

— À moins que tu omettes la nuit qu'on a passée ensemble à Quantico il y a trois ans et que tu disais ne pas pouvoir oublier.

Elle vit la prise de conscience le frapper, mais il secoua la tête.

— Je suis parfaitement capable d'être objectif à propos d'une femme avec qui j'ai eu des rapports sexuels. J'aurais été plus enclin à te condamner après Quantico. Tout ce que je savais à l'époque, c'est que tu étais prête à tromper la seule personne que tu avais juré d'aimer et de chérir.

— Je l'ai trompé, insista-t-elle avec obstination.

— Tu lui as envoyé les papiers du divorce après qu'il t'a agressée, rétorqua-t-il en serrant les poings, luttant clairement pour garder son calme. Ce n'est pas tromper. C'est faire preuve de sagesse.

Erin sentit les larmes lui piquer les yeux comme ses émotions lui piquaient le cœur. Elle se détourna.

— Je dois partir d'ici avant que Strassen ne me mette à la porte.

— Je tirerai sur n'importe quel connard qui essaiera.

Il posa sa main sur son bras. Elle essaya de se dégager, mais il ne se laissa pas faire. C'était la première fois qu'il la traitait autrement qu'avec des gants.

— Ne te laisse pas faire, Erin. Tu n'as rien fait de mal. Tu es une excellente inspectrice, et il cherche un bouc émissaire pour ne pas passer pour un con incompétent.

Elle garda son regard rivé sur le nœud de sa cravate. Elle l'avait regardé la nouer ce matin-là dans un brouillard d'optimisme stupide. Elle déglutit.

— Si je me bats, je t'emmène avec moi. Il est hors de question que je fasse tomber un agent du FBI respecté et un ancien tireur d'élite des Marines.

L'expression de Darsh était amère.

— Ne te sers pas de moi comme excuse, dit-il avec dégoût.

Je peux mener mes propres batailles, et je le ferai. Tu dois aller voir ton représentant syndical. On n'a pas enfreint de règles strictes, Erin. On les a juste un peu contournées en tombant amoureux l'un de l'autre. Ce n'est pas contraire aux règles.

Elle secoua la tête et se dégagea.

— Je vais parler à mon représentant, mais Strassen ne veut pas de moi ici, alors je m'en vais.

— Erin…

— Non.

Elle passa une main sur son front. La fatigue lui donnait envie de se coucher sur la surface plane la plus proche et de dormir, mais elle devait d'abord sortir de là. Elle ne pouvait pas faire face à tout ça. Elle se sentait trop à vif, trop émotive, trop meurtrie.

— On en a fini, aussi, Darsh. Tu vas bientôt rentrer chez toi, et je n'ai aucune idée de ma prochaine destination, sauf peut-être rendre visite à ma famille comme j'aurais dû le faire il y a des années. Ce n'est pas le bon moment pour commencer une relation longue distance.

Il ouvrit la bouche pour rétorquer quelque chose. Elle ravala l'affreux sentiment de déchirure qui commençait à ébranler son sang-froid.

— Non. Je ne veux pas d'engagement. Je ne veux plus souffrir. C'est plus facile d'être célibataire.

Elle essaya de passer devant lui, mais il ne la laissa pas faire.

— Tu penses que je ne le sais pas ? Tu crois que je ne sais pas à quel point ça fait mal quand quelqu'un que tu aimes te laisse tomber ? Je ne te ferai pas ça, Erin. Je ne te laisserai pas tomber.

Il se pencha pour croiser son regard.

— On n'est pas obligés de répéter les vieux schémas. On n'a pas à continuer à souffrir parce que les autres sont des connards.

Elle se dégagea de sa prise.

— Je ne peux pas. C'est tout. Ça n'en vaut pas la peine.

Elle le repoussa, et cette fois il la laissa partir. Quelqu'un débarrasserait peut-être son bureau, car elle ne comptait pas le faire. Elle sortit son arme de service et son insigne, et les déposa auprès de l'officier de permanence, sans croiser son regard. Elle garda le dos droit comme son père le lui avait appris et quitta le bâtiment, le menton haut, tandis que ses collègues flics la regardaient partir en silence. Elle était presque dans le parking quand elle réalisa qu'elle n'avait pas de chauffeur pour rentrer chez elle.

Ully Mason s'arrêta dans une voiture de patrouille.

— Monte, lui dit-il. Où veux-tu aller ?

Chez elle. Elle voulait rentrer chez elle.

— J'ai besoin d'un chauffeur.

Il hocha la tête et démarra.

Elle ne prit pas la peine de regarder en arrière. Elle en avait fini avec cette ville et avec l'agent du FBI dont elle était tombée amoureuse. Il avait volé son cœur, et elle avait brisé le sien. Comment une relation pourrait-elle valoir la douleur qui s'ensuivait ?

# CHAPITRE VINGT-TROIS

Darsh se tenait derrière Harry Compton et l'agent Bickham lorsqu'ils frappèrent à la porte du bureau du professeur Roman Huxley. Darsh essayait de ne pas penser à Erin. En vain.

— Entrez, cria l'homme.

Harry entra en premier, le mandat à la main. Darsh fit le tour du bureau et se plaça près de la fenêtre.

Huxley se releva.

— Que puis-je faire pour vous ?

Il portait un pull-chaussette violet, et ses cheveux semblaient avoir été ébouriffés par un coiffeur professionnel. L'un des étudiants diplômés que Darsh avait rencontrés quelques jours plus tôt se tenait derrière son patron, la bouche ouverte en signe de choc.

Le professeur posa sur lui un regard interrogateur.

— Roman Huxley ? demanda Harry.

La tête du professeur pivota et il hocha la tête.

— J'ai un mandat pour fouiller le contenu de votre bureau et de votre maison, y compris les ordinateurs, les téléphones, les dépendances…

Huxley arracha les feuilles de papier de la main de Harry et les parcourut.

— Quoi ? C'est scandaleux ! C'est absurde.

— Éloignez-vous de l'ordinateur, s'il vous plaît, monsieur.

— Mais je dois donner une conférence dans cinq minutes.

— Vous pouvez donner votre cours pendant que nous fouillons votre bureau, lui assura Darsh.

Le professeur le regarda comme s'il avait perdu la tête. Peut-être était-ce le cas. Depuis qu'Erin lui avait dit que tout était fini entre eux, sans même leur donner une chance, il ne se sentait plus vraiment sain d'esprit. Mais il avait un travail à faire et il comptait bien l'effectuer à la perfection, n'en déplaise aux mauvaises langues.

— Rick, dit lentement le professeur, en tournant la tête pour regarder le jeune homme derrière son épaule. Pourrais-tu aller à l'amphithéâtre et leur faire passer un petit test sur le module de mémoire que nous avons abordé le mois dernier ? Je pense que je ferais mieux de rester ici et de garder un œil sur les policiers avant qu'ils ne détruisent vingt ans de recherche.

— Oui, monsieur. Voulez-vous que je contacte le doyen ?

— Je veux bien, merci. Et annule tous mes autres cours de la journée. Je vais appeler mon avocat.

Le gamin hocha la tête et partit précipitamment.

Le téléphone de Darsh sonna.

— Vous devez venir tout de suite.

Ully Mason était au bout du fil.

— Pourquoi, qu'avez-vous trouvé ?

Le professeur fronça les sourcils tandis que Harry et Bickham enfilaient leurs gants en latex et commençaient à fouiller son bureau. Huxley fouilla dans sa poche et jeta ses clés sur le bureau.

— Vous allez en avoir besoin si vous ne voulez pas faire sauter les serrures.

Il leva les yeux au ciel, manifestement agacé, les considérant clairement comme des idiots. Était-il innocent, ou trop confiant ?

— Disons simplement que je pense que vous avez visé juste, poursuivit Ully. Ramenez-vous. Vous devez voir ça.

Le type raccrocha.

Darsh était à la fois reconnaissant et furieux qu'Ully ait été là pour s'occuper d'Erin après son licenciement. Strassen était un connard, habitué à mettre la pression sur son personnel pour obtenir des résultats, puis à s'en débarrasser dès qu'il y avait le moindre soupçon d'erreur susceptible de nuire au poste. Selon Darsh, Erin n'avait pas commis d'erreur. Les témoins avaient été manipulés par quelqu'un qui savait que la mémoire et la perception pouvaient être modifiées.

— Je dois y aller, dit Darsh en tournant les talons.

— Monsieur ? lança Bickham alors qu'il partait.

Il leva le menton en signe d'interrogation, et elle pointa du doigt le tiroir qu'elle était en train de fouiller. Darsh s'approcha et baissa la tête. Huxley vint se placer à côté de lui. Darsh garda son arme hors de portée du type, juste au cas où. Ils baissèrent tous la tête. Au fond du tiroir, il y avait une pile de lettres maintenues ensemble par un élastique. Elles étaient adressées à Cassie Bressinger.

Les yeux d'Huxley s'embrasèrent.

— Je… Je ne sais pas comment elles sont arrivées là.

Il balaya la pièce du regard, comme s'il cherchait une échappatoire.

Darsh haussa les sourcils en regardant Harry.

— Roman Huxley, commença Harry, je vous arrête pour suspicion de meurtre…

— Je vais chez lui, leur dit Darsh une fois que deux policiers eurent passé les menottes au professeur. Envoyez son ordinateur portable à Chen. Continuez à fouiller.

———————

QUAND ERIN VIT que Darsh lui avait envoyé un SMS lui disant de l'appeler à propos de l'affaire, elle prit son téléphone, même si elle aurait voulu le jeter dans la neige.

— Tu dois venir voir ça. Tout de suite.

Son cœur fit un bond.

— Où es-tu ?

— Chez Roman Huxley.

Il lui donna l'adresse et raccrocha.

Elle poussa un juron. Bon sang, elle n'avait pas à faire ce qu'il lui disait. Elle n'était plus dans la police ; c'était une simple citoyenne lambda. Alors même que ces pensées traversaient son esprit, elle prit sa veste et se dirigea vers la porte. Avaient-ils trouvé quelque chose ? Avaient-ils attrapé le gars ?

Ully lui avait prêté son véhicule personnel, une Ford Mustang GT. Elle savait combien cela lui avait fait mal de lui remettre les clés, et elle appréciait son soutien bien plus que tous les mots qu'il aurait pu prononcer. Elle se dit quand même qu'elle irait voir son assureur pour faire avancer sa demande d'indemnisation et louer une voiture en rentrant chez elle après avoir vu ce que Darsh voulait lui montrer chez Huxley.

Dix minutes plus tard, elle se gara au bord de la route. Darsh l'attendait sur le perron, une lueur dans le regard, mais il ne dit pas un mot. Plutôt que de l'emmener à l'intérieur, il la conduisit sur le côté de la maison et ouvrit la porte du garage. Huxley conduisait généralement une petite voiture de ville ou faisait du vélo. Elle ne savait pas qu'il possédait aussi le SUV garé là jusqu'à ce que l'agent Chen le mentionne. Elle fit tour de la voiture. Elle secoua la tête en examinant l'éraflure d'un mètre cinquante de long sur le côté passager du véhicule.

— Te voilà donc.

— Est-ce qu'il a admis m'avoir fait sortir de la route ?

Darsh la regarda attentivement, mais elle ne savait pas ce qu'il pensait.

— Pas encore.

Elle avait donc eu tort à propos du professeur.

— Tu as trouvé autre chose ? demanda-t-elle, en levant la tête et en faisant comme si ça ne lui faisait pas mal d'être si près de lui.

Darsh hocha la tête, les yeux brillants.

— Je peux voir ?

— Peut-être que tu ne devrais pas.

— Je n'ai pas peur de la vérité, Agent Singh.

Il prit une inspiration qui fit paraître ses épaules encore plus larges, et son expression changea comme s'il s'était souvenu qu'ils n'étaient plus ensemble. Non pas qu'ils l'aient jamais vraiment été. Cette réalité lui fit l'effet d'un coup dans la poitrine.

Elle voulut passer devant lui, mais il lui attrapa le bras.

— Erin…

Son corps réagit à son contact, même si elle se força à dire :

— Non.

Elle fixait son torse, sachant qu'elle était lâche, qu'elle lui avait promis plus.

— Je ne peux pas croire que tu ne te battes pas pour ça.

Il ne parlait pas seulement de son travail. Elle leva la tête et croisa son regard onyx.

— Pour quoi ? Une aventure à court terme sans avenir ?

— C'est toi qui dis que nous n'avons pas d'avenir. Moi je dis que tu dois nous laisser une chance. Je passerai plus tard, quand j'aurai fini ici. On pourra parler…

— Je ne serai pas là.

Il releva la tête comme si elle l'avait giflé.

— Pourquoi ? Où vas-tu ?

Elle se força à blinder son cœur.

— Dans le Queens. Je ne sais pas quand je rentrerai.

— Appelle-moi quand tu seras moins énervée et on pourra en parler comme deux adultes.

Elle recula et secoua la tête.

— Laisse tomber, Darsh.

— Appelle-moi, insista-t-il.

— Très bien.

Elle haussa les épaules et la tête, mais ils savaient tous les deux qu'elle mentait.

———

DIX MINUTES PLUS tard, elle remonta dans la voiture d'Ully et partit avant que les journalistes n'arrivent. Les photographies sur le mur de la chambre d'amis de Huxley lui donnaient la chair de poule. Savoir qu'il l'observait depuis des mois, la photographiant même dans sa propre chambre. Et maintenant ses collègues qui travaillaient sur l'affaire avaient vu des photos d'elle nue. *Bon sang.* Plus vite elle quitterait la ville, mieux ce serait.

Il était entré dans sa maison… le seul endroit qu'elle considérait comme un sanctuaire, un havre de paix. Une croix en argent que sa grand-mère lui avait offerte des années plus tôt se trouvait sur la commode du professeur, ainsi qu'un ticket récent de carte de crédit.

Darsh n'avait pas essayé de l'empêcher de partir. Pourquoi l'aurait-il fait ? Il était intervenu pour sauver la situation, et maintenant la ville était enfin débarrassée d'un monstre qui l'avait trompée aussi facilement qu'un magicien de rue à deux balles. Son estomac se serra.

Il n'y avait aucune preuve directe suggérant que Huxley avait violé ces filles l'année précédente. Elle ne savait pas quoi en penser. Elle savait que l'affaire avait été transmise au bureau local du FBI pour réexamen.

Elle aurait parié toutes ses économies – une somme dérisoire, certes – que Huxley n'était pas un tueur. Son instinct devait lui faire défaut. Ou peut-être qu'elle n'en avait jamais eu. Peut-être savait-elle tout juste marcher et parler, mais avait-elle les compétences d'investigation d'un des rongeurs qui vivaient dans sa grange.

Ses doigts se crispèrent sur le volant en cuir de la voiture sportive d'Ully. Elle ne pouvait plus rester à Forbes Pines. Non seulement elle se sentait violée par l'intrusion effrayante de Huxley, mais la ville la détestait. Et l'idée de revoir Darsh...

Le voir lui arrachait le cœur, parce qu'il avait raison. C'était elle qui abandonnait. Elle qui s'enfuyait. Mais comment auraient-ils pu avoir un avenir alors qu'elle n'avait pas la moindre idée de ce qu'elle allait faire de sa vie ?

Non.

Elle consulta sa montre. Elle avait un million de choses à faire avant la fin de la journée. La première était de rendre visite à l'agent immobilier, ce qui était devenu sa priorité absolue depuis qu'elle avait réalisé que quelqu'un était entré dans sa maison, la seconde était de se rendre à son assurance pour obtenir une voiture de location jusqu'à ce que sa demande d'indemnisation soit réglée. Ully devait récupérer sa voiture au plus vite. Au moins, le fait d'avoir retrouvé le SUV endommagé d'Huxley signifiait que l'assurance ne mettrait pas en doute sa version des faits.

Elle croisa un fourgon de télévision alors qu'elle se dirigeait vers Main Street. Les nouvelles commençaient à fuiter. Les journalistes ne tarderaient pas à s'agglutiner autour de sa maison, et elle n'allait pas leur donner la satisfaction de rester piégée à l'intérieur. Le panneau de l'agence de voyages attira son attention, et elle se gara sur une place de parking devant la boutique.

Le mensonge qu'elle avait servi à Darsh plus tôt lui semblait soudain être une bonne idée. Elle allait quitter la ville. Elle avait juste une dernière chose à régler avant de partir.

———

HUXLEY ETAIT ASSIS, les jambes croisées, le pied fendant l'air avec impatience. Darsh le regarda quand il entra dans la pièce. Il n'avait pas l'air d'un homme qui avait été arrêté pour meurtre. Il avait l'air de quelqu'un dont la journée avait été interrompue de manière inopportune.

— Où est votre avocat ? demanda Darsh.

Huxley haussa les épaules.

— Aux toilettes ou ailleurs.

— Voulez-vous que je revienne plus tard ?

— Non. Venez là pour que je puisse rentrer chez moi.

— Chez vous ? demanda Darsh en fronçant les sourcils. Vous pensez vraiment que vous allez rentrer chez vous ?

Huxley se pencha en avant.

— Écoutez, je n'ai aucune idée de la façon dont ces lettres sont arrivées sur mon bureau, mais la pièce est généralement ouverte, donc quelqu'un les a forcément mises là.

— Dans un tiroir fermé à clé ?

Huxley haussa les épaules.

— Je laisse souvent mes clés sur mon bureau, aussi. Je ne suis pas très doué en matière de sécurité.

Darsh ne dit rien et le laissa parler. C'était la meilleure technique d'interrogatoire possible, tant que les suspects tenaient la route.

— J'ai un alibi pour lundi soir, dit Huxley en levant les sourcils avec condescendance.

— La soupe populaire ? demanda Darsh.

Le professeur remua.

— Pas la soupe populaire, non. J'ai quitté la mission tôt lundi parce que j'avais euh… un rendez-vous.

Il tira sur le col serré de son pull.

— Vous avez menti à l'inspectrice Donovan, alors.

— Je ne pense pas avoir réellement menti.

Darsh resta impassible

— Ce n'est qu'un point de détail. Avec qui aviez-vous rendez-vous ? Où êtes-vous allés ?

Huxley se lécha les lèvres.

— Nulle part. Nous sommes restés chez moi. Nous ne pouvons pas vraiment sortir en public…

— Et pour quelle raison ?

— Parce que… C'est l'une de mes étudiantes.

— Donc quand vous avez parlé de « rendez-vous », vous vouliez dire que vous couchiez avec l'une de vos étudiantes ? demanda Darsh d'un ton égal.

Le professeur hocha la tête.

— Mais si l'université l'apprend, disons qu'elle ne sera pas très heureuse.

Le gars était définitivement foutu.

— À quelle heure vous et cette étudiante – je vais avoir besoin de son nom pour vérifier votre alibi, naturellement – vous êtes-vous adonnés à des activités sexuelles ?

L'expression de Hawke vira à la colère.

— J'ai laissé les étudiants à la mission vers 18 h 45. J'ai récupéré la jeune femme en question sur le campus, et nous sommes rentrés chez moi vers 19 heures. Nous avons fait l'amour, regardé la télé, et mangé. Puis nous avons refait l'amour avant que je la ramène chez elle.

— Le nom de la fille ?

Darsh plaça son stylo au-dessus de son calepin. Peut-être avait-il utilisé le mot « fille » délibérément. Qu'on le poursuive pour ça.

— Monica Ripley. Ripley avec un « e ». Je peux vous donner son adresse si vous le souhaitez, dit-il d'un ton condescendant.

Darsh nota également l'information, et espéra que l'un des agents assistant à l'interrogatoire allait chercher à contacter cette Monica Ripley – avec un « e ».

— Où étiez-vous la nuit dernière ? demanda Darsh.

La question parut prendre de court le professeur pendant un instant.

— J'étais épuisé après avoir passé la journée à chercher. Je suis rentré à la maison vers 18 heures. Monica est venue avec des plats à emporter et nous avons...

— Fait l'amour ? suggéra Darsh.

Le professeur hocha la tête, et Darsh eut envie de faire un nœud à sa queue. Peut-être était-il amer parce qu'Erin l'avait largué malgré leurs folles parties de jambes en l'air. Il devrait juste la laisser partir. La laisser fuir toute émotion qu'elle pourrait ressentir.

— Vous n'êtes pas sorti de chez vous ?

Il secoua la tête.

— Si. J'ai été appelé pour aider à attacher des cordes au pick-up d'Erin. Je suis passé voir comment elle allait à l'hôpital et je suis rentré vers 21 heures. Monica était déjà partie. Je suis venu travailler tôt ce matin. J'avais beaucoup de choses à rattraper après avoir été absent du bureau tout hier après-midi.

Darsh fit glisser sur la table une photo de l'arrière du SUV hybride garé dans le garage de Huxley.

— C'est votre voiture ?

Huxley acquiesça, l'air méfiant.

— Comment expliquez-vous les dégâts sur le véhicule ?

Huxley fronça les sourcils.

— Quels dégâts ?

Darsh fit glisser une deuxième photographie sur la surface lisse de la table.

Le professeur se pencha en avant, fixant la photographie.

— Quand est-ce que c'est arrivé ?

— À vous de me le dire, c'est votre voiture.

Huxley secoua la tête.

— Je ne comprends pas…

Son expression était ouvertement confuse.

Darsh n'allait pas lui donner des informations à la petite cuillère. Le professeur serra les lèvres, fixant la photographie du véhicule.

— Et ça ?

Darsh lui montra une photo du montage d'images d'Erin,

certaines d'elle nue, d'autres candides lorsqu'elle ne savait manifestement pas qu'elle était harcelée.

Le professeur jeta un coup d'œil aux images, et ses yeux s'écarquillèrent.

— On dirait que quelqu'un a une obsession pour la charmante inspectrice, dit-il en fronçant les sourcils. Je suppose que vous l'avez prévenue ?

Vraiment ? Il allait prétendre que ce n'était pas les siennes alors qu'elles étaient collées sur ses murs et que les originaux étaient sur son ordinateur.

— Elle les a vues. Elle sait.

Le type hocha la tête comme s'il était rassuré.

Si Darsh ne les avait pas vues de ses propres yeux dans la maison du professeur, il aurait cru que l'homme en face de lui ignorait tout de ces clichés.

Darsh fronça les sourcils. Quelle allait être sa défense ? Quelqu'un d'autre les avait mises là ? Ou est-ce qu'il allait leur sortir un truc du genre trouble de la personnalité multiple ?

— Alors pourquoi suis-je ici ? demanda le professeur.

Darsh fit apparaître une photo d'un rouleau de corde d'escalade bleue et la poussa vers l'homme.

— C'est la vôtre ?

Huxley hocha la tête.

Puis Darsh glissa une photo de Cassandra Bressinger nue, attachée au lit avec cette même corde. Le professeur resta muet pendant un moment. Puis Darsh lui montra une photo du mur de la chambre d'amis, prise de loin pour que l'homme ne puisse pas faire semblant de ne pas reconnaître la pièce.

Le regard d'Huxley se durcit tandis qu'il fixait les images. Quand il leva enfin les yeux, tout ce qu'il dit fut :

— Je veux mon avocat.

# CHAPITRE VINGT-QUATRE

Erin marchait dans le couloir, vêtue d'un jogging, de baskets et de sa parka portée par-dessus un sweat-shirt de Blackcombe College. C'était son déguisement pour se fondre dans la masse et être aussi discrète que possible. Un bonnet gris clair recouvrait ses longs cheveux blonds, et des lunettes de soleil foncées lui masquaient les yeux. Elle atteignit le deuxième étage de l'hôpital et marcha aussi vite que possible dans le couloir. Il était hors de question qu'elle parte sans prendre de nouvelles de Rachel, malgré l'attitude de sa mère.

Devant elle, elle vit un médecin et deux infirmières se précipiter dans la chambre de Rachel. La bouche d'Erin s'assécha. Avait-elle fait un arrêt cardiaque ? Avait-elle des problèmes ? Elle se précipita vers la porte et attrapa Reilly par l'épaule au moment où il s'apprêtait à suivre le petit groupe à l'intérieur.

— Elle va bien ? demanda Erin.

Il retira sa main doucement, mais fermement et la serra amicalement pour montrer qu'il n'y avait rien de personnel.

— Elle s'est réveillée. Elle était paniquée par le tube, alors l'équipe médicale est venue pour le retirer. Je dois entrer.

Elle fronça les sourcils d'un air sceptique.

— Vous avez peur que l'un d'eux lui fasse du mal ?

— Non, dit-il en souriant, faisant apparaître des rides aux

coins de ses yeux. Mais la protéger, c'est mon boulot. Leur travail, c'est de la garder en vie.

Sur ces mots, il l'abandonna dans le couloir.

Souvent les flics chargés de protéger les patients à l'hôpital étaient distraits par les jolies infirmières. Il semblait plus plausible que Reilly se travestisse plutôt qu'il se laisse distraire. Elle se demanda ce qu'il avait fait comme métier avant cette reconversion. Tout chez ce type criait le militaire. Elle avait envie d'entrer pour s'assurer que Rachel allait bien, mais elle réalisa avec un faible pincement au cœur que la fille n'était plus sous sa responsabilité. Ce n'était plus son travail. Erin n'avait pas sa place ici. Cette idée lui laissa un goût amer. Qu'était-elle censée faire à présent ? Comment pouvait-elle arrêter de se comporter en flic ? C'était tout ce qu'elle avait connu pendant les neuf années précédentes. Sans badge, comment pourrait-elle aider les gens comme Rachel ?

Les questions et les incertitudes tournaient en boucle dans l'esprit d'Erin. Elle s'appuya contre le mur et ferma les yeux.

Elle se demanda soudain si quelqu'un avait dit à Darsh que Rachel s'était réveillée. Erin en doutait. Elle composa son numéro avant d'avoir le temps de se poser des questions.

— Erin ?

Les notes de velours de sa voix lui faisaient le même effet chaque fois.

— Rachel Knight s'est réveillée. Ils vont retirer son tube respiratoire dans les prochaines minutes. Je me suis dit que ça pourrait t'intéresser.

— Attends-moi.

Il raccrocha avant qu'elle puisse trouver une excuse. Les larmes menaçaient.

Elle lui devait des excuses, mais savait qu'elle ne pouvait

pas l'affronter. Elle ne voulait pas lire dans ses yeux bruns aiguisés le fait qu'elle fuyait à nouveau. Elle était lâche. Soudain, elle éprouva le besoin de sortir de là avant l'arrivée de Darsh. Elle s'était complètement ridiculisée en se jetant sur lui.

Dans un dernier coup d'œil, elle vit le lit de Rachel entouré d'une foule de personnes. Elle espérait que la jeune femme se rétablirait complètement. Se remettre de ce traumatisme pourrait bien être la chose la plus difficile de sa vie, mais elle avait déjà prouvé qu'elle était une survivante.

Erin tourna les talons et vit Jason Brady sortir de l'ascenseur avec un autre joueur des Blackcombe Ravens. Leurs regards se croisèrent et son cœur se mit à battre la chamade lorsqu'il se dirigea résolument vers elle. Elle avait l'impression d'être une dégonflée, mais la dernière chose qu'elle voulait était d'affronter l'étudiant alors qu'elle avait été congédiée et que les séquelles de son accident de la veille étaient encore bien présentes. Il était temps pour elle d'avaler un autre antidouleur, puis de prendre l'avion pour rendre visite à sa famille. Elle devait mettre ce démon de côté. Elle sortit précipitamment dans la cage d'escalier et percuta quelqu'un d'autre. Une explosion de douleur se manifesta à l'impact.

— Erin !

C'était Rick Lachlan avec un bouquet de fleurs.

— Rick, salut.

Jason Brady ouvrit la porte de la cage d'escalier, puis marqua une pause en apercevant Rick. Il ouvrit la bouche pour dire quelque chose, mais se ravisa et fit machine arrière. Son expression était indéchiffrable. Peut-être ne voulait-il pas de témoins de sa nouvelle vague de violence.

— Vous rendez visite à une amie ? demanda-t-elle à Rick.

— Oui, mais elle a dû sortir plus tôt, alors j'allais les laisser au bureau des infirmières pour les patients qui n'auraient pas de visiteurs. Qu'est-ce que vous faites là ?

Des rides se creusèrent entre ses sourcils.

— Vous n'avez pas eu de complications suite à votre accident, n'est-ce pas ?

Si la perte de son travail et de son sang-froid pouvait s'apparenter à des complications, alors si.

— Je suis venue rendre visite à Rachel Knight. Elle vient de se réveiller.

Soudain envahie par l'émotion, elle laissa échapper un sanglot qu'elle essaya de masquer avec son poing. La veille, elle était persuadée que Rachel était morte. Son réveil était un miracle en soi.

Le jeune homme remit les fleurs à une infirmière qui passait.

— Allez.

Il frotta le dos d'Erin dans un geste amical. Elle se retint de tressaillir quand il toucha un bleu sur son épaule. Elle avait des ecchymoses partout.

Rick pencha la tête sur le côté.

— C'est une excellente nouvelle. On dirait que vous auriez bien besoin d'un verre. Vous voulez aller prendre ce café dont on n'arrête pas de parler ?

Les larmes lui montèrent aux yeux, mais elle les repoussa.

— Désolée, dit-elle en s'essuyant les yeux. Ça doit être mes allergies.

— Erin, la réprimanda-t-il. Ces derniers jours ont été terribles pour vous, et vous venez d'être virée sans raison.

Elle grimaça. Évidemment, la nouvelle avait été rendue publique.

— Prenez un peu de temps pour vous. Décompressez. Relaxez-vous. Prenez un café, lâchez-vous et mangez un cookie.

Elle rit à contrecœur.

— Je suppose que je devrais vous écouter.

Tout ce qu'elle voulait, c'était que Darsh l'enlace et lui dise que tout allait bien se passer, mais elle avait cessé de croire aux contes de fées le jour où son mari l'avait utilisée comme punching-ball. Ils commencèrent à descendre les escaliers, avançant lentement en raison de ses blessures. Chaque muscle de son corps lui faisait mal, mais surtout son cœur. La trahison de son patron l'avait blessée, mais ce n'était pas inattendu. Strassen était plutôt du genre chacun pour soi. Ce qui l'abattait vraiment, c'était qu'elle était tombée amoureuse d'un homme qui avait contribué à sa déchéance, l'avait poussée à se faire virer, puis était allé résoudre ce foutu mystère.

C'était un héros, et elle une pute. Il n'y avait pas deux poids deux mesures.

— Allez, moi aussi j'ai passé une journée de merde. Difficile de découvrir qu'un homme que vous idolâtrez est en fait un tueur sadique.

Pas étonnant qu'il soit si bon pour enseigner la psychologie criminelle.

Elle essaya de sourire parce qu'il essayait de lui remonter le moral, mais le cœur n'y était pas.

— Je suppose qu'il nous a tous bien eus.

Ils se dirigèrent vers le parking. Elle consulta à nouveau sa montre.

— En fait, je n'ai pas le temps pour un café. Je prends un vol à 17 heures.

Il cligna des yeux et consulta sa propre montre.

— Et si je vous conduisais à l'aéroport ? Je sais que vous n'avez plus de pick-up. On peut boire un café avant que vous ne preniez votre avion.

— Je suppose que je pourrais laisser les clés de l'officier Mason sous le pare-soleil et lui écrire pour lui dire où j'ai laissé sa voiture.

Erin sortit les clés de sa poche.

— Je pense qu'il sera bientôt là pour parler à Rachel de toute façon, dit Rick.

Il avait raison, bien entendu. Elle le regarda.

— Vous êtes sûr que ça ne vous dérange pas ?

Il haussa les épaules, les mains dans les poches.

— Je n'ai rien d'autre à faire aujourd'hui que de regarder des rediffusions de *The Big Bang Theory*.

Cela aurait paru grossier de refuser.

— Très bien.

Elle ouvrit la portière passager de la Mustang d'Ully et glissa les clés derrière le pare-soleil. Elle sortit son petit sac de voyage du coffre et s'assura que la voiture était verrouillée avant de fermer la porte.

Erin hissa le sac sur son épaule, bien que Rick ait proposé de le porter pour elle, et avança prudemment sur la neige piétinée jusqu'à sa petite berline. Elle regarda l'hôpital et pensa avec nostalgie à Darsh. Il serait bientôt là. Fou de rage et de déception. Elle ne pouvait rien y faire pour l'instant, même si, pour la première fois, l'idée qu'elle était en train de faire une grosse erreur lui effleurait l'esprit.

Rick s'était installé sur le siège du conducteur et attendait qu'elle monte.

— C'est juste un café, Erin.

Elle hocha la tête et monta à l'intérieur.

APRES LE COUP de fil d'Erin, Darsh traversa le poste à la hâte pour trouver Ully Mason.

— Rachel Knight vient de se réveiller. Allons-y.

Mason hocha la tête et raccrocha.

— J'arrive.

Ils prirent la voiture de patrouille, Ully conduisant pendant que Darsh lisait ses e-mails. Monica Ripley était introuvable, et il espérait qu'elle n'était pas venue s'ajouter à la liste des victimes de ce tueur sans pitié. Ully sortit du parking avec les sirènes à fond.

Il trouva dans sa messagerie un e-mail du directeur de Riverview, transmis par Drew Hawke. La liste des personnes qui pourraient avoir une dent contre le quarterback était longue, mais le professeur Huxley n'y figurait pas. Il fronça les sourcils, puis la transmit à l'agent Chen pour qu'elle la recoupe avec les autres listes. Les preuves contre Huxley s'amassaient comme un monticule de neige au bord de la route, mais rien ne le reliait aux viols commis sur le campus l'année précédente.

Et s'il s'était trompé sur Hawke, et que le quarterback n'était pas innocent ?

Et si Erin avait eu raison pour Hawke, et que Strassen l'avait quand même virée ?

Huxley avait-il apprécié l'attention que l'université et lui avaient reçue l'année précédente, et avait-il décidé de continuer, de manipuler les flics et de mettre en pratique ses enseignements académiques ? Il niait tout en bloc.

— Tu es sérieux avec Donovan ? demanda Ully, en éteignant les sirènes alors que le trafic s'amenuisait.

Darsh n'avait pas envie d'en parler.

— Ouaip. Mais elle n'est pas intéressée.

Ully haussa les sourcils.

— Au contraire, elle est très intéressée. Elle n'a jamais regardé un mec depuis qu'elle est ici, donc elle est vraiment intéressée.

— On s'était déjà croisés avant, admit Darsh à contrecœur. Il y a quelques années, quand elle a fait un stage à Quantico.

— Quand elle était encore mariée ? demande Ully, surpris.

— Elle avait demandé le divorce. Ce type était un connard.

— Évidemment, convint Ully, et encore, il n'en savait pas la moitié. Écoutez, c'est un bon flic, mais on a eu une année horrible. Donnez-lui du temps. Elle se ravisera.

Darsh grogna. Il ne voulait pas avoir à persuader quelqu'un de l'aimer.

*Bon sang.* Sa bouche devint sèche. Comment avait-il pu être assez stupide pour tomber amoureux d'Erin Donovan, une femme à la langue bien pendue, têtue, indépendante, qui aimait tout contrôler ? Qui était aussi sexy, intelligente, dévouée et incroyablement belle ? Il regarda par la fenêtre la neige froide, et cela lui rappela ce qu'il avait ressenti en étant abandonné par une femme qui n'aurait pas dû être forcée de l'aimer. Un sentiment de froid, de désolation, de solitude totale.

Il poussa un juron.

Erin ressentait quelque chose pour lui, il le savait. Elle paniquait juste à cause de l'enfer que lui avait fait vivre son connard d'ex et avec toute cette affaire. Elle avait failli mourir la veille, elle était forcément secouée et confuse. Et elle était furieuse parce qu'il ne lui avait pas dit qu'il avait rendu visite à Hawke à Riverview. C'était une erreur. Il aurait dû lui dire, mais il savait qu'elle se serait mise en colère.

Il allait la retrouver dans quelques minutes. Il s'excuserait. Il la convaincrait qu'il était sincère, que ce qu'il y avait entre eux valait la peine de se battre. Ils pouvaient y aller doucement. Il ne mentionnerait pas le mot en « A ». Ce serait son secret. Ça aurait fait paniquer Erin.

Ully lui jeta un regard et ouvrit la bouche pour dire autre chose.

— Je ne veux pas le savoir, dit Darsh en levant la main.

— J'allais seulement dire que je suis désolé. De m'être comporté comme un connard quand vous êtes arrivé.

— Je croyais que vous étiez toujours un connard ?

— Hum, ça dépend depuis combien de temps je n'ai pas baisé.

— Ça doit faire un moment, alors.

Ully se mit à rire et traversa deux voies de circulation. Darsh sentit son cœur battre dans sa gorge.

— Ça, c'est clair.

L'officier se gara en double file sur le trottoir devant les portes de l'hôpital. Ils coururent jusqu'aux marches de l'entrée puis prirent les escaliers, ignorant la presse qui leur tendait des micros et leur criait des questions.

— Oh, oh, dit Ully en consultant son portable. On dirait bien que vous allez devoir mettre les bouchées doubles.

— Comment ça ? demanda Darsh en ouvrant la porte coupe-feu en haut de l'escalier.

— Erin vient de m'envoyer un SMS pour me dire que ma voiture est sur le parking de l'hôpital, et qu'elle va rendre visite à ses parents.

Les épaules de Darsh s'affaissèrent.

— Bon sang.

Ully consulta sa montre.

— Vous pourriez aller la retrouver. Son vol ne part pas avant 17 heures.

Mais à l'intérieur, Darsh se sentait vide. Ce n'était pas la première fois que quelqu'un le laissait en plan sans lui dire au revoir. Cela n'aurait pas dû lui faire aussi mal, mais c'était pourtant le cas.

Il croisa Jason Brady dans le couloir, et ralentit le pas. Il marqua une pause, puis se retourna vers le type.

— Qu'est-ce que tu fais là ?

Le gamin haussa ses énormes épaules qui remplissaient un T-shirt des Ravens comme s'il était une taille trop petite. Darsh n'avait aucune idée de la façon dont Erin avait pu s'en sortir face à ce type à la sororité ce jour-là.

Il refusait de croiser son regard.

— J'ai reçu un message de Drew. Il m'a demandé de lui rendre un service. De trouver tous les gens avec qui il a été un connard et de s'excuser auprès d'eux en son nom.

— Tu as la liste sur toi ?

Brady fouilla dans la poche arrière de son jean et en sortit une épaisse feuille de papier pliée. Darsh l'observa. C'était la même liste que celle que Hawke lui avait envoyée.

— J'attends toujours d'entendre ton alibi pour lundi soir. Les gens disent que pendant quelques heures, tu n'étais pas à la fête ?

Les yeux de Brady lancèrent des éclairs.

— Je pensais que vous aviez attrapé le responsable ?

Darsh fixa durement le footballeur. Il répondit à voix basse :

— Nous avons quelqu'un en garde à vue, mais il n'a pas encore été inculpé.

Les yeux de Brady s'écarquillèrent.

— Je n'ai pas tué Cassie ou l'autre fille.

Il déglutit et Darsh sentit sa peur.

— Mais je n'ai pas d'alibi. Je suis juste allé faire un tour. J'en avais assez de la fête. Je ne voulais pas être là, mais je n'avais pas le choix. Je vais quitter le campus dès que je peux, fit le gamin en poussant un long soupir. Je veux juste oublier l'université.

Darsh fit un signe de tête en direction de la chambre de Rachel.

— Alors pourquoi tu es là ? Elle n'est pas sur la liste.

Jason leva la tête, honteux.

— Elle est sur *ma* liste. Écoutez… dit-il, ses épaules s'affaissant, je l'ai vue sur le campus avant le début du procès et j'ai dit certaines choses dont je ne suis pas très fier. Je pensais qu'elle mentait sur son agression.

Ses lèvres se comprimèrent en une ligne exsangue.

— Mais elle ne mentait pas, pas vrai ? Tout ce qu'elle a dit est arrivé, fit-il en déglutissant bruyamment. Je lui ai dit qu'elle avait inventé tout ça parce qu'elle cherchait désespérément à attirer l'attention, et qu'elle était trop moche pour que quiconque veuille d'elle.

Des larmes montèrent aux yeux du footballeur, qui n'essaya pas de les cacher.

— Je dois lui dire combien je suis désolé.

— Tu peux lui dire, mais je doute que ce soit aujourd'hui. Qu'elle te pardonne ou non, c'est une autre histoire.

Brady hocha la tête, la mine grave.

— C'est son droit. Je dois m'excuser auprès de l'inspectrice Donovan, aussi. J'ai été un vrai connard. Je l'ai vue tout à l'heure, mais elle parlait avec cet assistant de criminologie…

— Lachlan ou Hall ?

Il ne voulait pas penser à Erin, mais elle était toujours quelque part dans son esprit.

— Lachlan, répondit Brady.

— Il est aussi sur la liste, fit remarquer Darsh. Que lui a fait Drew Hawke ?

— On l'a fait boire et on lui a écrit dessus à une fête. On l'a humilié, dit Brady en fermant les yeux. Il y a beaucoup de gens sur cette liste. J'ai été un vrai connard, et je dois faire amende honorable avant que ce soit trop tard, fit-il avec un rire amer. Je commence un programme en douze étapes pour ne plus être un gros con.

Quand leurs yeux se croisèrent, une étincelle de compréhension passa entre eux – le gamin s'était mal comporté, mais il avait décidé d'en assumer les conséquences. Il fallait une certaine dose de courage pour faire ça. Il y avait encore de l'espoir pour lui. En supposant qu'il s'y tienne.

— Vous pensez qu'il y a une chance que Drew soit libéré ?

Brady avait posé la question à un million de dollars, en essayant de garder de l'espoir dans la voix.

Darsh rendit le morceau de papier à Brady.

— Ça dépend de ce qu'on découvre et de la façon dont le ministère de la Justice veut gérer l'affaire. De toute façon, un juge devra décider – de la même façon qu'un juge l'a condamné en premier lieu.

Il allait tourner les talons, mais Brady lui demanda instamment :

— *Vous* pensez que Drew a violé ces filles ?

Darsh hésita, puis secoua légèrement la tête, sans faire de déclaration officielle.

Brady poussa un profond soupir.

— Ouf. Tant mieux.

Puis il reprit sa position affalée contre le mur et commença ce qui allait certainement être une longue attente.

Ully faisait frénétiquement signe à Darsh de se diriger vers la porte de la chambre de Rachel, et ils se faufilèrent à l'intérieur de la pièce bondée. La jeune fille semblait si fragile et si petite dans ce grand lit d'hôpital, entourée de tubes et de machines. Le personnel médical lui faisait une prise de sang et vérifiait sa tension artérielle. Sa peau était à peu près de la même couleur que les draps. Rachel Knight s'était-elle réveillée avec des dommages cérébraux ? Cela n'en avait pas l'air, mais cela ne voulait pas dire qu'elle se souviendrait de ce qui s'était passé la veille. Elle parlait aux médecins et tenait la main de sa mère, son père s'accrochant à l'épaule de sa femme. Entre la famille, le personnel médical et son garde du corps, fourni par la société de sécurité d'Alex Parker, la pièce était pleine à craquer.

Les yeux de Rachel scrutèrent la foule et s'arrêtèrent lorsqu'ils croisèrent les siens. Il se rapprocha.

— Où est Erin ? demanda-t-elle d'une voix rauque.

— Elle aurait voulu être là, lui dit Darsh.

Alors pourquoi était-elle partie ? Pour l'éviter, réalisa-t-il. Cette prise de conscience lui fit l'effet d'une pierre tombale sur sa poitrine.

— Est-ce que tu sais qui t'a fait ça, Rachel ?

Elle acquiesça. Malgré l'épreuve qu'elle avait vécue, ses yeux étaient plus brillants que lors de leur précédente conversation. Sa plus grande peur s'était réalisée, et elle avait survécu. Peut-être parviendrait-elle à surmonter certains des traumatismes qui la hantaient. En temps de guerre, on appelait ça « voir l'éléphant ».

Elle attrapa sa manche et l'attira vers elle. Le pouls de Darsh s'accéléra instantanément.

— Il m'a piégé pour que je le retrouve au parc en disant qu'une fille avait besoin de mon aide. Il m'a forcée à marcher dans la forêt où il avait l'intention de me pendre à un arbre et de faire croire que je m'étais suicidée. Il a dit que c'était lui qui m'avait violée l'année dernière, et qu'il s'était fait passer pour Drew Hawke. Vous devez laisser Drew sortir de prison, il n'a rien fait.

Sa main tremblait, non pas de peur, mais de passion. Ses pensées allaient vers l'homme qu'elle avait contribué à condamner à tort.

— Qui est-ce ? demanda-t-il en essayant de masquer son impatience. Qui t'a piégée ? J'ai besoin d'un nom ou d'une description.

Ses yeux se remplirent de larmes et il se pencha pour qu'elle puisse lui murmurer à l'oreille :

— Rick. Rick Lachlan.

Les mots sortirent d'une voix très faible, mais ils l'ébranlèrent. Il scruta son visage pour s'assurer qu'elle n'avait pas fait d'erreur ou qu'elle n'était pas confuse, mais son regard était clair et direct. Ce n'était pas le professeur. Lui aussi avait été piégé, comme le quarterback. Darsh s'était fait avoir de la même façon qu'Erin.

*Erin.*

Erin avait été vue en compagnie de Lachlan un peu plus tôt…

Une partie de lui voulait demander à Rachel si elle en était absolument sûre, mais c'était une question stupide, et il s'était déjà montré assez bête comme ça. Les dernières pièces du puzzle s'assemblaient. Le professeur ne nourrissait aucune rancune personnelle contre l'équipe de football, mais ce Lachlan, si.

Darsh serra la main de Rachel, fit un signe de tête à ses parents et se dirigea vers le couloir en appelant Erin sur son portable. Elle ne répondit pas. Peut-être l'évitait-elle. Ensuite, il appela l'agent Chen.

— Rachel Knight nous a donné un nom. Rick Lachlan l'aurait agressée hier et violée l'année dernière. Pouvez-vous me donner tout ce que vous avez sur lui ?

Ully s'accrochait à son épaule, l'air confus. Le garde du corps les suivait.

Chen commença à leur donner des informations :

— Rick Lachlan vivait au même endroit que le petit ami de la colocataire de Rachel. Je regarde les données que j'ai saisies pour savoir où les victimes avaient cours, et elles suivaient toutes des enseignements dans le bâtiment où il était basé.

Cela expliquait également le lien avec le professeur Huxley. Lachlan avait accès à son bureau, et probablement à ses clés de maison et de voiture. Sans oublier les clés de Mandy Wochikowski, qui avait travaillé dans leur laboratoire l'été précédent.

— Il a laissé entendre qu'il travaillait à la mission lundi soir. Bickham était censée vérifier. Appelez-la et demandez-lui de confirmer, dit-il à Ully.

— Alors, c'est Lachlan le tueur ? L'assistant du professeur ? demanda Ully, surpris.

Darsh aurait voulu se taper la tête contre le mur pour être passé à côté.

— Ouaip. Le QI d'un génie. Il s'intègre parfaitement à la population étudiante parce qu'il en fait partie.

Darsh parlait à la fois à l'agent Chen et à Ully.

— Et quelqu'un avec son intelligence a probablement été très heureux non seulement de faire passer les forces de l'ordre pour des incompétents, mais aussi de foutre en l'air la carrière de son patron et de devenir expert à la place de l'expert. Je veux que vous traciez son téléphone et celui d'Erin Donovan tout de suite. Vous pouvez m'envoyer une photo de lui, Chen ?

— Pourquoi celui d'Erin ? demanda Ully avec insistance.

— Je vous envoie ça, répondit l'agent Chen. Il y a autre chose. La mère de Lachlan a été assassinée par son père sous ses yeux quand il avait neuf ans. Le père avait violé une ordonnance restrictive. Il l'a tuée, puis s'est tué, laissant le petit Ricky orphelin. Ça pourrait lui donner une raison d'attaquer le système de justice pénale.

— Ouaip, reconnut Darsh.

La photo se chargea, et Darsh la montre au garde du corps qui se tenait dans l'entrée.

— Vous avez vu ce type dans le coin ?

Il haussa les sourcils.

— Oui, il traîne dans les parages depuis hier. C'est lui ? demanda le garde du corps, fixant la photo comme s'il mémorisait chacun de ses traits.

Darsh hocha la tête.

— Votre présence ici lui a probablement sauvé la vie.

— C'est mon travail, répondit le gars. La mère a dit que c'était un ami de Rachel.

— C'est comme ça qu'il l'a convaincue de le retrouver hier matin. Il a dû nous entendre parler au déjeuner l'autre jour, Erin et moi, quand on a dit que Rachel se rappelait des choses de son viol. Erin m'a expliqué qu'elle avait fait quelques conférences pour Huxley.

Ce fut à ce moment précis que Darsh sut qu'il venait de

découvrir le véritable mobile.

*Erin.* Elle était au cœur de toute cette histoire. Toutes les pièces du puzzle s'imbriquaient autour de sa personne.

— Je parie que Lachlan l'a rencontrée et a commencé à faire une fixation sur elle. Il a probablement découvert son histoire avec son défunt mari et a décrété qu'ils partageaient un lien à cause de la façon dont son père a tué sa mère. Puis les joueurs de football l'ont humilié lors d'une fête à la fraternité, et il a décidé d'utiliser le phénomène des viols sur les campus et la proéminence des athlètes universitaires dans ces affaires, non seulement pour les faire tomber, mais aussi pour s'en prendre au système et s'attirer les faveurs d'Erin. Après le procès, voyant qu'il ne recevait plus d'attention de sa part, il a trouvé un moyen de se rappeler à elle.

Certaines photos d'elle qu'il avait vues sur le mur du professeur ce matin-là étaient anciennes, témoignant d'une obsession de longue date. Ses cheveux avaient eu le temps de pousser, passant d'une coupe au carré à une coupe en dessous des épaules.

Darsh réessaya de l'appeler sur son portable. Rien. Ully fit de même. Voyant qu'elle ne répondait pas à Ully, Darsh ressentit les premiers signes d'une véritable peur.

— Mettez en place des barrages routiers dès que possible. Je suis sûr qu'il va essayer de l'enlever.

Erin avait mis à terre Jason Brady avec facilité. Elle pouvait gérer un maigrichon comme Lachlan. C'est ce qu'il se dit pour ne pas commencer à paniquer. Rester calme. Erin allait bien. Elle les évitait juste, ses collègues et lui.

— Où se trouve la sécurité ?

Ully passa devant et ils pénétrèrent dans le bureau de la sécurité, exigeant que le garde repasse tous les enregistrements des trente minutes précédentes. Il ne leur fallut pas longtemps pour repérer Erin sortant de l'entrée latérale avec Lachlan.

— Prenez le véhicule de patrouille, je prends ma voiture, dit Ully en lui jetant les clés. Erin a dit qu'elle l'avait laissée ici dans le parking, donc je suppose que Lachlan lui a proposé de la conduire. J'ai une radio sur moi. On pourra couvrir plus de terrain comme ça.

Erin était en danger, et c'était la faute de Darsh. C'était lui qui avait ciblé le professeur, et une partie de son aversion pour l'homme était personnelle. Les choses ne devaient jamais être personnelles. Il avait bien plus merdé qu'Erin avec Drew Hawke. Darsh déglutit deux fois avant d'arriver à sortir :

— Faisons décoller un hélicoptère et commençons à fouiller la zone.

Il courut jusqu'à la voiture de patrouille et appela l'agent Chen.

— Lancez un avis de recherche pour le véhicule de Rick Lachlan et informez les flics que notre suspect est un certain Rick Lachlan, et qu'il est peut-être accompagné de l'inspectrice Donovan. Localisation inconnue. Ils ont quitté l'hôpital il y a vingt minutes. Faites passer le message à tous les comtés environnants, aussi.

Darsh monta dans la voiture de patrouille et s'assit, le cœur battant la chamade. Ses mains tremblaient. Il ne pouvait pas la perdre. Il aurait dû dire au chef de se mettre l'affaire où il pensait ce matin-là et partir avec Erin quand ce salaud l'avait virée. S'il l'avait fait, elle aurait été en sécurité. Mais il avait fallu qu'il finisse son travail, qu'il prouve qu'il était le meilleur, même si cela avait coûté à Erin non seulement son travail, mais peut-être sa vie.

Il resta assis, paralysé. Il n'avait aucune idée de la direction à prendre. Lachlan pouvait avoir une cabane dans les bois, et il pourrait s'écouler des semaines avant qu'ils ne le retrouvent, des semaines durant lesquelles il pourrait faire du mal à Erin comme il l'avait fait à ces autres femmes.

Darsh savait qu'Erin pouvait prendre soin d'elle, mais elle ignorait que Lachlan était l'ennemi. Elle ne savait pas que c'était lui, le monstre.

Darsh se força à se souvenir de sa formation, pas seulement au FBI, mais aussi à l'école des tireurs d'élite. Calmer son pouls et utiliser son cerveau. La chasse avait toujours été autant mentale que physique. Il sortit une carte de la région. Lachlan savait qu'il n'avait pas beaucoup de temps avant que Rachel Knight ne révèle au monde entier qu'il avait essayé de la tuer. Ses options – en supposant qu'il détienne Erin – étaient commettre un meurtre, un meurtre-suicide, se cacher ou s'enfuir. Le jeune homme se sentait intellectuellement supérieur aux forces de l'ordre et était un narcissique total, probablement atteint de troubles de la personnalité borderline. Darsh doutait qu'il s'abaisse à se suicider. Son obsession pour Erin signifiait qu'il voulait la garder en vie, au moins à court terme. Pour vivre le fantasme qu'il s'était créé avec elle à ses côtés.

*Alors où irait-il ?*

Darsh dézooma sur la carte et il eut sa réponse.

Le soleil se couchait à l'ouest, et il ferait bientôt nuit. Rick Lachlan allait tenter de rejoindre le Canada. Et il avait l'intention d'emmener Erin avec lui.

# CHAPITRE VINGT-CINQ

ERIN PIVOTA POUR regarder la route qu'ils venaient de dépasser.

— Hé, Rick, c'était… *aoutch* !

Elle se retourna quand il planta une aiguille hypodermique dans sa cuisse et enfonça le piston.

— Qu'est-ce que… !

Elle l'éjecta de la main du jeune homme avant qu'il ait pu tout injecter.

— Qu'est-ce que vous m'avez administré ? demanda-t-elle, cherchant son arme, pour se rendre compte qu'elle ne portait plus d'arme de service et que son arme de secours était dans son coffre.

Elle ne voulait pas avoir à gérer ça à l'aéroport. Elle sortit son téléphone à la place, et il sourit, baissa sa vitre, le lui arracha de la main et le jeta hors du véhicule. Il n'y avait pas de voitures autour pour le remarquer.

Ce type avait pété les plombs.

Le cœur d'Erin commença à s'emballer, et ce n'était pas de la peur. Elle attrapa le volant et le tira vers elle, essayant de les forcer à quitter la route. Elle n'avait peut-être pas envie d'avoir un nouvel accident, mais elle avait l'horrible sentiment que ce serait préférable à ce que Rick Lachlan avait en tête.

Il la repoussa, et la voiture décrivit une violente embardée sur la bande d'arrêt d'urgence. Il la frappa au visage en voyant qu'elle ne lâchait pas prise. *Bon sang.* Elle fut projetée contre le siège, le sang giclant à l'endroit où il lui avait fendu la lèvre. Sa vision se brouilla. Ses mains ressemblaient à des rochers géants au bout de bras en forme de bâtons, et elle ne pouvait pas les soulever. Elle avala la salive qui s'accumulait dans sa bouche.

La voiture était toujours sur la route. Elle ne l'avait même pas ralentie.

L'idée de perdre le contrôle de son corps la faisait paniquer. Elle chercha la poignée de la porte à tâtons et parvint à la saisir au deuxième essai. Mais elle ne s'ouvrit pas. Il l'avait verrouillée, et le cerveau d'Erin refusait de lui dire comment la déverrouiller.

— Qu'est-ce que vous m'avez donné ?

Elle avait besoin de savoir. Elle devait s'accrocher aux faits plutôt qu'à la peur.

— Il me restait une dose de kétamine. Je comptais la donner à Rachel, mais je ne pouvais pas entrer dans sa chambre seul. Puis elle s'est réveillée.

Il s'approcha et toucha le visage d'Erin, son bras semblant incroyablement long pour le cerveau drogué de la jeune femme.

— J'étais en colère tout à l'heure, mais je suppose que ça devait arriver.

— Pourquoi ?

La langue d'Erin lui donnait l'impression d'être en plomb.

— Parce qu'il ne fallait pas qu'elle puisse raconter ce qu'elle avait appris hier. Qui aurait cru qu'elle survivrait, hein ? Une petite salope pleurnicharde comme ça, qui défie les probabilités et ruine ma putain de vie.

— C'était vous ? Depuis le début ? peina à demander Erin,

ses lèvres ne fonctionnant pas correctement.

Le sourire de Rick se tordit. Elle ne savait pas si c'était l'effet de la drogue ou non. Elle aurait voulu le frapper en plein dans les dents, mais elle ne pouvait pas bouger.

— Ouaip. C'était moi. Tout ça, je l'ai fait pour que vous me remarquiez.

De quoi parlait-il ?

— Oui, vous, dit-il comme si elle avait parlé à voix haute. Qui pensiez-vous que j'essayais d'impressionner ?

Il avait commis des viols et des meurtres pour l'impressionner ? Quelle sorte de folie était-ce là ?

— Puis, dès que le procès pour viol a été terminé, vous avez recommencé à m'ignorer. Vous refusiez d'aller boire un café, vous ne répondiez pas à mes appels.

— Vous avez tué quelqu'un parce que je n'ai pas répondu à votre appel ? Je suis une femme occupée, j'ai une carrière…

— Plus maintenant.

Grand Dieu, elle n'avait pas besoin de ce rappel.

— Pourquoi piéger Drew ? parvint-elle à demander.

— Ses copains et lui m'ont humilié à une fête une fois. C'était la vengeance parfaite.

Les pensées d'Erin tourbillonnaient. Ses mots n'avaient aucun sens, et pourtant il n'avait aucune raison de lui mentir. Le kidnapping était un crime fédéral. La peur rampait dans son cerveau en même temps que la kétamine. Elle était totalement démunie ; son corps et son esprit semblaient ne plus lui appartenir. Elle ferma les yeux.

— Dors maintenant, bébé. Je m'occupe de tout. J'ai toujours eu un plan de secours, mais je ne pensais pas en avoir besoin. Putain de Rachel Knight.

Ses doigts agrippèrent la cuisse d'Erin, et elle eut envie de vomir. Sa tête s'affaissa et elle sombra dans le néant.

———————————

DARSH OUVRIT LE coffre de son SUV au poste de police et enfila son gilet pare-balles. Puis il se souvint que Rosie était cachée dans le bureau qu'on lui avait initialement attribué. Il y avait des barrages routiers sur tous les grands axes à 30 km à la ronde, mais il avait un mauvais pressentiment. S'ils ne repéraient pas Rick au plus vite, il s'enfuirait, et il y avait un risque que Darsh ne revoie jamais Erin vivante. Son cœur se mit à battre à tout rompre.

Cela n'avait pas d'importance si elle ne voulait plus de lui quand tout serait fini. Il ne lui en voudrait pas. Il voulait juste la retrouver et s'assurer qu'elle était en sécurité – tout comme Erin avec Rachel la veille.

Il courut à l'intérieur et saisit l'arme, criant des instructions et des ordres au passage, ignorant le chef.

Ully coordonnait les barrages routiers. Darsh courut dehors et l'appela sur son portable.

— Où est l'hélicoptère ? demanda-t-il.

— Le pilote fait le plein à l'aérodrome juste au nord d'ici. Route 12. Pourquoi ?

Darsh glissa son fusil sur le siège arrière du SUV.

— Dites-lui de m'attendre. J'arrive dans dix minutes.

Il mit sept minutes à arriver, et le pilote regarda son arme avec le regard d'un homme que plus rien n'étonnait. Avec un autre officier, ils écartèrent les portes arrière de l'hélico et passèrent un harnais de sécurité à Darsh. Chaque seconde ressemblait au tic-tac d'un explosif dans son esprit.

Quand ils décollèrent, le froid faillit lui couper le souffle. Il mit son casque sur son bonnet.

— De quel côté allons-nous ? demanda le pilote.

— Des nouvelles du commandement ? demanda Darsh.

— Personne n'a encore repéré son véhicule.

Les deux officiers le regardaient maintenant. En attente d'instructions.

Lachlan se croyait bien plus intelligent que les autres. Son instinct dictait à Darsh qu'il devrait se précipiter vers la frontière, mais s'il se trompait, Erin pourrait disparaître à jamais.

« Ne jamais ignorer son instinct », c'était ce que son ancien sergent d'artillerie lui disait toujours.

— Au nord. On va vers le nord. Il se dirige vers le Canada.

# CHAPITRE VINGT-SIX

RICK REGARDAIT ERIN dormir. Les choses ne s'étaient pas passées comme prévu, mais comme le grand Charles Darwin l'avait dit un jour, la clé de la survie était la capacité d'adaptation, et Rick avait bien l'intention de l'écouter. Après son enfance, il avait toujours nourri l'idée de pouvoir disparaître. Il avait ouvert un compte bancaire sous une fausse identité et avait élaboré des scénarios d'évacuation d'urgence lorsqu'il avait commencé son petit jeu l'année précédente.

Avoir Erin avec lui compliquait les choses, mais elle représentait tout ce qu'il avait toujours recherché chez une petite amie. Intelligente, belle, quelqu'un qui appréciait les cerveaux autant que les muscles. Bien sûr, elle avait fait une erreur avec cet agent du FBI. Il ne voulait pas y penser. Elle était très stressée. Il finirait par lui pardonner de la même façon qu'elle finirait par lui pardonner. Une fois qu'elle aurait compris qu'il essayait de leur *apprendre* quelque chose, alors elle comprendrait. Alors elle saurait.

Le système judiciaire était défaillant.

Il en avait discuté avec son patron encore et encore. Les gens étaient tellement aveuglés par l'habitude qu'ils pensaient que leur belle Amérique était au top, ce qui était une *connerie*.

Truquer de l'ADN était facile. Manipuler la mémoire des gens demandait un certain effort, mais il y était parvenu, et des chercheurs de Boston avaient récemment réussi à introduire un *faux* souvenir dans une souris. Ce n'était qu'une question de temps avant que quelqu'un ne le fasse avec les humains.

Il n'était pas sûr de savoir comment réparer les failles du système. Des centaines d'années de législateurs, tant fédéraux qu'étatiques, avaient créé un bourbier de doctrine juridique peu soucieux de la justice. La vérité ne comptait même pas pour les avocats. Ce qui comptait, c'était d'obtenir une condamnation. Tout pouvait être manipulé, et peu de choses étaient sacro-saintes.

Des tests psychologiques obligatoires appliqués dès le plus jeune âge pourraient être utilisés pour identifier les personnes les plus susceptibles de commettre un viol ou un meurtre. Les personnes identifiées pourraient être éduquées ou surveillées.

Rick avait prouvé son point de vue à quiconque était assez intelligent pour le comprendre. Peut-être qu'ils changeraient quelque chose, mais il en doutait. Son génie serait taxé de folie et banni des annales de l'histoire.

Une voiture le dépassa sur la gauche. Il se concentra à nouveau sur la route. Il devait arriver jusqu'aux bois où il attacherait Erin et la mettrait dans le coffre de la voiture. Elle allait se débattre quand la drogue ne ferait plus effet, et il ne voulait pas la blesser. Elle finirait par l'accepter, mais il savait que cela prendrait du temps. Elle était têtue, mais lui aussi. Il lui avait administré des sédatifs pour qu'elle reste docile en attendant.

À court terme, il achèterait un camping-car – l'idée lui plaisait – et ils pourraient voyager à travers le pays jusqu'à ce qu'il trouve l'endroit idéal pour construire une vie ensemble. Peut-être qu'il achèterait un bateau, et qu'ils navigueraient jusqu'au Brésil.

Huxley et lui avaient emprunté cette route deux étés plus tôt. Il sourit en pensant à son patron. Le professeur Huxley admirerait son talent et ses méthodes pour manipuler la police, et finirait probablement par l'utiliser comme étude de cas. Rick sourit. L'homme avait également dit une fois qu'il aimerait faire l'expérience d'être enfermé pendant une journée, pour de vrai, sans savoir s'il sortirait un jour, juste pour voir l'effet que cela avait sur la psyché d'un homme innocent.

Ouaip, il lui avait rendu service.

Il avait pensé à tuer l'étudiante que le professeur baisait, mais une fois que Rachel avait été retrouvée en vie, il n'avait plus eu de raison de le faire. Il ne prenait pas son pied à causer des souffrances inutiles. Enfin, pas toujours. Il n'était pas un monstre.

Erin gémit et il sut qu'il était temps de se garer avant qu'elle ne reprenne ses esprits. Un chemin d'exploitation forestière apparut devant lui, et il s'y engagea, quittant la route, même si peu de voitures empruntaient ces voies en hiver. Il empocha les clés de la voiture, ouvrit le coffre et sortit. Au loin, le bourdonnement d'un hélicoptère lui fit lever la tête vers le ciel. Ce n'était probablement rien.

Il fouilla dans un sac dont il sortit une autre plaque d'immatriculation et un tournevis. Il commença à dévisser celle de la voiture et la jeta dans la neige.

Il était possible que Rachel soit un légume à son réveil, mais même si elle le dénonçait aux flics, il leur faudrait du temps pour réaliser qu'il avait quitté la ville, et encore plus pour comprendre qu'il avait emmené Erin avec lui. Leurs procédures étaient si lentes et prévisibles qu'il avait probable-ment déjà déjoué la plupart d'entre elles en empruntant les routes secondaires sans perdre de temps.

L'hélico se faisait de plus en plus bruyant. Le jeune homme leva les yeux et aperçut une petite tache noire au loin. Il fronça les sourcils. Il lui fallait se mettre à couvert jusqu'à ce qu'il passe, même si ce n'était probablement rien.

Il ferma le coffre et se figea. Le siège avant était vide. Erin était partie.

———

ERIN MIT A profit le bruit de Rick ouvrant le coffre pour masquer celui de l'ouverture de la portière. Ses membres tremblants ne pouvaient pas faiblir. Elle n'avait qu'une chance, et une seule.

Elle se sentait étourdie et avait mal à la tête, mais elle s'était forcée à bouger lentement et silencieusement. Les arts martiaux qu'elle avait pratiqués pendant des années l'avaient aidée. Sachant qu'elle devait rester silencieuse jusqu'à ce qu'elle ait mis suffisamment de distance entre elle et son ravisseur psychopathe, elle marcha d'un pas décidé sur la route pendant environ trente mètres. Son corps était douloureux et raide, résistant à ses efforts, mais s'éloigner de Rick Lachlan était la seule chose qui comptait. Un chemin tracé par des animaux menait dans les bois, et elle l'emprunta.

Quelqu'un avait-il réalisé qu'elle avait disparu ? Bon sang, ils risquaient de ne jamais le savoir. Elle leur avait dit qu'elle rentrait chez elle pour rendre visite à ses parents et qu'elle ne savait pas quand elle reviendrait.

Pourquoi agissait-elle de la sorte ?

Pourquoi prenait-elle la fuite quand les choses devenaient difficiles ?

Darsh avait raison. Elle devait oublier ce que Graham lui

avait fait et tenter d'être heureuse.

Aimer Darsh n'était pas si difficile. Bien sûr, c'était un risque. Mais le risque semblait minime comparé à celui d'être enlevée par un fou.

La neige épaisse la freinait, mais elle persévéra. Elle aurait voulu courir, mais savait que si elle le faisait, elle finirait à plat ventre.

Le bruit d'un coffre que l'on refermait résonna dans la forêt, et son cœur fut pris de spasmes.

*Et merde.*

Il avait réalisé qu'elle était partie.

— Erin, fit une voix horrible et aiguë.

Elle trébucha.

— Tu ne veux pas me mettre en colère, Erin.

Le bruit d'un coup de feu la fit sursauter. *Bon sang.* Elle ne savait pas qu'il avait une arme.

— J'ai été très patient. Ne m'oblige pas à te faire de mal.

Elle se mit alors à courir, levant maladroitement ses pieds dans la neige épaisse. Elle avait l'impression d'avoir des briques attachées au fond de ses baskets. Elle entendit un bruit lancinant, mais n'eut pas le temps de s'interroger sur sa provenance : soudain, elle était dans une clairière sur une plaque de glace. Un étang.

*Oh mon Dieu.* Elle se figea, terrifiée. Elle détestait ça, elle détestait l'idée de tomber à travers la croûte glacée presque autant qu'elle détestait Rick Lachlan. Elle s'arrêta en dérapant, mais une silhouette se dessina à travers les arbres, et elle le vit se diriger vers elle. Elle courut, le son de la glace craquant sous ses bottes semant la terreur jusque dans son cœur.

Le vrombissement devint plus fort.

Elle pensa d'abord que c'était le son de son propre sang

qui se précipitait dans ses oreilles, mais quand elle jeta un coup d'œil à Rick, elle vit qu'il regardait le ciel, et elle réalisa qu'il l'avait aussi entendu. Puis le bruit devint assourdissant quand un hélicoptère les survola. Il passa au-dessus d'eux et disparut. Erin était terrifiée à l'idée qu'il ne les ait pas repérés tellement il allait vite, et elle poussa un cri de frustration. Puis l'hélico s'inclina fortement, ralentit et tourna. Une silhouette vêtue de noir tenait un fusil braqué sur la poitrine de Rick.

Darsh.

Savait-il à quel point elle l'aimait ? Comment le pourrait-il ? Elle venait juste de le découvrir elle-même.

Une voix s'éleva.

— Lâchez votre arme et mettez les mains en l'air.

Elle se retourna vers Rick qui se tenait au bord de la glace, à moitié caché derrière un jeune chêne. Erin regagnait des forces de seconde en seconde.

— C'est un ancien tireur d'élite des Marines, Rick, cria-t-elle. À moins que vous ne vouliez mourir, je vous suggère de lâcher votre arme.

Le visage de Rick se crispa de rage.

— Tu penses que c'est ton héros, n'est-ce pas ? Tu penses qu'il va te sauver ?

Erin ravala tous les regrets qu'elle ressentait pour avoir repoussé un homme bien.

— Je ne m'attends pas à ce que quiconque me sauve. Mais c'est mon héros.

Rick leva l'arme, le doigt enroulé autour de la gâchette et visa Erin.

Un coup de feu assourdissant retentit. Du sang jaillit d'une blessure à l'épaule de Rick. Il tomba à genoux et la regarda. L'hélico changea de position, et Rick en profita pour lever son arme et la viser à nouveau.

Elle aurait dû réagir. Elle aurait dû courir et esquiver, mais c'était comme regarder Graham encore une fois – l'horreur au ralenti, monopolisant son attention et la rendant incapable de faire autre chose que de regarder les événements se dérouler.

Rick tira une balle, puis une autre. Finalement, son cerveau prit conscience du danger, et elle se força à prendre ses jambes à son cou. Il tira une fois de plus, et les pieds d'Erin se dérobèrent sous son corps. Elle tomba dans une eau si froide que son cœur faillit s'arrêter de battre. Ce bâtard avait tiré sur la glace, et le poids de ses vêtements mouillés lui donnait l'impression que ses os étaient en fer. Elle essaya de bouger ses membres à travers le brouillard glacial. Elle se débattit, mais elle n'avait nulle part où aller. L'accident de voiture, la kétamine, l'effet stupéfiant de l'eau froide lui firent ouvrir la bouche pour respirer. La sensation de ses poumons remplis d'eau était si étrangère, si fausse et si inéluctable qu'elle paniqua encore plus. Sa poitrine était lourde et gelée, et ses veines semblaient se contracter alors que le monde commençait à s'assombrir.

Le jour était venu, réalisa-t-elle avec une clarté effrayante. Le jour était venu où elle allait mourir.

———

— SURVOLEZ L'ENDROIT où elle est tombée !

Darsh n'arrivait pas à croire que le dernier acte sur Terre de cette petite merde ait été de tenter de tuer Erin. La glace s'était brisée en gros morceaux qui flottaient à la surface. Où était-elle, bon sang ? Pourquoi ne sortait-elle pas pour respirer ? Avait-elle été touchée ?

Il remit son fusil au copilote. Il détacha son harnais, enleva son bonnet, sa veste et ses bottes et plongea à sa suite.

Le choc du froid arctique provoqua des saccades dans son cœur. Il avait effectué ce genre d'exercice à plusieurs reprises chez les Marines et savait parfaitement que la chute de température pouvait suffire à tuer une personne. Se forçant à éprouver un calme qu'il ne ressentait pas, il fit appel à son entraînement et inspecta la zone.

L'étang était sombre et boueux, et il ne voyait rien. Il remonta pour respirer et cracha une bouchée de boue rance. Il inspira profondément à plusieurs reprises. S'il paniquait, Erin mourrait. Il fit un tour complet sur lui-même, à la recherche de bulles indicatrices, de tout ce qui pouvait indiquer où se trouvait Erin. Mais la glace gardait ses secrets. Il prit une profonde inspiration et plongea à nouveau, agitant les mains de part et d'autre pour s'enfoncer toujours plus profondément. Quelque chose de pâle attira son attention dans la pénombre, et il s'y précipita, l'air dans ses poumons ayant presque disparu. Il s'accrocha désespérément pour tenir quelques secondes de plus. Quelque chose effleura sa main gauche, et il pivota dans cette direction. Ses doigts s'enroulèrent autour d'une étoffe – un manteau. Erin ! Il battit des pieds vers elle jusqu'à ce qu'il puisse enrouler son bras autour de sa taille et les poussa tous les deux vers la surface. Elle pesait un âne mort. Il aspira de grandes goulées laborieuses en remontant à la surface, mais Erin ne fit pas de bruit.

— Ne meurs pas dans mes bras, Erin Donovan.

Il la traîna jusqu'au bord de l'étang, en titubant sur des branches d'arbres abattues et des rochers cachés. Il la tira à quelques mètres seulement de l'endroit où Rick Lachlan gisait en sang dans la neige. Darsh allongea Erin sur le sol, empochant rapidement l'arme du type.

— Aidez-moi, supplia Lachlan.

Darsh l'ignora et vérifia le pouls d'Erin. Rien. Il lui fit du bouche-à-bouche, commençant la réanimation.

— Elle est morte. Elle est restée là-dessous trop longtemps. Je l'aimais. Aidez-moi.

Ce fils de pute le suppliait.

Trente compressions rapides. Le froid avait dû ralentir son système. Deux souffles profonds.

— La seule chose que je vais t'aider à faire, c'est mourir, enfoiré.

Darsh se mit à cheval sur la poitrine d'Erin pour avoir un meilleur angle pour le massage cardiaque. Ses lèvres étaient bleues. *Et merde.*

Vingt-sept, vingt-huit, vingt-neuf, trente. Il lui pinça le nez et inclina son menton. Il souffla assez pour voir sa poitrine bouger. Et encore.

— Imaginez ce que le DSC pourrait apprendre en m'étudiant.

Un. Deux. Trois. Quatre. Cinq…

— On en saura bien assez en disséquant ton cerveau. Allez, Erin !

Il frappa durement son poing dans sa poitrine.

— Est-ce que vous m'écoutez au moins ? Nous pourrions changer l'ensemble du système judiciaire. Trouver un moyen de le rendre infaillible.

Mon Dieu, si elle mourait… Darsh écrasa à nouveau son poing sur son cœur.

— Respire, bon sang !

Elle cracha finalement et roula sur le côté, vomissant de l'eau. Il se sentit étourdi de soulagement. Ou peut-être était-ce le froid. Il n'en était pas certain.

— Dieu merci.

Il lui retira son lourd manteau, qui ne parvenait plus à la réchauffer.

— J'essayais d'améliorer les choses, dit Lachlan en crachant du sang.

— Tu as joué avec la vie des gens comme si c'était ton droit, et tu as cédé à tes appétits pervers. Tu as eu une enfance pourrie. Bienvenue dans ce putain de club, connard.

— Aidez-moi, demanda Lachlan, la voix de plus en plus faible.

— Je ne vais pas t'aider Rick. La seule façon de t'aider, c'est de te mettre une autre balle. Franchement, je suis plutôt content de ne pas t'avoir tué directement. L'hélicoptère a été secoué par le vent pendant que je tirais. Mais comme ça, au moins, tu as quelques minutes pour savoir que tu vas mourir ici dans la neige, et que personne n'en aura rien à faire.

Des yeux bleus charbonneux le regardèrent.

— Alors qu'Erin va vivre une longue et heureuse vie avec moi. On va se marier, faire des bébés et prendre du putain de bon temps. Quelque chose que tu n'auras jamais l'occasion de vivre et dont tu ne profiteras jamais. Et je vais m'assurer que tu ne fasses plus jamais partie de nos pensées ou de nos vies, crétin.

Il prit Erin dans ses bras et commença à avancer, réalisant que ses vêtements étaient raidis par le givre. Ils avaient besoin de se réchauffer au plus vite. Le copilote descendait le chemin en courant vers eux.

— Menottez ce bâtard. Je dois emmener Erin à l'hôpital.

Le flic hocha la tête, et Darsh courut dans la neige irrégulière. L'hélicoptère avait atterri dans un champ voisin.

— J'ai demandé une évacuation médic… commença le pilote.

— Pas le temps.

Darsh serra Erin contre lui en les faisant monter à l'arrière. Il l'attacha et lui passa le harnais conçu pour lui permettre de se déplacer sans tomber de l'hélico.

Il la couvrit de sa veste et commença à prier.

— Mettez les gaz, on y va. Dépêchez-vous ou elle ne tiendra pas.

Mais le pilote était déjà dans les airs.

————————

ERIN SE REVEILLA en sentant la chaleur envahir son corps alors qu'elle pensait ne plus jamais avoir chaud. S'efforçant de se rappeler ce qui s'était passé, elle ouvrit les paupières.

Darsh se pencha en avant sur une chaise, tout sourire.

— Salut, ma belle.

— Maintenant je sais que tu es fou.

Elle leva la main pour toucher son front, mais s'arrêta en réalisant qu'elle était branchée à une perfusion.

— Que s'est-il passé ? La dernière chose dont je me souviens…

Ses souvenirs lui revinrent en un éclair.

— La dernière chose dont je me souviens, c'est d'être tombée dans cet étang et d'avoir bu la tasse.

Il lui serra les doigts.

— Je t'avais dit que je plongerais pour te sauver.

— Tu l'as réellement fait ?

Elle se mordit la lèvre pour s'empêcher de pleurer.

Darsh leva les yeux quand quelqu'un entra dans la pièce.

— Elle est réveillée ?

— Qui ça, « elle » ? croassa Erin.

Ully éclata de rire.

— Oh oui, elle est réveillée.

Il se pencha et l'embrassa sur la bouche. Puis il grimaça et s'essuya les lèvres.

— L'eau de l'étang. Beurk. Fini le fantasme.

Elle leva les yeux au ciel.

— Tant mieux. Espèce d'andouille.

Mais le goût dans sa bouche était dégoûtant. Elle serait sous antibiotiques pendant des mois.

— Et Lachlan ?

— Mort, dit Darsh sans ciller.

Elle soutint son regard sombre.

— Merci de m'avoir sauvé la vie.

— Hé, intervint Ully. Et moi, alors ?

Rire lui faisait mal.

— Qu'est-ce que *tu* as fait ?

Ully pencha la tête sur le côté.

— J'ai mis en place des barrages routiers. J'ai coordonné les recherches, dit-il, les yeux brillants. Quoi qu'il en soit, on est contents que tu sois de retour. Indemne.

Il grimaça légèrement en regardant tous les tubes auxquels elle était reliée.

— Ou peut-être juste en vie. Strassen fait comme s'il ne t'avait jamais viré et que c'était un gros malentendu. Le professeur Huxley a été libéré de prison, bien que l'université ne soit pas ravie qu'il ait baisé avec cette étudiante.

— Quelle étudiante ? demanda-t-elle.

— Il a menti sur sa présence à la soupe populaire lundi soir parce qu'il baisait une étudiante du nom de Monica

Ripley, l'informa Darsh. Une autre étudiante qui prétendait être la petite amie de Lachlan a trouvé Monica attachée dans la chambre de Lachlan. Il ne lui a pas fait de mal, probablement parce que Rachel s'est réveillée et qu'il a dû changer ses plans.

Erin tenta d'assimiler toutes ces révélations.

Ully vola un fruit sur la table d'appoint.

— Je viens d'apprendre que Pete le Putois…

— Peter Zimmerman, grogna Darsh.

Ully rit, sans se repentir.

— Ce bon vieux Peter a été extradé au Texas ce matin et semble avoir trouvé un juge prêt à oublier son délit de fuite suite à sa conduite en état d'ivresse, à condition qu'il accepte de suivre un traitement. Miraculeusement, le gars a accepté.

Darsh hocha la tête.

— Bien.

— C'est toi qui as fait ça ? lui demanda Erin.

— J'ai parlé à mon ancien commandant. Il a fait le reste.

— Bon, j'ai de la paperasse à faire, alors je ferais mieux de m'y remettre, dit Ully en tournant les talons. Harry viendra bientôt prendre ta déposition.

— Je ne veux pas parler à Harry, gémit Erin, mais ça faisait du bien d'être en vie.

Darsh lui prit la main, et elle la serra fort.

— Quand est-ce que tu repars ? demanda-t-elle.

La joie dans ses yeux sombres diminua.

— Tu veux que je m'en aille ?

— Non, dit-elle en déglutissant, la gorge sèche. Mais je ne vais pas être douée pour ça.

— Ça ?

Une étincelle d'espoir revint.

— Nous.

Il eut un sourire suffisant.

— Nous ?

— Après trois ans de solitude, le simple fait d'essayer d'avoir une relation est difficile.

Mais elle s'accrochait à sa main comme si c'était une bouée de sauvetage, et peut-être que ça l'était.

— Tu crois que c'est facile pour moi ? D'aimer quelqu'un comme toi ?

Elle savait que ce n'était pas facile.

— Quelqu'un de cassé ? demanda-t-elle.

La frustration crispa les traits de Darsh.

— Quelqu'un de si fort qu'elle n'a pas besoin de moi. Ni pour changer un pneu ni pour poser des cloisons sèches, pas même pour déblayer la neige.

Erin avait une boule dans la gorge qui l'empêchait presque de parler.

— Et si j'avais besoin de toi pour être heureuse ?

Il laissa échapper un petit rire.

— Je te rends heureuse ?

Elle pouvait à peine le voir à travers ses larmes. Elle acquiesça. Il lui embrassa la main.

— Ça me va. Je pensais que tu étais morte, Erin. Je pensais que ce bâtard avait gagné.

Elle lui toucha la joue.

— Je t'aime.

Elle vit la surprise dans ses yeux.

— Tu n'en savais rien ?

Il secoua la tête.

— Je suis désolée de t'avoir laissé tomber.

— Tu avais peur. Je comprends, fit-il, un côté de sa bouche se retroussant. J'ai peur, moi aussi. J'ai déjà failli te perdre une fois.

Elle fronça les sourcils

— J'ai fait ce rêve où tu disais à quelqu'un qu'on allait se marier, avoir des bébés et beaucoup de sexe. Ça semblait si réel.

Un soupçon de rouge monta aux joues de Darsh.

— Je ne vois pas de quoi tu parles. Mais que penserais-tu de cette idée d'option à long terme ?

Elle sourit et essaya de bouger. Ce qui la fit tousser comme une vieille sorcière. Quand elle put enfin parler à nouveau, il la ramena contre les oreillers.

— Étant donné que tu m'as vu dans mes pires jours, il se peut que tu apprécies la personne que je suis en temps normal. Et si on y allait doucement et qu'on voyait comment ça se passe ?

Il la serra si fort qu'elle grimaça presque. Il l'embrassa sur les lèvres. Ils avaient tous les deux une haleine d'étang.

— Tu as vraiment sauté pour me sauver.

Elle toucha ses lèvres avec étonnement.

— Toujours.

Elle étira les jambes. Même si elle se sentait faible, elle détestait être invalide.

— Il faut que je sorte de là.

Darsh se leva et étira son dos.

— Tu as récupéré ton travail.

Erin se surprit à admirer son corps dans cette blouse de médecin.

— Si ton père pouvait te voir maintenant, le taquina-t-elle.

— Grands dieux, non.

Elle devint sérieuse.

— Le fait est que, quand Strassen m'a virée, j'ai eu une

autre idée de ce que je pourrais faire.

Darsh haussa les sourcils.

— Rejoindre le FBI ?

Elle secoua la tête.

— J'ai réalisé que j'aimais aider les gens. Les gens comme Rachel.

— Tu veux être conseillère ?

— Je pensais plutôt à intervenante en faveur des victimes auprès des services de police.

Ses yeux s'élargirent. Il se pencha pour l'embrasser à nouveau.

— Tu serais formidable. Tu sais ce que je pense d'autre ?

Elle s'accrocha à lui et l'embrassa plus passionnément encore.

— Non. Quoi ?

— Tu serais formidable dans ce domaine en Virginie.

— Peut-être, dit-elle timidement. Mais qu'en est-il de Drew Hawke ?

Une vague de culpabilité s'abattit sur elle. Elle avait ruiné la vie de ce type. Il avait été enfermé ; Cassie avait été assassinée.

— Le ministère de la Justice convoque une audience spéciale pour faire appel sur la base de nouvelles preuves. Le gamin pourrait sortir à temps pour finir l'intersaison de printemps.

Elle ferma les yeux.

— Je me sens mal d'avoir autant merdé.

Il lui serra l'épaule.

— C'est Rick Lachlan le responsable, pas toi. Ce salaud a piégé Drew parce qu'il l'avait bizuté à une fête. Hawke était-il coupable d'être un crétin ? Certainement. Mais ça ne donnait pas à Lachlan le droit de blesser toutes ces filles, ou Hawke ou Blackcombe ou *toi*.

— Je ne sais pas si je pourrai me le pardonner.

Darsh écarta ses cheveux de son front.

— Ce qui est fait est fait. Tu dois trouver un moyen d'aller de l'avant. Il m'a trompé en piégeant le professeur, comme toi avec Hawke, et j'ai mordu à l'hameçon moi aussi. Rester sur un sentiment de culpabilité n'aide personne.

Erin sourit, sachant qu'elle était au bord des larmes.

— Tu ferais un bon intervenant en faveur des victimes, toi aussi.

Il hocha la tête.

— Ça, c'est clair.

Il se pencha plus près.

— Je t'ai déjà dit que je t'aimais ?

Elle acquiesça et rit de son expression choquée.

— Quand tu as plongé de cet hélicoptère et que tu m'as sauvée d'un étang gelé.

Il sourit et l'embrassa à nouveau.

Erin reconnut une voix dans le couloir à l'extérieur. Une voix forte rejointe par une autre portant tout autant.

Elle regarda Darsh.

— Tu as appelé mes parents ?

Il secoua la tête.

— Strassen l'a fait parce qu'ils sont listés comme tes plus proches parents. Il a essayé de se faire passer pour un bon patron qui savait ce qu'il faisait.

Elle grogna, puis la porte s'ouvrit sur sa mère, son père, sa sœur et deux de ses quatre frères. Darsh se présenta et serra toutes leurs mains, sans jamais la quitter. Elle ne manqua pas les regards de sa mère et sa sœur passant entre elle et Darsh, ni de ses frères qui se demandaient qui il était.

Elle se crispa, mais après quelques minutes, la tension se relâcha.

— Je suppose qu'on va devoir finir les cloisons sèches maintenant qu'on est là, se plaignit son plus jeune frère.

— Je vais vendre, dit-elle doucement. Si vous pouviez m'aider à préparer la maison pour la vente, je vous en serais reconnaissante.

Un silence choqué s'ensuivit, mais ses frères parurent heureux de l'apprendre. Sa mère toucha sa main libre.

— Tu rentres à la maison, mon amour ?

Erin plongea dans les yeux sombres et profonds de Darsh.

— Oui. Une nouvelle maison avec cet homme. En Virginie.

— Mais vous venez à peine de vous rencontrer… rétorqua son père.

Darsh sourit.

— Écoutez, je sais que vous êtes inquiets. Je sais ce qu'elle a vécu avec son connard d'ex, et ça n'arrivera plus jamais. Vous pouvez venir nous voir quand vous voulez.

— Vous allez vivre ensemble ? demanda sa mère, l'air horrifié.

— Maman, se plaignit-elle. J'ai trente-deux ans !

— Quelle est votre religion ? demanda sa mère à Darsh.

— Maman !

Erin ne savait même pas quelle était sa religion, parce que ça n'avait pas d'importance.

Darsh haussa les sourcils.

— De quelle religion voulez-vous que je sois ?

Les lèvres de sa mère tressaillirent.

Son autre frère marmonna :

— Bonne réponse.

— Vous savez que le premier mariage n'a pas compté ? poursuivit sa mère tandis qu'Erin aurait voulu pouvoir disparaître à travers un grand trou dans le sol. Ils se sont mariés au palais de justice sans nous.

— On ne va pas se marier… intervint Erin.

— Pour l'instant, ajouta Darsh.

Erin saisit sa main.

— Ne l'encourage pas. Elle est incorrigible.

— Je suis ta mère.

— Que Dieu me vienne en aide.

— Ne blasphème pas, Erin Mairead Donovan, lui dit sa mère.

Erin leva les yeux au ciel et se tourna vers l'homme qui lui avait sauvé la vie à plus d'un titre.

— Alors, voici une petite partie de ma famille de dingues, dit-elle vivement. Toujours partant ?

— Toujours.

Il se pencha et l'embrassa doucement sur les lèvres, malgré le regard de sa famille.

— Et pour toujours.

# ÉPILOGUE

DARSH ENTRA DANS l'église et chercha dans les allées une tête blonde familière. Il avait dû retourner travailler à Quantico plus tôt dans la semaine, mais il était revenu à Forbes Pines pour l'occasion. Erin était en convalescence et avait refusé de récupérer en Virginie. « Têtue » était bien trop faible pour la décrire. Heureusement, ses parents étaient restés avec elle et il ne s'était pas trop inquiété. Sa maison était déjà en vente, et Darsh avait vidé la plupart de son dressing et la moitié de ses tiroirs pour accueillir les affaires d'Erin.

Il la repéra à l'extrême droite de l'église. Elle était assise seule, loin des autres flics. Elle avait accepté sa réintégration à condition d'être transférée dès qu'elle pourrait trouver un poste approprié. Histoire d'oublier qu'elle s'était fait virer.

Il se glissa à côté d'elle, sa hanche touchant la sienne. Ses yeux se tournèrent vers les siens. Il voyait qu'elle avait du mal à garder son calme. Sa main se serra autour de la sienne.

— Tu es venu. Merci.

Il l'embrassa sur la joue et lui serra la main. Elle avait perdu du poids, et il était inquiet pour elle.

Le pasteur commença le sermon. Les yeux d'Erin pivotèrent vers le centre.

Le cercueil noir brillait, surmonté d'une grande photo de Mandy Wochikowski. La fille souriait, et le fait de la voir vivante le frappa, lui rappelant pourquoi il faisait ce qu'il faisait. Pas pour l'adrénaline, pas pour la gloire, mais pour les victimes.

Ses yeux balayèrent l'église. Tanya Whitehouse et Alicia Drummond étaient assises à l'avant, près des parents de Mandy et de Cassandra Bressinger. Les funérailles de Cassie étaient prévues pour le lundi suivant. Il s'était arrangé pour travailler à la maison le lendemain et rentrer le mardi. Il espérait qu'Erin l'accompagnerait.

Une petite silhouette était assise entre ses parents, à l'avant de l'église, côté gauche.

— C'est Rachel ? murmura Darsh en se penchant vers l'oreille d'Erin.

— Elle est sortie de l'hôpital il y a deux jours, acquiesça-t-elle. Regarde qui est assis derrière elle, ajouta-t-elle en lui donnant un coup de coude.

Au début, Darsh ne reconnut pas la rangée de costumes aux larges épaules empilés derrière la famille Knight. Puis il aperçut un profil et réalisa que c'était Jason Brady. En regardant plus attentivement, il réalisa que toute l'équipe de football des Blackcombe Ravens était assise là, dans une attitude silencieuse de deuil.

Erin lui toucha le genou.

— Tu vois qui est au milieu du groupe ?

Au début, il ne parvint pas à le déterminer. Puis il se redressa.

— Drew Hawke ?

— Ils l'ont transféré dans un établissement à sécurité minimale et lui ont accordé une sortie d'un jour pour les funérailles, dit-elle en le regardant. Le président s'en est mêlé. Il est question d'une audience la semaine prochaine et peut-être d'une grâce.

— Hague ?

Il haussa les sourcils. Il se demande si l'ASAC Frazer n'avait pas joué un rôle dans l'évolution de la situation, étant donné que Jed Brennan et lui entretenaient une relation « privilégiée » avec l'homme de la Maison-Blanche.

Elle acquiesça.

— Il faut que je lui présente mes excuses.

— Tu as fait ton travail, Erin. Lachlan et le système l'ont entubé. Espérons que les avocats de la défense travailleront un peu plus dur pour gagner leurs honoraires à l'avenir.

Erin resta silencieuse. Il savait qu'elle avait du mal à se pardonner d'avoir arrêté le mauvais type.

Le service funéraire prit fin, et les porteurs soulevèrent le cercueil et le firent sortir par la porte d'entrée jusqu'au corbillard qui attendait. Darsh voulut se lever, mais Erin lui attrapa la manche.

— Quoi ? demanda-t-il.

— Je ne vais pas assister à l'inhumation.

— Pourquoi pas ?

— Je ne veux pas faire une scène.

Les gens suivaient le cercueil jusqu'à la porte. Alicia, Tanya, les parents de Mandy et Cassie. Ils jetèrent des regards hostiles à Erin, et elle les regarda en silence. Vinrent ensuite les Knight. Il avait pensé que Rachel leur passerait devant, étant donné les circonstances, mais elle ralentit et s'arrêta devant elle.

— Tu veux monter dans notre voiture, Erin ? demanda-t-elle doucement.

Les coupures autour de sa bouche guérissaient, mais sa peau était encore rouge et décolorée.

Erin secoua la tête, regardant en coin les silhouettes imposantes qui se rassemblaient derrière la frêle jeune femme.

— Je suis venue avec ma propre voiture, merci.

Rachel n'avait pas l'air dérangée par son entourage massif. Elle regarda Darsh dans les yeux, puis Erin.

— J'aimerais vous parler quand ce sera possible. Plus de petite souris timide.

Erin acquiesça.

Les regards que les joueurs lui envoyaient étaient toutefois énervés. Darsh se préparait à avoir des ennuis ; il n'avait vraiment pas envie de se trouver impliqué dans un affrontement lors d'un service funéraire. Ully Mason et quelques autres flics se dirigeaient vers eux, mais un grand groupe de personnes en deuil les séparait d'Erin. Darsh passa devant elle, prêt à tout.

Drew Hawke se faufila entre les épaules massives de ses coéquipiers en costume. Ses cheveux étaient fraîchement coupés. La mâchoire bien rasée. Son regard passa d'Erin à Rachel et à son équipe.

— Je peux aller au cimetière avec vous, inspectrice ? J'espérais pouvoir vous parler, lui dit-il.

Erin devint encore plus blême qu'avant, mais hocha la tête.

— Bien sûr.

Hawke se glissa sur leur banc. Darsh le vit adresser un signe de tête à Jason Brady, et le receveur poussa les autres joueurs dehors. Hawke et Erin restèrent assis pendant que le reste des personnes en deuil sortait lentement. Ully haussa les sourcils en signe d'interrogation, et Darsh fit la grimace. Il était évident que Hawke voulait parler et, bien qu'Erin puisse s'occuper d'elle-même, il n'était pas prêt à la laisser se faire blesser par quelqu'un d'autre, plus jamais.

Il resta donc assis avec eux. L'église finit par se vider, à l'exception d'eux trois.

— Je te dois des excuses, commença-t-elle.

Hawke fixa le sol, mais secoua la tête.

— Ce n'est pas pour ça que je voulais vous parler.

Elle s'interrompit, ne sachant manifestement pas quoi dire.

— J'y ai beaucoup pensé, dit-il, ses lèvres se retroussant en un rapide sourire. J'ai eu le temps pour ça.

Les yeux de Erin s'écarquillèrent.

— Le fait est que vous êtes autant une victime que le reste d'entre nous. Ce type a fait une fixation sur vous, vous a traquée et a essayé de vous séduire avec une vague de crimes, dit-il en se tournant vers elle. C'était un malade, et on n'aurait pas dû se moquer de lui.

Il haussa ses épaules massives.

— Vous ne faisiez que votre travail.

Erin tordit ses mains sur ses genoux.

— J'aurais dû mieux le faire.

— Et je n'aurais pas dû être un sportif odieux, rétorqua-t-il en fronçant les sourcils. Apprenez de vos erreurs, devenez un meilleur flic, mais ne vous reprochez pas ce qui s'est passé. Je veux dire, je comprends – je m'en voudrai toujours pour la mort de Cassie même si je n'étais pas là, mais…

Des larmes envahirent ses yeux.

— Rachel m'a dit…

— Tu as parlé à Rachel ? demanda-t-elle vivement.

Il acquiesça, fourra ses mains dans ses poches et sortit un mouchoir pour s'essuyer les yeux.

— Elle m'a dit combien vous l'avez aidée.

Il déglutit bruyamment.

— Je sais que j'ai été accusé à tort et que c'est rare. Très rare. Mais elle a l'intention de visiter des campus, de parler aux gens de notre histoire. De parler aux victimes. Elle m'a demandé de venir avec elle.

Darsh cligna des yeux.

Hawke paraissait mal à l'aise.

— Elle pense que c'est bon pour la visibilité de la cause. Elle pense que nous voir ensemble sur scène, deux victimes, pourrait être un moyen de changer les mentalités sur le viol à l'université. Je peux dire aux gars ce qu'ils ne devraient pas faire, ce qui est inacceptable, et comment c'est en prison. Elle peut dire aux femmes ce qu'elles doivent faire si elles sont violées.

Il laissa échapper un soupir.

— Franchement, cette idée me fait une peur bleue. Mais quand je pense à ce qu'elle a traversé, ce que Cassie a traversé… ajouta-t-il en frottant ses pouces l'un sur l'autre dans un geste nerveux. J'essaie de faire ce qu'elle voudrait que je fasse.

— Certainement pas me parler, rétorqua gentiment Erin.

Hawke sourit.

— Probablement pas. Mais elle faisait toujours attention à ses amies. Toujours à les sermonner pour qu'elles gardent leur boisson avec elles. Elle serait partante pour ce projet, je pense, surtout après ce qui lui est arrivé.

Des larmes perlaient dans ses yeux.

— Rachel veut vous demander de nous accompagner quand on parlera.

Erin resta bouche bée.

— Moi ? L'inspectrice qui a arrêté le mauvais gars ?

— L'inspectrice qui n'a pas eu peur de s'en prendre au quarterback vedette, même si ça faisait d'elle la femme la plus détestée de la ville. La femme qui a été victime d'un harceleur.

Erin remua, mal à l'aise. Darsh savait qu'elle détestait être vue comme une victime, mais ça ne changeait rien aux faits.

— Je sais que notre situation n'est pas ordinaire. Je sais que ce n'est pas normal, dit-il. Je pense simplement que c'est une opportunité, et après l'endroit où j'ai passé les six derniers mois de ma vie, je n'ai pas l'intention de laisser passer les opportunités.

Il se leva et tendit la main à Erin, qui se leva également et la saisit.

— Appelez Rachel. Parlez-lui-en.

Hawke se tourna vers Darsh et lui tendit la main également.

— Agent Singh.

Le quarterback inclina la tête.

— M. Hawke, fit Darsh.

— J'ai entendu que vous avez tiré sur Rick Lachlan. Je suis désolé que vous ayez à porter le fardeau de sa mort, mais je ne peux pas dire que je suis désolé que cet enculé soit mort.

Darsh n'avait pas perdu une minute de sommeil à cause de Lachlan.

— Croyez-moi… Ce n'est pas un fardeau.

— Le directeur a dit que je devais vous remercier de m'avoir mis à l'isolement. Merci beaucoup.

— Pas de problème, fit Darsh avant de consulter sa montre. Nous devrions nous rendre au cimetière.

Ils suivirent Hawke à l'extérieur. Sa façon de se tenir sur les marches de l'entrée et de respirer profondément montrait à quel point il appréciait sa nouvelle liberté.

— Vous saviez que Mandy craquait pour Lachlan ? demanda Hawke de façon inattendue.

— Quoi ? demanda Erin, choquée.

— Ouaip. Cassie m'en a parlé dans une de ses lettres. Et ce salaud l'a tuée.

Les épaules de Hawke tremblaient. Il sortit une paire de lunettes de soleil de la poche de sa veste et les enfila. Puis il commença à s'éloigner.

— On ne te dépose pas ? lui lança Darsh.

Le type leva la main.

— Je vais marcher.

Darsh fixa Drew, et Erin lui prit la main. Elle avait l'air saisie.

— C'est un jeune homme vraiment spécial. Et si Lachlan n'avait pas commis d'autres crimes, il n'aurait peut-être jamais été libéré. Il serait toujours en prison.

Darsh savait qu'il lui faudrait du temps pour surmonter sa culpabilité.

— Je pense que tu devrais le faire. Faire quelques conférences avec Rachel et lui.

— Vraiment ?

Il repoussa les cheveux de son front et se pencha pour l'embrasser.

— Ouaip. Je pense que c'est une super opportunité.

— Plus de gens pour me jeter des œufs.

Il grogna.

— Tu as raison, ne le fais pas.

Elle lui serra le bras, et ils commencèrent à marcher vers sa voiture de location. Il avait pris un taxi à l'aéroport.

— Je vais y réfléchir, si Rachel y tient.

— Tu viens à la maison avec moi la semaine prochaine ? demanda-t-il.

Elle le serra plus fort.

— Tu veux toujours que j'emménage ?

— Plus que tout. Tu ne manqueras pas d'opportunités d'emploi, mais je ne pense pas que ce serait une mauvaise chose si tu prenais le temps de vraiment réfléchir à ce que tu voudrais faire.

Elle s'arrêta de marcher.

— Je ne suis pas douée pour ne rien faire.

Il enroula ses bras autour d'elle et l'attira vers lui.

— Tu peux toujours faire le ménage et préparer le dîner.

Elle lui donna un coup dans le ventre.

— Je plaisante, dit-il en riant.

Elle attrapa sa chemise et se hissa sur la pointe des pieds pour l'embrasser sur la bouche.

— Je sais. Je t'aime, Darsh Singh. Je veux vivre avec toi et voir si le sexe est toujours aussi phénoménal après quelques mois.

Il la fit basculer sur ses pieds.

— Je te garantis que ça le sera. Et si on allait vérifier ça tout de suite ? S'assurer qu'on n'a pas fait d'erreur de calcul ? Je ne voudrais pas…

— Avec ma mère à la maison ?

Darsh fit la moue.

— On pourrait aller à l'hôtel.

Elle lui adressa un regard pervers.

— Sérieusement ?

Il consulta sa montre.

— Combien de temps avant qu'elle n'ait des soupçons ?

— Ma mère a eu six enfants. Elle est née méfiante.

Il lui serra le bras.

— Allez. Deux heures maximum. Faisons-le.

— Je me sens coupable.

— Je pense que tu devrais te convertir à ma religion. Beaucoup moins de culpabilité.

— Quelle *est* ta religion ?

— Agnostique avec une forte dose d'athéisme.

— Et pourtant, blague à part, tu envisagerais sérieusement de te convertir pour moi ?

Elle sourit. Elle était si jolie.

Il la retourna pour qu'elle lui fasse face.

— Chérie, je marcherais dans les profondeurs de l'enfer pour toi. *Tu* es ce en quoi je crois. Toi. Moi. Nous.

Elle semblait enfin sur le point de le croire. Elle commençait à comprendre. Elle toucha son visage, comme si elle le voyait enfin clairement.

— Je suis contente que vous soyez entré dans ce bar il y a tant d'années, monsieur le Marine.

Il posa les doigts d'Erin sur son propre cœur.

— *Semper fi*, bébé. Toujours fidèle.

Découvrez le prochain tome de la série Le sommeil des justes, *Des agents au secret.*

**Un agent du FBI risque son cœur et des secrets étroitement gardés dans ce thriller romantique palpitant que nous livre Toni Anderson, auteure de best-sellers au classement du New York Times.**

Experte en informatique, Ashley Chen a intégré le FBI pour lutter contre le mal de ce monde… un mal dont elle a fait elle-même la douloureuse expérience. Elle a des compétences inégalées, de redoutables secrets… et des ennuis d'une tout autre nature depuis qu'elle travaille avec Lucas Randall, un agent du FBI au caractère bien trempé. Après s'être fermée pendant des années, elle tombe enfin amoureuse. Le sentiment est réciproque, mais alors qu'Ashley poursuit sa traque numérique d'un réseau international de trafiquants, son passé traumatisant se heurte à son présent, et soudain, Lucas ne sait plus de quel côté elle penche. Alors que l'affaire se corse pour se changer en jeu dangereux du chat et de la souris, il s'avère qu'Ashley n'est pas la seule à cacher des choses.

*Si aucun ne parvient à confier ses secrets à l'autre, comment pourront-ils se donner leurs cœurs ?*

*Des agents au secret* (tome 7) disponible ici.

Commandez en un clic *Des agents au secret* maintenant

Inscrivez-vous à la newsletter de Toni Anderson pour recevoir les dates des nouvelles parutions, des scènes bonus et un exemplaire gratuit de The Killing Game :
www.toniandersonauthor.com/newsletter-signup

# NOTE DE L'AUTEUR

Ce livre a été difficile à écrire, comme souvent lorsqu'on traite de viol ou d'agression sexuelle. Mais ce roman semble s'inscrire dans une période où ce sujet est au centre des préoccupations de tous (comme il se doit). Malheureusement, les viols sont encore bien trop nombreux, et ce dans le monde entier. J'ai essayé de traiter le sujet avec le respect qu'il mérite tout en écrivant le genre de romance à suspense que mes lecteurs attendent. J'espère avoir réussi.

# DEFINITIONS UTILES DE QUELQUES ACRONYMES UTILISES DANS LES LIVRES DE TONI

**PG** : procureur général

**ASAC (Assistant Special-Agent-in-Charge)** : agent spécial adjoint responsable

**ATF (Alcohol, Tobacco, and Firearms)** : alcool, tabac et armes à feu

**DSC** : département des sciences du comportement

**BOLO (Be On the Look-Out)** : avis de recherche

**BUCAR (Bureau, Car)** : voiture du FBI

**CIRG (Critical Incident Response Group)** : groupe de réaction aux incidents critiques

**CMU (Crisis Management Unit)** : cellule de gestion de crise

**CN (Crisis Negotiator)** : négociateur de crise

**CNU (Crisis Negotiation Unit)** : cellule de négociation de crise

**CODIS (Combined DNA Index System)** : banque de données qui répertorie les profils ADN

**PC** : poste de commandement

**DEA (Drug Enforcement Administration)** : administration pour le contrôle des drogues

**DDN** : date de naissance

**DOJ (Department of Justice)** : département de la Justice

**EMT (Emergency Medical Technician) :** urgentiste

**ERT (Evidence Response Team) :** (police) scientifique

**FOA (First-Office Assignment) :** première affectation

**FBI (Federal Bureau of Investigation) :** bureau fédéral d'enquête

**FO (Field Office) :** bureau régional

**IC (Incident Commander) :** commandant des interventions

**HRT (Hostage Rescue Team) :** équipe de libération d'otages

**HT (Hostage-Taker) :** preneur d'otages

**LAPD (Los Angeles Police Department) :** département de police de Los Angeles

**LEO (Law Enforcement Officer) :** agent des forces de l'ordre

**ML :** médecin légiste

**MO :** mode opératoire

**NAT (New Agent Trainee) :** nouvel agent stagiaire

**NCAVC (National Center for Analysis of Violent Crime) :** centre national pour l'analyse des crimes violents

**NCIC (National Crime Information Center) :** centre national d'information sur la criminalité

**NYFO (New York Field Office) :** bureau local de New York

**CO :** crime organisé

**OCU (Organized Crime Unit) :** unité de lutte contre le crime organisé

**OPR (Office of Professional Responsibility) :** bureau de la responsabilité professionnelle

**POTUS (President of the United States) :** président des États-Unis

**RA (Resident Agency) :** agence locale

**SA (Special Agent) :** agent spécial

**SAC (Special Agent-in-Charge) :** agent spécial en charge

**SAS (Special Air Squadron) :** forces spéciales aériennes

**SIOC (Strategic Information & Operations) :** informations et opérations stratégiques

**SSA (Supervisory Special Agent) :** agent spécial superviseur

**SWAT (Special Weapons and Tactics) :** armes et tactiques spéciales

**TC (Tactical Commander) :** tacticien

**TOD (Time of Death) :** heure du décès

**UNSUB (Unknown Subject) :** sujet inconnu, suspect

**ViCAP (Violent Criminal Apprehension Program) :** programme d'arrestation pour actes criminels violents

**WFO (Washington Field Office) :** bureau régional de Washington

# REMERCIEMENTS

Un grand merci à ma formidable partenaire critique Kathy Altman, qui m'empêche régulièrement de me ridiculiser. Merci aussi à mes relectrices, Alicia Dean et Joan Turner de JRT Editing. À Regina Wamba pour ses illustrations de couverture incroyables. À Paul Salvette (BB eBooks) qui fait un excellent travail de formatage de mes ebooks – merci ! Et merci à toutes les autres personnes qui travaillent en coulisse pour que ces livres se retrouvent sur vos étagères. J'apprécie vraiment votre aide et votre soutien.

Merci à mes amies, Rachel Grant, Carolyn Crane et Sunny Lee-Goodman pour nos discussions au sujet de la diversité.

Je tiens à remercier mon mari et mes enfants de supporter la présence d'un écrivain dans la famille. Leur patience lorsque je participe à des « fêtes » en ligne ou que je recherche régulièrement de « beaux mecs » pour mes couvertures et leur demande leur avis. En espérant retrouver une cuisine et un bureau dans un futur proche ! Je vous aime !

Merci à Diane Garo et Laure de Valentin Translation pour leur travail de traduction de ces titres en français.

# DECOUVREZ L'UNIVERS DE LA SERIE COLD JUSTICE (EN ANGLAIS)

COLD JUSTICE
*A Cold Dark Place* (tome #1)
*Cold Pursuit* (tome #2)
*Cold Light of Day* (tome #3)
*Cold Fear* (tome #4)
*Cold In The Shadows* (tome #5)
*Cold Hearted* (tome #6)
*Cold Secrets* (tome #7)
*Cold Malice* (tome #8)
*A Cold Dark Promise* (tome #9 ~ nouvelle de mariage)
*Cold Blooded* (tome #10)

COLD JUSTICE – THE NEGOTIATORS
*Cold & Deadly* (tome #1)
*Colder Than Sin* (tome #2)
*Cold Wicked Lies* (tome #3)
*Cold Cruel Kiss* (tome #4)
*Cold As Ice* (tome #5)

COMING SOON
*Cold Silence*

La série *Cold Justice* en anglais est également disponible en audiolivres interprétés par Eric G. Dove, et dans de nombreuses collections et coffrets.

Surveillez les nouvelles parutions de Toni sur son site web (www.toniandersonauthor.com/books).

# À PROPOS DE L'AUTEURE

Toni Anderson est une auteure de best-sellers classés par le *New York Times* et *USA Today*, finaliste de RITA®, accro aux sciences, touriste professionnelle, amoureuse des chiens, jardinière et maman. Originaire d'une petite ville d'Angleterre, Toni a étudié la biologie marine à l'Université de Liverpool (B.Sc.) et l'Université de St. Andrews (Ph.D.) avec l'intention de ne jamais s'éloigner de l'océan. Jusqu'à ce que ce plan vole en éclats et qu'elle atterrisse dans les prairies canadiennes avec son mari, professeur de biologie, deux enfants, un chien rescapé et un gecko léopard nonchalant. Ses plus belles réussites sont d'avoir compris le fonctionnement du métro de Tokyo, gravi le mont Ben Lomond, plongé dans la Grande Barrière de corail et survécu à de nombreux hivers à Winnipeg. Elle adore voyager à des fins de recherche et elle a eu la chance de visiter le centre des opérations et de l'information stratégique au quartier général du FBI à Washington en 2016. Elle a également réussi l'exploit notoire de déclencher une sortie de route lors de sa formation en course-poursuite à l'académie de police pour écrivains, dans le Wisconsin. Chaud devant, le monde, j'arrive !

Inscrivez-vous à la newsletter de Toni Anderson en anglais :
www.toniandersonauthor.com/newsletter-signup

Suivez Toni Anderson sur Facebook :
facebook.com/toniandersonauthor

Découvrez la bibliographie de Toni Anderson :
www.toniandersonauthor.com/books-2

Suivez Toni Anderson sur Instagram :
instagram.com/toni_anderson_author